Oetinger

CLEO
LEUCHTENBERG

i love you HEISST NOCH LANGE NICHT ich liebe dich

Verlag Friedrich Oetinger · Hamburg

Für Alina und Theresa

FSC
www.fsc.org
MIX
Papier aus verantwortungsvollen Quellen
FSC® C014496

Einband: Andrea Pieper
Satz: Satz für Satz, 88239 Wangen im Allgäu
Druck und Bindung: GGP Media GmbH,
Karl-Marx-Straße 24, 07381 Pößneck, Deutschland
ISBN 978-3-7891-0852-5

www.oetinger.de

Wer würde ich gerne sein?
Wer fürchte ich zu sein?

Notiz einer Schauspielschülerin
der Ernst-Busch-Schauspielschule

Von: DAS Castingbüro <DAS@castingbuero.de>
An: Act Out Schauspielschule <info@act-out.de>
Gesendet: 10:25 Montag, 08. Januar 2018
Betreff: Deutsche Synchronstimme für Hollywoodfilm

Lieber Olaf,
letzte Woche hat Hollywood angerufen – KEIN SCHERZ!
Meine Agenten und ich casten gerade mit Hochdruck für den Kinofilm *Die Verlorenen*. Die männliche Hauptrolle spielt Lex B. Tyson (ja, du hast richtig gelesen). Die weibliche Hauptrolle wurde mit der vielversprechendsten Newcomerin des letzten Jahres besetzt: Raphaela Stanfield.
Die Dreharbeiten zu *Die Verlorenen* fanden in Kanada statt, der fertige Film soll noch im Juli in die deutschen Kinos kommen. Wir suchen jetzt dringend eine neue, unverbrauchte Synchronstimme für Raphaela Stanfield. Gibt es unter deinen Schauspielschülerinnen vielleicht eine, die dafür infrage käme? Sie müsste zwischen 16 und 18 Jahre alt sein. Synchronerfahrung ist nicht nötig, uns geht es vor allem um eine unverwechselbare Stimme. Melde dich doch, dann schicke ich dir den genauen Castingablauf zu.

Liebe Grüße vom Ku'damm nach Dahlem!
Anne

Anne Möllers
DAS Castingbüro
Fasanenstraße 27
10719 Berlin

1
Lilly

Dann kommt der Moment, an dem du nur noch wegwillst. Durch den Hinterausgang verschwinden, rein ins Taxi und ab in den nächsten Flieger. Egal wohin. Du willst nur eins: nicht auf die Bühne.

Du bist schon geschminkt, frisiert und umgezogen. Du starrst auf den Flicken im Vorhang, hörst, wie das Gemurmel im Zuschauerraum leiser wird. Wie es verstummt. Die Scheinwerfer gehen an.

Dein Auftritt kommt nicht gleich am Anfang, du musst endlos lang dem Gesang der Feen zuhören. Mädchen aus der Anfängerklasse, du hörst ihre Aufregung, das Zittern in ihren Stimmen. Kein Text mehr in deinem Kopf. Du wirst ins Nichts rausgehen, in dein Verderben.

Jemand teilt für dich den Vorhang. Du torkelst mehr auf die Bühne, als dass du gehst. Am markierten Punkt bleibst du stehen, genau unter den beiden Spots. Du spürst ihre Wärme wie eine streichelnde Hand auf deinem Haar, und alle Aufregung verfliegt.

Du bist da.

Das letzte Lied. Dein Solo. Der letzte Satz, so oft geprobt, du sagst ihn ins Fade-out des Lichts. *Black*. Ein bisschen zu spät. Niemand klatscht. Du stehst in der Stille und wartest. Als hättest du jemandem deine Liebe gestanden, und dieser Jemand antwortet nicht.

Dann schließt sich der Vorhang. Und endlich: tosender Applaus.

Stella-Marie und ich waren die Ersten am Vorhangspalt und spähten hinaus. Der Applaus wurde leiser, dafür standen im Halbdunkel des Saals jetzt vereinzelt Zuschauer auf.

»Standing Ovations!« Ich zwickte mir in den Arm, um mich zu vergewissern, dass ich nicht träumte.

»Sogar die Agenten …«, flüsterte Stella-Marie.

Der Applaus kam in Wellen. Immer mehr Zuschauer erhoben sich, und Tom von der Technik schickte einen Scheinwerferstrahl durchs Publikum, für Sekunden konnte ich Gesichter sehen.

»Raus, raus, raus!«, schrie Olaf, und der Vorhang schwang auf. Wir fassten uns alle an den Händen und rannten nach vorne zum Bühnenrand, wo wir gleichzeitig abbremsten. Der Ruck ging durch unsere Reihe, als wären wir ein Körper.

Jetzt standen fast alle Zuschauer. Eine der Feen warf Kusshände ins Publikum, und die anderen Feen machten es ihr nach.

»Da vorne, die mit dem roten Schal.« Stella-Marie stieß mich in die Seite. Die Agentin von *DAS Castingbüro,* ich erkannte sie sofort. Sie stand und klatschte wie alle anderen. Wieder huschte der Scheinwerferstrahl über die Gesichter, und für einen Moment glaubte ich, dass sie nur mich ansah.

In den Lautsprecherboxen knisterte es.

»Meine Damen und Herren, darf ich Ihnen das Ensemble vorstellen?« Olaf deutete in die Mitte der Bühne und rief die Feenmädchen einzeln auf. Während jede sich verbeugte und ihren Applaus bekam, kramte die Agentin von *DAS Castingbüro* in ihrer Handtasche herum. Sie warf einen Blick auf ihr Handy, tippte etwas. Dann steckte sie es wieder ein.

Die letzte Fee trippelte zurück an ihren Platz. Der Applaus wurde schneller, fast rhythmisch, und ich fragte mich, ob er für uns alle reichen würde. Neben mir zitterte Stella-Marie. Oder war es mein eigenes Zittern, das ich an ihrem Arm spürte?

»Stella-Marie Schmitt, im zweiten Jahr, in der Rolle der Cousine Monique!«

Bravo-Rufe von Stella-Maries Eltern und ihren Freunden. Stella-Marie blieb vorne stehen, so lange, bis Olaf Dhyan aufrief, die männliche Hauptrolle. Dhyan, der mich in der Ballszene geküsst hatte. Leidenschaftlicher als bei allen Proben. War mein Lippenstift verschmiert? Kein Handspiegel, kein Taschentuch, keine Zeit, Stella-Marie zu fragen, wie ich aussah, denn schon knisterte es wieder im Lautsprecher: »In der weiblichen Hauptrolle, der Rolle der bezaubernden Cindy, und erst seit vier Monaten bei *Act Out*: unsere Durchstarterin Lilly Vonderfeld!«

Der Applaus war überall. Er hallte von den Wänden, er fiel von oben auf mich herab, er kam von hinten, wo die anderen standen, er schien sogar aus den Boxen zu kommen. Ich verbeugte mich. Einmal, zweimal, dreimal, und immer, wenn ich hochschaute, sah ich die Agentin. Sie stand und klatschte und hörte nicht auf.

In der Garderobe roch es nach Parfüm, Schaumfestiger, Puder und darunter schwach nach Angst. Überall lagen unsere Alltagskleider herum, zerknautscht und ineinander verknäuelt, manche auf den Boden geworfen wie etwas, das wir nicht mehr brauchten. Ich quetschte mich an den Feen und den Chorleuten vorbei, alle redeten durcheinander:

»He, ist das nicht super gelaufen?!«

»Oh Mann, so viele Agenten!«

»Denk doch mal an die Generalprobe! Was da alles schiefgegangen ist!«

»Stella-Marie, du warst sooo cool!«

Bei einem der Schminktische fand ich meine Tasche. Ich zog das Handy heraus. In dem Moment vibrierte es. Das konnte nur Mum sein, vor lauter Aufregung hatte ich vorhin nicht auf ihr »Toi, toi, toi« geantwortet. Ein Sektkorken sauste durch die Luft, eine der Feen kreischte.

Die Nachricht war von Miranda.

Lil, bevor du's von jemand anderem erfährst ... everybody here knows it.

Irgendwer drückte mir ein Sektglas in die Hand, ich stellte es auf den Schminktisch. Das Handy vibrierte ein zweites Mal.

Es gibt Pics mit Verlobungsring! Hallo?!! Wer VERLOBT sich denn mit 19?!!!

Unter der Nachricht ein Foto.

Zwei Köpfe aneinandergelehnt. Blondes, verwuscheltes Haar und glatte braune Strähnen. Zweimal Lächeln, zweimal sprühendes Glück. Ineinander verschränkte Finger, schmale Silberringe. Seine breiten Finger. Seine Hände, die mir so vertraut waren.

Erik und Sandrine.

Verlobt.

Ich drückte das Foto weg.

»Kommen Sie ruhig, kommen Sie, hier ist Platz, auch wenn es nicht so aussieht!« Olaf lachte, und auf einmal war die Garderobe voller Eltern und Freunde, dazwischen die Agenten der Casting-Agenturen. Alle bekamen etwas zu trinken, dann schlug Olaf gegen sein Glas, und das Stimmengewirr wurde leiser. »Auf unsere Schauspielschülerinnen und -schüler! Ich bin ...«

... verlobt.

Verlobt.

Ich konnte nichts anderes denken.

Verlobt.

Versprochen fürs Leben.

»... und natürlich auf alle hinter der Bühne, die diese Aufführung möglich gemacht haben!« Olafs Stimme zitterte jetzt ein bisschen, er räusperte sich. »Ihr habt alles gegeben!«

»Auf Olaf! Auf *Act Out*!«

Gläserklirren, Applaus. Plötzlich legte die Agentin von *DAS Castingbüro* ihre Hand auf meinen Arm.

»Das war eine hervorragende Leistung, Lilly. Du hast die Rolle der Cindy so frisch, so natürlich gespielt.«

»Vielen Dank«, sagte ich. In meiner Hand vibrierte das Handy zum dritten Mal. Ich ignorierte es.

»Wie lange stehst du schon auf der Bühne?«

»Ich war in Bukarest in einer Acting Class. Drei Jahre lang.«

»Ach, am Theater?« Die Agentin nahm einen Schluck Sekt. An ihrer Hand glänzte ein Ring.

Ein breiter Goldring.

»In der Schule.« Ich legte mein Handy auf den Schminktisch und schob es unter meine Umhängetasche. »International School. Wir hatten dort Leute vom Schauspiel.«

Die Agentin schaute an mir vorbei, zu einer Gruppe um Stella-Marie und Dhyan, die angefangen hatten, ein Gesangsduett zu improvisieren.

»Mein Vater ist im diplomatischen Dienst«, sagte ich schnell. »Wir ziehen alle drei oder vier Jahre um. Wir haben auch in Ottawa gewohnt und in Seoul.«

Das Gesangsduett ging in einen Lachanfall über. Die Agentin sah wieder mich an. Gleich würde der Satz mit dem *aufregenden Leben* kommen.

»Das ist sicher ein aufregendes Leben.« Sie stellte ihr Sektglas ab und fuhr sich mit der Goldring-Hand durch die Haare. »So viele tolle Städte …«

»Auf jeden Fall eine gute Vorbereitung für später«, sagte ich. »Als Schauspielerin ist man ja dauernd unterwegs.«

Die Agentin lächelte.

Ich lächelte auch.

Ich ging als eine der Letzten, und ich ging zu Fuß. Drei Busstationen bis zu unserer Villa, ich würde keine halbe Stunde brauchen. Um die Straßenlaternen kreiselten Schneeflocken. Ich spürte sie im Gesicht wie kleine kalte Küsse.

In meiner Manteltasche vibrierte das Handy.

Hey, Lil, antworte doch mal! Mach mir Sorgen!

Meine Finger tippten, bevor ich den Satz zu Ende gedacht hatte.

Alles okay, kann grad nicht schreiben, Premierenfeier, Agenten!!!

Ich steckte das Handy ein und bog auf die Hauptstraße ab. Erik hatte Premierenfeiern gehasst. Und war trotzdem zu jeder Premiere gekommen. Hatte am verkratzten Tisch der Schulcafeteria auf mich gewartet, weit weg von der ausgelassenen Feier in der Aula. Und jedes Mal mein Herzklopfen, meine Angst, er würde nicht dort sitzen. Aber er war immer da und schaute von seinem Buch auf, wenn ich, noch im Bühnenkostüm, hineinwirbelte. Seine Küsse schmeckten nach Kamillentee. Bei jeder von meinen Premieren bekam Erik vor Nervosität Bauchschmerzen.

Jetzt musste er keine Bauchschmerzen mehr haben.

Ich ging schneller. Vorbei an den Hausfassaden mit den übrig gebliebenen Weihnachtsmännern und den Neonbirnchen, die ihr zuckendes Licht auf das Pflaster warfen. Die Schaufenster der Geschäfte waren dunkel. Nur in einem erkannte man Puppen, sie hatten alle eine Glatze und trugen Latzhosen.

Unter der nächsten Laterne blieb ich stehen, zog das Handy aus der Manteltasche und sah mir das Foto noch einmal an. Eriks Haare. Länger als vor einem halben Jahr. Sein Lächeln, das ich so gut kannte. Und doch nicht kannte. Auf diesem Foto beinahe schüchtern.

Verliebt.

Richtig verliebt.

Und schon war es zu spät, und in meinem Kopf sagte Eriks Stimme: *Ich glaube, es reicht nicht, Lil. Du weißt schon. Meine Gefühle.*

Löschen. Wegwischen.

Das Display war nass von den Schneeflocken. Als ich mit dem Finger darüberfuhr, passierte nichts. Ich stand unter der Laterne und sah zu, wie die Flocken auf dem Display schmolzen. Durch die Wasserschlieren war es noch zu erkennen.

Das Glückslächeln von Erik.

Schon von Weitem sah ich die leuchtenden Fenster unserer Villa. Im Salon spielte jemand Klavier. Die Eingangshalle war hell und warm, wie immer, wenn Mum und Dad einen Empfang gaben. Überall hingen Mäntel, kein Bügel war mehr frei, auch kein Garderobenhaken. Ich warf meinen nassen Mantel über den kleinen Tisch am Eingang und zog die Schuhe aus. Im Spiegel sah ich mein Gesicht, noch geschminkt von der Aufführung, im Haar hatte ich Schneeflocken.

»Na endlich, Lillykind, ich hab mir Sorgen gemacht! Ich hab dich schon fünfmal angerufen, was ist denn mit deinem Handy?« Mum stand in der offenen Tür des Salons. Hinter ihr ging jemand vorbei, ich sah nur eine Hochsteckfrisur.

»Leise gestellt«, sagte ich.

»Wie siehst du denn aus?« Mum zog die Tür hinter sich zu. »Bist du etwa den ganzen Weg gelaufen? Aber … ich hätte doch Martin geschickt, damit er dich abholt! Er ist im Dienst und bringt nachher ein paar Gäste heim.« Ihre Hand, auf meinem nassen Haar. »Warum hast du denn deine Mütze nicht aufgesetzt? Du wirst dir sonst was holen!«

»Mum, ich bin siebzehn! Und ich hab die Kälte gar nicht gespürt!« Ich machte ein paar Tanzschritte auf Socken, die Schritte, die ich hier in der Halle oft geübt hatte, als ich mich auf die Rolle vorbereitete.

»Verstehe!« Mum lachte. »Premierenfieber mal wieder. Lief alles gut? War dein Lehrer zufrieden?«

Erik hat sich verlobt. Mit Sandrine.

Ich hörte auf zu tanzen.

»Du bist blass um die Nase. Hast du dort was gegessen?« Mums forschender Blick.

»Hallo?! Es waren *Agenten* da! Es war *super*! Da denkt niemand an Essen! Es gab Standing Ovations, Olaf sagt, so was hat er noch nie erlebt. Ich hab die Tasche voll mit Visitenkarten von Casting-Agenturen, auch von …«

»Wie aufregend, Schatz! Hör mal, zieh dich rasch um und komm rein.

Es gibt gleich die Mitternachtssuppe. Und die Millers sind auch da. Du willst ihnen doch bestimmt …«

»Bitte nicht, Mum. Ich bin total erledigt. Ich will bloß ins Bett und mit niemandem mehr reden.« Ich gähnte und streckte mich dabei. Miranda und ich hatten das früher geübt: auf Anhieb gähnen. Es funktioniert, wenn man nur richtig den Mund aufreißt. »Hunger hab ich auch keinen. Gute Nacht.«

»Na, dann schlaf dich aus.« Mum strich mir wieder über den Kopf. »Ich grüß die Millers von dir.«

In meinem Zimmer machte ich kein Licht. Die Vorhänge waren zugezogen, die Heizung aufgedreht. Snowflake lag zusammengerollt auf meinem Bett und schnurrte. Ich schlüpfte aus den nassen Klamotten, zog den Schlafanzug unter der Decke hervor, dazu meine Wollsocken. Erst jetzt merkte ich, wie durchgefroren ich war, die Wärme prickelte auf meiner Haut, tat fast weh.

Snowflake sprang vom Bett, und als sie an mir vorbeilief, hob ich sie hoch und trug sie zum Fenster. »Du bist verdammt schwer, Madame. Schau mal, Schnee. Dein Name fällt vom Himmel.«

Durch den Vorhangspalt sah ich die Schneeflocken unter dem Samtlicht der Straßenlaternen. Das Licht in unserer Straße war gelber als das Licht in Steglitz, wo ich zur Schule ging. Jedes Stadtviertel hat sein eigenes Licht, jede Stadt hat ihr eigenes Licht, überall auf der Welt, dachte ich. Und dann dachte ich an das orangefarbene Licht in Bukarest, vor etwas mehr als einem Jahr, und wie ich fast die ganze Nacht im Schein der Straßenlaterne auf dem Fensterbrett gesessen und in den Garten geschaut hatte. Auf die Handynummer, die jemand mit einem Stock in den Schnee geritzt hatte. Und auf die vier Buchstaben dahinter.

Erik.

Doch statt ihm eine Nachricht zu schreiben, chattete ich mit Miranda.

Er hält seine Nummer geheim, Lil! Natürlich hat das was zu bedeuten, wenn er sie dir in den Schnee ritzt! Heftiges Augenroll!

Vielleicht hat er sich im Haus geirrt?

Er ist farbenblind, aber nicht blind! Schreib ihm einfach!

Aber was denn? Hallo, hier ist Lilly, ich hab deine Nummer im Schnee vor meinem Fenster gefunden?

Ja, zum Beispiel.

Du bist keine große Hilfe, Miri!

Ich blieb auf dem Fensterbrett sitzen und schaute auf die Nummer und den Namen, bis mir die Augen brannten. Das war der Anfang gewesen.

Unser Anfang.

Ich vergrub mein Gesicht in Snowflakes weichem Fell. Sie wand sich in meinen Armen, und als ich sie losließ, sprang sie sofort zurück aufs Bett.

»Lilly?« Mum schob die Tür einen Spalt auf. »Oh, hab ich dich etwa geweckt? Du hast ja dein Leselicht gar nicht an.«

»Schon okay, ich bin noch wach.«

»Das dachte ich mir. Ich hab dir heiße Milch gebracht. Mit Honig.«

»Ich hab schon die Zähne ...«

»Du liegst ja noch gar nicht im Bett.« Mum stellte die Milch auf den Nachttisch. »Ich hab gerade von dir erzählt, von deinem großen Erfolg. Wir sind ja so stolz auf dich, dein Vater und ich. Und Stan meint ... Stan ist der Bruder von Adam aus Warschau, erinnerst du dich? Der Musiker von der Oper, vielleicht hast du ihn eben unten Klavier spielen hören. Stan meint, das Beste ist Milch mit Honig. Um von diesem Glücksrausch nach einem großen Erfolg wieder runterzukommen. Wenn man erschöpft ist und doch nicht schlafen kann. Honig soll Wunder wirken und ölt gleichzeitig die Stimmbänder. Komm, probier mal, solange es heiß ist.«

Ich nahm einen Schluck, damit sie zufrieden war, und legte mich ins Bett. Mum deckte mich zu wie ein kleines Kind.

»Gute Nacht, meine Schauspielerin.« Sie gab mir einen Kuss und zog die Tür leise hinter sich zu. Als ob ich auf der Stelle von ihrem Zaubertrank einschlafen würde.

Ich wartete, bis die Milch etwas abgekühlt war, dann füllte ich sie in Snowflakes Schale. Ich wusste ein besseres Mittel gegen Glücksrausch. Ein todsicheres Mittel, um sofort runterzukommen: ein Verlobungsfoto von deinem Ex.

2
Lilly

»Es senkt sich sacht die Sonne, sanft säuselt's längs dem Flusse.«

»Okay, Lilly – geh mal ein paar Schritte, atme aus auf: *ssssee, sssssi, ssssa, sssso,* dann versuch es noch mal.«

Alle sahen mir zu, wie ich nach Olafs Anweisungen auf Strümpfen durch den Gruppenraum ging. Gegen die großen Fenster klatschte Schneeregen.

»Sssse, sssi, sssaa, ssso.«

»Gut, und jetzt den ganzen Satz!« Olaf legte mir die Hand auf die Schulter. Er war komplett in Grau gekleidet, wie meist, graue Hose, grauer Pullover.

»Es senkt sich sacht die Sonne, sanft säuselt's …«

»Stopp! Zunge weg von den Zähnen! Sprich mir nach: sanft säuselt's, sanft säuselt's …«

Ich spürte die Blicke der anderen. Es war bekannt, dass Olaf seine Schüler nach Erfolgen besonders hart rannahm. Er ließ mich bestimmt fünf Minuten am Stück sanft säuseln, zwischendurch den Kiefer lockern, während die anderen miteinander flüsterten oder Dehnübungen machten. Stella-Marie streckte mir den erhobenen Daumen entgegen: Alles völlig normal, macht er immer. Dann beugte sie sich langsam zu ihren Füßen, umschlang ihre Knöchel mit den Armen und blieb in dieser Stellung.

»Tja, Lilly, an deinen S-Lauten müssen wir arbeiten. Richtig arbeiten.

Deine Zunge ist einfach zu weit vorne.« Olafs Stimme drang bis in den letzten Winkel des Gruppenraums, und das allgemeine Geraschel verstummte.

»Sie lispelt«, flüsterte eins der Feenmädchen ihrer Freundin zu. Irgendwer lachte.

»Noch so eine Bemerkung, und du bist draußen, Violet.« Olaf drehte sich nicht um, er sah mich an. »Du hast einen Akzent, einen ganz, ganz leichten Akzent. Da muss man sofort was machen, so was schlägt nämlich oft bei Aufregung durch. Sag mal, ist Deutsch denn nicht deine Muttersprache?«

»Doch, natürlich.«

»Ich dachte, du kommst aus Bukarest«, sagte Violets Freundin.

»Ach, du sprichst Rumänisch?«, fragte Olaf.

»Nein, wir ... höchstens Englisch. In der Schule. International School. Wir ... ziehen oft um. Aber zu Hause sprechen wir nur Deutsch. *Hochdeutsch.*«

Lautes Geflüster. Arrogante Kuh, glaubte ich zu verstehen.

»Ah, euer Schulunterricht war also auf Englisch. Alle Fächer? Wie lange?« Olaf legte den Kopf schief und sah mich fast besorgt an.

»Nicht alle Fächer, meine Deutschlehrerin in Bukarest war Deutsche. Und hier in Berlin sowieso ...«

»Du gehst hier also auch auf die International School. Verstehe.«

Ist das denn schlimm?

Ich gehe in jeder Stadt auf die International School. Mum und Dad wollen, dass so viel wie möglich in meinem Leben gleich bleibt.

Bevor ich etwas sagen konnte, wandte Olaf sich schon den anderen zu. »Meine Damen und Herren! Ihr macht jetzt alle eure Atemübungen. Mit Zählen, auf drei einatmen, auf vier halten, auf drei wieder aus. Dann dasselbe auf vier, fünf, sechs und so weiter. Lilly, wir beide nehmen uns die Vokale vor, ich will mal dein A hören. Übung eins aus dem *Kleinen Hey*, bitte.«

Ich kannte die A-Übung auswendig, noch von der Acting Class. Miranda und ich hatten sie nie machen können, ohne zu kichern.

»Barbara saß nah am Abhang. Sprach gar sangbar, zaghaft, langsam.«

»Okay, und von vorne. Zunge flach beim A, Mund nicht zu rund, kein O! Zunge nach hinten beim S! Dein A klingt auch ein bisschen englisch. Wenn du es mit der Schauspielerei ernst meinst, musst du dir das abtrainieren. Weiter!«

Bis zum Ende der Stunde ließ Olaf mich die Übungen aus dem *Kleinen Hey* sprechen. Die anderen hatten ihre rechte Hand auf den Bauch gelegt und atmeten mit halb offenem Mund ein und aus und schienen innerlich zu zählen. Nur Stella-Marie biss auf ihrer Lippe herum, und als sich unsere Blicke kreuzten, wandte sie den Kopf ab.

»So, Schluss für heute!« Olaf klatschte in die Hände. Dann winkte er Stella-Marie und mich zu sich. »Ihr bleibt noch einen Moment.«

»Typisch, die Schleimerinnen«, flüsterte Violet über das allgemeine Geraschel hinweg. Stella-Marie zuckte bloß mit den Schultern. Wir beide gehörten bei *Act Out* zu den *Begabten*. Manche nannten uns auch: *die Bevorzugten*. Oder, in einem spitzen Tonfall: *die Auserwählten*.

Schleimerinnen, das war neu.

»Arme Violet, die kann einem leidtun«, sagte Stella-Marie. Olaf schloss die Tür. Von draußen noch die Stimmen, jemand lachte.

»So, meine Damen! Ich beurlaube euch heute Nachmittag höchstpersönlich vom Ballettunterricht bei Frau Szebrinski.«

»Du meinst, von der Folter!«, Stella-Marie kicherte.

»Was für eine Gnade!«, sagte ich.

»Wir haben etwas Besonderes vor.« Olaf sah uns ernst an. »Wir fahren zusammen nach Charlottenburg. Ins Synchronstudio. Es geht nämlich – nicht loskreischen, bitte, denkt an meine Ohren – es geht um ein Casting. Genauer gesagt: um ein Casting für einen Hollywood-Film.«

Wir kreischten los. Erst Stella-Marie, dann ich, ein bisschen leiser, um meine Stimmbänder nicht zu belasten. Olaf hielt sich die Ohren zu und grinste.

»Du meinst, eine Synchronrolle?«, fragte Stella-Marie.

»Richtig. Sie suchen eine junge und engagierte Schauspielerin, keine Profi-Sprecherin. Jung und engagiert heißt übersetzt: Wir lassen dich viel arbeiten und zahlen wenig. Aber es ist eine Chance. Sozusagen *die Chance*. Sagt euch der Name Raphaela Stanfield was?«

Olaf hob vorsorglich die Hände an die Ohren. Doch wir waren ganz still.

Raphaela Stanfield.

Das wandlungsfähigste Gesicht Hollywoods. Diesen Satz hatte ich einmal über sie gelesen und nie vergessen. Sie war nicht viel älter als wir. Vor drei Jahren, als Dad eine Weile in Los Angeles gewesen war, hatte er mir ein Autogramm von ihr mitgebracht. In Bukarest hatte ich es in meiner Schreibtischschublade aufbewahrt und ab und zu herausgenommen, um Raphaelas Gesicht zu studieren. Der Schreibtisch war in Bukarest geblieben. Das Foto steckte hier irgendwo in einer unausgepackten Umzugskiste.

»Wir … sollen Raphaela Stanfield … synchronisieren? Also … äh, eine von uns? Aber wir haben doch gar keine …«

»Richtig, Stella, ihr habt keine Synchronerfahrung, und das ist eindeutig ein Nachteil beim Casting. Deshalb gehen wir in das Studio, wo ich oft arbeite. Heute um 15 Uhr haben wir einen Termin. Sie sind so freundlich, euch alles zu erklären und euch einzuweisen, damit ihr versteht, wie alles funktioniert und wie es sich anfühlt. Ready?«

»So was von ready!«, sagte Stella-Marie.

Jetzt, dachte ich, jetzt fängt es an. Wenn Erik das wüsste. Würde er … Nein. Nicht an ihn denken. Ich hatte *Wichtigeres* zu denken. Ich trat einen Schritt vor. »Und wann ist das Casting?«

»Morgen«, sagte Olaf.

»Oh! Mein! Gott!« Stella-Marie hüpfte auf und ab wie ein Gummiball.

»Wieso sagst du uns das erst heute?«, fragte ich. Es klang unhöflicher, als ich beabsichtigt hatte.

»Erstens: Ich wollte es euch am Premierenabend nicht sagen. Zweitens: Es hat schon zwei Castings gegeben, sie haben aber niemanden gefunden, und jetzt ist es eilig. Übrigens völlig normal. Willkommen in der Welt der Synchronsprecher. Und jetzt ab mit euch, geht was essen und seid pünktlich um 14 Uhr wieder hier.«

Olaf hielt uns die Tür auf. Wir gaben uns Mühe, nicht zu rennen, und gingen betont langsam durch den Korridor der alten Villa und dann durch die Eingangstür in den Garten.

»Ich mach mir gleich in die Hose!« Stella-Marie drehte sich zu mir um. »Hat er *Raphaela Stanfield* gesagt? Hat er wirklich *Raphaela Stanfield* gesagt!?«

Ich nickte.

»Los, cheeeeese!« Stella-Marie zog ihr Handy aus der Tasche und legte ihren Arm um meine Schultern. »Alles klar, ich hab's.«

Wir beugten uns über ihr Handy. Zwei Gesichter, eng beieinander. Stella-Maries quietschgrünes Haarband. Ihr Augenbrauen-Piercing.

Ich hatte nichts Auffälliges.

»Ich stell's auf Instagram: Auf dem Weg nach Hollywood! Du kannst es ja teilen.«

Stella-Marie wischte schon auf dem Display herum und tippte.

»Aber ... wir waren noch nicht mal beim Casting.«

»Ist doch egal, es ist *Spaß*! Los, komm!« Den Blick aufs Handy gerichtet, ging sie voraus. Das Café, wo sich alle von *Act Out* in den Pausen trafen, lag auf der anderen Straßenseite. An den Samstagen, wenn der Unterricht schon vormittags begann, war es immer überfüllt.

»Kommst du?« Stella-Marie drehte sich um und winkte. Ich schüttelte den Kopf, dann ging ich langsam zurück in die Villa. In allen Räumen wurde unterrichtet oder geprobt. Sogar in der Teeküche machte jemand Gesangsübungen: Dhyan. Nur der winzige Kopierraum war frei. Ich schloss ab, legte den *Kleinen Hey* aufs Fensterbrett und schlug die S-Übung auf. Dann schaute ich kurz bei Instagram nach.

Drei von Stella-Maries Followern hatten unser Foto schon mit Smileys und Herzchen kommentiert, einer hatte es geteilt.

Ich steckte das Handy wieder ein. Ich würde das Bild erst dann teilen, wenn ich die Rolle hatte.

Im Synchronstudio war alles neu. Keine Bühne. Keine Scheinwerfer. Nur Dunkelheit und die kleine Lichtinsel am Stehpult mit dem Mikrofon. Der Geruch nach Elektronik und Staub. Der geschlossene Vorhang vor der Leinwand. Und wieder dieses Kribbeln: Jetzt. Jetzt fängt es an.

»Die Leinwand«, erklärte Olaf, »wird selten gebraucht, meistens laufen die Szenen über den Monitor hier, direkt am Pult. Da drüben, das ist der Tisch des Cutters.«

»Und das ist wahrscheinlich das … Drehbuch?« Stella-Marie trat einen Schritt in den Lichtkreis und zeigte auf die Mappe, die auf dem Pult lag.

»So ähnlich. Man nennt es Dialogbuch.« Olaf hob die Mappe hoch. »Das heißt aber nicht, dass alle Dialoge eines Films hier auch drinstehen. Oft bekommt ihr neue Szenen oder Dialoge nämlich erst direkt vor der Aufnahme. Und dann müsst ihr von null auf hundert da sein. Beim Synchronsprechen, meine Damen, zeigt sich ganz schnell, wer die wirklich guten Schauspieler sind. Diejenigen, die sich sofort und ohne Vorwissen in eine Rolle einfühlen können. Sich fallen lassen und total darin aufgehen. *Das* sind die wahren Schauspieler.«

Er legte die Mappe zurück auf das Pult, und Stella-Marie strich sacht mit dem Zeigefinger über den Einband. Für Sekunden war es still. Ich hatte Angst, die anderen könnten hören, wie schnell und laut mein Herz schlug. Ich wusste genau, was Olaf meinte. Sich fallen lassen. Hineinfallen in die Rolle und fliegen.

Verschwinden, um da zu sein.

»He, Fabi.« Olaf drehte sich zu der Glasscheibe um, die den Regieraum vom Studio trennte. »Bist du schon bereit mit der Technik? Ich möchte den Damen schnell was vorsprechen, bevor die anderen kommen.«

»Alles klar. Ich spiel dir was aus dem Thriller ein.« Die Stimme schepperte aus kleinen Boxen, die unter der Decke hingen.

Der Monitor über dem Pult wurde hell.

»So, jetzt passt auf!«, sagte Olaf zu uns. »Ihr seht gleich zwei Balken, die sich auseinanderschieben. Sobald sie ganz offen sind, kommt der Satz, der gesprochen werden soll. Ihr könnt dieses Öffnen zum Einatmen nutzen, zur Konzentration. Klar?«

Wir nickten, und aus den Boxen schepperte Fabis Stimme: »Ich spiel dir die Autoszene ein, hast du sie?«

»Ja, danke, hab ich.« Olaf blätterte im Dialogbuch. »So, meine Damen, noch eins: Sobald das Mikro an ist, macht ihr keinen Mucks. Regel Nummer eins: Jedes Geräusch vermeiden. Wirklich jedes! Das Mikro ist hochempfindlich.«

Wir erstarrten. Olaf drehte sich zum Pult. Auf dem Monitor schoben sich die Balken langsam auseinander. Die Szene spielte im Inneren eines Wagens, ein Mann schlug mit den Fäusten auf das Lenkrad ein.

»Ich krieg dich! Ich krieg dich! Ich knall dich ab!« Olafs Stimme klang anders als im Unterricht, jetzt hatte sie etwas Gefährliches, Gepresstes. Aus den Boxen kamen Geräusche, das Quietschen von Bremsen, wildes Gehupe.

»Nein! Nein! Abknallen ist viel zu gut für dich, ich lass dich langsam verrecken, ganz langsam!« Olaf bewegte die Arme beim Sprechen, von hinten sah es aus, als würde er dirigieren. Ich spürte, wie Stella-Marie neben mir bebte, wie sie ein aufsteigendes Kichern unterdrückte.

»Du wirst um Gnade winseln, du dreckige Nutte!«

»Du hast mich schon netter begrüßt, Olaf.« Die Frau in der offenen Studiotür war groß und dünn und trug eine Tasche unter dem Arm.

»Oh ... Janka, meine Liebe, wie geht's? Darf ich vorstellen? Janka Dravic, die beste Dialogregisseurin der Welt.«

Janka winkte zu uns rüber und hauchte Olaf ein Küsschen zu. »Heute knutschen wir nicht, lieber Oli, ich hab Halskratzen. Hast du deinen Mädels schon alles erklärt? Fein. Dann legen wir gleich los, der Cutter kommt jede Sekunde. Und: Tataaa! Ich hab noch eine Überraschung für euch. Du wirst nicht glauben, was es ist!«

Janka zog etwas aus ihrer Tasche und wedelte damit vor Olafs Gesicht herum. Blätter, lose aneinandergeheftet. Eins löste sich und fiel zu Boden.

»Das ist – tatatataaaaa!!! – eine Originalszene aus *Die Verlorenen*! Na? Ist das gut, oder ist das gut?«

»Janka! Das ist nicht nur gut, das ist fantastisch!« Olaf bückte sich nach dem Blatt und legte es aufs Pult, so vorsichtig, als würde es gleich zerbröseln. »Woher …? Wie …?«

»Von Anne Möllers. Von *DAS Castingbüro*. Keine Ahnung, ob sie morgen fürs Casting ausgerechnet diese Szene auswählen, aber so bekommt ihr schon mal das Feeling für den Film. Und vor allem für Raphaela Stanfield.« Janka sah uns an und lächelte. »So, Mädels, ran ans Mikro. Ich hoffe, ihr habt gut gegessen. Ich will nämlich kein Magengrummeln hören!«

»Ja, habe ich«, sagte Stella-Marie. »Lasagne.«

»Echt lecker.« Ich rieb mir übertrieben den Bauch und versuchte, mich dabei zu erinnern, wie viele Stunden eine Schale mit Müsli vorhielt. Drei Stunden, vier? Länger? Genau genommen war es bloß eine halbe Schale gewesen. Heute Morgen um neun. Im Kopierraum hatte ich nicht an Essen gedacht, nur an offene A und saubere S. Immer wieder von vorne.

»Ah, ich verstehe, ihr seid Profis«, sagte Janka. »Na dann, auf geht's. Wer will zuerst?«

»Ich!«, sagten wir gleichzeitig, aber ich war schon ans Pult getreten, einen Sekundenbruchteil schneller als Stella-Marie. Es war meine einzige Chance. Jetzt musste ich sprechen, jetzt. Bevor mein Magen sich bemerkbar machte. Und mich als Totalanfängerin entlarvte.

»Okay. Hier ist die Szene, du hast fünf Minuten, um sie dir ... Ah, Sven, na endlich!« Hinter Janka war ein junger Mann aufgetaucht. Er war blond, trug ein rosa Hemd und eine Brille mit dicken Gläsern.

»Ich bin der Cutter.« Sven gab mir lächelnd die Hand. »Du sprichst zuerst?«

»Ja«, sagte ich hastig. »Ich bin Lilly. Vonderfeld. Lilly Vonderfeld.«

»Wow, Künstlername oder echt?«

»Echt.«

»Cool.« Sven setzte sich an den Tisch neben dem Sprecherpult und fuhr einen Computer hoch. »Hat dir Olaf schon gesagt, dass du nicht auf Raphaelas Lippen schauen sollst? Das machen die meisten nämlich beim ersten Mal, bis sie kapieren, dass sie auf alles achten müssen: Das Gesicht, den Körper, aber vor allem darauf, wann Raphaela atmet, das ist das Wichtigste.«

»Er hat vollkommen recht, Lilly. Als Synchronsprecherin stellst du deinen Atem absolut auf die Schauspielerin ein, du atmest mit ihr. Nur so wird deine Stimme wirklich zu ihrer Stimme. Toi, toi, toi!« Olaf umarmte mich kurz, dann folgte er Janka zum Regieraum. Stella-Marie marschierte hinter ihm her.

Durch die Glasscheibe sah ich sie alle. Fabi, der Techniker, war ganz an die Seite vom Mischpult gerückt. Auf dem Drehstuhl neben ihm saß Janka. Stella-Marie, schräg hinter ihnen, hatte sich auf einem Ledersessel niedergelassen. Olaf war der Einzige, der stand. Dicht an der Glasscheibe.

Ich trat ans Pult und legte die Blätter darauf.

»Sprich mal was«, kam Fabis Stimme aus den Boxen. »Für den Technik-Check.«

Ich sagte das, was wir immer vor den *Act-Out*-Aufführungen sagten: »Einsss, zzzwei, Ssssoundcheck.«

»Zischelt ein bisschen«, sagte Fabi. »Ich schalt auf alle Fälle den De-Esser ein.«

Ich drehte mich zur Glasscheibe um. Vier Augenpaare starrten mich an. Ich traute mich nicht zu fragen, was ein De-Esser war.

Janka beugte sich vor. »Lilly, wir lassen jetzt die Szene einmal für dich laufen. Lies am besten gleich im Dialogbuch mit. Ready?«

Ihre Stimme klang anders über die Boxen, härter.

Ich hob den Daumen: ready.

Olaf nickte mir zu.

Der Monitor wurde hell, die Szene begann sofort. Ein Gang, endlos und leer, glitzernder Stahl und Glas. Kein Mensch zu sehen. Die Kamera fuhr näher heran, von Weitem erkannte ich eine schmale Gestalt, ganz am Ende des Ganges: Raphaela. Sie stand vor einem Glaswürfel.

Ein Käfig? Tierversuche? Olaf hatte nur von Hollywood und Raphaela Stanfield geredet, aber mit keinem Wort gesagt, worum es in dem Film ging. Vielleicht erklärte er oder Janka es gerade Stella-Marie, dort im Regieraum, während die Szene lief. Ein klarer Vorteil für sie, und ich …

Schluss, Lilly, konzentrier dich! Auf Raphaela. Vor dem Glaskäfig, sie dreht dir den Rücken zu. Kein Gesicht, keine Lippen. Was, wenn sie jetzt etwas sagt? Kurzer Blick ins Dialogbuch: QUARANTÄNESTATION INNEN / TAG steht über der Szene. *Noch einmal schaut Payton den Hauptgang hinunter, dann drückt sie den roten Knopf.*

Payton. Die Figur, die Raphaela spielt, heißt Payton.

Schnitt. Auf dem Monitor jetzt ein Gesicht. In Großaufnahme. Ein Männergesicht, über das ein riesiges schwarzes X tätowiert ist, die geschlossenen Augenlider sind Teil der Tätowierung. Der Mann liegt auf dem Boden des Glaskäfigs, wie tot. Nein, er atmet! Seine Brust hebt und senkt sich.

Schnitt zu Raphaela. Payton. Sie schaut den Gang hinunter, einmal rechts, dann links, als hätte sie Angst, erwischt zu werden. Sie muss etwas Verbotenes vorhaben, vielleicht etwas Gefährliches. Keine Zeit mehr, den Text im Dialogbuch mitzulesen, du musst auf die Aktionen achten.

Paytons Hand, in Großaufnahme. Ihr Zeigefinger auf einem roten Knopf. Im Lautsprecher knackt es. Payton räuspert sich.

Doch sie spricht nicht.

Nur ihre Atemzüge sind zu hören.

Du musst spüren, wann Raphaela atmet. Du atmest mit ihr.

Ich versuche, meinen Atem auf ihren einzustellen. Er geht viel schneller als meiner, und ich finde keine Regelmäßigkeit, keinen Rhythmus. Der Mann auf dem Glaskäfigboden hört Paytons Atem auch, er öffnet die Augen. Sie sind grün. Sie leuchten, glühen fast. Kohlschwarzes Gesicht. Glühende Pantheraugen. Payton zuckt zusammen und lässt den roten Knopf los. Eine Sprechanlage?

Der Verlorene bewegt die Lippen, steht im Text. So heißt der Film: *Die Verlorenen.* Und Payton, wer oder was ist sie? Eine Gefängnisaufseherin? Eine Krankenschwester der Quarantänestation? Sie sieht nicht danach aus, sie trägt kurze Hosen, T-Shirt und Turnschuhe. So als ob sie gerade Sport gemacht hätte.

Der Verlorene sieht sie an, bewegt wieder die Lippen. Kein Ton ist zu hören. Payton dreht sich nach rechts, nach links, schneller als vorher, ihre Haare fliegen. Dann drückt sie den roten Knopf. Entschlossen diesmal. Das macht eine erstklassige Schauspielerin aus, würde Olaf sagen, in einer Handbewegung kann alles liegen. Nicht zum Regieraum rüberschauen, nur auf den Monitor. Der Verlorene lächelt.

In den Lautsprechern knackt es.

»What's your name?«, fragt er. Seine Stimme passt nicht zu seinen Pantheraugen und passt doch. Eine tiefe Stimme, die gefährlich klingen könnte. Jetzt hört sie sich überraschend freundlich an.

Payton zuckt zusammen, lässt den Knopf los und drückt ihn gleich wieder. Dann spricht sie.

Ein englischer Satz.

Atemlos, wütend.

Hastig suche ich die Stelle im Dialogbuch: *Hat einer von euch das Fieber?*

Der Verlorene sagt nichts, er schaut Payton nur an aus seinen Pantheraugen.

Ihr tötet für ein bisschen Medizin und ein bisschen Essen!

Payton schreit diesen Satz. Auf Englisch ist er kürzer als der deutsche Text.

Das würdest du auch.

Der Gefangene spricht noch immer mit dieser ruhigen, freundlichen Stimme.

Nein, das würde ich nicht!

Gegen seine Ruhe wirkt Payton umso zorniger. Unter ihrem Zorn steckt Angst. Irgendwas, das vorher passiert sein muss, macht ihr Angst, schreckliche Angst, diese Angst schleudert sie der Freundlichkeit des Gefangenen entgegen.

Jetzt schweigen beide. Im Lautsprecher nur das Knacken der Gegensprechanlage.

Dann Payton: *Ihr habt so ein Leben verdient. Es hat ja einen Grund, warum du ein Verlorener bist!*

Mit einer blitzschnellen Bewegung springt der Verlorene auf. Er steht ganz nah vor mir, er sieht mich an.

»And that would be?« Seine Stimme klingt hart.

Und der wäre? Diesmal ist der deutsche Satz kürzer.

»Payton!« Eine männliche Stimme, sie ruft von irgendwoher: »Payton! Payton!«

Sie wirft sich herum, rennt, rennt, rennt durch den endlosen Gang, auf eine Tür mit einem Warndreieck zu, sie reißt sie auf und verschwindet dahinter.

Der Verlorene schaut ihr nach.

»Lilly? Wenn du bereit bist, legen wir jetzt los.«

Janka.

»Wir lassen den ganzen Vorspann weg, das war bloß zur Orientierung.

Die Szene läuft ab dem Moment, wo Payton spricht. Hast du die Stelle? Den ersten Satz, den sie sagt?«

»Das ist …« Mein Finger flog über die Seiten. »Das ist der Satz mit dem Fieber?«

»Genau. Dann mal los.«

Für eine Sekunde schloss ich die Augen. Alles vergessen, was um dich herum ist, nur an deine Figur denken.

Payton.

Augen auf.

Payton knallt den Finger auf den roten Knopf.

Die Balken schieben sich auseinander.

»Jeeeetzt!«, sagt Sven.

»Hat einer von euch das Fieber?«

Du sprichst allein. Niemand, der neben dir steht. Oder gegenüber. Niemand, den du anspielst. Nach dem du dich richtest.

Stille. Dein Satz verhallt.

Die Balken schieben sich auseinander.

Der Verlorene schaut dich an aus seinen Pantheraugen.

»Jeeeetzt!«

Du spürst Paytons Empörung, ihre Angst darunter. Laut musst du sein, fast schreien.

»Ihr tötet für ein bisschen Medizin und ein bisschen Essen!«

»Stopp!«

Janka.

»Deine S sind etwas zu scharf. Mach es noch mal, weicher.«

Du konzentrierst dich. Nicht mehr auf Payton und ihre Gefühle, nur noch auf deine Zunge. Du bist Zunge. Zunge am Zahnfleisch, nicht an den Zähnen. Du hast es doch geübt.

Die Balken schieben sich auseinander.

»Jeeeetzt!«

»Ihr tötet für ein … bisschen Medizin und ein … bisschen … Essen!«

»Stopp!« Janka musste nichts sagen, ich wusste es selbst: Zu langsam, es passt nicht zu den Lippenbewegungen. Jetzt warf ich doch einen Blick über meine Schulter zum Regieraum. Janka, mit Kopfhörern auf den Ohren, sagte etwas zu Fabi, etwas, das ich nicht hören konnte. Fabi nickte und beugte sich über das Mischpult. Stella-Marie starrte mich an. Von Olaf sah ich nur einen Schatten, er stand nicht mehr am Rand der Glasscheibe, sondern weiter hinten, den Kopf gesenkt.

Er schaut auf sein Handy. Er hat dich schon aufgegeben. Der Gedanke flog heran, gleichzeitig mit Jankas Stimme: »Und – bitte!«

»Jeeeetzt!«

Die Balken schieben sich auseinander.

»Ihr tötet für ein bisschen Medizin und ein bisschen Essen!«

»Stopp!« Diesmal eine Männerstimme. Fabi. »Zischelt noch. Geh ein Stück vom Mikro weg, ja?«

»Und bitte!«

»Jeeeetzt!«

»Ihr tötet für ein bisschen Medizin und ein bisschen Essen!«

»Stopp! Zu leise!«

Gleich wirst du aufwachen. Es ist nur ein Traum, ein Albtraum, in dem du immer wieder einen Satz wiederholst. Bis in alle Ewigkeit. Und mit jeder Wiederholung wird es schlimmer. Mit jeder Wiederholung wird dein Herzklopfen stärker und damit die Angst, man könnte es über das Mikrofon hören.

»Okay. Danke!«

Janka.

Endlich. Endlich hat der Satz gestimmt. Mit dem Finger fahre ich zu meinem nächsten Dialog: *Nein, das würde ich nicht!*

»Und jetzt Stella-Marie, bitte!«

Jankas Stimme.

Ganz freundlich.

Auf dem kurzen Weg vom Pult zum Regieraum kam mir Stella-Marie entgegen. Ich mied ihren Blick. Wir gingen schweigend aneinander vorbei.

Als kleines Mädchen hatte ich Märchen gemocht, in denen Leute Tarnkappen trugen. Jetzt war es, als hätte ich selbst eine auf. Niemand sagte etwas, als ich in den Regieraum trat. Fabi rekelte sich und gähnte, Janka kritzelte etwas auf ein Blatt Papier. Olaf tippte auf seinem Handy herum. Erst als Janka sich räusperte und Stella-Marie Anweisungen gab, hob er den Kopf und trat an die Scheibe.

Stella-Marie stand im Lichtkreis. Sehr gerade. Ihre Haare zum Dutt aufgesteckt, umwickelt mit dem quietschgrün leuchtenden Haarband.

»Alles klar, Stella-Marie?«, fragte Janka.

»Nein! Wo ist … hier liegt kein Text!«

Erst jetzt bemerkte ich, dass ich die Blätter mitgenommen hatte. Und wie feucht meine Hand war, die diese Blätter festhielt.

Ich warf mich herum wie Payton im endlosen Gang, rannte durchs Studiodunkel zur Lichtinsel, stieß mit dem Ellenbogen an irgendwas, dann war ich am Pult. Die Blätter waren zerknittert. Ich versuchte, sie glatt zu streichen.

»Danke«, sagte Stella-Marie.

»Toi, toi, toi«, sagte ich.

Am liebsten wäre ich gegangen. Durch die Studiotür, auf die Straße und weiter. Nicht irgendwohin, einfach nur weg.

Im Regieraum stellte ich mich hinter das Mischpult. Direkt darüber war der Monitor angebracht, etwas kleiner als der im Studio.

»Es geht los. Achtung, bitte!«, sagte Janka.

Die Balken schoben sich auseinander.

»Hat einer von euch das Fieber?«

Stella-Maries Stimme.

Glasklar.

Janka und Fabi tauschten Blicke, Janka nickte.

Die Balken schoben sich auseinander.

»Ihr tötet für ein bisschen Medizin und ein bisschen Essen!«

»Und weiter!«, sagte Janka.

Olaf stand jetzt ganz dicht an der Scheibe.

Alle waren gebannt von Stella-Marie. Die Satz für Satz die gesamte Szene sprach. Ohne ein einziges Mal wiederholen zu müssen.

»Danke. Super gemacht!« Janka erhob sich aus ihrem Drehstuhl und zwinkerte Olaf zu. »Stella-Marie bekommt die Rolle bestimmt«, hörte ich sie sagen, als ich im Flur meinen Mantel anzog.

Der Satz war in meinem Kopf. Die ganze Zeit. Auf der Fahrt nach Hause. Beim Abendessen mit Mum. Nachher in meinem Zimmer. Sinnlos, sich die Ohren zuzuhalten.

Ich schaute aus dem Fenster. Draußen die Nacht und der Schnee. Snowflake strich um meine Beine und miaute. Sie wollte raus.

»Nein, Snow, du musst bei mir bleiben. Du musst mich abhören. Hör genau hin! Es senkt sich sanft die Sonne. Es sssenkt sich sasasanft die Sonne. Wie sind meine S? Weit genug hinten?«

»Miau.«

»Ach, Snow. Wenn ich dich nicht hätte.«

Und noch mal. Die Sonne, der Fluss. Barbara, nah am Abhang.

Zunge am Zahnfleisch, dabei flach. Nicht an den Zähnen.

Und noch mal. Zunge am Zahnfleisch, küssss mich ssssanft, sagt jemand, sagt Erik, immer wieder, küssss mich sssanft, es zischelt, trotzdem geht in mir eine Sonne auf und wärmt mich, küss mich, küss mich, küss mich sanft, säuselt Erik.

Küssss mich ssssanft, Ssssandrine.

3
Ben

Ich hatte nicht aufgepasst. Hatte eine harmlose Abkürzung genommen und dann noch eine und noch eine, und bevor ich wusste, was los war, stand ich in ihrer Straße. Zweiter Stock. Das dritte Fenster links. Kein Licht, sie war nie früh aufgestanden.

Ihren Arm nehmen und um mich legen. Mich an einem Finger festhalten. Meine kalten Füße zwischen ihre warmen Beine schieben.

Im Zimmer daneben ging das Licht an. Dann auch in ihrem. Ich duckte mich rasch hinter ein geparktes Auto. Keine zwanzig Meter von mir entfernt öffnete sich ihr Fenster, und sie legte ein Kopfkissen auf die Fensterbank.

Als die Luft rein war, richtete ich mich auf und lief die Straße hinunter. Ließ den kleinen Park hinter mir, wo die Penner ihre Stammbänke hatten, und kämpfte mich durch die ersten Touristengruppen auf der Kurfürstenstraße. Immerhin fast die Hälfte der Strecke geschafft.

Vor einem Bäcker standen Leute und aßen etwas, das aussah wie Brötchen mit Pizza belegt. Morgens um halb neun. Nicht hinsehen. Auch nicht hinriechen. Mein Magen war so leer wie mein Rucksack.

Von nichts kommt nichts, würde mein Vater jetzt sagen. Keine Arbeit. Kein Geld. Kein Essen. Ganz logisch. Wie man ins Leben reinruft, so schallt's halt wieder raus.

Irre hilfreicher Spruch. So hilfreich wie: Haste Scheiße am Fuß, haste Scheiße am Fuß.

Ich kickte eine rumliegende Bierflasche weg. Mein Vater hatte zweimal meine Miete überwiesen, aber das war schon eine Weile her. Und ich brachte es nicht, ihn noch einmal um Geld zu bitten. Ebenso wenig, wie ich es brachte, schon wieder im Döner *Zur Gams* aufzutauchen und so zu tun, als wollte ich nur ein bisschen Small Talk machen. Heute blieb mir nichts als der Gang zum Studio. Nachfragen, ob sie inzwischen jemanden für die weibliche Hauptrolle gefunden hatten und wann es endlich losgehen würde. Dabei einen kleinen Abstecher in die Küche machen. Auf den Studiokühlschrank war Verlass. Mehr als auf meinen Vater und seine schlauen Sprüche für jede Lebenslage.

Mein Magen hörte nicht auf zu knurren, und mir war schwindlig. Damit mein Hirn nicht dauernd über Essbares nachdachte, versuchte ich, mir eine Strategie zu überlegen, wie ich Jürgen davon überzeugen könnte, mir die erste Rate der Gage in bar zu zahlen. Die Produktionsfirma brauchte immer Ewigkeiten für die Überweisungen. Und überhaupt dauerte diesmal alles ewig. Was war denn so schwer daran, eine Stimme für Raphaela Stanfield zu finden? Warum machten sie diese überflüssigen Castings und nahmen nicht eins von den Mädels, die wir alle kannten? Mae zum Beispiel? War sie nicht gut genug für einen Kitschfilm?

Kitsch brachte mich auf Kirsch. Und Kirsch auf Marmelade. Ein Brötchen mit Kirschmarmelade. Und zentimeterdick Butter drunter. Ich war längst an der Gedächtniskirche vorbei, schlug Haken um Leute, die aus Bussen stiegen, und sandte ein stilles Gebet an die unbekannte Gottheit, die über die Studiokühlschränke dieser Welt wachte. Bitte lass es Marmeladenbrötchen geben! Oder wenigstens Nutella-Toast! Nicht wieder bloß Joghurt light und Gurkenscheiben und Karottenschnitze. So wie bei der letzten Produktion. Magersüchtige Sprecherinnen, eine Cutterin auf Diät, der Regisseur ein Vollidiot und Veganer. An alles andere, was mit dieser Produktion zusammenhing, wollte ich lieber nicht denken.

Ich trabte an einer Reihe Cafés vorbei, haufenweise aufgeklappte Laptops und Bedienungen in roten Schürzen. Dann, endlich, bog ich in die kleine Querstraße ein. Und sah die Transparente. Heilige Scheiße. Schon wieder. Das wievielte Casting war das, das dritte oder vierte? Und jetzt? Umdrehen und die acht Kilometer zurücklaufen?

Quatsch. Einfach mittendurch.

Der ganze Vorgarten war voll. Eltern. Picklige Freunde. Beste Freundinnen. Zum Glück hatte Jürgen durchgesetzt, dass sie mit ihren Transparenten draußen bleiben mussten, weil sie die Konzentration im Studio störten.

Alle glotzten mich an. Und machten nur widerwillig Platz. Ein grauhaariger Kerl in einem ekelhaft schicken Mantel mit Pelzbesatz musterte mich, als wäre ich etwas, das gerade aus der Spüle gekrabbelt ist. Dabei hielt er sich an einem Transparent fest, auf dem in Riesenbuchstaben *Du schaffst es!* stand. Ich war kurz davor auszusprechen, was mir gerade durch den Kopf ging: Hey, müssen Sie nicht irgendwelchen dämlichen Klienten in den Hintern kriechen, damit Ihre ach so begabte Tochter weiter auf die sauteure Schauspielschule gehen kann und irgendwann ganz groß rauskommt? Gibt es eigentlich irgendwo auf dieser Welt noch Leute, die allein zu einer Prüfung, einem Casting oder sonst was gehen können, ohne ihren privaten Fanklub mitzuschleppen?

Aber von meiner letzten Erfahrung im Studio wusste ich, dass es besser war, den Mund zu halten. Nichts sagen, bloß Text absondern, die Gage einstreichen, den Kühlschrank plündern. Ich schob mich an zwei kichernden Mädchen vorbei, die ein selbst gebasteltes *Wir-lieben-dich*-Schild hochhielten. Dann an einem Snob-Freund mit Riesentransparent: *Stella-Marie, du bist die Beste!*

Die Eingangstür der Villa war angelehnt. Ich stieg mit weichen Beinen die Treppe zum ersten Stock hoch. Stimmengewirr. Von Weitem sah ich Anne von *DAS Castingbüro,* wollte ihr aber nicht unbedingt begegnen.

Auch der Aufenthaltsraum war voller Mädchen. Es roch nach Mädchenschweiß, Mädchenangst, Haarspray und allem, womit sich Mädchen sonst noch einsprühen können. Darüber der bittere Geruch von Kaffee auf der Wärmeplatte, von dem einem schlecht werden konnte.

Ich benutzte die Ellenbogen, um zur Küche durchzukommen. Und hörte die Stimmen hinter mir:

»Das ist der Sprecher von Lex B. Tyson.«

»Eeeecht?«

»Ja, der spricht alles von Lex. Jeden Film!«

»Oh! Wow! Der hat soooo eine süße Stimme!«

Das Mädchen, das diesen intelligenten Satz von sich gegeben hatte, sah wie eine Stella-Marie aus. Es stand direkt vor der offenen Schiebetür zur Küche und schaute mich aus großen blauen Knopfaugen an. Die beiden anderen neben ihr quietschten und kicherten. Riesenplüschtiere in rosa T-Shirts. Ihre Stimmen würden kieksen, das wusste ich jetzt schon, sie würden bei jedem Wort zusätzliche Seufzer einbauen und nach jedem Satz laut ausatmen. Wenn man so eine im Kopfhörer hatte, zuckte man ständig zusammen und versaute prompt den Take. Das Schöne – das einzig Schöne – an diesem Job war das Alleinsein vor dem Mikro. Wenn man im dunklen Studio stand, konnte man sich für ein paar Momente einbilden, man sei in einem Raumschiff, unterwegs auf geheimer Mission durchs All, Lichtjahre entfernt von allen, die etwas von einem wollten … Aber eine zuckersüße, quietschende Mädchenstimme im Kopfhörer machte dieses Gefühl sofort zunichte.

»He, du!« Das erste Plüschtier zupfte mich am Ärmel. »Du bist doch Ben Bergmann? Kann ich ein Autogramm haben? Bitte!«

Das *Bitteeee* zog sie in die Länge und endete mit einem Kiekser. Die Art Kiekser, die Kopfschmerzen verursachen konnte. Es war klar, dass ich nicht wegkam, zumal Plüschtier zwei und drei jetzt mitquietschten, also sagte ich mit der Stimme von Lex: »Ich geb dir alles, was du brauchst, Süße.« Das hätte noch nicht mal Lex gesagt, so schlecht konnte der Film gar nicht sein. Während ich meinen Namen in das kleine Heft kritzelte, das sie mir hinhielt, rückte Plüschtier zwei dicht an mich heran und fragte: »Beeeeen? Saaag mal? Du kennst doch den Regisseeeeuur, oder? Worauf legt der denn besonderen Weeert, und was mag der gaaaah nicht?«

Es ist völlig egal, was der mag. So, wie du sprichst, Süße, kriegst du die Rolle eh nie. Hätte ich mit Lex' Stimme sagen können. Plüschtier eins und drei sahen mich jetzt auch aus großen Augen an, und ich sagte mit meiner ganz normalen Stimme: »Nicht durch die Nase sprechen. Keine zu großen Lautstärkeunterschiede, nicht übertreiben, so natürlich wie möglich bleiben. Konzentriert euch auf den Monitor, und vergesst am besten, dass ihr überhaupt da seid.«

»Ooooh! Eeeecht? Daaankeeee!«

Vom Sofa her winkte mir Anne zu. Oder winkte mich eher heran. Wollte garantiert über die letzte Produktion reden, über den *Vorfall*. Worüber es von meiner Seite aus wenig zu sagen gab. Nie mehr Fantasy, nie mehr einen Scheißzwerg sprechen, nie mehr. Over and out.

»Mira Jones bitte! Und Anabel Heidler soll sich bereithalten.« Jürgens Stimme aus dem Studio. Die Plüschtiere rannten kreischend auseinander. Meine Chance. Ich schlüpfte in die Küche und zog die Schiebetür hinter mir zu. Zum Glück niemand da. Überall leere Kaffeetassen, Untertassen mit gebrauchten Teebeuteln und dreckige Gläser. Auf einer Untertasse lag ein Stück Zucker, bloß ein bisschen feucht. Ich stopfte es in den Mund.

Los, Ben, räum den verdammten Kühlschrank aus, bevor jemand kommt! Aber da lag ein halbes Croissant auf dem Weg, ich schlang es schnell runter. Fast glaubte ich, das glückliche Aufstöhnen meines Magens zu hören, als es dort landete.

Der Kühlschrank war ein Paradies: zwei in Plastik eingeschweißte, unberührte Käse-Schinken-Toasts, ein Glas mit Feta-Würfeln, in Folie eingepackter Kuchen, anscheinend selbst gebacken, sah stark nach Laura aus, deshalb nahm ich auch nur ein Stück, sie hatte vielleicht noch etwas damit vor. Ein Glas mit Würstchen, garantiert von Jürgen, egal, eins aß ich gleich, die restlichen flogen in den Rucksack, dazu mehrere Joghurtbecher, Fertigpudding, eine Tüte Milch. Auf der Arbeitsplatte fand ich eine angebrochene Packung Toastbrot, auch die steckte ich schnell ein, griff mir noch ein paar Teebeutel und schnürte den Rucksack zu.

Als ich mich wieder durch die Tür schob, den vollen Rucksack auf dem Rücken, stand ich vor den nächsten Mädchen. Sie flüsterten miteinander und machten keinen Zentimeter Platz. Ich quetschte mich seitlich vorbei, und mein Rucksack schabte an der Wand entlang, vermutlich erwischte es genau jetzt einen Joghurtbecher oder die Milch, nur schnell weg, bevor etwas auslief und alle mitkriegten, dass ich das Studio beklaute. Im Vorübergehen griff ich mir noch Mini-Schokotäfelchen und Schokoriegel von den Tellern, die bei allen Castings rumstehen, dazu ein paar Mini-Tüten Gummibärchen und Mini-Kekse, so viel in die Jackentaschen ging.

Jetzt am besten sofort abhauen. Die Sache mit der Gage konnte ich vergessen, Jürgen war mit dem Casting beschäftigt. Mission also erledigt, ab durch die aufgeregten Mädchen, die vor dem Klo anstanden, und nichts wie weg. Ich war schon am Ende des Flurs, als die Studiotür aufging und Jürgen seinen Kopf rausstreckte. Wie immer war sein Gesicht vor lauter Haaren kaum zu erkennen, Kopfhaare, Barthaare, vielleicht auch rauswachsende Nasenhaare, wer weiß, alles in Grausilber.

»Als Nächstes machen sich bitte bereit Sarah-India Rittmeister und Doreen Gurk«, rief er in den Flur, dann sagte er: »Ben. Du.« Und schaute nur.

»Jürgen«, sagte ich. Und schickte noch ein schnelles »Wie läuft's? Habt ihr jemanden?« hinterher.

»Komm mal einen Moment rein, okay?«

Verdammt, Jürgen griff schon nach meinem Arm, und wir gingen zusammen an den Leuten von der Casting-Agentur vorbei. Im Technikraum zog Fabi kopfschüttelnd den Regler vom Mikro runter.

»Hi, Ben, mal wieder am Hamstern?« Er grinste.

Ausnahmsweise fiel mir keine passende Bemerkung ein. Ich schwieg und trat in die dunkelste Ecke des Technikraums, um meinen Rucksack wenigstens ein bisschen zu verbergen. Hoffentlich war nichts kaputtgegangen, hoffentlich tropfte jetzt nicht Joghurt oder Milch auf den Boden.

»Du schaust schlimm aus«, sagte Jürgen. »Wie geht's dir?«

»Gut«, sagte ich und tastete vorsichtig mit den Händen den Rucksackboden ab: Alles trocken. »Wann geht es denn los? Muss mal langsam meine Termine planen.«

»Ben.« Jürgen zupfte an seinem Bart herum. »Bist du dir denn sicher, dass du der Rolle … äh … gewachsen bist?«

Trotz des Würstchens und des halben Croissants in meinem Magen wurde mir schwindlig, nur kurz, dann trat ich einen Schritt vor und sagte: »Ich sprech Lex seit zwei Jahren, die Mädchen machen sich fast in die Hose, wenn sie mich hören, und sogar die Amis finden meine Stimme geil. Also was soll die Frage?«

»Die Sache mit dem Fantasyfilm … das war nicht so geil. Konntest du den nicht bis zum Ende sprechen? Sie mussten alles noch mal machen, das hat ziemlich viel gekostet. Die Leute von *Wunderwald-Casting* warnen jetzt sogar vor dir.«

»Moment, die haben *mich* rausgeschmissen.«

»Ja, wegen Unverschämtheit. Ben, ich mach mir Sorgen. Hast du private Probleme? Kann man dir irgendwie helfen?«

»Ja, mit Gage. Ich mach euch den Lex, wie ihr es haben wollt, so wie immer. Gibt's schon Material?«

»Oh, so strebsam neuerdings«, sagte Fabi. Und dann: »Sorry, Ben, war ein bisschen unfair.«

Ich ignorierte ihn. Sah nur Jürgen an. Draußen das nervöse Gemurmel der Mädchen. Im Aufnahmeraum, hinter der Glasscheibe, tranken die Casting-Agenten Kaffee. Wieder kurz das Gefühl, gleich umzukippen.

Und, noch schlimmer, vorher kotzen zu müssen, Würstchen und Croissant auskotzen. Ich schluckte dagegen an. Vielleicht war es ein Vorteil, dass ich deshalb nicht reden und keine angeblichen Unverschämtheiten von mir geben konnte.

»Okay, Ben.« Jürgen schaute auf die Uhr, eine silberne Armbanduhr, die unter lauter Silberhaaren auf seinem Arm kaum zu sehen war. Dann ging er rüber zum Regiestuhl und zog ein paar zusammengeheftete Blätter aus seiner Umhängetasche.

»Hier, das ist die Synopsis zum Film. Bisher haben sie zwei Szenen geschickt, die nehmen wir gerade fürs Casting. Heute müssen wir jemanden für Raphaela finden. Lies dir alles sorgfältig durch. Es ist ein wirklich guter Film, richtig anspruchsvoll, ganz anders als das, was Lex sonst macht. Und, Ben: Schlaf dich aus. Das meine ich ernst, okay?«

»Okay.« Ich nahm die Blätter, und weil ich sie nicht in den Rucksack stecken konnte, schob ich sie unter die Jacke. Dann wünschte ich ihnen viel Glück bei der Suche und ging rückwärts aus dem Technikraum. Im Studio drehte ich mich mit einem Ruck um, sodass die sitzenden Casting-Agenten mich nur von vorne sahen, und marschierte raus.

Das Croissant und das Würstchen waren nach zwei Kilometern verbrannt, also aß ich im Gehen noch drei Würstchen. Und trank einen Joghurt direkt aus dem Becher. Bei Kilometer fünf war eins der beiden Sandwiches an der Reihe, bei sieben der Pudding. Und dann kam das gefährliche Gebiet. Das Revier vom Greinel. Meinem Vermieter.

Dem ich vier Monatsmieten schuldete.

Er konnte einem jederzeit auflauern, wütende Sätze schreien und einen dabei anspucken. Also bog ich vorsichtig in unsere Straße ab und näherte mich unserem Haus. Dann ein letztes, schnelles Umblicken, und: Haustür entern, aufschließen, im Treppenhaus ein bisschen horchen. Nichts. Also hoch, schnell, raubkatzenhaft, lautlos, bis unters Dach. Die Wohnungstür aufschließen.

Dann endlich: drinnen.

Im vertrauten muffigen Geruch. Der Strom ging erst seit gestern wieder, und ich überlegte, ob ich den geliehenen Raumtrockner einschalten sollte. Damit mich der Greinel nicht auch noch wegen der Feuchtigkeit an den Wänden verklagen würde. Nur verbrauchte der Raumtrockner so viel Strom, dass sie den bald wieder abstellen würden.

Ein Teufelskreis, hätte mein Vater gesagt. Keine Ahnung, warum ich an diesem Tag so viel an ihn dachte.

Weil es saukalt war, legte ich mich in der Jacke auf die Matratze. Erst als es knisterte, fielen mir die Blätter von Jürgen wieder ein. Zum Glück war es noch hell genug zum Lesen, und ich musste kein Licht einschalten.

Synopsis zum Spielfilm »Die Verlorenen«
Regie: Derek Myers, Drehbuch: Sally Porter, Andy Green und James Dunway
Darsteller: Raphaela Stanfield, Lex B. Tyson, Danny Bergstroem

Das Jahr 2070: Die Welt, wie wir sie kennen, gibt es nicht mehr. Der Meeresspiegel ist so stark angestiegen, dass Länder unter Wasser verschwunden sind, Hurrikans und Tornados haben ganze Landstriche verwüstet und verödet, Hitze und eisige Winter wechseln sich ab. Längst ausgerottet geglaubte Seuchen wie Pest und Cholera sind wiedergekehrt, und ein tödliches, hoch ansteckendes Fieber fordert viele Opfer.
Die Menschen haben sich in die Berge zurückgezogen und dort riesige Festungen gebaut, in deren Schutz sie leben. Wer von einer Festung zur anderen wechselt, muss für vier Wochen in eine Quarantänestation, um zu beweisen, dass er gesund ist. Bricht bei einem der Reisenden in dieser Zeit das Fieber aus, werden alle, die sich gerade in der Quarantänestation befinden, mit einer Tätowierung markiert und in einem verlassenen Gebiet ausgesetzt. Die Tätowierung, ein schwarzes X, bedeckt das ganze Gesicht. Nähert sich ein Verlorener einer Festung, wird er sofort getötet.

In allen verlassenen Landstrichen dieser Welt streifen Gruppen von Verlorenen umher. Dazu zählen auch Kriminelle oder politische Häftlinge, die ebenfalls mit dem schwarzen X im Gesicht markiert und dann dort ausgesetzt wurden. Gefängnisse gibt es nicht mehr.
Auf einer kleinen Feste, einem Außenposten am Fuße der kanadischen Rocky Mountains, lebt die 17-jährige Payton mit ihrem Vater, einem hochrangigen Militärarzt, der das tödliche Fieber erforscht. Zusammen mit einer Gruppe Special Forces unternimmt er immer wieder Forschungsausflüge ins Gebiet der Verlorenen. Payton selbst interessiert sich nicht für Medizin, mehr noch, sie kann kein Blut sehen. Ihre Leidenschaft ist der Sport. Täglich absolviert sie innerhalb der kleinen Feste ihre Laufeinheiten. Als Payton ein Sport-Stipendium der Militärakademie in der neuen Hauptstadt Calgary erhält, lässt ihr Vater sie schweren Herzens ziehen. Zu ihrer Freude muss auch John (19), ein Special-Forces-Soldat, der ihren Vater auf seinen Forschungsausflügen begleitet hat, zur Akademie zurück. Zwischen ihm und Payton knistert es seit Längerem.
Auf dem Weg zur Feste Calgary stürzt das Flugzeug ab – über dem endlosen Gebiet der Verlorenen. Von den 80 Menschen an Bord überleben 30 den Absturz, darunter Payton und John. Abgeschnitten von der Zivilisation, versucht die Gruppe zu überleben, doch schnell kämpfen sie nicht nur gegen die menschenfeindliche Wildnis, sondern auch gegeneinander: Jeder will sich eine gute Stellung in der Rangordnung sichern. Während John der geborene Anführer ist, muss Payton erst ihr altes Leben abstreifen, um ihren Platz in der Gruppe zu finden. Dabei hilft ihr ausgerechnet der Halbindianer Raid, der gar nicht an Bord des Flugzeugs hätte sein dürfen – denn er ist ein Verlorener. Zuerst wollen ihn die anderen verstoßen, aber Raid bewegt sich wie kein Zweiter durch die Wildnis, sein Wissen und seine Fertigkeiten sind für die Gruppe überlebenswichtig. Schon bald fühlt Payton sich zu ihm hingezogen. Doch was für ein Spiel spielt Raid?
Ein Überlebenskampf in der Wildnis beginnt, denn alle wissen: Auf Hilfe

können sie nicht hoffen, niemand wird sie in dem riesigen Gebiet der Verlorenen suchen. Und der Sommer neigt sich unerbittlich dem Ende entgegen …

Ich legte die Blätter neben die Matratze und war kurz davor, mir auch ein schwarzes X übers Gesicht tätowieren zu lassen. Wer zum Teufel dachte sich diesen Scheiß aus? Und was war daran bitte schön anspruchsvoller als bei den anderen Filmen von Lex? Wildnis, gut, war sicher ganz spannend, Raubtiere, vielleicht Kämpfe, ein bisschen mehr Action als sonst. Raphaela würde in abgerissenen Klamotten ziemlich gut aussehen. Lex natürlich auch. Aber sonst, was sollte bei diesem Film so anspruchsvoll, so wertvoll sein? Allein der Titel war total verkrampft: *Die Verlorenen*. Jede Wette, dass es auch hierbei nicht ums Verlieren, sondern ums Finden ging. In allen Filmen, in denen Lex mitspielte, ging es ums Finden. Zwei, die nach einigem Hin und Her zusammenkommen und sich unsterblich verlieben. Happy End, Scheißmusik, Abspann.

Dabei weiß jeder, wahrscheinlich auch die Idioten, die diese schwachsinnigen Drehbücher schreiben, dass Verliebtsein kein erstrebenswerter Zustand ist. Wer will schon vernebelt sein, verrückt, komplett verpeilt, Opfer seiner eigenen Hirnchemie?

Unter mir fing jemand an staubzusaugen. Der Sauger knallte gegen die Wände, zumindest klang es so, und mir fiel zum ersten Mal auf, dass es eigentlich kein Wort mit der Vorsilbe *ver-* gab, das nicht auf totales Versagen rausläuft. Sich verfahren, verkrachen, verkacken. Jemandem verfallen. Verliebt. Verlobt. Verheiratet.

»Ab jetzt bist du mein Leben.« Ich sagte den Satz laut. Ein typischer Lex-Satz, und ich fragte mich, ob es Lex auch so auf den Wecker ging, solches Zeug von sich zu geben. Ob er dabei genau wie ich an was anderes dachte. An seine Gage zum Beispiel. Die ungefähr hundertmal so hoch war wie meine. Ich träumte beim Einsprechen oft davon, in einem wirklich guten Film mitzuspielen. Oder wenigstens einen zu synchronisieren. So was wie *Hotel of the Damned* zum Beispiel. Kein großes Gelaber, nur das Nötigste. Der Rest ist Schreien.

Aber dafür waren andere zuständig.

Ich bin Ben, die Stimme, die alle Mädchen verrückt macht. Ist nicht mein Ding. Trotzdem scheine ich genau dafür auf der Welt zu sein.

4

Lilly

Castings bestehen in erster Linie aus Warten und jeder Menge Plastik. Plastikbecher, leere und volle, Plastikteller mit Süßigkeiten, von denen niemand isst, weggeworfene Plastikschilder mit Namen.

Beim Casting für *Die Verlorenen* gab es bloß Papierschilder. Bei der Ankunft wurden sie direkt auf unsere T-Shirts geklebt.

»Wie unprofessionell«, sagte das Mädchen vor uns.

Stella-Marie und ich sagten nichts. Wir konnten kaum atmen vor Aufregung. Wir lutschten Emser Pastillen und tranken Wasser aus Plastikbechern, um die Stimme geschmeidig zu halten, und rannten dauernd aufs Klo. Wir benutzten jede Menge Deo und sprühten uns mit *Starlight* ein, um unseren Angstschweiß zu überdecken. Wir konnten nicht mehr warten und wünschten uns doch, das Warten möge ewig dauern. Wir wollten cool sein, zogen uns hundertmal die Lippen nach und warfen den anderen Mädchen verstohlene Blicke zu. Die anderen musterten uns beide, nur kurz, abschätzend, dann setzten sie ihre *wichtigen* Gespräche fort. Darüber, was sie gerade synchronisierten, synchronisiert hatten oder synchronisieren würden. Sie nannten die Schauspielerinnen, deren Rollen sie sprachen, beim Vornamen. Als wären sie beste Freundinnen.

Olaf war auch da. Er stand in einer Ecke des Raums, halb verdeckt von einer Palme, und redete mit einer Frau, die mir bekannt vorkam. Heute war ihr Schal grün, nicht rot. Die Agentin von *DAS Castingbüro*. Als sie mich bemerkte, hob sie grüßend die Hand. Ich sah, dass die anderen es sahen.

Stella-Marie neben mir räusperte sich.

»Die Nächsten machen sich bitte bereit, in dieser Reihenfolge: Stella-Marie Schmitt, Lilly Vonderfeld, Louisa Sander!«

»Oh mein Gott!« Stella-Marie hustete. »Meine Pastillen sind alle!«

»Warte …« Ich spürte ihren Blick, während ich umständlich in meiner Umhängetasche herumkramte. »Mist! Hab auch keine mehr! Hustenbonbon?«

»Nein, auf keinen Fall! Hustenbonbons sind das Letzte für die Stimme, das weißt du doch!« Stella-Marie hustete wieder. Die Studiotür öffnete sich, und ein Mann mit einem grauen Bart streckte seinen Kopf durch den Spalt.

»Stella-Marie Schmitt, bitte!«

»Toi, toi, toi!« Ich umarmte Stella-Marie und spürte, wie sie zitterte. Olaf kam herüber, legte seine Hand auf ihre Schulter und flüsterte ihr etwas ins Ohr. Dann ging sie mit festen Schritten ins Studio.

»Ich muss noch mal.« Ich drehte mich von Olaf weg und rannte Richtung Klo. Die Schlange davor war länger geworden. Ich drängte mich zwischen den Anstehenden durch bis zu dem kleinen Waschraum. Erst dort zog ich den Alustreifen mit den Emser Pastillen aus meiner Umhängetasche.

Ich steckte mir eine in den Mund und warf den vollen Streifen in den Papierkorb. Dann wusch ich mir die Hände.

Ich blieb im Waschraum, bis die Pastille auf meiner Zunge geschmolzen war. Als ich zurückkam, saß Stella-Marie schon wieder auf dem Sofa.

»He, schon fertig? Wie war's?« Ich setzte mich nicht. Auf keinen Fall durfte sie meinen Pastillen-Atem riechen.

»Ganz okay. Ich hatte bloß ein paar Sätze, das war ihnen anscheinend genug.« Stella-Marie zuckte mit den Achseln.

Ich schaute schnell auf den Boden.

»Na, zumindest hab ich's hinter mir. Und jetzt muss ich, aber wie!« Sie lächelte ein Strahlelächeln, dann ging sie raus in den Flur.

Als ich reingerufen wurde, dachte ich nur an die Pastillen. Im Papierkorb, zwischen den rosafarbenen Papierhandtüchern.

»Lilly, hörst du uns?«

Ich stand am Pult. Es war höher als das von gestern. Der Regisseur mit dem grauen Bart hatte mich kurz begrüßt, ebenso die Cutterin. Jetzt saß sie an ihrem Tisch, von hier sah ich ihren Kopf, unzählige kleine Löckchen.

Der Regisseur war hinter der Glasscheibe verschwunden, der Regieraum abgedunkelt, sodass ich nur Schatten sah. Aus den Lautsprecherboxen über mir hagelte es Fragen.

»Du kommst aus der Schauspielschule, nicht wahr? Mit Bühnenausbildung? Wie lange? Oh, schon im vierten Jahr? Prima. Wie sieht es mit Synchronerfahrung aus? Ach so, na ja, nicht weiter schlimm. Uns geht es um die Stimme und die Spontanität. Das wirst du gleich … sehen. Wir gehen direkt in die Szene. Und zwar mit Geräuschen! Hast du das Dialogbuch aufgeschlagen? Seite eins, dein Text ist rot markiert.«

Der Monitor wurde hell. Die Szene begann sofort. Ein weißer Raum, eingerichtet wie eine Arztpraxis. Eine grüne medizinische Liege, auf der ein muskulöser Mann saß, blond, mit freiem Oberkörper. Danny Bergstroem. Ich hatte ihn schon in mehreren Filmen gesehen. In dieser Szene hatte er eine klaffende Wunde am Oberarm, Blut tropfte auf den Boden. Vor der Liege stand ein Mann, älter als Danny, viel älter. Sein rechter Arm war verbunden und lag in einer Schlinge. Er und Danny blickten zu Payton, die gerade an die Liege herantrat. Sie trug einen blauen OP-Kittel, er war ihr zu groß, an den Ärmeln zweimal umgekrempelt. Sie hielt eine Operationsschere in der Hand, ihre Hand zitterte. Ich konnte ihre Angst spüren. Ich spürte sie stärker als meine eigene Angst. Und auf einmal hatte ich jede Menge Zeit. Zeit, mich an das zu erinnern, was der Cutter von gestern mir gesagt hatte. Dass ich nicht auf die Lippen schauen sollte, sondern auf das Gesicht im Ganzen. Dass ich in Sekundenschnelle alles erfassen musste: Paytons Gesten, die Schnelligkeit, mit der sie sprach, und wie rasch sie nach den Sätzen ausatmete.

Die Balken schoben sich auseinander.

»Jetzt!«, sagte die Cutterin.

»Dad! Ich kann das nicht!« Ausatmen. Mit Payton. Diesmal im Einklang.

»Super, Lilly!« Die Stimme des Regisseurs. »Jetzt spricht erst mal Paytons Vater.«

Ich suchte seine Sätze im Dialogbuch und las mit: *Hier kannst du es dir nicht leisten, weich zu sein wie ein Mädchen, Payton. Hier musst du hart sein. Härter als John!*

Du bist in der Geschichte.

Du atmest mit der Geschichte, mit Payton. Du spürst ihre Angst, die Ungeduld ihres Vaters: *Hier stichst du ein, und dann nähst du die Ränder der Wunde zusammen.*

Die Balken schieben sich auseinander.

»Jetzt!«, sagt die Cutterin.

»Dad! Ich kann das nicht, du weißt, mir wird kotzübel, ich kann kein …«

Jetzt näh endlich! Es ist deine Schuld, dass John bei dem Angriff verletzt wurde! Und dass ich ihn jetzt nicht versorgen kann!

John mischt sich ein, unterhält sich mit dir über irgendeine Aufnahmeprüfung. Er zeigt keinen Schmerz, trotz der Nadel, die in sein Fleisch sticht. Die du in sein Fleisch stichst und wieder herausziehst. Das Herausziehen ist schlimmer als das Stechen. Du redest mit zusammengebissenen Zähnen: »Mit der Theorie bin ich noch hintendran. Da schaff ich vielleicht nicht alle Punkte. Deshalb muss ich mit dem Sportteil ausgleichen.«

Vielleicht kann ich dir helfen.

John hält vollkommen still. Die Nadel gleitet ins Fleisch, du ziehst sie heraus. Es geht schwer, du spürst den Widerstand der Haut.

»Warst du gut in Theorie?« Kaum hast du das gefragt, lässt du die Nadel los, du hechtest zum Mülleimer am Waschbecken. Du übergibst dich. Du würgst, ringst nach Luft, es kommt in Stößen, es kommt heftig, atmen, würgen, du krümmst dich über dem Papierkorb, klammerst dich mit einer Hand am Waschbecken fest.

Du bist Payton. Und du bist gleichzeitig hier, an diesem Pult. Du denkst an das, was der Regisseur vorhin gesagt hat: Mit *Geräuschen*. Wie er das Wort betont hat. Als wären Geräusche wichtiger als korrekte S-Laute. Du denkst, dass du beim Würgen keine S-Laute brauchst.

Du denkst, dass es um alles geht.

Und irgendjemand im Regieraum sagt: »Bravo!«

Sie ließen mich noch zwei weitere Szenen sprechen. Einen ruhigen Dialog mit John im Arztzimmer. Und eine wildere Szene, in der Payton durch einen Wald rannte, jemanden anschrie und keuchte. Zwischen den Bäumen tauchte ein Gesicht auf. Der Mann mit der Tätowierung. Er starrte sie wortlos an. Und in diesem Moment fiel mir der Name des Schauspielers ein: Lex B. Tyson.

»Okay, Lilly, das war's! Danke! Vielen Dank!«

Von der Lichtinsel gegenüber lächelte mir die Cutterin zu. »Toll!«

Vielleicht war sie einfach nur nett. Doch ich spürte selbst, dass ich gut gewesen war, spürte es an der Kraftlosigkeit meiner Knie und dem Zittern meiner Hände. Ich legte das Dialogbuch zurück aufs Pult und ging langsam Richtung Tür, ins Helle.

Als ich am nächsten Tag aus der Schule kam, lag ein Umschlag auf dem kleinen Tisch in der Eingangshalle. Keine Briefmarke, keine Adresse, nur mein Name und das Logo der Produktionsfirma, das wir beim Casting überall gesehen hatten. Jemand musste ihn bei der Putzfrau abgegeben haben. Vielleicht eine Absage. Bestimmt eine Absage. Aber doch nicht in einem so großen Umschlag?

Ich riss ihn auf. Die Verträge steckten in Plastikhüllen, das Papier war dick, trotzdem hatte ich Angst, es aus Versehen zu zerreißen. Ich las den Vertrag ungefähr zwanzig Mal, vergewisserte mich immer wieder, dass wirklich mein Name darauf stand.

Lilly Vonderfeld, im Nachfolgenden Sprecherin genannt.

Lilly Vonderfeld.

Auch von Geld war die Rede. Und ganz am Ende die Unterschrift auf der linken Seite. Das Feld für meine Unterschrift und die Erlaubnis meiner Eltern war frei.

Weder Mum noch Dad waren da. Eigentlich hatte ich bloß meine Sportsachen holen wollen, die ich für *Act Out* brauchte. Jetzt stand ich vor dem Tisch in der Eingangshalle und wusste nicht, was ich als Nächstes tun sollte.

Glaubst du, ich schaff es? Mal ganz im Ernst, glaubst du's?

Erik und ich.

An dem verkratzten Tisch im Schulcafé. Nach der Premiere des Weihnachtsmärchens. Miranda und ich hatten die Märchen albern gefunden, trotzdem übernahmen wir jedes Jahr wieder die Hauptrollen. Wer denn sonst, sagte Miranda immer. Jetzt sagte es Erik: *Wer denn sonst, wenn nicht du? Du schaffst es bis nach Hollywood, wetten?*

Ich zog mein Handy aus der Tasche und machte ein Foto von der letzten Seite des Vertrags. Auch eins von mir, mit dem Vertrag in der Hand. Weil ich darauf so kindisch aussah, mit aufgerissenen Augen und verwischter Wimperntusche, löschte ich es wieder. Das Vertragsfoto schickte ich Miranda.

Hollywood is calling, schrieb ich. Dann ging ich in Dads Arbeitszimmer und startete seinen Laptop. Ich hatte beim Casting unsere Home-Adresse angegeben, und während der Laptop hochfuhr, musste ich mich kurz am Tisch festhalten. Was, wenn die versprochene Mail mit der Synopsis des Films und den Studioterminen nicht angekommen war, wenn alles doch ein Irrtum war, wenn ich alles nur träumte, wenn …

Die Mail war gekommen. Ich öffnete den Anhang, klickte auf »Alle Seiten drucken« und ging zurück in den Flur. Das Handy lag noch auf dem Tisch, neben dem Vertrag.

Congrats!!!! Wie hast du das denn hingekriegt? Ist es ein Liebesfilm??? Mit wem musst du knutschen???

Mit Danny Bergstroem. UND Lex B. Tyson!

Ich steckte das Handy in die Hosentasche und klemmte mir die Verträge unter den Arm. Vielleicht, nein, bestimmt würde irgendwer Erik davon erzählen.

Während ich die Blätter aus dem Drucker holte, spürte ich, wie mein Handy in der Tasche vibrierte. Gleich zwei Mal. Aber jetzt gab es Wichtigeres zu tun. Ich ging hoch in mein Zimmer, setzte mich an den Schreibtisch und trug Termin für Termin in meinen Timer ein. Die Aufnahmen begannen schon nächsten Montag. Gleichzeitig mit der Schule.

5

Lilly

»Mum, ihr müsst mich beurlauben lassen!« Ich legte den Terminplan auf den Küchentisch. Und sah erst jetzt, dass Frau Böhm auch da war, sie stand am offenen Kühlschrank und verstaute irgendetwas in den Eisfächern.

»Sekunde, Schatz, langsam.« Mum nahm den Terminplan und wischte mit den Fingerspitzen vorsichtig über die Tischplatte mit den Intarsien. Als ob ein Stück Papier sie verkratzen könnte. »Frau Böhm und ich, wir besprechen gerade etwas.« Sie zog die Augenbrauen hoch, und ich hörte deutlich, was Mum nicht aussprach: Frau Böhm muss unser Privatleben nicht mitbekommen.

»Die Aufnahmen sind auch vormittags! Da kann ich nicht in die Schule!«

Mum studierte den Terminplan, immer noch mit hochgezogenen Augenbrauen. »Lil, du machst dieses Jahr deinen Abschluss, du solltest nicht fehlen. Können die deine Aufnahmetermine nicht … ein bisschen anpassen?«

»Mum! Das sind alles Profis! Und ich bin gut in der Schule.«

»Außer in Mathe. Und du bist sowieso ständig bei *Act Out* und hast keine Zeit zum Lernen.«

Ich schaute runter auf die glänzende Tischplatte. Als Kind hatte ich die Muster und Zeichnungen darauf oft angesehen, so lange, bis sie sich zu bewegen schienen und mir ihre Geschichten erzählten.

»Sag mal, sind die anderen Sprecher nicht so alt wie du?« Mum gab mir den Terminplan zurück. »Die müssen doch auch zur Schule. Ich bin sicher, es lässt sich eine Lösung …«

»Ich kenn die anderen nicht. Mum, es ist eine Traumrolle! Es ist …«

»Hollywood. Raphaela Stanfield. Ja, ich weiß, Schatz, das haben wir seit gestern ein paar Mal gehört.« Mum lächelte und wollte mir über den Kopf streichen, doch ich trat einen Schritt zurück.

»Glückwunsch, Lilly!« Frau Böhm drehte sich zu mir um. »Ich schau mir den Film bestimmt an. Du wirst noch berühmt!«

Jetzt, dachte ich. Jetzt fängt es an.

»Danke! Es ist ja nur eine Synchronrolle.«

»Frau Böhm, denken Sie daran, die Garnelen bitte nicht ins Eisfach«, sagte Mum. »Lilly, ich besprech es nachher mit Dad, okay? Dann werden wir …«

»Es gibt nichts zu besprechen. Das ist der Terminplan, und so sind die Proben, und ich kann nicht zur Schule!« Ich steckte den Terminplan in meine Umhängetasche, griff in der Halle nach Mantel und Mütze und rannte zur Bushaltestelle.

Während der Fahrt zu *Act Out* dachte ich an Stella-Marie. Zwischen uns herrschte seit dem Casting Funkstille. Das Instagram-Foto von uns beiden hatte sie gelöscht. Wussten es die anderen? Würde Olaf heute irgendetwas sagen? Würde mir jemand gratulieren? Vielleicht würde Stella-Marie gar nicht zur Gruppenstunde kommen. Beinahe wünschte ich es mir.

Wegen der Diskussion mit Mum hatte ich einen späteren Bus erwischt, und als ich ankam, hatte die Stunde schon angefangen. Im Umkleideraum sah ich als Erstes Stella-Maries Mantel und ihre dunkelgrünen Halbstiefel. Einer war umgefallen. Ich stellte ihn auf.

Drinnen lief die Musik zur ersten Übung: Die Eroberung des Raums. Ich wartete noch einen Moment, dann öffnete ich die Tür und mischte mich unter die anderen. Manche lockerten ihre Muskeln oder bewegten sich konzentriert, mit geschlossenen Augen, einige, darunter Dhyan, wagten wilde Sprünge. Niemand beachtete mich. Nur Olaf nickte mir kurz zu. Als die Musik aufhörte, suchten wir uns alle einen Platz und fingen mit den Atemübungen an. Aus dem Augenwinkel bemerkte ich Stella-Marie, neben Violet. Sie trugen die gleichen Gymnastikhosen, wirkten sehr konzentriert und taten, als wäre ich Luft. Doch später, während Olaf mit Dhyan eine Sprechübung machte, kamen sie zu mir rüber.

»Wahnsinn, dass du es überhaupt schaffst herzukommen«, sagte Stella-Marie. »Ich dachte, du musst Tag und Nacht üben, damit du deine S hinkriegst für das *Synchron*sprechen.«

So, wie sie es betonte, klang es nicht gerade nach Hollywood.

»Du siehst jedenfalls voll gestresst aus«, sagte Violet.

»Ja, echt, du Arme, schlaf dich mal aus.« Stella-Marie machte eine Pirouette, dann tänzelten beide zurück an ihren Platz.

Nach der Stunde zog ich mich nicht mit den anderen um, ich ging in eine der leeren Garderoben und betrachtete mein Gesicht im Spiegel. Das Deckenlicht war grell, außerdem hatte ich die Schminklichter angemacht. Mein Gesicht war blass, und dadurch sah man die roten Flecken auf meinen Wangen und am Hals umso besser. Mum bekam auch solche Flecken, wenn sie irgendetwas aufregte oder ärgerte.

Von draußen hörte ich die Stimmen der anderen, irgendwer erzählte von einem Film, den ich nicht kannte, Dhyan sang eine Zeile eines Songs aus *Cinderella Reloaded*, andere lachten. Ich strich über die Flecken auf Wangen und Hals. Dann schminkte ich mich sorgfältig, so lange, bis die Stimmen endlich leiser wurden und die Treppenstufen unter den vielen Schritten knarrten.

In den Tagen vor meinem ersten Studiotermin änderte Olaf den Ablauf der Gruppenstunde. Nach der Eroberung des Raums und der Konzentration auf den Atem kam gleich die Mauerübung. Wir standen mit geschlossenen Augen auf einer Stelle und mussten an eine Figur denken, die uns fremd war.

»Findet in dieser Figur etwas von euch selbst«, sagte Olaf. »Nur so erweckt ihr sie zum Leben!«

Die anderen bekamen Figuren aus Theaterstücken zugeteilt, ich Payton. Sie war siebzehn, wie ich. Und lebte in einer Zukunft, von der ich nichts wusste. Eine Zeit, mehr als fünfzig Jahre nach diesem Moment, in dem ich mit den anderen im Gruppenraum stand und versuchte, etwas von mir in Payton zu entdecken. Eine Öffnung in ihrer Mauer zu ertasten.

»Sucht nach einem lockeren Stein«, sagte Olaf, »nach einer Ritze, hinter der ein Schlüssel versteckt ist. Nutzt eure Gemeinsamkeiten, um hinter die Mauer zu kommen. Wenn ihr das nicht schafft, wenn ihr euch nicht einbringt, bleibt eure Figur hölzern und blass. Stella, was ist dein Schlüssel zu Medea?«

»Hass«, sagte Stella-Marie und lächelte.

»Gut! Starke Gefühle sind immer ein Zugang. Allerdings sollst du die Mauer nicht einrennen. Such mal nach etwas feineren Werkzeugen, ja? Und du, Lilly, wo findest du dich selbst in Payton?«

Ich konnte Paytons Mauer sehen. Sie war aus Marmor, und nicht die Spur einer Öffnung war zu entdecken.

»Ich … kenne sie ja noch gar nicht.«

»Aber du kennst dich selbst, oder?« Olaf legte mir seine Hand auf die Schulter. Die Hand war warm. Verlässlich, dachte ich und wusste nicht, warum mir dieses Wort einfiel und warum mir so eng im Hals wurde. Du wirst jetzt nicht anfangen zu heulen, nicht hier, vor allen anderen. Und vor allem nicht ohne Grund.

Ich war erleichtert, als Olaf sich endlich abwandte und zu Dhyan ging. Er stand im Pulk der anderen, weit entfernt von mir.

In diesen Tagen vor Aufnahmebeginn dachte ich ständig an Payton. Immer wieder stellte ich mir die Wildnis vor, in der sie überleben musste. Wir hatten in Kanada gewohnt, als ich klein gewesen war, und ich versuchte, mich an Ottawa zu erinnern, aber ich erinnerte mich an nichts, nur an das Klassenzimmer einer Vorschule.

Ich sah mir auf Youtube die Tiere an, die es in den kanadischen Wäldern gab. Die Kojoten, Bären, Insekten und die ekligen Bisamratten im Sumpf. Ich stellte mir vor, ich müsste in stachligen Gebüschen nach Beeren oder Pilzen suchen. Was hatte Payton eigentlich angehabt, als das Flugzeug abstürzte? Jogginghosen und Shirt und Turnschuhe? Oder doch Shorts, weil Sommer war, als sie von der Festung aufbrach? Vielleicht einen kurzen Rock, weil sie John gefallen wollte, und dazu Sandalen? Und was hatte sie jetzt an? Wochen nach dem Absturz?

Ich drehte meine Heizung aus und öffnete das Fenster. Bei Payton und den anderen musste es mittlerweile Herbst sein. Herbst in der kanadischen Wildnis, das war mindestens so kalt, wie es jetzt bei uns war. Draußen jedenfalls. Hier in meinem Zimmer zeigte das Thermometer trotz offenem Fenster noch achtzehn Grad.

Ich holte Eiswürfel aus dem Kühlschrank, ließ kaltes Wasser in eine Plastikwanne laufen und steckte die Füße rein, wollte die Kälte aushalten, fühlen, was Payton fühlte. Dann fiel mir ein, dass ich sie nicht sprechen konnte, wenn ich eine Erkältung bekam. Ich zog die Füße schnell aus dem Wasser und trocknete sie ab.

In der Nacht sprang Snowflake auf mein Kissen, und ich stellte mir vor, sie wäre eine dieser fetten Bisamratten. Snowflake fing an zu schnurren, und ich streichelte sie und dachte, dass sie die Bisamratten vielleicht auch aßen, Payton und die anderen Überlebenden, und schon bei dem Gedanken daran wurde mir schlecht.

Die Produktionsfirma hatte versprochen, eine Mail mit den ersten Szenen aus dem schnell übersetzten Dialogbuch zu schicken. Aber statt der Mail kam eine Ankündigung, dass es noch bis morgen dauern würde.

»Such den Originalfilm im Netz«, riet mir Olaf. »Auf Youtube oder einer Filmplattform. Manchmal wird er früher hochgeladen.«

Ich fand nur einen Trailer und eine Szene, in der Payton allein zu sehen war. Sie beugte sich über einen Toten, um ihm die Stiefel auszuziehen. Vor Dreck starrende Cowboystiefel, viel zu groß für sie. Es war klar, dass sie diese Stiefel brauchte, ihre Stoffturnschuhe hingen in Fetzen an ihren Füßen, doch sie konnte es nicht, konnte es genauso wenig, wie ich es gekonnt hätte. Einem Toten, den du nicht kennst, die Schuhe wegnehmen, ihn überhaupt anzufassen, an ihm herumzuzerren.

Die Kamera war auf ihrem Gesicht, dann fuhr sie zu den Stiefeln von dem Toten hinunter und weiter, über den Boden zu Paytons Füßen. Sie stand auf Blättern und Raureif und etwas, das wie Dornen aussah. Ihre Zehen schauten vorne aus den Schuhfetzen raus. Sie zog an den Stiefeln und schrie jemanden an, der nicht zu sehen war. Sie schluchzte, und ich dachte an das, was Olaf nach dem Casting zu mir gesagt hatte: Sätze synchronisieren lernt man schnell, aber Gefühle in Laute zu übersetzen, das üben die meisten ihr halbes Leben.

Ich ließ die Szene immer wieder laufen und übersetzte Paytons Gefühle, so lange, bis Mum die Tür aufriss und wissen wollte, was passiert war.

In derselben Nacht bestellte ich mir Cowboystiefel. Gebraucht, verkratzt und verschrammt. Am ersten Studiotag zog ich sie an. Mum schaute auf mein Sommerkleid und auf die Stiefel, auf meine nackten Beine und wieder auf das Kleid, doch sie sagte nichts.

»Bist du fertig?«, fragte sie.

»Ich bin längst fertig. *Du* hast eine Ewigkeit mit Granny telefoniert.«

Wir stiegen ins Auto. Und standen schon auf der Allee im Stau. Die ganze Zeit redete Mum gegen das Gebläse der Heizung an, die sie voll aufgedreht hatte. Dabei trug ich eine dicke Strickjacke über meinem Sommerkleid, dazu einen Mantel, Mütze und Schal. Ich hatte bestimmt nicht vor, mich zu erkälten. Aber es brachte auch nichts, Mum zu erklären, dass ich auf eine Strumpfhose verzichten musste, um Payton besser spüren zu können.

»Granny ist dagegen, dass wir dich so lange von der Schule beurlauben lassen.«

»Mum! So eine Chance bekomme ich nie wieder!« Ich drehte die Heizung aus.

»Granny meint es nur gut«, sagte Mum und drehte die Heizung wieder voll auf.

»Schon klar.« Ich versuchte, mich aus dem Mantel herauszuwinden, ohne den Gurt zu lösen.

»Wie meinst du das?« Ein Seitenblick von Mum. Ich antwortete nicht. Es hätte keinen Sinn gehabt. Alles, was Granny tat oder sagte, war für Mum heilig. Zu meinem vierzehnten Geburtstag hatte sie mir Grannys altes Bett aufgedrängt, ein Erbstück. Es stammte noch von Grannys Großmutter, war altmodisch und unbequem und konnte einem bloß peinlich sein. Aber nein, es war eine *Ehre* für mich. Ebenso wie die Teilnahme am Debütantinnenball, zu dem Granny mich angemeldet hatte, ohne vorher zu fragen.

»Lilly, du kannst dich wenigstens mal erkundigen, ob sie deine Termine nicht auf die Nachmittage legen können. Dann versäumst du nur wenige Schulstunden, das ist nicht so schlimm.«

Wir rollten ein paar Meter weiter, dann standen wir wieder.

»Vielleicht nehm ich lieber die U-Bahn. Es ist schon zwanzig vor.«

Mum schüttelte den Kopf. »Hier fährt sicher keine direkte Linie nach Charlottenburg, da brauchst du ewig. Und außerdem kannst du doch so bei der Kälte nicht *laufen*.«

Um zwei Minuten vor zehn waren wir am Richard-Wagner-Platz, die Autos stauten sich immer noch, und ich stieg aus und rannte los. In die

Richtung, in der das Studio lag. Glaubte ich. Alle Seitenstraßen sahen auf einmal gleich aus. Erst als ich auf die Idee kam zu googeln, merkte ich, dass ich in die falsche Richtung gerannt war. Die Cowboystiefel scheuerten. Mit brennenden Fersen ging ich zurück. Langsam, viel zu langsam, ich musste mir Mühe geben, nicht zu humpeln.

Es dauerte eine Ewigkeit, bis ich ankam. Im Vorgarten der Villa lag ein kaputtes Fahrrad, und während ich über den Plattenweg lief, dachte ich an Payton und was sie wohl mit dem Rad gemacht hätte, wenn sie es gefunden hätte.

So schnell meine Stiefel es erlaubten, stieg ich die Stufen zum Studio hoch. Durch die offene Tür des Aufnahmeraums hörte ich Stimmen.

»Wenn die Kälte dein Herz erst erreicht hat, bist du verloren«, sagte jemand. Eine männliche Stimme, sie klang warm und ein bisschen traurig.

»Weniger Pegel bitte und noch mal«, sagte eine andere Männerstimme.

Da wurde mir klar, dass sie einen anderen Sprecher vorgezogen hatten. Ich wusste nicht, ob ich reingehen und sagen sollte, dass ich angekommen war.

»Uuund noch mal, Take zwo«, sagte die andere Stimme im Studio. Der Sprecher wiederholte den Satz, leiser, dabei eindringlicher, und ich schlich die fünf Schritte bis zum Aufenthaltsraum. Sofern man in Cowboystiefeln schleichen kann. Das Ledersofa, das ich vom Casting kannte, stand gleich neben der offenen Studiotür, ich setzte mich vorsichtig. Es knarrte trotzdem.

»So, jetzt noch mal, Ben.«

»Wir beide, du und ich«, sagte dieser Ben, »wir lassen die Welt draußen.«

Wenn Stimmen eine Farbe haben könnten, dann wäre Bens Stimme golden und braun gewesen. Ich konnte den Herbst spüren, bunte Blätter und Laubhaufen und ersten Rauch aus Schornsteinen, Ofenhitze und die Kälte der Hände beim Hereinkommen.

»Ich brauch ihn noch mal näher am Mikro«, sagte jemand aus dem Regieraum. »Mach mal was ganz Leises, Ben, kannst du was improvisieren? Uuund los!«

»Ab jetzt bist du mein Leben«, sagte Ben.

Es klang so, dass man ihm glauben musste.

Ich schaute auf meine Füße in den gebrauchten Cowboystiefeln, und auf einmal kamen sie mir lächerlich vor. Alles kam mir lächerlich und unwirklich vor, gleich würde ich aufwachen und feststellen, dass ich die Rolle gar nicht hatte, dass ich nicht hierhergehörte, so wie ich nirgendwohin gehörte.

Das Schluchzen stieg einfach auf und schüttelte mich, ich konnte nichts tun. Ich presste die Lippen aufeinander, beugte mich vor und hielt mich an mir selbst fest.

6
Ben

Irgendwie typisch für mich, dass ich am ersten Studiotag verpennte. Die Welt hatte die halbe Nacht lang auch alles getan, um mich vom Schlafen abzuhalten: Auf der Straße krakeelten Besoffene, irgendein Idiot fuhr seine Bassboxen andauernd um den Block, und irgendwann, schon am Morgen, klingelte es Sturm an meiner Tür. Und was machte Ben, der Jürgen versprochen hatte, den Job diesmal eins a durchzuziehen?

Er baute das Klingeln in einen Traum ein, in dem es um Raumschiffe ging – was für ein Schwachsinn: klingelnde Raumschiffe! –, brachte auch irgendwie den Handywecker darin unter und fuhr um zehn nach neun mit einem Schrei auf: »Scheiße! Verdammte!«

Duschen konnte ich vergessen. Ich schlüpfte in meine eiskalten Klamotten, die ich nachts zum Fenster raushängte, damit sie nicht den modrigen Sumpfgeruch der feuchten Wohnung annahmen. Dann schnappte ich mir den Rucksack. Acht Kilometer in vierzig Minuten – danach würde ich alle Kalorien der Welt brauchen.

Wegen der Gefahr einer Greinel-Begegnung nahm ich die Hintertür, ging über den Hof und durchs Hinterhaus auf die Straße. Am Laternenpfahl lehnte ein Fahrrad. Nicht abgeschlossen. Der Sattel kaputt, halb verschimmelt, die Luft aus dem Hinterreifen fast raus. Fast. Nicht ganz. Acht Kilometer würde es durchhalten. Ich bedankte mich beim Schicksal oder dem Unbekannten, der dieses Fahrrad für mich stehen gelassen hatte, und schwang mich auf den Sattel. Jürgen war ein Pünktlichkeitsfanatiker. Er konnte viel ab, auch das, was er Frechheit nannte oder Unverschämtheit, bloß kein Zuspätkommen am ersten Studiotag. Und natürlich keine Fehler beim Einsprechen. Aber die machte ich ja auch nicht.

Ich mache nur jede Menge Fehler in der Realitysoap, die man Leben nennt. Statt, verdammt noch mal, aufzupassen.

Denn aus dem Späti an der Ecke trat der Greinel in all seiner Pracht und Schönheit: klein, mit Glatze und Wampe, die Schultern hochgezogen. Einer von der Sorte Mensch, die bei jeder Kleinigkeit losbrüllt. Und zwar so, dass ihm die Spucke aus dem Mund schäumt und du dich wegducken musst, damit du nicht getroffen wirst. Wäre ein guter Film gewesen: *Angriff der Killerspucke*. Hätte man wirklich was draus machen können, Spucke mit irgendeinem tödlichen Bazillus verseucht, große Katastrophe, ganze Städte ausgerottet durch Typen wie den Greinel.

»Halt!«, brüllte er. »Halt, du Verbrecher!«

Und da beging ich den zweiten Fehler des Morgens, ich bremste. Eigentlich nur deshalb, weil ich das Fahrrad einfach mitgenommen und der Greinel mich vielleicht dabei gesehen hatte. Aber er wollte etwas ganz anderes.

»Was bildest du dir ein?! Mir die Tür nicht aufmachen?«, brüllte er und verteilte dabei großzügig Spuckeflöckchen. »Damit ist Schluss! Ich tausch jetzt das Schloss aus! Räum lieber sofort deine versifften Sachen aus der Wohnung, das ist deine letzte Chance! Heute Abend kommst du nicht mehr rein! Und ich werf alles auf die Straße!«

Er schickte dann noch irgendwas von »arbeitsscheu« und »asozial« hinterher. Ihm zu erklären, dass ich auf dem Weg zur Arbeit war, wäre komplett sinnlos gewesen, für ihn war Synchronsprechen keine Arbeit. Ich versuchte, um ihn herumzukurven und aus der Spuckzone zu kommen (im Film wäre er ein Lama-Mensch), dabei versprach ich ihm, dass er heute Abend sein Geld bekäme.

»Ehrenwort, Herr Greinel!«

»Und das soll ich dir glauben?« Er packte mich am Arm und wollte mich vom Rad zerren.

»Wenn Sie mich festhalten, machen Sie sich strafbar, Herr Greinel!« Ich sagte das so höflich, wie man nur sein kann, wenn man dabei um sein Gleichgewicht ringt.

»Strafbar?«, brüllte er. »Wer macht sich hier strafbar? Solche Mietnomaden …«

Mit dem Wort »Mietnomaden« hatte er Mühe, darauf musste er sich richtig konzentrieren, und das war meine Chance. Ich riss mich los und fuhr über den Bordstein direkt auf die Straße.

Das Auto war plötzlich da. Ein fetter, schwarzer BMW. Ich hörte die Hupe, gleichzeitig mit meinem Schrei: »Arschloch! Hast du keine Bremse?!«, während mir schon das Hinterrad wegrutschte und das Rad schlingerte, quer über die Straße und auf das nächste Auto zu. Ich umklammerte den Lenker, und auf einmal lief alles in Slow Motion ab, wie im Film. Ich konnte mir in aller Ruhe ausrechnen, dass ich mich in die Gegenrichtung lehnen und das Rad abfangen musste, wenn ich überleben wollte. Und falls ich hinfiele, würde der gesamte Verkehr über mich wegrollen. Ich hatte sogar noch den Nerv, dem grauhaarigen hupenden BMW-Fahrer in die Augen zu sehen und festzustellen, dass er wie ein Zombie aussah. Und ich sah, dass jemand hinten saß. Eine Frau oder ein Mädchen mit hellem Haar.

Dann hatte ich das Rad wieder im Griff, schaffte es, an den gegenüberliegenden Straßenrand zu schlingern, zwischen den Autos hindurch, und von dort auf den Bürgersteig und weiter, bloß weiter, weg vom Greinel, weg von allem, was mich verfolgte. Ich kurvte um Laternenpfähle, Menschen und Litfaßsäulen, bretterte durch Pfützen und aufgeweichten Matsch aus Müll und Schneeresten. Ben, der unerschrockene Held, im Moment auf der Flucht vor Killerspuckeflöckchen und rasenden Zombies, in Wahrheit natürlich in geheimer Mission unterwegs: die Welt retten, mindestens. Als Kind hatte es mir Spaß gemacht, immer so zu tun, als wäre ich in einem Film. Jetzt hielt das Filmfeeling gerade mal einen Kilometer. Den Rest des Weges bis Charlottenburg zitterte ich, obwohl ich wie ein Besessener in die Pedale trat. Kälte, Schock oder Hunger. Eigentlich egal. Ich bog in die Querstraße ein, schleifte das Fahrrad in den Vorgarten, der diesmal angenehm kahl und verlassen aussah, ließ es einfach liegen und drückte auf die Studioklingel.

»Wahnsinn, *du*, so früh hier! Ist was passiert?« Laura hielt einen dampfenden Kaffeebecher in der Hand. Ich bin gar nicht der Kaffeetyp, trotzdem wurde mir schwach von dem Duft.

»Wo ist Jürgen?«

»Hockt im Büro und telefoniert mit einer seiner Exfrauen, also mach besser nicht die Tür auf.«

»Mist, ich wollt ihn eigentlich was fragen.«

Ob er mir die erste Rate nicht heute in bar geben konnte. Statt sie von der Produktionsfirma überweisen zu lassen. Erste Rate, zahlbar bei Aufnahmebeginn, so stand es in meinen Verträgen. Aber die Produktionsfirma legte den Aufnahmebeginn großzügig aus. Und außerdem, fiel mir ein, hatte ich für diesen Film noch gar keinen Vertrag, nur diese Synopsis, die Jürgen mir gegeben hatte. Alles mal wieder super.

Ich schob mich an Laura vorbei in die Küche. Als ich gerade den Inhalt des Kühlschranks checkte, kam sie hinterher, und ich tat so, als hätte ich nur nach Milch gesucht und mein Rucksack würde ganz zufällig weit offen rumstehen. Laura zeigte auf ein paar Bäckereitüten und ein in Alufolie eingewickeltes Päckchen.

»Kuchen«, sagte sie. »Wenn du brav bist, Benniboy, bekommst du nachher auch was davon. Du siehst übrigens grauenvoll aus.«

Danke, du auch, wollte ich sagen, und hast du schon wieder zugenommen? Gerade noch rechtzeitig fiel mir ein, dass ich auch bei Laura einen guten Eindruck machen musste. Sie war dabei gewesen, als ich aus diesem Fantasy-Film rausflog. In den guten Zeiten vor dem Wasserschaden in meiner Wohnung, als ich mir noch erlauben konnte, irgendwo rauszufliegen. Also setzte ich mein bestes Benniboy-Lächeln auf und sagte nur: »Falls mich jemand sucht, ich bin auf dem Klo.«

Das Damenklo hatte einen separaten Waschraum, sogar mit Dusche. Das Wasser war heiß. Herrlich heiß. Ich drehte die Dusche bis zum Anschlag auf und ließ das Wasser auf mich niederprasseln.

In dem Hängekörbchen hatte jemand ein Duschgel und eine Haarkur vergessen. Wahrscheinlich Laura, es passte zu ihr: Vanille mit Tropenfrüchten. Oder Tropenblüten. Die Flasche war rosa-orange. Der Inhalt roch so, wie die Farbe aussah. Was würde ein Filmheld jetzt tun? Einer in einem richtig guten Film natürlich. Ein Film wie: *Angriff der Killerspucke. Teil I.* Würde er sich weigern, ein Mädchenshampoo zu benutzen? Nein, natürlich nicht. Einen echten Helden interessierte das nicht. Er würde das Shampoo benutzen, auch wenn sein Haar dann seidig glänzte und nach Blumenwiese duftete und jede verdammte Biene dieser Welt, die noch nicht ausgestorben war, ihn für die Blüte ihres Lebens halten würde.

Das würde mir immerhin nicht passieren, mitten im Winter. In der letzten Zeit hatte ich gelernt, auch für die kleinen Dinge dankbar zu sein.

Während ich meinen Kopf mit dem Zeug einseifte, das wirklich total blumig roch, versuchte ich mich an die Synopsis des Films zu erinnern: Flugzeugabsturz, kanadische Wildnis, super Naturaufnahmen. Mittendrin Danny Bergstroem beim Holzfällen, mit freiem Oberkörper. Kämpfe zwischen ihm und Lex um Raphaela. Danny würde mit seinen Muckis punkten, Lex würde Raphaela zum Schmelzen bringen, mit Hammersätzen wie: »Ab jetzt bist du mein Leben.« Ich sagte es laut, konnte mich aber nicht hören, wegen dem Schaum in meinen Ohren. Während ich den Kopf unter die Dusche hielt, dachte ich darüber nach, wer von den rosa Plüschtierchen wohl das Casting bestanden hatte und ob ich ihr begegnen oder bloß ihre Stimme hören, und vor allem, ob ich ihre Stimme ertragen würde.

Ich drehte die Dusche ab. Jemand klopfte heftig an die Tür.

»Ja?«, rief ich und hielt Ausschau nach einem Handtuch.

»Ben! Was zur Hölle machst du da drinnen?«

Jürgen.

»Duschen, wieso?«

»Beweg dich mal ruckzuck ins Studio, wir machen einen Mikro-Check!«

Einen Mikro-Check? Das habt ihr mit mir doch bisher nie nötig gehabt. Sagte ich natürlich nicht, ich rief nur: »Ich beeil mich!«, und stieg aus der Dusche. Das einzige Handtuch hing neben dem Waschbecken und sah aus, als würde es schon ziemlich lange dort hängen. Besonders groß war es auch nicht. Na und? Es war *da*. Stichwort Dankbarkeit. Ich rubbelte mich in Windeseile ab, dachte dabei, dass Jürgen es jetzt aber echt wissen wollte. Mikro-Check, verdammt, wollten die mich auf die Probe stellen?

Das Nichts von einem Handtuch war schneller feucht, als ich trocken war. Ich zerrte die Jeans über die nassen Beine. Auf einmal war ich hundemüde. Ob die Produktionsfirma so einen *Mikro-Check* denn bezahlt, hätte ich Jürgen gern gefragt. Ich dachte an Greinel und ob er wirklich das Schloss austauschen würde und ob die erste Rate, die ich vielleicht aus Jürgen herausleiern konnte, ausreichen würde. Dafür, dass er mich wieder in meine Wohnung ließ, zu meinen Klamotten und Büchern, dem Laptop und dem Internetzugang und damit zu den Filmen und zu allem, was mir die Wirklichkeit wenigstens für ein paar Momente vom Hals hielt.

»Ab jetzt bist du mein Leben.« Ich hauchte den Satz ins Mikrofon, so leise und soft, dass die rosa Plüschtiere vom Casting durchgedreht wären, und Fabi, hinter der Glasscheibe, hob den Daumen.

»Nicht schlecht«, sagte er. »Von mir aus war's das.«

Der Soundcheck hatte eine gute halbe Stunde gedauert. Lauter schwachsinnige Sätze, mal mehr Pegel, mal weniger, zuletzt hatten sie gefragt, ob ich was improvisieren könnte. Und jetzt legte Jürgen mir die Hand auf die Schulter.

»Hol dir nachher im Büro deinen Vertrag ab, okay?« Er ließ mich los und ging voraus, auf die offene Tür des Aufenthaltsraums zu. Mir war schwindlig, vor Erleichterung oder vor Hunger. Ich dachte an den Kuchen in der Küche und tappte einfach hinter Jürgen her.

»Ah! Da ist sie ja«, hörte ich ihn sagen.

Zuerst sah ich gar nichts, nur Staub, der im Licht tanzt. So ein Streifenstrahl. Sonne. Wie ein Scheinwerfer. Und mittendrin das Mädchen auf dem Sofa. Konnte mich nicht wehren, das Bild brannte sich direkt in mein Hirn: Das Mädchen, vornübergebeugt, umarmt sich selbst, den Kopf gesenkt, das Gesicht hinter den Haaren versteckt. Im Licht schweben Staubkörnchen, es sieht aus, als wären sie durch unsichtbare Fäden miteinander verbunden. Als wäre alles in der Welt miteinander verbunden, so kommt es mir in diesem Moment vor, alles passt, nur die Schuhe des Mädchens passen nicht, die lächerlichsten Schuhe der Welt. Und genau das passt auch wieder, auf eine Art, dass mir schwindlig wird.

Das Mädchen schaut mich an, als wäre sie gerade aus den Wolken gefallen. Auf der Wange hat sie einen schwarzen Streifen. Da ist dieser Fremde in mir, der für sie singen will, Lieder, die noch niemand auf der ganzen Welt gesungen hat.

Ich wusste nicht, wer dieser Fremde war, und ich wollte ihn auch nicht kennenlernen.

»Hallo! Warum bist du nicht reingekommen?« Jürgen ging auf das Mädchen zu und streckte die Hand aus. Das Mädchen stand auf, ein bisschen wie ferngesteuert, vielleicht sagte sie etwas, aber ich bekam es nicht mit, weil Fabi sich an mir vorbeischob.

»Wir kennen uns ja schon«, sagte er zu ihr.

»Wir duzen uns übrigens alle bei der Arbeit, okay?«, sagte Jürgen. Und dann: »Das ist Ben. Ben, das ist Lilly.«

Ich schaffte es gerade so bis zum Sofa, bevor mir die Beine wegsackten. So lässig wie möglich ließ ich mich fallen. Genau in die Kuhle, wo sie gesessen hatte. Sie war noch warm.

»Ich hab dir eben zugehört«, sagte Lilly. »Du klingst echt großartig!«

Ihre Augen waren braun, mit hellen Lichtflecken darin. Irgendwie war alles Licht, ich selbst saß im Licht, in dem Sonnenstreifen, wo sie gesessen hatte, in ihrer Wärme, und irgendwas war kaum auszuhalten.

»Ben ist die deutsche Stimme von Lex B. Tyson«, sagte Jürgen. »Ihr werdet sicher gut harmonieren. Du bist ja Profi, Ben, und Lilly kommt frisch von der Schauspielschule.«

So, jetzt, Ben. Sag was. Ich räusperte das Kratzen in meinem Hals weg. Und hoffte, dass der Fremde in mir jetzt nicht ein Gedicht aufsagen würde oder etwas in der Art.

»Äh … die Filmschule oder die Ernst Busch?«

»Sie heißt *Act Out*«, sagte Lilly. »In der alten Villa in Dahlem.«

Der Fremde in mir verstummte sofort. Die Welt war wieder wie vorher.

Lilly war nur ein rosa Plüschtier vom Casting. Und mit Plüschtieren konnte ich umgehen.

»Oh, *Act Out*. In *Dahlem*.« Ich sah, wie sie zusammenzuckte. Konnte spüren, wie erschrocken sie war, wie wehrlos. Ich schaute schnell auf ihre Stiefel, und dann sagte Jürgen, dass er die Schauspielschule und ihren Lehrer kannte, und wie *toll* dieser Lehrer arbeitete und wie *professionell* diese *private* Schule war, und auf einmal war mir kalt innen, auf vertraute und gute Weise, und ich schaffte es, sie anzusehen und auszusprechen, was alle sahen, aber keiner sagte.

»Übrigens, deine Wimperntusche ist verlaufen.«

Sie griff sich an die Wange, ihr Mund ein großes, rundes, zittriges O. Beinahe tat es mir leid, schrecklich leid, zum Glück drehte sie sich um und rannte raus in den Flur, und wir hörten, wie die Tür zum Bad hinter ihr zufiel.

»Benniboy, du alter Charmebolzen, macht das eigentlich Spaß, mit dir selbst zusammen zu sein?« Laura arrangierte Berliner und Croissants auf einer Platte.

Vom Aufnahmeraum her hörten wir Lillys Mikro-Check. Wie erwartet mit allen möglichen Fehlern und Gestotter. Jürgen und Fabi überschlugen sich fast vor Liebenswürdigkeit und Hilfsbereitschaft.

»Und du«, fragte ich Laura, die mich mit ihrem nachdenklichen Blick ansah, den ich nicht ausstehen konnte, »was machst du eigentlich heute hier? Arbeiten? Ich meine, für diesen überflüssigen Mikro-Check mit Unfähigen brauchen sie doch keine Cutterin.«

»Ich arbeite nachher beim Trickfilm, und ich dachte, ich lade euch zu meinem Geburtstagskaffee ein.«

Natürlich gratulierte ich ihr und fragte, wie alt sie würde, und sagte ihr, sie sähe aus wie zweiundvierzig und nicht wie zweiunddreißig, und als sie sich kurz wegdrehte, schnappte ich mir einen Berliner vom Teller. Als die anderen aus dem Studio kamen, hatten wir den Tisch schon gedeckt, Jürgen und Fabi brachen in ein schiefes »Happy Birthday« aus, das schnell wieder versandete. Laura schnitt den Nusskuchen an und gab erst Jürgen ein Stück, dann Fabi, dann Lilly, dann sich selbst. Und schließlich auch mir. Was mir wieder klarmachte, wie ungeheuer beliebt ich hier war.

»So, für alle, auch für dich, Laura, morgen um zehn geht's los. Pünktlich«, sagte Jürgen und sah mich dabei an. Lilly wurde rot und zog ihr Handy aus der Tasche, ein iPhone, das teuerste und neueste Modell. Sie las eine Nachricht, dann tippte sie und biss sich dabei auf die Lippe. Wahrscheinlich schrieb sie ihrem Snobfreund, wie toll der Mikro-Check gelaufen war und wie sich alle jetzt um sie kümmerten.

»Habt ihr noch Fragen zu eurer Rolle? Lilly? Ben?«

Meinte Jürgen das ernst? Waren jetzt alle hier verrückt geworden? Ich schluckte schnell den letzten Bissen Kuchen hinunter. »Wieso Fragen? Wir machen doch sonst auch kein Geschiss …«

»Ja, weiß ich, Ben, aber bei diesem Film ist eben alles anders.« Jürgens Blick streifte mich nur, dann schaute er Lilly an, und Lilly steckte das Handy ein. »Ihr werdet nämlich zusammen einsprechen. Hinter der Stellwand. Im Zelt. Lilly, weißt du, was das heißt, das Zelt?«

»*Zusammen?* Warum das denn?« Meine Stimme klang kratzig und unangenehm hoch. Beim Einsprechen hätte ich den Take garantiert noch mal machen müssen.

»Weil ich zufällig eine genaue Vorstellung von dem Ganzen habe, und weil ich hier Regie führe«, sagte Jürgen.

Aye, aye, Käpten.

Lieber nicht. Lieber bloß nicken.

Lilly nicht ansehen.

»Übrigens weiß ich, was du in deiner charmanten Art andeuten wolltest, Ben. Und du hast nicht ganz unrecht.«

So hatte ich Jürgen noch nie erlebt. Er hörte gar nicht mehr auf zu reden. An der Art, wie Fabi und Laura Blicke tauschten, merkte ich, dass ich nicht der Einzige war, dem es so ging.

»Zusammen aufnehmen bedeutet mehr Nebengeräusche, mehr Verhaspler, mehr Ablenkung, langsameres Tempo, Zeit ist Geld und so weiter. Aber ich will es trotzdem so. Weil es genau zur Atmosphäre des Films passt. Ihr werdet es besser verstehen, wenn ihr eure Rollen richtig kennt. Solange es noch kein Dialogbuch gibt, wird Frau Wald euch die fertig übersetzten Szenen zuschicken. Die ersten bekommt ihr heute, bitte lest sie gut durch, und morgen …«

Mitten in Jürgens Rede klingelte es. Fabi ging zur Tür, wir hörten, wie er mit jemandem sprach, dann kam er zurück, mit einem grauhaarigen Mann im Schlepptau. Einem grauhaarigen Zombie.

Dem BMW-Zombie von vorhin.

»Oh, Martin, Sie sind schon da«, sagte Lilly.

»Bin ich zu früh? Entschuldigen Sie die Störung.« Damit wandte sich der Zombie an uns und deutete eine kleine Verbeugung an.

Vielleicht war das alles nur ein verrückter Traum. Der Greinel, das Fahrrad, der Zombie. Der mich jetzt holen kam und auch noch fragte, ob er zu früh sei.

»Ich hab Mum doch geschrieben, dass ich länger brauche. Es tut mir leid, wenn Sie jetzt umsonst gekommen sind …« Lilly schaute von dem Zombie zu Jürgen und wieder zombiewärts.

»Wenn du keine Fragen mehr hast, Lilly, kannst du von mir aus gehen«, sagte Jürgen. »Und du auch, Ben.«

Ich achtete nicht auf ihn. Ich sah den Zombie an, der mich vorhin fast platt gefahren hatte und jetzt die Höflichkeit in Person war.

»Können wir … können wir dich ein Stück mitnehmen?«, fragte Lilly.

Und schon verbeugte sich Mr Zombie mit gruseligem Lächeln vor mir. »Wir fahren Richtung Innenstadt, ich kann Sie irgendwo absetzen«, sagte er. Und dann, zu Lilly: »Ich muss deinen Vater am Konsulat abholen, ich glaube, er wartet schon.«

Erst am Rauschen in meinen Ohren und am Schwindel merkte ich, dass ich aufgesprungen war. Ich hielt mich rasch an der Stuhllehne fest. Plötzlich war mir klar, wie alles zusammenhing: Jürgens seltsame Redseligkeit, der überflüssige Mikro-Check, für den ich garantiert kein Geld sehen würde, dieser ganze Affentanz wegen dieser Anfängerin aus stinkreichem Haus, die sie nach drei Castings – drei! – engagiert hatten, obwohl es in näherer Umgebung genug gute Sprecherinnen gab. Und jetzt stand diese Anfängerin vor mir und lächelte. Hatte sie vorhin überhaupt bemerkt, dass ihr blöder Chauffeur beinahe einen Radfahrer plattgemacht hatte? Oder hatte sie auf der Rückbank ein kleines Schönheitsschläfchen gehalten und sich von ihrem anstrengenden Leben erholt? Auf dem Weg zu dem *wichtigen* Termin, wo der rote Teppich schon ausgerollt war? Und zu dem sie auch noch zu spät kam? Dieser letzte Gedanke irritierte mich, doch ich war zu wütend, um ihm Aufmerksamkeit zu schenken.

»Ah, *verstehe*«, sagte ich. Blöderweise wieder mit dieser kratzigen, zu hohen Stimme. »Papi ist *Konsul*.«

Ich sah ihr direkt in die Augen, bemerkte erst jetzt die violetten Schatten darunter. Sie hatte sich nachgeschminkt, aber es nutzte nichts.

»Dann bezahlt Papi bestimmt nicht nur die tolle Schauspielschule, sondern auch die Rolle hier. Deshalb die ganze Show.« Ich spürte, wie es einschlug. Bevor irgendwer etwas sagen konnte, war ich schon im Flur und schmiss die Tür hinter mir zu.

7

Ben

Das Fahrrad lag nicht mehr im Vorgarten, auch sonst nirgendwo, jemand anders holte sich gerade einen schimmligen Hintern. Kurzer Lagecheck: Alle Brücken hinter mir abgebrochen, kein Geld für die U-Bahn, die Bankkarte längst vom Automaten eingezogen, in der rechten Schuhsohle ein gähnendes Loch. In einem Film wäre so was vielleicht cool gewesen, mit der richtigen Musik.

In der hässlichen Wirklichkeit latschte ich einfach nur nach Hause. Acht Kilometer. Ohne Musik. Genug Zeit, um nachzudenken. Über verrückte Zufälle. Ein Zombie, der mich erst beinahe totfährt und dann ausgerechnet der Fahrer des Mädchens ist, das … Wäre das Ganze ein Film, würden alle sagen, die Drehbuchautoren hätten maßlos übertrieben.

Und plötzlich war ich mir nicht mehr sicher, ob ich nicht selbst übertrieb. Vielmehr: ob Ben nicht völlig durchgeknallt war.

Nach ungefähr einem Kilometer wurde mir klar, dass ich nirgendwo einen fetten schwarzen BMW gesehen hatte, nicht in der Einfahrt vom Studio, nicht in der Querstraße. Und mir dämmerte auch, was mich vorhin schon irritiert hatte: Wenn der Zombie mit Lilly tatsächlich um zwanzig nach neun die Gneisenauer Straße langgerast war, warum war ich mit dem Fahrrad dann früher im Studio gewesen als Lilly? Und als Krönung fiel mir kurz vor dem U-Bahn-Eingang Nollendorfplatz ein, dass ich meinen Rucksack in der Studioküche vergessen hatte. Und gleich darauf hatte ich eine weitere Erkenntnis: Mein Vertrag lag auch noch im Büro.

Super hingekriegt. Ben, der Meister des Versagens.

Die ganze Zeit wartete ich darauf, dass Jürgen mich anrufen und mich feuern würde. Aber nichts passierte. Kein Schwein wollte was von mir. Wahrscheinlich saßen sie fröhlich im Aufenthaltsraum, Jürgen, Fabi, Laura, Lilly und der Zombie, und hatten schon alles geklärt: Irgend so ein Supersnob von Lillys Schauspielschule würde meine Rolle übernehmen, liebend gern, er wartete nur darauf. Natürlich war er in Lilly verliebt und hatte außerdem die besten Manieren …

Die verbleibenden Kilometer arbeitete ich an einem Film, in dem ich mich unerkannt in Lillys Pseudo-Schauspielschule schmuggelte und den Supersnob vor versammelter Mannschaft zum Duell herausforderte. *Fliegende Fäuste in Dahlem*, kein schlechter Titel. Es hätte sich überhaupt gelohnt, ein paar von den Szenen aufzuschreiben. Doch dazu hätte ich erst in meine Wohnung kommen müssen.

Die Häuser in der Straße sahen aus wie immer. Vom Greinel keine Spur. Ich schloss die Haustür auf und ging hoch. Je höher ich kam, desto wärmer schien es zu werden. Und bevor ich versuchte, den Schlüssel ins Schloss zu stecken, sah ich schon die Kratzspuren, die Späne auf dem Boden. Eine Weile stand ich einfach nur so herum, sozusagen mitten in meinem eigenen Herzklopfen. Probierte es dann doch mit dem Schlüssel, was logischerweise nicht funktionierte. Danach ging ich langsam, sehr langsam wieder nach unten und durch die Hintertür in den Hof.

Überall Fenster und Balkone. Auf manchen Blumenkästen und Töpfe, in denen irgendwas vor sich hin gammelte, das im Sommer noch geblüht hatte. Meine Wohnung hatte keinen Balkon. Genau genommen bestand meine Wohnung bloß aus einem Zimmer mit Klo und Küchennische. Eine Falltür verband es mit dem Speicher darüber – wenn man sie öffnete, klappte eine Leiter heraus. Falls sie nicht klemmte. Wenn die

Hausbewohner auf dem Speicher ihr Zeug abluden, benutzten sie die offizielle Tür, eine Treppe über meiner. Keine Ahnung, ob sie sie abschlossen oder nicht. Und keine Erinnerung, ob ich die Falltür nach meinem letzten Speicherbesuch verriegelt hatte oder ob ich zu faul dazu gewesen war. Vollkommen irrsinnig, anzunehmen, dass jemand wie ich, Ben, der Vollversager, so ein Glück haben sollte, gleich zwei offene Türen einzurennen, aber ich musste es versuchen, was sonst.

Ich hetzte die Treppen hoch, stand keuchend vor der Stahltür zum Speicher und rüttelte wie ein Wilder an der Klinke. Trat schließlich gegen die Tür.

Nada.

Und zurück in den Hof. Ich lief auf und ab und dachte an Filme, in denen jemand in der Wüste verdurstete oder in der Steppe erfror, über ihm schon die Geier, und irgendwann fiel mein Blick auf den Schuppen, in dem die Mülltonnen standen. Und wanderte weiter, wanderte zu dem Dach über dem Schuppen, das Dach eines Nachbargebäudes. Von dort könnte jemand, der halbwegs klettern konnte, die verrostete Feuerleiter an der Hauswand erreichen. Gesetzt den Fall, das Ding war nicht total vereist und keine Sprosse brach durch, würde er es bis zum Speicherfenster schaffen. Das Fenster war gekippt, zumindest sah es von hier unten so aus.

Bekam man ein gekipptes Speicherfenster von außen auf? Wenn ja, passte ich überhaupt durch? Und würde nicht jemand die Polizei rufen, wenn ich zu klettern anfing?

Ich scannte die Balkone, die Flachdächer, die Wäschestangen. Und dachte mal wieder an meinen Vater und wie er mit den Kletterkursen genervt hatte, ganz am Anfang, als ich vielleicht neun oder zehn gewesen war und Doris noch nicht seine Frau, und wie sie beide dauernd versucht hatten, mit mir etwas Schönes zu unternehmen. Kletterhallen, immer wieder Kletterhallen, kurze Zeit hatte es mir sogar Spaß gemacht, es war etwas, worin ich gut war.

An einer der Wäschestangen hing eine vergammelte Leine. Wahrscheinlich schon seit Jahren. Ich fummelte eine Ewigkeit mit eiskalten Fingern herum, bis ich sie losbekam, und steckte sie in die Hosentasche. Dann holte ich eine Mülltonne aus dem Schuppen, schob sie nah ans Flachdach und kletterte hoch. Das nächste Dach war zwei Meter höher, die Mauer glatt, kein Griff, bloß die Dachrinne, die brüchig aussah, nichts, um das man die Leine werfen konnte wie ein Lasso. Ich wusste nicht, wie Lassowerfen funktionierte. Ich wusste nicht, was ich hier oben sollte. Außer still dazusitzen und auf die Geier zu warten. Noch nicht mal ein Spatz ließ sich blicken. Ein würdiger Westerntod war Ben-dem-Totalversager nicht vergönnt. Blieb mir nur, meinen Vater bei der Arbeit anzurufen: He, hier ist Ben, wie geht's euch so, übrigens, ich komm nicht mehr in meine Wohnung, kennt ihr zufällig einen guten Schlosser, der nichts kostet? Oder kann ich vielleicht bei euch unterkommen für ein paar Nächte?

Eher würde ich unter einer Brücke schlafen. Ich sprang vom Dach, landete zu hart, rannte trotzdem los, bis zum Döner *Zur Gams*, und fragte Aran, ob ich zwei leere Getränkekisten haben könnte, ich würde sie zurückbringen, ganz bestimmt.

»Wozu brauchst du die?«, fragte Aran, und ich wollte ihm alles erklären, aber er hatte Kundschaft und scheuchte mich ungeduldig Richtung Lagerraum. Als ich zurückkam, warf ich den ersten Kasten hoch. Es schepperte. Jeden Moment musste jemand aus dem Fenster schauen oder rauskommen, womöglich der Greinel. Ich warf den zweiten Kasten, er schlitterte über das Flachdach und blieb liegen. Ich kletterte hinterher, stapelte die Kästen übereinander, erreichte so bequem die Regenrinne, schaffte es ungefähr beim zehnten Versuch, mich hochzustemmen, und blieb keuchend auf Dach zwei sitzen.

Als Nächstes die Feuerleiter. Und alles retour, Ben, falls du die Falltür zum Speicher ordnungsgemäß verriegelt hast. Weiter, was soll's, die Feuerleiter hoch, Stufe für Stufe, alle noch schlimmer verrostet als gedacht. Arschkalt die Geländerstange. Dafür steckt ein Haken im Hausdach, verwittert, hatte vielleicht irgendein Zimmermann vergessen. Ich machte die Wäscheleine daran fest und mich selbst an der Wäscheleine, totaler Schwachsinn, für einen richtigen Bergsteigergurt reichte es nicht, beim Runterfallen hätte ich mich selbst stranguliert.

Dann stand ich auf der letzten Leitersprosse, das halb offene Fenster in Reichweite. Es war auf einen uralten Eisenstab gestemmt, mit Mechanismus zum Einrasten. Kein Problem, durchzugreifen und es so weit aufzureißen wie möglich. Leine vom Haken lösen. Hochziehen, festklammern am Fensterbrett aus Stahl, es ist so kalt, dass es wehtut, und schneidet in die Hand, durchs Fenster kriechen, Kopf voran, tasten, rutschen, dann landen die Hände auf dem Boden, Sieg der Schwerkraft, ich falle.

Ich wartete, bis ich nicht mehr keuchte. Dann kroch ich zu dem Türviereck, das sich vom Staub abhob, und versuchte, die Tür aufzustoßen. Zuerst bewegte sich nichts. Fast wäre ich zurückgekrochen. Dann versuchte ich es noch mal, einfach nur deshalb, weil die Helden in Filmen es auch immer mehrmals versuchen, meistens drei Mal. Die Falltür gab schon beim zweiten Versuch nach und öffnete sich, und ich schaute von oben in meine Wohnung. Der vom Wasserschaden wellige Boden, die Matratze, meine überall verstreuten Klamotten.

Mit dem letzten Beutel vom Studio machte ich mir eine Tasse Tee, legte mich auf die Matratze, zog die Decke über mich. Und heulte.

Später hörte ich Schritte auf der Treppe, sie klangen schwer, mühsam, nach einem kleinen, dicken, Flöckchen spuckenden Mann. Dass Greinel einen Schlüssel hatte und jederzeit in meine Wohnung eindringen konnte, wurde mir jetzt erst klar. Ich hechtete vom Bett und verbarrikadierte die Tür mit allem, was ich noch hatte. Außer der Matratze eigentlich nur ein alter Hocker, eine Menge Bücher und das Brett, auf dem ein Teil der Bücher stand. Die Schritte stoppten ein Stockwerk unter mir, jemand schloss seine Wohnungstür auf und ging hinein.

Ich warf den Laptop an und checkte im Netz erst mal die rechtliche Lage. Was nicht allzu schwierig war. Zugänglich auch für Intelligenzbestien wie den Greinel. Der Vermieter durfte nach schriftlicher Ankündigung das Schloss austauschen. Einen Brief hatte er mir tatsächlich geschickt, er lag noch im Kasten. Ich scrollte weiter und hoffte, dass Greinel dasselbe gelesen hatte, was ich jetzt las: Die Besitztümer des Mieters mussten in der Wohnung bleiben, ein Vermieter hatte nicht das Recht, sie auf die Straße zu stellen. Falls Greinel darüber Bescheid wusste, hatte er keinen Grund, in die Wohnung zu kommen. Vorerst jedenfalls nicht.

Auf dem Speicher fand ich altes Werkzeug und einen fast neuen Akkuschrauber. Ich schob den Hocker unter die Falltür. Um sie zu verbarrikadieren, musste man einen Eisenstab in zwei Halterungen schieben, zum Glück war mir das meist zu kompliziert gewesen. Ich schraubte sie ab, schleppte alles zur Wohnungstür, schraubte die beiden Halterungen an und schob den Eisenstab hindurch.

Danach schaute ich Filme, bis mir die Augen wehtaten. Erst als es dunkel wurde, traute ich mich, die Mails abzurufen. Eine von der Produktionsfirma. Und eine von Jürgen.

Ben. Lies dir die ersten Szenen des Films durch. Raid tritt erst später auf, doch ich erwarte, dass du sie trotzdem anschaust, damit du einen Eindruck bekommst, worum es geht. Ich will, dass du mitarbeitest. Heute Nacht oder morgen früh kommt der Rest. Du bist um zehn da, wie ausgemacht. Und als Erstes entschuldigst du dich bei Lilly. Wären wir nicht so unter Zeitdruck, wärst du längst draußen.

8
Lilly

Dad hasst Taxifahren. Das kommt daher, dass in den meisten Städten Taxifahrer keine Ahnung vom Taxifahren haben und sich auch nicht besser auskennen als man selbst. Deshalb sucht sich Dad in jeder Stadt zuerst einen Taxifahrer, der seinen Test besteht. Auch in Berlin tat er das, obwohl Mum wollte, dass er die Limousine und den Chauffeur beanspruchte, die ihm zustanden.

Aber Dad mag auch keine Limousinen. Dad mag Taxifahrer, die sich auskennen. Fahrer wie Martin, die ihr ganzes Leben im Taxi verbracht haben und höflich sind und schweigen können.

O-Ton Dad. Man kann Taxifahren also hassen und lieben. Man kann überhaupt vieles hassen und gleichzeitig lieben.

Martin schwieg während der gesamten Fahrt. Ich starrte auf seinen Nacken und dachte an das, was Jürgen nach Bens Abgang gesagt hatte. Das kann man nicht durchgehen lassen, das war jetzt einer zu viel. Bestimmt würden sie Ben rausschmeißen.

Der Gedanke beruhigte mich nicht.

Ich ließ mich direkt zu *Act Out* fahren. Olaf stand im Gang, am Fenster, und rauchte eine Zigarette. Als er mich sah, drückte er sie an der Außenmauer aus.

»Lilly? Ist was?«

Ich blieb ein paar Meter vor ihm stehen. Er kam mir plötzlich so fremd vor.

Dann hat Papi bestimmt nicht nur die tolle Schauspielschule bezahlt, sondern auch die Rolle.

»Olaf, bin ich … bin ich gut?«

»Was ist denn passiert?« Er nahm seine Brille ab und rieb sich die Augen.

»Bin ich *gut*? Bin ich eine gute Schauspielerin, oder werde ich eine? Hab ich überhaupt eine Chance?«

Olaf setzte die Brille wieder auf und kam näher. »Was haben die im Studio zu dir gesagt? Hat etwas nicht geklappt?«

Er stand jetzt vor mir. Sein alter grauer Pullover roch nach dem Tabak, den er rauchte.

»Wir … es war nur ein Mikro-Check. Meine Eltern … sie bezahlen doch für den Unterricht … Wie wäre ich ohne das Geld? Genauso gut?«

»Wir sind eine private Schauspielschule.« Olaf trat einen Schritt zurück. »Wir finanzieren uns selbst, und natürlich kostet der Unterricht …«

»Ganz ehrlich: Warum hab ich die Rolle?« Ohne es zu wollen, machte ich einen Schritt auf ihn zu, einen Riesenschritt, der mir peinlich war. Olaf lächelte.

»Weil du die Beste beim Vorsprechen warst. Deshalb.«

»Wirklich?«

Seine Hand, auf meiner Schulter, so warm wie immer. »Du hast gearbeitet, ernsthaft gearbeitet. Talent ist eine Ausgangsposition. Der Rest ist Arbeit. Erzähl mir, was passiert ist.«

Da erzählte ich von Ben. Und zum zweiten Mal an diesem Tag verlief meine Wimperntusche.

Die Mail vom Studio kam, während ich mit Olaf redete. Fünf Szenen mit Regieanweisungen, darunter zwei der Szenen, die ich beim Casting gesprochen hatte. Meine Hand zitterte, als ich über das Display wischte und überflog, wer mitspielte. Payton, John, Paytons Vater, Payton, John.

Kein Verlorener. Also kein Lex B. Tyson.

Und damit kein Ben.

Ausatmen. Die angehaltene Luft rauslassen.

»Pass auf«, sagte Olaf. »Dieser Ben ist wahrscheinlich einfach nur ein Konkurrent, deshalb seine Bemerkungen unter der Gürtellinie. So was kommt im Studio ab und zu vor, dagegen hilft bloß absolute Professionalität. Auf geht's, wir proben jetzt!«

Ich mailte die Szenen an Olaf, er druckte sie im Büro aus. Währenddessen rief ich Mum an und sagte ihr, dass ich nicht nach Hause käme. Hinter mir die Stimmen der anderen. Ich steckte das Handy in die Tasche und drehte mich zum Fenster, damit ich sie nicht ansehen musste, Stella-Marie und Violet, aber ich hörte sie: »Was, die Gruppenstunde fällt aus, wegen einer Einzelprobe?! Das geht doch nicht, wir bezahlen schließlich dafür!«

Dann hat Papi bestimmt nicht nur die tolle Schauspielschule bezahlt, sondern auch die Rolle.

Ich schüttelte den Kopf, versuchte, Ben aus meinen Gedanken zu schütteln.

Irgendwann war alles still und leer. Die Sonne fiel schräg durch die großen Fenster im Gruppenraum. Olaf und ich setzten uns auf den Boden und lasen die fünf Szenen. Jeder für sich.

```
1 WALD / FESTUNG                    AUSSEN / TAG        1
```

```
Endloser Wald erstreckt sich bis zum Horizont. Die
Kamera scheint über den Baumwipfeln zu schweben,
das Bild wackelt leicht. Man hört seltsam gedämpft
Musik. Jemand atmet keuchend, aber rhythmisch.

Die Kamera zeigt nun PAYTON (17), die auf der hohen
Außenmauer einer burgähnlichen Festung joggt. Die
Mauer ist gerade einmal einen Meter breit, rechts
```

und links geht es ungebremst in die Tiefe - ein Sturz aus dieser Höhe wäre tödlich. Trotzdem joggt Payton sehr schnell, angetrieben durch die Musik, die aus ihren Kopfhörern dröhnt. Der Takt ihrer Schritte lässt das Bild leicht wackeln.

Immer wieder schaut Payton angespannt zu einer schmalen Straße, die von der Festung zu dem end- losen Wald führt und darin verschwindet.

2 WALD / FESTUNG AUSSEN / TAG 2

Auf der Straße erscheinen zwei Jeeps und nähern sich in hohem Tempo der Festung. Ein erleichtertes Lächeln vertreibt den angespannten Zug aus Paytons Gesicht. Sie bleibt stehen und winkt. Die Leute in den Jeeps bemerken sie jedoch nicht.

Langsam und ratternd wird das Festungstor in die Höhe gezogen. Die Leute in den wartenden Jeeps steigen aus, sie tragen alle Militäruniformen, über ihren Schultern hängen Gewehre, an ihren Gürteln Messer. Trotz der Nähe zur Festung wirken sie angespannt und wachsam.

PAYTON
(rufend)
Dad! Dad!

Die Gruppe fährt zusammen und blickt nach oben. Der einzige unbewaffnete Mann (55) winkt Payton zu.

PAYTONS VATER
Payton! Spinnst du?! Geh sofort da runter!

Grinsend tänzelt Payton auf der schmalen Mauer hin und her.

PAYTONS VATER (CONT'D)
Hör sofort auf!

PAYTON
Dann nimm mich beim nächsten Mal mit!

PAYTONS VATER
Auf gar keinen Fall! Das ist viel zu gefährlich!

Als Antwort stellt sich Payton nah an den Rand der Mauer und hebt ein Bein über den Abgrund.

PAYTON
Versprich's!

Die ganze Gruppe ist von Paytons gefährlicher Aktion auf der Mauer abgelenkt und bemerkt nicht, wie sich zwischen den Bäumen etwas bewegt.

3 WALD/FESTUNG AUSSEN/TAG 3

Im Wald huschen bewaffnete Männer von Baum zu Baum. Alle tragen eine schwarze Tätowierung, ein großes X, das ihre Gesichter fast vollständig bedeckt.

Die Gruppe bricht lautlos aus dem Wald und sprintet über die Wiese zu den Jeeps. Kurz bevor die Männer die Wartenden erreichen, werden sie von einem der Soldaten (JOHN, 19) bemerkt.

JOHN
(sein Messer aus dem Gürtel reißend)
Angriff! Angriff!

Ein wildes Handgemenge entbrennt. Auf der Mauer muss Payton hilflos mit ansehen, wie einer der Angreifer ihren unbewaffneten Vater niederringt.

PAYTON
(panisch)
DAD! DAD!

Sie reißt ihren MP3-Player aus dem Gürtel und wirft ihn auf den Angreifer, verfehlt ihn aber um Längen. Payton zieht einen Turnschuh aus, zielt und wirft. Der Turnschuh trifft den Rücken des Angreifers. Doch der scheint das nicht einmal zu bemerken.

PAYTON (CONT'D)
(sich den zweiten Schuh von den Füßen reißend)
DAD!

Durch ihr Schreien wird John auf ihren Vater aufmerksam. Er kniet sich hin, zieht eine Pistole aus dem Gürtel und erschießt den Angreifer. Dann hechtet er mit einem mächtigen Satz zu Paytons Vater und rollt sich mit ihm durch das halb geöffnete Festungstor ins Innere.

PAYTON (CONT'D)
DAD!

Payton rennt barfuß auf der Mauer entlang zu der Leiter, die an der Innenseite lehnt. Sie klettert hastig hinunter.

4 BEHANDLUNGSZIMMER INNEN / TAG 4

Im Behandlungszimmer der Krankenstation: John sitzt auf der Behandlungsliege, eine stark blutende, sehr große Wunde am Oberarm, doch seine ganze Aufmerksamkeit gilt Payton. Sie steht vor ihm, in einem blauen OP-Kittel, der ihr viel zu groß ist, die Ärmel musste sie zweimal umkrempeln. In der Hand hält sie eine chirurgische Nähnadel, aus der ein langes Stück medizinischer Faden hängt. Ihre Hand zittert.

PAYTONS VATER
(aus dem Hintergrund)
Tut mir leid, John, ich hab kein Betäubungsmittel mehr da. Neue Vorräte kommen erst nächste Woche mit dem Heli, und der Angriff heute …

JOHN
Kein Problem, Sir. Steck ich schon weg.

John lächelt Payton an und nickt ihr aufmunternd zu. Doch Payton schüttelt den Kopf.

PAYTON
Dad! Ich kann das nicht! Bitte lass das Martha machen.

Paytons Vater tritt nah an die Behandlungsliege heran. Sein rechter Arm steckt in einer Schlinge, seine rechte Hand ist dick verbunden.

PAYTONS VATER

Die Wunde ist sauber. Du stichst hier …
(Er tippt mit dem Zeigefinger seiner linken Hand auf Johns Oberarm)
Hier stichst du ein, und dann nähst du die Ränder der Wunde zusammen.

PAYTON

Dad, nein, ich …

PAYTONS VATER

(unterbricht sie streng)
John ist verletzt, weil du auf der Mauer so ein Theater aufgeführt hast. Wenn du uns nicht abgelenkt hättest, müsstest du das jetzt nicht machen. Also reiß dich zusammen und näh!

Payton holt tief Luft. Dann wendet sie sich Johns Oberarm zu.

PAYTON

Dad! Ich kann das nicht, du weißt, mir wird kotzübel, ich kann kein …

PAYTONS VATER

Jetzt näh endlich! Es ist deine Schuld, dass John bei dem Angriff verletzt wurde! Und dass ich ihn jetzt nicht versorgen kann!

Payton kneift die Augen halb zusammen. Dann sticht sie die Nadel in Johns Oberarm. John zuckt mit keinem Muskel. Er lächelt Payton nur an, die zu ihm aufschaut, die Lippen fest aufeinandergepresst, als müsste sie sich gleich übergeben.

JOHN
Hab dich trainieren sehen. Flottes Tempo! So schaffst du die Aufnahmeprüfung nächste Woche sicher.

John spricht so entspannt, als würde er mit Payton einen Kaffee trinken. Nur seine Hände, die Payton nicht sehen kann, umklammern die Behandlungsliege, dass die Fingerknöchel weiß hervortreten.

PAYTON
(zwischen zusammengebissenen Zähnen)
Mit der Theorie bin ich noch hintendran. Da schaff ich vielleicht nicht alle Punkte. Deshalb muss ich mit dem Sportteil ausgleichen.

Sie zieht den Faden durch Johns Fleisch und sticht die Nadel ein zweites Mal in seinen Oberarm. John sitzt so unbeweglich da wie ein Fels.

JOHN
Vielleicht kann ich dir helfen.

PAYTON
(zwischen zusammengebissenen Zähnen)
Warst du gut in Theorie?

Noch ehe John antworten kann, lässt Payton plötzlich die Nadel los und hechtet zu einem Mülleimer, in den sie sich würgend erbricht. Ihr Vater schaut ihr ungerührt zu, die Nadel baumelt an dem Faden von Johns Oberarm herunter.

JOHN
(bittend)
Sir, Martha ist bestimmt noch nebenan und könnte …

PAYTONS VATER
(winkt ab)
Schon gut, John.

Er greift seufzend mit der linken Hand nach der Nadel und beginnt, geschickt Johns Wunde zu nähen. John blickt unglücklich zu dem Mülleimer hinüber, über dem Payton immer noch kauert.

5 BEHANDLUNGSZIMMER INNEN/TAG 5

Payton reibt die Liege mit einem Desinfektionstuch ab. Sie ist allein. Auf einem Tisch liegen die chirurgische Nadel, eine Menge blutiger Tücher und medizinisches Besteck.

Da klopft es leise. Payton blickt auf. Im Türrahmen steht John und lächelt sie unsicher an. In seiner Hand hält er eine Dose Cola, die er Payton entgegenstreckt.

JOHN
Dachte, du kannst vielleicht einen Schluck vertragen. Hilft super, wenn man …

PAYTON
(unterbricht ihn unerwartet heftig)
Gekotzt hat wie ein Mädchen?

Sie beugt sich über die Liege und schrubbt mit dem Desinfektionstuch wild an einem Fleck herum. John bleibt einen Moment unschlüssig im Türrahmen stehen, dann geht er zu Payton hinüber. Er öffnet die Coladose mit einem lauten Zischen und hält sie Payton hin.

JOHN
(leise)
Hier. Ich würd die gern mit dir teilen.
(mit einem schiefen Grinsen)
Deine Stiche haben weniger wehgetan
als die von deinem Dad.

Payton stößt ein lautes Schnauben aus und klatscht das Desinfektionstuch gegen die Liege.

PAYTON
Ha-ha. Waren ja auch nur zwei.

John setzt sich auf die Liege und klopft neben sich.

PAYTON (CONT'D)
He!
(Jetzt klatscht sie das Desinfektions-
tuch gegen Johns Oberschenkel.)
Die war schon steril!

Als Antwort klopft John wieder neben sich und hält ihr die Coladose hin. Payton befördert das Desinfektionstuch mit einem gelungenen Wurf in den Mülleimer und setzt sich neben ihn auf die Liege. Sie nimmt einen Schluck aus der Dose.

PAYTON (CONT'D)
(einen genüsslichen Seufzer ausstoßend)
Oh Mann. Ich hatte ganz vergessen, wie Cola schmeckt.

Sie nimmt noch ein paar gierige Schlucke.

JOHN
(grinsend)
Hätt ich mal besser zwei Dosen mitgebracht.

PAYTON
(ernst)
Ihr Soldaten kriegt halt all die Sachen, die wir Normalos nicht kriegen.
(Sie reicht John die Coladose.)
Ich hatte die letzte an meinem achten Geburtstag.

Schweigend hält John die Coladose in der Hand, ohne einen Schluck daraus zu nehmen. Er ist sichtlich verlegen.

JOHN
Was vermisst du denn am meisten? Vielleicht … Ich mein, vielleicht kann ich das ja besorgen.

PAYTON
(wie aus der Pistole geschossen)
Das kann sogar ein Soldat nicht besorgen.

JOHN
(gespielt beleidigt)
Ein bisschen mehr Vertrauen in unsere Army, Miss Miller!

Payton muss gegen ihren Willen grinsen. Sie nimmt John die Coladose aus der Hand und genehmigt sich einen großen Schluck.

PAYTON
(wieder ernst)
Was ich am meisten vermisse, kann niemand besorgen.

Sie knibbelt den silbernen Verschluss der Coladose ab und schiebt ihn sich wie einen Ring auf einen Finger.

PAYTON (CONT'D)
Seit Mum tot ist, ist Dad so … völlig besessen von dem Fieber, als ob er Mum zurückholen könnte, wenn er nur ein Heilmittel findet.
(Sie trinkt die Coladose leer und zerquetscht sie.)
Ist ja auch egal.

Beide sitzen schweigend da. Payton spielt mit dem Verschlussring an ihrem Finger herum. John räuspert sich und setzt an, etwas zu sagen, als das Funkgerät an seinem Gürtel zu knacken beginnt.

SOLDAT 1
Sergeant Maverik, bitte kommen! Sergeant Maverik!

JOHN

Hier Sergeant Maverik! Was gibt's, Dudley?

SOLDAT 1

Sir, bitte kommen Sie zur Arrestzelle. Der Verlorene macht Probleme. Wir mussten ihn mit vier Stangen niederhalten.

JOHN

(mit Blick auf Payton)

Bin gleich da, Dudley.

»Deine Rolle ist wirklich reizvoll.« Olaf hatte zum Lesen die Brille abgenommen, jetzt setzte er sie wieder auf. »Ich kopier mir das mal ein bisschen größer, dann lesen wir laut. So lange, bis du textsicher bist. Ich übernehme die Männerrollen, du konzentrierst dich auf Payton.«

Eine halbe Stunde lang wiederholten wir die Szenen, in mittlerer Lautstärke, ohne Betonung, dann sagte Olaf: »Und jetzt wird gespielt. Mach Paytons Bewegungen, wirf deinen Schuh nach dem Angreifer! Was fühlst du?«

Zuerst fühlte ich nur Schmerz, als der Cowboystiefel beim Ausziehen an der Ferse scheuerte. Ich hatte Blasen und merkte erst jetzt, dass ich keine Minute länger in den Stiefeln stehen konnte. Später, als ich ein Paar Turnschuhe aus dem Fundus trug und immer wieder einen davon auszog und versuchte, Olaf zu treffen, fühlte ich Paytons Angst, ihre Verzweiflung, aber noch viel mehr ihren Mut, etwas Eisernes, das man fast schmecken konnte.

»Sehr gut«, sagte Olaf. »Mach das auch im Studio. Egal, ob dieser Ben oder sonst jemand blöd guckt, kümmer dich nicht drum. Die Emotion sitzt in der Bewegung, verstanden?«

Auf dem Heimweg von *Act Out* ließ ich Martin bei einer Tankstelle anhalten und kaufte eine Dose Cola. Seit ich zwölf war und wir alle bloß noch Cola Zero oder light tranken, hatte ich keine richtige Cola mehr getrunken. Ich steckte die eiskalte Dose in die Plastiktüte zu meinen Cowboystiefeln.

In der Villa dann Mum: »Wo warst du so lange? Wie, ihr habt bis jetzt geprobt? Kriegst du das denn bezahlt? Lillykind, du musst doch was essen! Schau mal, es ist Quiche von heute Nachmittag da, die Millers haben sie mitgebracht und lassen dich grüßen. Du, stell dir vor, Joshua war diesmal auch dabei, er hat gerade Ferien, und er fand es sehr schade, dass er dich nicht gesehen hat, er ist …«

»Mum, ich bin müde.«

So schnell es ging, verzog ich mich in mein Zimmer. Die Coladose war noch kalt. An meinem Schreibtisch nahm ich den ersten Schluck und war Payton. Ich saß auf der Liege neben John und fühlte sein Bein an meinem. Als die Dose leer war, knipste ich den Ring ab und steckte ihn an meinen Finger.

Am nächsten Morgen trug ich noch immer Paytons Ring. Ich zog ihn ab und legte ihn auf den Nachttisch. Wie im Traum ging ich ins Bad und anschließend in die Küche, fütterte Snowflake und zwang mich zu frühstücken. Im Nebenzimmer hörte ich Mum auf Englisch telefonieren und gleichzeitig mit Dad reden. Bevor wir losfuhren, rannte ich in mein Zimmer und steckte den Dosen-Ring in die Hosentasche.

Im Taxi setzte ich mich nach hinten und übte stumm den Dialog mit John, den Payton mit zusammengebissenen Zähnen sprach. Ich musste es schaffen, wieder so echte Würgegeräusche wie beim Casting zu produzieren. Ohne dass mir selbst schlecht werden würde. An Ben dachte ich nicht. Erst als ich vor der Tür des Studios stand, fiel mir ein, was Olaf am Schluss zu mir gesagt hatte: Konzentrier dich auf Bens Rolle. Ben selbst ist Luft für dich. Nichts als ein Schatten neben dir.

Wahrscheinlich sogar weniger als das, Lex B. Tyson tauchte erst in der siebten Szene auf. Vielleicht würde ich heute allein arbeiten. Oder mit dem Sprecher von Danny Bergstroem. Ich war auf alles vorbereitet. Nur nicht darauf, dass Jürgen die allerneuesten Szenen nehmen und Ben und mich in einen engen Raum aus schwarzen Vorhängen sperren und vor den Mikrofonen allein lassen würde.

9
Ben

Neuer Morgen, neues Glück. Der blöde Spruch meines Vaters fiel mir ein, während ich mich von der vereisten Feuerleiter aufs Dach abseilte. Und mit dem Spruch wurde mir klar, dass ich etwas Wichtiges vergessen hatte, etwas, das mit Glück zu tun hatte, das ich seit Ewigkeiten mit mir rumschleppte, wohin ich auch ging. Vielleicht kindisch wie sonst was, aber, Scheiße, ich musste zurück. Der Gedanke, dass Greinel vielleicht doch irgendwie in die Wohnung kommen und in meinem Zeug wühlen würde, machte mich wahnsinnig. Ich wusste, ich würde den ganzen Tag daran denken, also wieder rauf auf die Leiter und durchs Fenster auf den Dachboden, durch die Falltür. Und Absprung.

Der kleine Playmobil-Feuerwehrmann lag unter meinem Kissen, ich steckte ihn in die Hosentasche. Als ich wieder auf der Feuerleiter war, fing es an zu nieseln, Schneeregen, der rasch stärker wurde. Anscheinend war heute ein Arschloch-Wettergott im Dienst, einer, der mich genauso wenig leiden konnte wie der Rest der Welt und dem es gefallen würde, mich übers Dach schlittern zu sehen. Was ich dann auch tat, gleich nach dem Absprung rutschte ich aus und schmierte ein Stück ab, bis mein Fuß einen hervorstehenden Ziegel fand und mich so weit bremste, dass ich mich festkrallen konnte. Kurz bevor die Wäscheleine mich strangulierte.

Na also, würde mein Vater sagen, mehr Glück als Verstand, alles hat eine positive Seite. Hatte es tatsächlich: Der Rest des Weges schien dagegen vergleichsweise einfach. Sogar mit Riss in der Hose, in Kniehöhe, und bei beschissenstem Wetter.

Ich kam nur zehn Minuten zu spät. Und erst als ich die Wand aus schwarzem Stoff und die beiden Mikrofone davor sah, fiel mir auf, dass ich die ganze Zeit gehofft hatte, ich würde doch allein aufnehmen. In Ruhe die Lex-Sprüche ablassen, von mir aus diesmal in »anspruchsvoll«, zwischendurch kleine Ausflüge in die Küche machen, nachsehen, ob mein Rucksack noch da stand und ob vom Kuchen von gestern noch etwas übrig war. Mein Magen hing mir in den Kniekehlen. Vielleicht würde dieses Stoffzelt außer den Raumgeräuschen auch mein Magenknurren dämpfen. Genau bei diesem Versuch eines positiven Gedankens schob sich Lilly ins Bild, diesmal in Jeans und Turnschuhen. Sie ging weniger schauspielerinnenhaft als gestern, humpelte fast. Und irgendwer oder irgendwas rief diesen Fremden in mir wieder auf den Plan, der sie ansingen wollte. Nicht ihre Schönheit, ihre Perfektion, sondern das, was an ihr anders war.

Und als Erstes entschuldigst du dich bei Lilly.

Aber wie? Wenn sie einfach zu ihrem Pult ging und hochnäsig an mir vorbeisah? Auch sonst reagierte niemand auf mein in die Runde geworfenes »Hallo«. Jürgen schien superschlechte Laune zu haben, er zeigte bloß auf die Blätter, die auf meinem Pult lagen, und sagte: »Wir machen die Szene mit Raid in der Gefängniszelle, sie ist grade neu reingekommen. Nein, bleib hier, Ben, du liest sie vom Blatt, kein Kaffeekränzchen heute, wir haben keine Zeit.«

Ach, jetzt plötzlich? Nachdem wir den ganzen Tag gestern mit diesem Mikro-Check verplempert haben?

Sagte ich natürlich nicht.

»Alles klar, muss nur schnell aufs Klo!«

Mein Rucksack stand noch in der Küche, neben dem Kühlschrank. Leer. Was sonst. Ich riss die Kühlschranktür auf, löffelte in Windeseile Müsli aus einer Schale, griff nach einer Banane, die auf dem Fensterbrett vergammelte, und biss hinein, steckte den Rest in die Jackentasche. Dann rannte ich kauend rüber zum Klo und spülte. Natürlich war ich nicht mal ansatzweise satt, aber es war besser als nichts.

Als ich zurückkam, war Fabi schon im Technikraum, und Jürgen stand neben Lilly und klopfte an ihr Mikro, weil Fabi etwas testen wollte. »Hast du alles gründlich gelesen?«, fragte er sie. »Du hast hier ja viel mehr Text als Ben. Tut mir leid, dass du gleich mit etwas anfangen musst, das du nicht kennst, meistens ...«

»Ich ... ich kenne die Szene.« Lilly sprach nicht wie eines der Casting-Plüschtiere, das musste ich zugeben. Dann erst kapierte ich, was sie gerade gesagt hatte. Und Jürgen kapierte es auch.

»Echt, du kennst sie?«, fragte er. »Das kann gar nicht sein, sie ... Woher denn?«

»Also, Olaf ... mein Schauspiellehrer hat sie uns schon mal gezeigt, Stella-Marie und mir ... also, die Regisseurin von dem anderen Studio hat ...«

»Leute, könnt ihr mal kurz ins Mikro sprechen, ich hab hier gerade ein kleines Problem. Der Höhenregler knistert«, rief Fabi aus dem Technikraum.

Und die Anfängerin mit den Superkontakten trat folgsam ans Mikrofon und sagte: »Eins, zwei, Soundcheck.«

Danach hatte ich keine Lust mehr, mich zu entschuldigen. Madame *Ich-kenn-schon-das-was-ihr-nicht-kennt* beachtete mich weiterhin nicht. Sie stand verkrampft an ihrem Pult und steckte die ganze Zeit ihre rechte Hand in die Hosentasche. Ich bemühte mich, meine eigenen Hände locker hängen zu lassen. Nur nicht prüfen, ob mein Glücksbringer noch da war. Als kleiner Junge war das eine richtige Manie von mir gewesen, und deshalb hatte ich ihn irgendwann in meine linke Socke gesteckt, weil ich ihn da direkt auf der Haut fühlen konnte. Mein Vater fand es albern, was sonst, und Doris meinte es gut mit mir und schenkte mir einen Brustbeutel. Siehst du, so kannst du dein Spielzeug immer bei dir tragen. Hallo?! In einem Brustbeutel mit einem grünen Käfer drauf?! Ich hatte mir große Mühe gegeben, ihr Geschenk zu verlieren, und den kleinen Playmobil-Feuerwehrmann wieder in der Hosentasche aufbewahrt.

»Uuund los!«, rief Laura vom Pult aus. Ich beugte mich schnell über den Text und suchte meinen Satz. Aber die Anfängerin kam mir zuvor und sagte hastig: »Hat einer von euch das Fieber?«

Sie war viel zu dicht am Mikro. Und die Höhen knisterten tatsächlich. Jürgen, im Technikraum, fuchtelte mit den Armen herum. »Erst muss Raid dich nach deinem Namen fragen, Lilly. Ben, was ist, schläfst du?«

Und du, hast du deine Tage, oder warum bist du so verdammt launisch?

Ich konzentrierte mich auf den Monitor. Lex lag gefesselt auf dem Boden einer Zelle, irgendein gewollt futuristisches Gefängnis, nichts, was wirklich nach Science-Fiction aussah. Das schwarze X auf seinem Gesicht stand ihm super, seine Haare, länger als sonst, waren kunstvoll zerzaust, musste 'ne Menge Haarspray gekostet haben. Er atmete, betont heftig und so, dass man seine Muskeln bewundern konnte, ansonsten schaute er einfach nur wild. Was er ziemlich gut konnte.

Raphaela, direkt vor der Glasscheibe der Zelle – okay, weniger Zelle als Raubtierkäfig –, schaffte es, von hinten so auszusehen, als hätte sie Angst und wäre gleichzeitig fasziniert.

Die Kamera fuhr jetzt auf Lex.

»Uuund los!«, sagte Laura.

»Wie heißt du?«

»Und noch mal!«

»Wieso?« Ich hatte exakt mit Lex geatmet, war genau im Timing, hatte mit seinem Ausatmen abgeschlossen.

»Weil es so klingt, als würde es dich nicht die Spur interessieren«, sagte Jürgen.

Ich warf einen Seitenblick zu Laura, sie zuckte mit den Schultern.

»Uuund los!«

»Wie heißt du?« Ich legte mehr Druck in die Stimme.

»Und noch mal!«

»Warum, verdammt, was denn noch?« Ich spürte, wie sich die Anfängerin neben mir bewegte. Ich spürte sie nicht nur, ich roch sie auch. Kein Plüschtier-Parfüm, sie roch ganz sanft nach Orangen.

»Ben, hörst du zu?« Das Technikraum-Mikro schepperte leicht, wie immer. »Du liegst auf dem Boden einer Gefängniszelle, du weißt nicht, wer kommt, was man mit dir tun wird. Du öffnest die Augen und siehst ein Gesicht, ein wunderschönes Mädchengesicht. Ein Traumgesicht. Du möchtest alles über dieses Mädchen wissen, verstanden? Und wenn sie dich im nächsten Moment abknallen, das ist dir egal. Hast du's?«

Ich nickte nur. Und versuchte, mich zu konzentrieren.

Seit ich Lex sprach, hatte ich nie mehr als höchstens drei Takes für seine Sätze gebraucht, alle wussten das. Und zumindest Jürgen und ich wussten, dass mein Vertrag noch im Büro lag. Bis jetzt hatte ich Lex' spezielle Stimme an- und ausknipsen können, wie ich wollte. Ich konnte Lex sanft sprechen oder entschlossen oder sehnsüchtig, ich machte es einfach. Ohne zu wissen, wie. Aber jetzt wusste ich nichts mehr. Beim vierten Take kippte meine Stimme.

»Und noch mal!«

Auf dem Monitor schaute Lex Raphaela an, und seine Lippen öffneten sich. Meine Hand fuhr wie von selbst in die Hosentasche, und ich fühlte den kleinen Feuerwehrmann aus Plastik.

»Wie heißt du?«

»Na also!« Aus dem Technikraum kam pseudobegeisterter Beifall. Laura verschränkte die Arme. Die Anfängerin neben mir wusste nicht, ob sie auch klatschen sollte, sie hielt ihre Hände einen Moment hoch, dann steckte sie die rechte Hand in die Tasche ihrer Jeans. Was mir erst bewusst machte, dass ich die Playmobil-Figur immer noch umklammerte.

Wie krass war das denn, hier synchron mit der Hand in der Tasche zu stehen?

»Ich lass es jetzt weiterlaufen«, sagte Laura. »Lilly, schau ganz genau, was Raphaela macht, es ist nicht einfach, du siehst sie ja nur von hinten. Und, Benniboy, kleiner Tipp, wenn du die dicke Daunenjacke ausziehst, bist du das nächste Mal vielleicht ein bisschen flotter. Ist schon heiß hier drinnen, oder?«

Es wäre lässiger gewesen, die Jacke anzubehalten, dummerweise fing ich jetzt wirklich an zu schwitzen, also versuchte ich, sie so unauffällig wie möglich abzustreifen. Natürlich rutschte dabei die vergammelte Bananenhälfte samt Schale aus der Jackentasche und landete genau vor Lillys Füßen.

Während Lilly sprach, aß ich so unauffällig wie möglich den Rest der Banane. Außerdem hätte ich locker in die Küche gehen und den gesamten Kühlschrankinhalt in meinen Magen oder Rucksack verfrachten können, so lange brauchte die Anfängerin für den Satz: »Hat einer von euch das Fieber?«

Es war wirklich nicht ganz leicht, Raphaelas Atem war kaum zu erahnen. Bei Lex hatte ich früher für solche Stellen auch etwas länger gebraucht, doch mit der Zeit kannte man sich halt. Beim ungefähr achten Take hatte die Anfängerin den Rhythmus, war aber viel zu leise. Fabi schaltete die Boxen im Studio aus und schlug vor, mit Kopfhörern zu arbeiten. Natürlich rutschten der Anfängerin die Kopfhörer runter, und weil Laura an ihrem Platz blieb und beschäftigt tat, war ich derjenige, der ihr helfen musste, sie enger zu machen. Ihr Haar fühlte sich noch weicher an, als es aussah. Der Orangenduft war in ihrem Nacken noch stärker. Der Fremde in mir wollte eine Ewigkeit so stehen bleiben und sie einfach nur einatmen.

»Danke«, sagte sie, und ich spürte, welche Mühe sie sich dafür geben musste.

»Kein Ding, Anfängern helfe ich immer gerne.« Ich ging zurück an mein Pult und setzte meinen eigenen Kopfhörer auf.

»Lilly, hörst du dich?«, fragte Laura. »Okay! Uuund jetzt!«

»Hat einer von euch das Fieber?«

Zugegeben: Ihre Stimme war im Kopfhörer gut auszuhalten. Kein plüschrosa Gequieke, sondern etwas Volleres, leicht Metallisches, Kupfer, dachte ich, dabei wusste ich gar nicht genau, wie Kupfer eigentlich aussah. Meine Gedanken schwammen davon, zum Chemie-Unterricht, früher, in der Schule, in Zeiten, in denen mein Leben auch nicht besser gewesen war. Irgendwann stand Jürgen im Raum und redete mit Lilly. Er fuchtelte mit den Armen wie ein wild gewordener Dirigent. Ich behielt die Kopfhörer auf, bis er gegangen war.

Lilly fragte zum zwanzigsten Mal, ob jemand das Fieber hatte, doch diesmal machte sie eine Bewegung dabei. Sie warf sich herum, als ob sie weglaufen wollte. Obwohl ich keinen Unterschied hörte, sagte Jürgen: »Gut, gekauft.«

Und Lilly machte weiter: »Warum habt ihr uns überfallen?«

Ihre Stimme war zu nah, mitten in meinem Hirn, Scheiße, ich hasste dieses Aufnehmen mit Kopfhörern.

»Weil ihr das habt, was uns fehlt«, las ich meinen Text ab.

»Ihr tötet für ein bisschen Medizin und ein bisschen Essen!«

Ihre S waren nicht sauber, vielleicht lag es auch am Höhenregler. Niemand sagte was. Also weiter.

»Das würdest du auch.«

Lex war mal wieder supercool. Erst beim Liebesgesäusel würde er emotional werden. Dann allerdings richtig.

»Nein, das würde ich nicht!«

Lilly war jetzt zu laut, das Mikro übersteuert, hörte das denn niemand? Egal. Weiter. Nächstes Bild. Lex, in Großaufnahme. Er war aufgestanden – musste er lange geübt haben, verflucht schwierig, so mit gefesselten Händen, der gute Lex machte garantiert jeden Tag Yoga, abgesehen von Krafttraining, Atlantikschwimmen, Pilates. Lex war also irgendwie hochgekommen und stand direkt an der Glasscheibe. Ich schaute auf den Text, Lex hatte Pause, er guckte nur. Neben mir machte Lilly wieder eine Bewegung. Sie schleuderte einen Arm nach vorne und haute dabei ihre Sätze raus: »Ihr habt so ein Leben verdient. Es hat ja einen Grund, warum du ein Verlorener bist!«

Kupfer, Kupfer, Kupfer, eine Kupferbahn in meinem Hirn. Konzentrier dich, Ben.

»Und der wäre?« Ich versuchte, etwas Bedrohliches in den Satz zu legen, war nie verkehrt. Aber ich wusste nicht, ob es funktionierte. Warum stoppte uns eigentlich keiner? Wir lieferten gerade einen ziemlichen Mist ab, dessen war ich mir sicher.

Raphaela drehte sich um und rannte weg und sah dabei verdammt scharf aus. Lex, an der Glasscheibe, lächelte traurig, machte total einen auf lost and lonely.

Lilly, neben mir, zog etwas aus der Hosentasche.

Etwas Silbernes. Einen Verschluss. Den Verschluss einer Getränkedose. Sie schaute ihn kurz an, dann steckte sie ihn schnell wieder in die Tasche.

Auf dem Monitor jetzt Raids Lippen, in Nahaufnahme. Hatte ich noch Text? Raids Lippen formten ein Wort.

»Payton.« Es stand nicht im Textbuch, trotzdem flüsterte ich es. Für alle Fälle, und Jürgen rief: »Okay!«

»Alter, was für ein Kitsch«, sagte ich und setzte die Kopfhörer ab.

10

Lilly

Die Stunden kamen mir vor wie Tage. Jürgen ließ uns nicht aus dem Studio, sogar die allerneuesten Szenen, die er uns hinlegte, mussten wir dort lesen, blinzelnd wie Maulwürfe im Licht der Pultlampen. Ständig kam er herein und legte frisch ausgedruckte Textblätter neben unseren Stapel.

»Vielleicht bringst du uns mal zur Abwechslung einen Kaffee«, sagte Laura und klickte eine Filmszene an, dann die nächste. »Mist, das muss weiter hinten sein. Liebe Güte, was waren das für Zeiten, als es richtige Dialogbücher gab, für die Sprecher *und* für die Cutter. Aber es muss ja alles immer noch schneller gehen, noch effizienter, und wer hat die Arbeit?«

»Du klingst wie deine Oma«, sagte Ben.

Ich hielt mir die Ohren zu und versuchte, mir die Szene einzuprägen, die ganz oben lag. Es war die Szene nach dem Flugzeugabsturz. Sie spielte im Wrack, auslaufendes Benzin drohte es in Brand zu setzen. Payton, eingeklemmt zwischen den Sitzen, schrie und weinte und wehrte Raid, der sie befreien wollte, zunächst ab. Wenn ich die Augen schloss, konnte ich Raid sehen, sein Gesicht mit dem schwarzen X der Verlorenen direkt über mir, er riskierte sein Leben, er stemmte die Sitze auseinander, zitternd und keuchend vor Anstrengung. Als Jürgen wieder hereinkam, fragte ich ihn, wie Raid, der Verlorene, überhaupt ins Flugzeug gekommen war.

»Das ist doch jetzt egal, wir haben … ein bisschen Druck. Ja, Laura, was? Eine Pause? Scheiße, weißt du, wer vorhin angerufen hat?« Jürgen ging ein paar Schritte auf Lauras Pult zu, dann stoppte er, kurz vor dem Lichtkreis.

»Doch nicht die Amis?«

»Doch, Laura. Genau die.«

»Fuck«, sagte Ben.

Was meinten sie? Hollywood? Ich traute mich nicht nachzufragen, alle waren plötzlich beschäftigt. Ben blätterte im Text, Laura klickte mit der Maus herum, und Jürgen schaute auf die Uhr.

»Ich geb euch zwei Minuten zur Vorbereitung. Wir fangen nicht mit der Flugzeugszene an, das kriegen wir nicht so schnell geregelt mit dem Gekeuche und Geschrei und dem Pegel, wir nehmen die Szene mit den Pflanzen und die in der Höhle. Ungefähr bei Minute 35 und 42, Laura. Das sind die Szenen, wo zwischen Payton und Raid wirklich was passiert, wo du mehr Text hast, Ben. Die Amis wollen morgen nämlich was *hören*, verstanden?«

Auf dem Monitor erschienen Payton und Raid. Raid stand dicht hinter Payton, seine Hand umfasste ihr Handgelenk, und er führte ihren Arm, hob ihn zu irgendetwas über ihnen im Grün, dazu amerikanische Satzfetzen, und von Ben ein »Oh, wie süß, jetzt zeigt er ihr seinen Lieblingstannenzapfen«.

Aus den Boxen kam Fabi: »Habt ihr's?«, dann nur noch das Geraschel unserer Textblätter. Und das Rauschen des Regens, das zu der Szene gehörte, dazwischen einzelne Klaviertöne. Paytons Shirt war ärmellos und zerfetzt, ich stellte mir die Kälte vor, den eisigen Regen, ihre nassen Füße, ich spürte Raids Körper hinter mir, ebenso kalt wie meiner, dennoch hielt er Wind und Regen ab, mach die Bewegung, hätte Olaf gesagt, und unwillkürlich hob ich den Arm, ließ meine Hand von Raids Hand führen.

»Nur die mit den spitzen Stacheln sind essbar. Merk's dir, Payton. Wenn du dich einmal irrst, war's das.«

»Aber John sagt, sie sind alle giftig.«

»Nein, sind sie nicht. Diese Beeren können uns über den Winter bringen, ohne sie kriegen wir Skorbut.«

»Und noch mal! Ben, du klingst wie ein Nachrichtensprecher. Nein, wie ein Biologieprofessor. Wo ist die Emotion? Hallo? Du stehst ganz dicht bei dem Mädchen, das du aus dem Wrack gerettet hast, das dich fasziniert, an das du dauernd denken musst. Du berührst sie! Du redest über diese Beeren, aber dein Subtext ist ein ganz anderer. Passt mal auf, stellt euch bitte mal an ein Pult. Benutzt *ein* Mikro.«

»Was soll das denn bringen?«

Ben klang entsetzt. Ich hörte es genau. Egal, was Olaf gepredigt hatte, ich konnte ihn nicht als Schatten wahrnehmen. Ich roch sein Sportdeo, hatte mir sogar von ihm mit den Kopfhörern helfen lassen müssen und hatte seine Stimme im Ohr. Wie sollte ich mir Raid vorstellen, wie sollte ich Payton sein, wenn Ben jetzt auch noch ganz dicht neben mir stand?

»Mensch, das wird schwierig mit dem Sound.« Zum Glück mischte sich Fabi ein, aber Jürgen hielt sofort dagegen: »Dafür haben wir doch das Zelt. Und Emotion geht vor Sound. Also los, ihr beiden, Ben, geh rüber zu Lilly. So. Und jetzt noch mal.«

»Nein, sind sie nicht. Diese Beeren können uns über den Winter bringen, ohne sie kriegen wir Skorbut.«

Ich war zur Seite gerückt, um Ben ans Mikro zu lassen, jetzt brauchte ich den Platz, drängte mich neben ihn und spürte seinen Ellenbogen.

»Woher weißt du das?«

»Hat mir mein Großvater beigebracht. Versuch mal, sie zu pflücken. Da, ganz unten am Zweig sind weniger Stacheln.«

»Warum sollte ich dir vertrauen?«

»Berechtigte … ähem … Frage, Payton. Ach, was für 'ne scheißstickige Luft hier drinnen! Wann habt ihr eigentlich diese Molton-Vorhänge das letzte Mal gewaschen?« Ben hustete, ging rüber zu seinem Pult und trank das Wasserglas leer. Als er zurückkam, räusperte er sich immer noch. Ich schob ihm mein Glas rüber, er nahm einen Schluck, ohne sich zu bedanken.

»Geht's wieder? Und von vorne.«

»Berechtigte Frage, Payton.«

»Noch mal! Subtext! Lass mal ein Stück weiterlaufen, Laura, damit er kapiert, was zwischen den beiden abgeht!«

Auf dem Monitor Paytons Hand, sie brach vorsichtig den stacheligen Zweig ab und drehte sich halb zu Raid um. Ihre Gesichter in Großaufnahme. Raid sah Payton nur an, seine grünen Pantheraugen waren schmal.

»Verstehst du, Ben? Das ist eine Schlüsselszene, hier wird Raid klar, dass er seine Gefühle für Payton nicht länger verstecken kann, auch nicht vor sich selbst. Und guck, was er jetzt macht!«

Auf dem Monitor schnappte Raid mit den Lippen nach den Beeren, kaute und schluckte.

»Schon klar«, sagte Ben und fuhr wieder seinen Ellenbogen aus.

»Fertig? Und los!«

»Berechtigte Frage, Payton.«

Dann nur die Klaviertöne, das Rauschen des Regens. Ben hatte sich tief über den Text gebeugt und verpasste fast seinen nächsten Einsatz.

»Wenn ich in den nächsten fünf Minuten sterbe, hat John recht.«

»Raid, warum tust du das?«

Raids Gesicht. Seine Lippen, halb geöffnet, er war unrasiert, sein Kuss würde kratzen. Payton war es egal, das wusste ich. Aus den Klaviertönen wurden Akkorde. Jetzt gelang es mir, Ben zu vergessen, ich war Payton, meine Lippen waren nahe an Raids Lippen, Raid legte beide Hände um mein Gesicht.

»Nein, warte. Vielleicht sind die Beeren … ähm … doch … giftig und … ach, Scheiße!« Ben griff nach meinem Glas und trank. Seine Stimme war kurz weggebrochen. Aus dem Sprechunterricht wusste ich, dass Trinken nichts half. Es lag am Atem. Ben sah nicht aus, als wäre er an irgendwelchen Tipps interessiert, und ich schwieg.

»Wir machen eine Pause«, schepperte es aus den Boxen. »Kommt mal rüber in den Technikraum.«

Jürgen und Fabi saßen vor dem Mischpult. Auf dem Monitor darüber sah man unsere Tonspuren. Lang gezogen, borstig, wie haarige Raupen. Gegen Bens Raupe wirkte meine magersüchtig, und irgendwie tat sie mir leid.

»Setzt euch.« Jürgen schob mir einen Drehstuhl rüber, und Ben ließ sich auf den einzigen Sessel im Raum fallen, schloss die Augen und streckte die Beine aus.

»Was ist los mit dir?« Jürgen drehte sich zu ihm um. »Schläfst du überhaupt noch?«

»Danke«, sagte Ben, ohne die Augen zu öffnen. »Du siehst auch gut aus.«

»Wahrscheinlich hat er eine neue Freundin«, sagte Fabi.

»Ist mir egal, und wenn er zehn hat.« Jürgen schlug mit der Faust auf den Tisch. »So geht's jedenfalls nicht. Wir machen alles noch mal. Hört euch jetzt bitte konzentriert das Original an.«

Er ließ die Szene laufen. Raids Arm über Paytons Arm, er führte ihre Hand, die Beeren, giftrot, in Großaufnahme, Raids Lippen, glänzend.

»Wo kriegen die in der Wildnis eigentlich den Labello her?«, fragte Ben.

»Verdammt, das ist nicht witzig! Hört einfach zu, hört ihr die Intensität? Zwischen Payton und Raid brennt die Luft. Und das will ich auch bei euch hören!«

Professionell sein, nur Payton sein, das hatte ich versucht, doch es reichte anscheinend nicht. Wie sollte ich die Luft zum Brennen bringen, mit jemandem wie Ben? Er lag immer noch ausgestreckt im Sessel und tat so, als ob ihn das alles nichts anginge. Seine Hose war dreckig und hatte ein Loch am Knie, und seine Haare fielen ihm in die Augen. Er hatte schwarze Haare, wie Raid, aber seine Augen waren nicht grün, sondern blau. Ziemlich hell.

»Wir probieren es jetzt getrennt«, sagte Jürgen. »Ben, du fängst an.«

Ben verschwand wortlos, und Jürgen ließ meinen letzten Satz laufen. Meine Stimme klang so dünn, wie meine Raupe aussah, und die S-Laute waren zu weit vorne. Es war peinlich, mir selbst zuzuhören.

»Raid, warum tussst du dasss?«

»Weil ich … ähm … Kacke, falsch, nein, warte, vielleicht sind die Beeren ja doch giftig, und ich will nicht, dass dir was … äh … ich bin eh drüber.« Ben ging auf den Vorhang zu und boxte ein paarmal dagegen, der Vorhang wellte sich, und auf dem Filmmonitor vor uns tauchte John auf, rennend, in zerfetzter Uniformjacke und Stiefeln. »Payton? Payton?«, schrie er.

»Laura! Schläfst du jetzt auch? Ben? Fertig? Und von vorne!«

»Raid, warum tussst du dasss?«

Am liebsten hätte ich mir die Ohren zugehalten.

»Nein, warte. Vielleicht sind die Beeren ja doch giftig, und ich will nicht, dass dir … äh … was geschieht.«

»Passiert, Ben! Dass dir was passiert! Kannst du den Text immer noch nicht? Und, Mensch, Payton möchte dich küssen, verstehst du? Und du *willst* diesen Kuss so sehr! Aber du *darfst* sie nicht küssen! Du musst dich mit aller Kraft zurückhalten. Davon hör ich nichts!«

Geraschel, vom Studio her, dann sagte Ben: »Schon mal überlegt, ob das auch an Paytons bescheuerter Frage liegen könnte?«

Seine Stimme klang klirrend, nach Eis, das über Pfützen gefriert.

»Ich dachte, du wärst Profi.« Jürgen hob die Hand und zeigte mit dem Daumen Richtung Tischplatte. Fabi zog am Mischpult einen Regler nach unten.

»Ich hab ihn noch nie so erlebt«, sagte Jürgen. »Ausgerechnet jetzt. Ausgerechnet.«

Ein Blickwechsel zwischen Jürgen und Fabi. Ich war auf einmal sicher, was die Blicke bedeuteten: Es lag an mir. Ich war nicht gut genug. Sie bereuten längst, dass sie mich genommen hatten.

»Okay«, sagte Jürgen, und für einen Moment glaubte ich, ich hätte laut gedacht und er stimmte mir zu. Fabi bewegte die Maus. Meine Raupe verschwand hinter einem Zaun aus lauter X. Jürgen erklärte mir, dass meine Stimme komplett weggedrückt würde, Ben würde noch nicht einmal ein Rauschen hören.

»Vielleicht kann er sich dann konzentrieren, zumindest hoff ich das für ihn.«

Fabi zog den Regler wieder hoch, und Jürgen beugte sich vor zum Studio-Mikro. »Ben, Laura, alles von vorne! Wir haben Lilly ge-ixt.«

Es klang brutal, wie ausgelöscht. Ich fühlte den Coladosen-Ring in meiner Hosentasche und drückte meine Finger gegen die rauen Stellen im Metall, dorthin, wo es wehtat.

»Diese Beeren können uns über den Winter bringen«, sagte Raid, und seine Stimme klang wieder nach Herbst.

»Versuch mal, sie zu pflücken«, sagte Raid, und ich konnte seine warme Haut an meiner fühlen.

»Berechtigte Frage, Payton«, sagte Raid, und ich spürte, was er wollte: mich küssen und nie mehr damit aufhören. Von Payton war nichts zu hören. Als gäbe es ihre Stimme nicht. Als gäbe es mich nicht.

Als wir herauskamen, saß ein Mädchen am Tisch im Aufenthaltsraum. Älter als ich, vielleicht neunzehn oder zwanzig. Sie hatte hellblonde Haare und sah aus, als würde sie nicht nur synchronisieren, sondern auch in Filmen mitspielen.

»Ah, Mae«, sagte Jürgen, »gut, dass du schon da bist, Ben braucht eine Pause. Wir sprechen rasch die Szene in der Schwitzhütte, dann …«

»Lässt du mich erst kurz meinen Kaffee …? Hi, Ben. Alles gut?«

»Bestens.« Ben stand in der Studiotür, sein Blick ging an mir vorbei.

»Mae, das ist Lilly«, sagte Jürgen, »sie spricht Payton. Und das ist Mae, sie spricht Olivia.«

Mae sah mich kurz an, dann drehte sie sich zu Ben, der sich auf den freien Stuhl neben ihr fallen ließ und nach den abgepackten Zuckerwürfeln auf ihrer Untertasse griff.

»He, das sind meine!«

Sie schlug Ben auf die Hand. Ben drehte sich weg von ihr, nestelte am Papier, Mae entriss ihm die zerfetzte Packung.

»Sternzeichen Löwe, nur wenn du Löwe bist, bekommst du Zucker. Bist du Löwe?«

»Ich bin alles, was du willst, Süße«, sagte Ben mit seiner Herbststimme.

»Mund auf! Sonst gibt's nichts.« Mae hielt einen Zuckerwürfel hoch.

»Schluss mit dem Kindergarten. Mae, geh rüber, bevor Laura auf die Idee kommt, sich auch noch am Kaffeekränzchen zu beteiligen.« Jürgen zerraufte sich das Haar. »Lilly, danach bist du dran, die Szene von eben sollten wir auch noch mal machen. Ben ist jetzt einigermaßen okay, und nun hört man, was bei dir ... na ja, ein bisschen blass klingt. Und heute Abend lernt ihr die anderen Szenen, dass es raucht, klar? Bis morgen muss jedes Wort sitzen. Die Supervisors von der Produktionsfirma rauschen gegen zehn hier rein, und dann ...«

»Von XL-Productions? Wer denn?« Mae stand neben ihrem Stuhl, sie trug Halbstiefel mit hohen Absätzen, und jetzt sah man, wie klein sie war.

»Nicht von unserer, aus den USA.« Jürgen spielte mit einer unangezündeten Zigarette, ein paar Tabakkrümel fielen auf den Boden.

Ben hatte sich die Zuckerwürfel geschnappt, jetzt hielt er beim Auspacken inne und sah Jürgen an.

»Oh, wirklich?«, fragte Mae. »Krass!«

»Ja, wirklich.« Jürgen klopfte mit der Zigarette auf den Tisch. »Ich hab so was auch erst zwei Mal erlebt. Beide Male wurden die Sprecher der Hauptrollen übrigens ausgetauscht. Die Amis sind knallhart!«

»Ach, wie gut, dass ich bloß eine Nebenrolle hab.« Mae stolzierte auf ihren Absätzen Richtung Studio, und Jürgen schaute von Ben zu mir und wieder zu Ben. Ich spürte, wie der Boden unter mir wegzugleiten schien, wie sich alles im Zimmer drehte.

»Die wollen morgen perfekte Arbeit sehen, die sind das Beste vom Besten gewohnt. Das heißt: Kein X-en, keine Egotrips, entweder ihr funktioniert zusammen, oder ihr seid draußen. Haben wir uns verstanden?«

»Scheiße, ja«, sagte Ben, und warf sich die Zuckerwürfel in den Mund.

11
Ben

Raid wäre jeden Tag schwarzgefahren. Raid wäre sogar gefesselt schwarzgefahren. Raid wäre jedem Kontrolleur sofort an den Hals gesprungen und hätte ihn fertiggemacht. Auch mit zehn Kontrolleuren wäre Raid fertiggeworden, und alle Mädchen und Frauen in der Bahn hätten mit großen Augen zu ihm aufgesehen und »Raid« gehaucht.

Als ich damals erwischt worden war, hatten sie auch große Augen gemacht. Wie immer, wenn es in der Bahn was zu sehen gibt. Dabei ist es nichts Besonderes, wenn man erwischt wird. Die Kontros bilden eine Gruppe um dich und behandeln dich wie einen Kriminellen, du unterschreibst, dass du die 60 Euro überweisen wirst, und sie lassen dich wenigstens noch bis zu deiner Haltestelle fahren. Nachdem mir das Ganze zweimal passiert war, hatte ich beschlossen, nie mehr schwarzzufahren. Und das hieß: überhaupt nicht zu fahren. Meistens jedenfalls. Aber heute brachte ich es nicht, die acht Kilometer zu laufen, höchstens zwei Grad über null und auf der Wetter-App Schneefall. Im Geldbeutel natürlich Ebbe. Egal, alles egal. Wenn sie mich ein drittes Mal erwischten, auch egal.

In der Bahn schaute ich mich nicht weiter um, ich schloss die Augen und dachte darüber nach, ob ich morgen überhaupt im Studio erscheinen oder nicht lieber zu Hause auf der Matratze liegen und in aller Ruhe Filme schauen sollte. Es war verdammt mühsam, jedes Mal über das Dach zu klettern, wenn man die Wohnung verließ oder zurückkam.

Und Jürgen wollte mich sowieso loswerden, so viel war klar. Alle anderen Gedanken, die ungebeten in meinem Hirn auftauchten, schob ich weg, ganz nach hinten, leckt mich doch sonst wo, die ganze Welt kann mich mal.

Als ich am Mehringdamm ausstieg, fielen die ersten Flocken aus schwarzen Wolken. Ich ging bei Rot über die Ampel, schlängelte mich an den hupenden Autos vorbei und hoffte, dass niemand das Dachfenster geschlossen hatte. Die Matratze an der Hauswand bemerkte ich erst, als ich schon davorstand. Und dann sah ich den Rest des Gerümpels. Bücher, auf den Boden gepfeffert, dazu mein Schlafsack, Bettwäsche, der Stuhl. Darauf lag mein Laptop. Ein paar Fußgänger schauten sich die Sachen an, ohne sich etwas zu nehmen. Denn in der offenen Haustür stand das Lama.

Als ich mich nach meinem Laptop bückte, nuschelte es was von Mietnomade und Polizei. Ich versuchte, ihm zu erklären, dass er zwar das Schloss austauschen, aber nicht meine Möbel auf die Straße stellen durfte, er spuckte mir »Das mit der Falltür und dem Riegel bezahlst du mir auch!« entgegen.

Ein Typ mit Bart fragte, ob ich Hilfe bräuchte.

»Schon okay«, sagte ich. Was sollte ich auch sonst sagen? Ja, ich brauch Hilfe, ich muss nämlich alles über das Dach wieder in die Wohnung schaffen und hab keine Ahnung, wie. Immer mehr Leute blieben stehen und betrachteten meine alte Matratze und die Klamotten und die Bücher und Bretter, die DVDs von früher, die ich aufgehoben hatte, das Bettzeug aus dem Ikea-Sonderangebot, und ich streichelte meinen Laptop, und mein Kopf war vollkommen leer. Der Fremde, der irgendwas mit mir zu tun haben musste, freute sich über die Ablenkung, dass er nicht mehr an das Studio denken musste, daran, wie mir die Stimme wegbrach, und an den ganzen Rest.

An das Mädchen, das unmögliche Stiefel trug und den Verschlussring einer Dose in ihrer Hosentasche aufbewahrte. Das Mädchen, das manchmal lispelte und mich mit einem Blick ansah, als käme entweder sie oder ich von einem anderen Planeten.

Über den Dächern fielen jetzt mehr Flocken. Die Leute gingen schneller, mit eingezogenen Köpfen. Das Lama schien auch nicht zu wissen, was jetzt zu tun war. In meiner Hirnwüste tauchte eine unmögliche Idee auf und blieb. Ich wartete kurz, ob mir etwas Besseres einfallen würde, dann ging ich ein paar Schritte weg von meinem gesamten Besitz, stellte mich in den Eingang des Nachbarhauses und zog mein Handy aus der Tasche.

Eine ungemütliche halbe Stunde später stand mein Vater vor dem versammelten Gerümpel, und ausnahmsweise fiel ihm kein Sprichwort zur Lage ein. Dafür lieferten sich er und das inzwischen schneenasse Lama ein Wortgefecht, das hauptsächlich aus den Worten »Rechtsanwalt«, »verklagen«, »Krimineller«, »Jetzt aber mal nicht so unverschämt«, »Und das Schloss bezahlt er mir auch« bestand. In diesem Moment fragte ich mich zum ersten Mal, wie das Lama eigentlich durch eine von innen mit einem Eisenriegel versperrte Tür gekommen war. Ob es vielleicht doch Zauberkräfte hatte, von denen ich nichts ahnte. Dann drückte mein Vater dem Lama zwei Hunderter in die Hand und sagte: »Ben, das war das letzte Mal. Komm nach Hause und such dir einen Job.«

»Ich hab einen Job.«

»Das ist doch nur ein Hobby.«

Dass das Sprechen von Kitschsätzen alles andere als ein Hobby war, wollte ich auf der Straße nicht ausdiskutieren. Stattdessen fragte ich, was genau er sich unter »nach Hause kommen« vorstellte, ob ich etwa im Flur pennen sollte?

»So geht das jedenfalls nicht weiter«, sagte mein Vater und bekam seinen ratlosen Blick. Eine Weile schwiegen wir, dann fragte ich: »Und was macht ihr so, alles klar?«

»Malvin hat gerade seinen Schultest gemacht, er ist ganz stolz«, sagte mein Vater.

»Oh, echt, schon?«

»Na ja, er ist sechs.«

Dazu fiel mir nichts ein. Irgendwie blieb mein Halbbruder für mich immer drei oder vier, wie damals, als ich ausgezogen war. Das Lama starrte uns an und wirkte fast so, als ob es sich für die Vater-Sohn-Show interessierte.

»Wir bringen das in Ordnung, okay?«, sagte mein Vater zu ihm und legte mir dabei die Hand auf die Schulter. »Wir sind doch alle zivilisierte Menschen.«

Und nach einigem Hin und Her und nachdem noch ein paarmal das Wort »Rechtsanwalt« gefallen war, stapften wir zu dritt die Treppe hoch, und das Lama – jetzt Herr Greinel – zog ganz zivilisiert einen Schlüssel heraus und steckte ihn in das Schlüsselloch. Die Tür öffnete sich, und wir standen in einer leeren Wohnung. Nur ein paar meiner Klamotten lagen herum, die der Greinel wahrscheinlich nicht hatte anfassen wollen. Die Leiter zur Falltür war heruntergeklappt, und ich kapierte, dass er auf diesem Weg gekommen sein musste, über die Dachkammer, zu der er im Gegensatz zu mir ja einen Schlüssel hatte. Die Eisenstange lag im Flur, die notdürftig angeschraubten Halterungen rechts und links von der Wohnungstür hatte er abgerissen.

»Und das bezahlt er mir auch noch«, sagte Greinel zu meinem Vater, und der nickte lammfromm und sagte, es werde alles geregelt. »Sie bekommen Ihr Geld, alles, was Recht ist.«

»Drei Tage«, sagte Greinel und mutierte wieder zum Lama, »dann hab ich das Geld, zwölfhundert und die Reparatur, sonst hol ich die Polizei.«

Als er die Wohnung verlassen hatte, sagte mein Vater: »Junge.«

Dann eine Weile nichts mehr. Schließlich nestelte er zwei Zwanziger aus seinem Portemonnaie und hielt sie mir hin. »Mehr hab ich nicht, Junge.«

»Danke«, sagte ich, und er klopfte mir auf die Schulter.

»Du schaffst das schon, man muss sich bloß zusammenreißen, das weißt du. Such dir einen richtigen Job.«

Wie wär's mit einem richtigen Vater? Einem, der nicht nur Sprüche absondert und ab und zu den Geldbeutel zückt?

Einem, der sich nicht in sein anderes Leben verpisst?

»Lass von dir hören«, sagte mein Vater, und ich nickte.

Erst als er die Tür hinter sich zuzog, fiel mir ein, dass der Greinel mir keinen Schlüssel gegeben hatte. Und es war wahrscheinlich keine gute Idee, ihn jetzt danach zu fragen.

Ich schleppte erst die Matratze nach oben, danach den Stuhl, die Bücher, die alte Stehlampe, das restliche Gerümpel, wobei ich ein paar Dinge, die ich nicht mehr brauchte, stehen ließ. Dann klemmte ich mir meinen Laptop unter den Arm, ließ die Wohnungstür angelehnt und ging rüber zum Döner *Zur Gams*. Aran war gerade unterwegs, Gamse allein im Laden. Beide wussten von der Geschichte mit dem Waschmaschinenschlauch und hatten Greinel erlebt, deshalb dauerte es nicht allzu lange, bis Gamse sich bereit erklärte, auf den Laptop aufzupassen und mir ihr Rad zu leihen.

Mit dem billigsten Schließzylinder – sieben Euro, so viel wie zweieinhalb Döner bei der *Gams* – fuhr ich vom Baumarkt zurück, holte den Laptop ab, lieh mir von Gamse Arans Bohrmaschine und nahm alles mit in die Wohnung. Die Tür war immer noch angelehnt, kein Greinel in Sicht. Bei YouTube gab es jede Menge *So-knacken-Sie-in-Sekundenschnelle-Ihr-Schloss*-Anleitungen. Was ich brauchte, war schwieriger: das Einbauen eines neuen Schließzylinders. Das Ganze dauerte mit Fehlversuchen ungefähr eine Stunde. Als ich die Bohrmaschine zurückbrachte, stand Aran hinter dem Tresen, schaute mich finster an und fragte, was jetzt mit den Getränkekästen wäre. Also rannte ich los, holte die eisig kalten Kästen vom Dach und versprach Gamse und ihm Freikarten für die Filmpremiere. Zu erwähnen, dass ich vermutlich vorher rausfliegen würde, erschien mir zu kompliziert. Mit einer türkischen Pizza und zwei Dosen Cola kehrte ich zurück in die Wohnung, schloss mit meinem eigenen Schlüssel auf und sank auf die feuchte Matratze. Und genau in diesem Moment fing jemand an zu klingeln.

Ich musste niemandem öffnen. Ich hatte einen Schlüssel. Und ganze drei Tage, bis der Greinel mich wieder rausschmeißen würde.

Das Klingeln hörte auf und setzte nach einer Pause wieder ein.

Irgendwie klang es dringend. Ich schlich zum Guckloch. Niemand stand vor meiner Tür. Warum ich den Hörer der Sprechanlage abnahm, weiß ich nicht, vielleicht dachte ich, dass es mein Vater wäre, obwohl eigentlich völlig klar war, dass er längst mit Doris vor der Glotze hockte oder mit Malvin und ihr zu Abend aß oder was auch immer.

»Vergiss es«, sagte ich in die Sprechmuschel des Hörers, »ich komm nicht nach Hause.«

»Ben?«

Zuerst erkannte ich die Stimme nicht. Weil ich mit allem rechnete, nur nicht mit ihr.

»Hier ist Lilly.«

Mir fiel keine Antwort ein, und sie fragte wieder: »Ben? Bist du da?«

»Nein«, sagte ich.

»Ich finde, wir … Willst du, dass wir beide ausgetauscht werden?«

Jetzt hörte ich es. Kupfer. Sogar über diese klägliche Sprechanlage.

»Und wenn schon«, sagte ich, und gleichzeitig drückte mein Finger den Knopf mit dem kleinen Schlüsselsymbol, und ich hörte den Summer und wie die Tür unten aufging.

12
Lilly

Ich hatte mir vorher zurechtgelegt, was ich sagen würde. Nur ungefähr, damit es nicht einstudiert klang. Nicht so, als hätte ich mir Mühe gegeben. Als hätte ich Gedanken und Zeit an jemanden wie Ben verschwendet. Ich dachte an Olafs Satz: Ben ist nichts als ein Schatten neben dir.

Aber was, wenn du diesen Schatten unbedingt brauchst?

Olaf hatte einen Drehtermin, ich konnte ihn nicht fragen, was ich tun sollte. Also stand ich jetzt hier. Vor dem Haus, in dem Ben wohnte, und dachte an Miranda und die anderen aus der alten Acting Class, die auf *News aus Hollywood* warteten. Die meine News vielleicht, nein, ganz bestimmt, weitergeben würden. Unmöglich, ihnen zu sagen, dass Hollywood mich rausgeschmissen hatte.

Eine Weile zögerte ich vor dem Klingelknopf. Was, wenn Ben nicht da war, nur seine Mutter oder sein Vater? Und was, wenn seine Eltern auch so unmöglich waren wie er?

»Vergiss es, ich komm nicht nach Hause.«

Bens Stimme krächzte durch die Sprechanlage, und ich war so erleichtert, dass ich fast vergaß, was ich mir vorgenommen hatte: ihm nichts als höfliche Verachtung zu zeigen.

Nachdem er den Summer gedrückt hatte, stieg ich endlos viele Treppen hoch. Mit jedem Stockwerk wurde es kälter. Erst die letzte Tür unter einer kleineren Holztreppe stand offen. Im Flur stolperte ich über eine Eisenstange, und dann sah ich Ben, er schleifte irgendwelche Bretter zur Seite.

»Treten Sie ein in den Palast, Prinzessin!«

In dem einzigen Zimmer lag eine Matratze, zwischen Klamottenhaufen und Bücherstapeln, DVDs, Nägeln und Schrauben, Bettzeug und einem Schlafsack. Kein Tisch, kein Stuhl, nirgendwo ein Platz zum Sitzen.

Vergiss es, ich komm nicht nach Hause.

Vielleicht hatte der Satz nur durch die Sprechanlage so verzweifelt geklungen. Und wenn schon, was kümmerte es mich.

»Ziehst du … gerade ein?«

»So ähnlich. Genauer gesagt, handelt es sich eher um einen Wiedereinzug.« Ben setzte sich auf den Rand der Matratze und holte ein Alupäckchen aus einer Plastiktüte. »Willst du auch ein Stück türkische Pizza? Ich hab Hunger. Wollte gerade essen.«

»Oh, lass dich nicht stören.«

Höfliche Verachtung, Lilly.

»Hör zu, morgen geht es um …«

»Unsere Karriere, unsere Zukunft, unsere gesamte Existenz, schon klar.« Ben klopfte neben sich auf die Matratze. »Setz dich. Warum ist dir das so wichtig? Papa zahlt doch.«

Ja, ja. Kennen wir längst. In welcher Endlos-Wiederholungsschleife bist du eigentlich gefangen?

Aber ich sagte nichts. Und Ben schien keine Antwort zu erwarten. Er befreite die Pizza aus der Alufolie.

»Setz dich doch. Brauchst du Messer und Gabel?« Er legte die zerteilte Pizza auf die Mitte der Matratze.

»Nein, danke, ich … mag kein Hackfleisch«, sagte ich und blieb stehen.

»Ah, Vegetarierin?« Er riss eine Ecke von der Pizza ab. »Passt.«

»Passt wozu?«

»Zu dir.«

»Woher willst du das denn wissen?! Du bist ...«

»Ich hol dir was anderes von drüben. Willst du einen vegetarischen Döner?«

»Ich will keinen Döner, ich will mit dir proben!« Ich sah an Bens zufriedenem Lächeln, dass er genau gewusst hatte, dass ich deswegen gekommen war. Hastig verschränkte ich meine Arme vor der Brust. »Du willst doch auch Lex' Stimme bleiben!«

»Lex ist mein Leben«, sagte Ben mit seiner Herbststimme. »Und jetzt setz dich halt, bin gleich wieder da. Sie haben auch Pommes. Mit Ketchup?«

»Ohne. Auch keine Mayo.«

»In Ordnung, Prinzessin.« Ben klopfte seine Hosentasche ab, nahm irgendetwas Kleines heraus, einen Schlüsselanhänger vielleicht, steckte es in die andere Hosentasche und ging zur Tür. Seine Schritte auf der Treppe.

Dann nur noch die Straßengeräusche. Es war kalt im Zimmer. Ich behielt meine Jacke an und lief ein bisschen herum, hob eins der Bücher vom nächstliegenden Stapel auf: *Drehbuchschreiben – alle Tricks und Kniffe*, mit dem Aufkleber einer Bücherei. Darunter ein paar Thriller und zerfledderte, uralte Romane von Hermann Hesse. Auf dem Nachbarhaufen lagen Horrorfilm-DVDs, rote Zombieaugen glotzten mich an. Das große weiße Gerät in der Zimmerecke war nicht mit einer Steckdose verbunden. Auch der Kühlschrank in der Küche war ausgesteckt. Und leer. Auf der verkratzten Oberfläche zwei Coladosen, gestapelte Teller, eine Tasse. Der Besteckkasten lag auf dem Boden.

Bevor ich mich traute, die angelehnte Tür zu öffnen, die wahrscheinlich ins Bad führte, hörte ich Bens Schritte auf der Treppe. Ich ging schnell zurück ins Zimmer und setzte mich auf den äußersten Rand der Matratze. Ben schloss auf, ich hörte, wie er den Schlüssel irgendwohin warf, dann ein Rumpeln und grelles Geklirr, vielleicht die Eisenstange.

»Ich hab nachgedacht«, sagte er, als er im Zimmer stand, eine Plastiktüte am Handgelenk, in den Händen die beiden Coladosen aus der Küche. »Wir könnten ein Spiel machen.« Er stellte die Dosen ab, nestelte an der Tüte herum und zog einen in Folie eingepackten Döner heraus, dazu eine Pappschale mit Pommes, Plastikgabeln und Servietten.

»Jeder darf jeden alles fragen, und man muss ehrlich antworten.«

»Wie Wahrheit oder Pflicht? Warum …?«

»Warum nicht?« Ben gab dem eingepackten Döner einen Schubs, er schlitterte über den Boden bis zu meinem Teil der Matratze. »Geschenk des Hauses, obwohl Gamse meint, in der Türkei gibt's keine vegetarischen Döner.«

Wer ist Gamse?

Was interessierte es mich.

»Ich will nicht spielen, ich will nur, dass morgen alles funktioniert.«

»Genau deswegen«, sagte Ben mit vollem Mund. »Es bringt uns besser zusammen und erhöht unsere gemeinsame Schauspielleistung. Würde Jürgen jetzt sagen. Und die ganzen Angeber, bei denen du Unterricht hast.«

»Woher willst du wissen, dass das Angeber sind? Warum tust du ständig so, als ob du alles weißt?« In meinem Nacken kribbelte es.

Höfliche Verachtung, Lilly. Er hat keine Wut verdient.

»War das schon die erste Frage?«

»Nein.« Das Kribbeln hörte nicht auf, es wurde stärker.

»Entschuldige, natürlich deine wunderbaren Schauspiellehrer in der exzellenten Schauspielschule.«

Es hatte keinen Sinn. Ich musste jetzt gehen, es hatte mit Würde zu tun. Aber ich konnte mich nicht rühren, ich dachte an morgen und daran, dass Ben es vielleicht trotz allem schaffen würde, seine Herbststimme anzuknipsen. Ich hatte nichts, was ich anknipsen konnte.

»He, was ist los?«

»Nichts. Mit welcher Szene willst du anfangen? Ich glaub, es ist am einfachsten, wenn wir die mit den Stiefeln nehmen, die anderen sind … Hast du die schon gelesen?«

Ben nickte und biss von seiner Pizza ab.

»Okay, dann …« Ich holte die Textblätter aus der Tasche. Wir hatten drei lange Szenen zur Auswahl: die mit den Beeren von vorhin, mit der ich ganz bestimmt nicht anfangen wollte, eine andere, in der Raid verletzt war und Payton ihren Ekel vor Blut überwand, seine Wunde versorgte und Sätze sagte, die ich auf keinen Fall zu Ben sagen wollte. Blieb die Stiefelszene. Einen Teil davon hatte ich schon bei YouTube gesehen, Payton vor dem Toten, der die Cowboystiefel trägt. Jetzt wusste ich auch, wem die nackten Füße neben ihr gehörten. Ich hatte die Szene in der Bahn mehrmals gelesen, hatte Raid dabei spüren können, seine Unerbittlichkeit, wie er sich weigerte, mir zu helfen, dem Toten die Stiefel auszuziehen. Stiefel, die ihm gepasst hätten, aber er wollte, dass Payton sie bekam.

Nur was du dir nimmst, gehört wirklich dir.

»Wahrheit, erste Frage«, sagte Ben. »Woher wusstest du von dieser Szene mit den Stiefeln?«

»Was? Woher weißt du, dass ich …?«

»Am ersten Tag im Studio, bei diesem albernen Mikro-Check, da hast du total verranzte Cowboystiefel angehabt, die keine Prinzessin ohne Grund …«

»Ich bin keine …«

»Sah übrigens gar nicht so schlecht aus.«

Mir fielen bloß Antworten wie »Ach ja« oder »Sehr witzig« ein, ich schluckte sie runter.

»Du kanntest die Szene. Wie die andere auch. Ich wette, dieser Olaf oder vielleicht sogar Jürgen haben sie dir schon vorher geschickt. Papa macht's möglich. Und dann habt ihr so getan, als ob …«

»Spinnst du? Wie kommst du denn *darauf*?«

»Du hast gerade zugegeben, dass du davon gewusst hast.«

»YouTube! Es gibt Szenen im Original. Olaf hat mir gesagt, ich soll danach suchen. Ich wollte mich vorbereiten!« Ich stand auf und trat fast in den Döner. »Was hab ich dir eigentlich getan?«

»Fuck«, sagte Ben. Er hatte sich über sein Handy gebeugt, tippte darauf herum, ich hörte die Musik der Szene. Payton schluchzte und schrie jemanden auf Englisch an.

»Okay, das hab ich nicht gewusst ... tut mir ... leid.«

»Warum denkst du so was? Dass mein Vater für die Rolle bezahlt? Dass Jürgen mir Szenen schickt und dir nicht? Das ist doch völlig ...«

»Paranoid? Vielleicht. Ich nenn's Lebenserfahrung.«

In meinen Ohren rauschte es, mein ganzer Körper kribbelte, ich wollte nur weg, weg von diesem hässlichen Durcheinander, dem Sperrmüll, den jeder vernünftige Mensch weggeworfen hätte. »Ich nenn das Blödheit, und ich ...«

»Willst du dich nicht wieder hinsetzen?«

»Warum kannst du mich eigentlich nicht leiden?« In diesem Moment wollte ich es wirklich wissen. Wahrheit. Er hatte damit angefangen. Ben. Der jetzt mit eingezogenem Kopf auf der Matratze saß und ziemlich elend aussah. Dann beugte er sich vor, pickte mit der Gabel Pommes aus der Schale, und als er sich wieder aufrichtete, war er so cool und ekelhaft wie vorher.

»Ist doch der Klassiker«, sagte er. »In allen romantischen Komödien können sie sich am Anfang nicht ausstehen.«

Er aß die Pommes, gegen die Wand gelehnt, sah mich nicht an. Das Rauschen in meinen Ohren wurde lauter, ich musste fast schreien, um es zu übertönen.

»Und du glaubst ernsthaft, jemand wie du könnte in einer romantischen Komödie überzeugen?«

Ben nickte und kaute.

»Vergiss es, noch nicht mal im Film würde sich jemand in dich verlieben.« Ich hörte meine Stimme, gepresst, und dachte daran, was Olaf gesagt hatte: Wenn ihr Wut spielt, braucht ihr das volle Volumen, wie bei den Gesangsübungen.

»Leider doch«, sagte Ben. »Im Film und im Leben. Willst du auch Pommes? Sonst ess ich alle auf.«

In mir explodierte etwas. Rot, zerplatzendes Rot.

Was genau ich gesagt oder geschrien hatte, wusste ich schon nicht mehr, als ich die Treppe runterrannte, wusste nur, dass ich jetzt das volle Volumen hatte, es reichte für ganze Opernarien. Egal, Bens Schritte hinter mir, und in mir immer noch das Rot, das explodierende Rot, dann war ich im Hausflur, und jemand packte mich am Ellenbogen und schrie mich an, was das sollte, dieses Geschrei und Getrampel, ich versuchte, mich loszureißen, aber der kleine, dicke Mann hielt mich fest, so fest, dass es wehtat.

»Fassen Sie sie nicht an, Sie Drecksau!« Ben schubste den Mann und zog mich weg, schob mich durch die Haustür und auf die Straße. Der Dicke lief hinter uns her und schrie »Polizei!« und »Verbrecher!«.

Bens Hand in meiner. Wir rannten. Bogen in eine Nebenstraße ein, dann in die nächste, und erst als wir anhielten, außer Atem in der eiskalten Luft, merkte ich, dass ich alles in der Wohnung gelassen hatte. Tasche, Geld, Schlüssel, Handy.

Ben schaute sich um.

»Der alte Sack hat die Verfolgung aufgegeben«, sagte er. Und dann: »Du gehst ganz schön ab, wenn du wütend bist.«

»Lass mich in Ruhe.«

Ben hielt meine Hand immer noch fest. Ich zog sie weg. In mir war auf einmal alles ruhig, ruhig und leer.

»Ich hol jetzt meine Tasche, dann hau ich ab. Ich brauch dein blödes Gelaber nicht. Ich brauch dich nicht. Wir sehen uns morgen am Set und …«

»Scheiße! Gottverdammte Scheiße!!! Ich … ich hab keinen Schlüssel mitgenommen! Los, vielleicht hat er die Tür offen gelassen!«

Wir rannten nebeneinander her, währenddessen schrie Ben irgendwas, das ich nicht verstand, und an der Straßenecke sah er sich mehrmals um, bevor wir, langsamer jetzt, auf die Haustür zugingen. Ben rüttelte am Türknauf. Nichts.

»Das gibt's nicht, der schließt sonst nie ab!«

»Warum klingelst du nicht irgendwo?«

»Weil ... Wenn irgendwer vom Haus mich sieht, krieg ich sofort Ärger, ist 'ne lange Geschichte, egal, fuck, es gibt nur eine Lösung, und du musst mir helfen.«

»Ruf einen Schlüsseldienst an.«

»Vergiss es, kann ich mir nicht leisten. Und wenn das Lama ...«

»Welches Lama?«

»Mein Vermieter, der Typ von eben. Jetzt komm! Bitte!«

Ben rannte voraus, bei Rot über die Straße, um ihn hupten die Autos. Ich blieb stehen und wartete, bis es Grün wurde. Ben trabte auf der anderen Straßenseite auf und ab, und sobald ich drüben ankam, rannten wir weiter. Die Dönerbude lag an der nächsten Ecke. Hinter dem Tresen bediente eine Frau gerade einen Kunden, schabte Fleisch vom Kebabspieß und legte es in einen Brotfladen.

»Hab mich wieder ausgesperrt«, sagte Ben. »Ich brauch noch mal einen Getränkekasten, Bohrmaschine bringt nichts, diesmal hat er die Haustür abgeschlossen.«

Die Frau hinter dem Tresen häufte Salat auf das Fleisch, beträufelte alles mit weißer Soße, klappte den Fladen zu und schob ihn über die Glastheke. Dann schaute sie von Ben zu mir und wieder zu Ben. Die Frau war schön, mit großen, kajalumrahmten dunklen Augen, rot geschminkten Lippen und schwarzen Locken unter einer Kappe.

»Dann hol ihn halt«, sagte sie.

»Danke«, sagte Ben, und zu mir: »Komm mit.« Wir gingen um den Tresen herum, vorbei an dem Kebabspieß und durch eine gekachelte Küche nach draußen.

»Und du ... bist ganz sicher, dass dein Schlüssel oben liegt?«

»Ja, klar, was denn sonst?« Er klopfte auf seine Hosentaschen. Eine war ausgebeult, dort steckte das, was ich vorhin gesehen hatte, etwas, das aussah wie ein Schlüsselanhänger.

Ben hatte sich schon rumgedreht, befreite in Windeseile einen Kasten von leeren Flaschen. Der Fleischgeruch war hier noch stärker, und ich dachte an Payton, wie sie es erst nicht schaffte, Johns Wunde zu nähen, aber für Raid ihre Abscheu vor Blut überwand.

Im Hinterhof seines Hauses warf Ben den leeren Kasten mit Schwung auf ein Schuppendach und zog eine Mülltonne heran.

»Sobald ich auf dem Dach bin, räumst du sie wieder weg, okay? Und dann wartest du einfach, bis ich dich hole. Falls jemand kommt, lenk ihn ab. Das gilt vor allem für das Lama.«

»Sag mal, spinnst du? Glaubst du, wir sind im Film, oder was?«

»Mein Leben ist ein Film«, sagte Ben, kletterte auf die Mülltonne und zog sich auf das Schuppendach.

Zehn Minuten später standen wir wieder in der Wohnung. Im Flur war es noch kälter als vorhin, es zog durch eine offene Falltür. Meine Tasche lag auf der Matratze, daneben die Textblätter. An Bens Matratzenende die Pizza, auf dem Boden daneben der eingepackte Döner, die Pommes-Schale und die beiden Coladosen. Als wäre nichts gewesen, als wäre Ben nicht eine wacklig aussehende, garantiert eisglatte Feuerleiter hochgestiegen und durch ein Dachfenster geklettert, um kurz danach, außer Atem und den Schlüssel schwenkend, im Hinterhof einzulaufen wie ein Sieger bei einem Extremsportwettkampf. Auf der Treppe hatte er den Finger auf die Lippen gelegt, erst als er die Tür hinter uns zugezogen hatte, redete er wieder mit normaler Stimme.

»Zum Glück hat das Lama nicht ans Fenster gedacht. Komm, setz dich, was wollten wir vorhin? Ach ja, proben.« Er ging voraus zur Matratze. »War nicht das erste Mal, weißt du. Das Lama hatte zwischendurch mal das Schloss ausgetauscht.«

»Aber das kann er doch nicht … warum?«

»Weil er gestört ist.«

»Kann man den nicht anzeigen?«

»Schwierig«, sagte Ben.

»Warum? Der hat mich angefasst, hat uns ›Verbrecher!‹ nachgerufen und so Zeug. Und wir waren zu zweit, ich kann das bezeugen, wir sind …«

»So funktioniert die Welt nicht«, sagte Ben. »Jedenfalls nicht meine.«

»Wie denn dann?«

»Lange Geschichte. Setz dich doch endlich.«

In der Tasche summte mein Handy, eine Message von Mum, ob Martin mich irgendwo abholen sollte. *Du weißt ja, wir haben Gäste zum Essen.*

Bin bei Probe, schrieb ich zurück, *weiß nicht, wie lange.*

»Dein Freund?«, fragte Ben.

Ich stand noch immer mitten im Raum, Ben saß auf seinem Matratzenende und hielt eine Coladose in der Hand.

»Wer?«, fragte ich und tippte weiter.

»Mit dem du da chattest.«

»Nein.« Ich schickte die Nachricht ab.

»Hast du einen Freund?« Ben beugte sich vor, öffnete die Dose und schüttelte sich dabei die Haare ins Gesicht.

»Warum willst du das wissen?«

War er etwa rot geworden? Bestimmt nicht. Oder doch?

»Wahrheit.« Auch seine Stimme klang jetzt anders, brüchig, ein bisschen wie gestern im Studio.

»Nicht mehr«, sagte ich.

Ben räusperte sich und trank einen Schluck Cola.

»Wer hat Schluss gemacht?« Er stellte die Dose ab.

»Und du? Hat deine Freundin dich rausgeschmissen?«

»Wieso?«

Ich zeigte auf die Klamottenhaufen, die Bretter.

»Ich wohn seit zwei Jahren hier«, sagte Ben. Und dann: »Möbel werden überschätzt.«

»Das Spiel heißt *Wahrheit*.«

»Die ist nichts für Prinzessinnen.«

Mein Handy vibrierte, ich überflog Mums Nachricht. *Schade. Es kommen echt interessante Leute, auch Stan, der Bruder von dem Opernsänger, ich hab dir von ihm erzählt. Es gibt Livemusik, ganz exklusiv. Ruf Martin an, bevor du mit einem fremden Taxifahrer fährst, ja?*

»Und wer ist das, wenn's nicht dein Freund ist?«

»Lass uns proben, ich muss weg.«

»Wohin?«

»Geht dich nichts an.«

»Bist du sauer?«

Ich ging rüber zu der Matratze, setzte mich auf meine Seite und blätterte schweigend im Text. Ganz oben lag die Szene in der Höhle. Der verwundete Raid. Und Payton, die ihn verbindet. Und küsst. Ob wir auch Kussgeräusche machen mussten? Olaf würde es wissen. Ben vielleicht auch. Ihn würde ich auf keinen Fall fragen.

»Okay. Wahrheit«, sagte Ben. »Aber sag nicht, ich hätte dich nicht gewarnt.«

Dann erzählte er die Geschichte, wie er vor zwei Jahren eingezogen war, mit seinem Bett, einem Schreibtisch und einem Stuhl. »Mehr hatte ich da, wo ich herkam, auch nicht.«

»Und wo kamst du her?«

»Von meinem Dad und seiner Familie. Mein Zimmer hat hinter dem Zimmer von meinem Halbbruder gelegen. Musste da immer durch, wenn ich nach Hause kam oder aufs Klo wollte, und da dachte ich, bevor ich in eine Flasche pinkele, zieh ich lieber aus.« Ben lachte und hörte gleich wieder damit auf. »Hier konnte ich endlich Party machen, okay, kann sein, dass ich das am Anfang ein bisschen übertrieben hab. Ich war sechzehn und der Einzige in der Elften, der eine eigene Bude hatte. Hab die ganze Stufe eingeladen und die Leute von den Studios und so weiter. War eine gute Zeit. Für mich, aber weniger für die anderen, die hier wohnen, glaub ich. Und als dann die Sache mit der Waschmaschine passiert ist, haben sie sich alle gerächt.«

Er trank einen Schluck Cola und erzählte, wie er eine Waschmaschine vom Flohmarkt geholt und selbst angeschlossen hatte. »Ich hatte keine Ahnung, wie man das richtig macht, und irgendwann, mitten in der Nacht, ist der Schlauch geplatzt. Einfach so, obwohl das Ding gar nicht lief, und die Wohnung stand unter Wasser. Okay, es war nach einer Party, und ich war ... na ja, es pennten auch ein paar Leute hier, die haben alles noch mehr durcheinandergebracht. Und der blöde Hahn, wo man das Wasser abstellt, hat geklemmt, alles lief ins Treppenhaus und in die Wohnungen darunter. Allein der Feuerwehreinsatz hat fast tausend Euro gekostet. Jetzt zahl ich ab, insgesamt zwanzigtausend.«

»Und du kannst dir kein Geld leihen oder so was?«

»Kaum«, sagte Ben. »Aber egal, ich komm schon zurecht.«

Er nahm sich ein Stück Pizza und aß, den Rücken wieder gegen die Wand gelehnt.

»Und die Miete ... die zahlst du auch selbst?«

»Klar, wer denn sonst, Prinzessin.«

»Hör auf damit. Du hast gar keine Ahnung von meinem Leben. Ich weiß zufällig, dass du mit sechzehn oder siebzehn noch nicht mal ein eigenes Konto eröffnen darfst, du brauchst für alles die Unterschrift der Eltern.«

»Oh, mein Dad hat alles unterschrieben, gerne sogar. Meine Umwelt ist geradezu scharf drauf, mich loszuwerden. Hast du doch auch schon mitgekriegt.« Er spielte an seiner Coladose herum und schaute nicht hoch, und kurz glaubte ich, er würde sich entschuldigen für alles, was er im Studio gesagt hatte.

Ah, verstehe. Papi ist Konsul. Dann bezahlt Papi bestimmt nicht nur die tolle Schauspielschule, sondern auch die Rolle hier.

Schon mal überlegt, ob das auch an Paytons bescheuerter Frage liegen könnte?

Ben schaute auf die Dose und schwieg.

»Schon mal überlegt, ob das auch an dir liegen könnte?«, fragte ich.

Jetzt blickte er auf.

»Gamse und Aran mögen mich«, sagte er. Und dann: »Na ja, vielleicht.«

Er knipste den Verschlussring von der Coladose ab und schnipste ihn zu mir rüber. »Du sammelst die Dinger doch, oder?«

Hatte ich den anderen Ring noch in der Hosentasche? Und wann hatte er mich damit gesehen?

»Komm, wir proben jetzt endlich.« Ich hob den Ring auf und legte ihn neben die Textblätter.

Wir lasen die Szenen, schnell, ohne Betonung, immer wieder von vorn. Erst die Stiefelszene, dann die mit den Beeren und zuletzt die in der Höhle. Um halb zehn konnten wir den Text, und ich schickte Mum eine Nachricht, dass es richtig spät werden würde. Damit Ben nicht wieder fragte, ging ich dazu auf die Toilette. Das Bad war klein, nur eine Dusche und ein Klo, daneben Bücher in Stapeln, eine offene Reisetasche mit Wäsche und die verrostete Waschmaschine.

Als ich zurückkam, stand Ben mitten im Zimmer.

»So und jetzt Ernstfall. Mit Emotion, wie Jürgen sagen würde.«

Ich steckte das Handy in die Hosentasche und stellte mich neben ihn. Dann sprachen wir zum dunklen Himmel hinter dem Fenster.

13
Ben

Lilly war weg, und ich konnte nicht schlafen. Die ganze Nacht sah ich ihr nach, wie sie davonfuhr. Sie saß hinten im Taxi, beide Arme um sich selbst gelegt wie beim ersten Mal, als alles um sie geleuchtet hatte.

Die ganze Nacht blieb ich wach und hörte, wie ich ihr mit Raids Stimme sagte, dass ich für sie giftige Beeren essen, sie stundenlang küssen, aber nicht mit ihr schlafen würde, weil ich sie nicht in Gefahr bringen wollte. In der Wildnis gab es keine Verhütungsmittel, und sie war das Kostbarste, was ich jemals in meinem Leben besessen hatte, seit mein indianischer Großvater umgekommen war.

Dafür bekam ich ihr Lächeln. Jedes Mal aufs Neue. Ich sah es die ganze Nacht vor mir. Das Zimmer roch nach ihr, schien nur noch aus ihrem Parfüm, ihrer Haut, ihrem Lächeln zu bestehen.

Am Morgen nahm ich den Weg über die Falltür auf den Dachboden und suchte in den alten Koffern nach halbwegs brauchbaren Klamotten. Das hatte ich schon länger nicht mehr getan, aus Angst, dass mich die Nachbarn in ihrem abgelegten Zeug sahen. Wer genau die Klamotten hinterließ, wusste ich nicht. Mit Sicherheit nicht das Lama, war nicht sein Style.

Im Bad kämmte ich mir die Haare und sah dabei ausnahmsweise in den Spiegel. Keine gute Idee. Gel würde vielleicht noch was retten, natürlich hatte ich keins.

Als ich losging, war ich einigermaßen gut angezogen. Die Lederjacke war zu dünn bei der Kälte, dafür hatte ich Geld für die U-Bahn. Kurz vor dem Studio fuhr ich mir mit den Händen noch einmal durch die Haare, in diesem Moment sah ich Lilly aus einem Taxi steigen und ließ die Hände schnell sinken.

Ein Mann war mit ihr ausgestiegen, ein grauhaariger Typ in einem stylischen Hemd und Anzughosen, was alles zusammen wahrscheinlich so viel gekostet hatte wie meine Monatsmiete. Er küsste sie auf die Wange und stieg wieder ein.

Das Taxi fuhr weg.

»Neuer Freund oder neuer Chauffeur?«, fragte ich. Raid wäre sicher etwas Besseres eingefallen.

»Mein Vater.«

Es klang leicht verärgert, und Charmebolzen-Ben, der seinen Mund nicht halten konnte, setzte noch einen drauf: »Oh, ist Papi zum Händchenhalten mitgekommen?«

»Er hat einen Termin in der Nähe.« Sie drehte sich um und ging auf die Tür zu.

Drinnen stand ein Empfangskomitee: Jürgen, in Schale geschmissen, die Haare zurückgegelt, was gruselig aussah, vor allem zu seinem rosa Hemd – rosa! –, und Fabi, glatt rasiert und mit ordentlich gebundenem Pferdeschwanz, ansonsten wie immer in Cordhosen, Turnschuhen und nerdigem T-Shirt.

»Sie sind noch nicht da«, sagte Jürgen, bevor ich sein Outfit kommentieren konnte. Wie auch, wir alle waren mindestens eine halbe Stunde zu früh. Jürgen scheuchte uns ins Studio, bevor wir auf die Idee kamen, einen Kaffee zu trinken oder uns ein Croissant zu schnappen. Genau danach roch es: nach buttrigen Croissants und Cappuccino, anscheinend hatten sie sogar die italienische Maschine repariert, die seit Monaten in der Küche verstaubte.

Als Jürgen die Tür hinter uns schloss, ging Lilly direkt zum Pult und legte ihren Textstapel darauf. Ich zog die Lederjacke aus. In der Stille hörten wir Jürgen und Laura, sie stritten um irgendwelche Tassen.

»Nimm die anderen, glaub mir, obwohl sie Amis sind, haben sie Geschmack«, sagte Laura. Und Jürgen: »Glaubst du, *Tassen* können hier noch was retten?«

Ich versuchte, unauffällig an meinen Achseln zu schnüffeln. Wahrscheinlich kann man sich nicht selbst riechen, oder erst, wenn der Schweißgeruch so penetrant ist, dass die Umgebung kurz vor der Ohnmacht steht. Auf jeden Fall roch ich nichts, nur mein Deo. Ich riskierte es, stellte mich zu Lilly ans Pult und fragte, ob alles okay sei. Sie schüttelte den Kopf.

»Ich hab im Auto versucht, mir alles noch mal auswendig vorzusagen, und ich konnte nichts. Irgendwie geht gar nichts mehr in meinen Kopf, ich glaub, ich hab alles vergessen, und ich weiß nicht, wie ich …«

»He, wir dürfen ablesen.«

»Ja, ich weiß.«

Lilly, im Licht der Pultlampe. Sie hatte die Haare hochgesteckt, aus dem Knoten lösten sich Strähnen. Zu ihrem Kleid trug sie Payton-Schuhe, eine Art Springerstiefel diesmal.

»Willst du jetzt irgendwas durchgehen?« Ich merkte, dass ich meine Stimme tieferlegte, mit mehr Brustanteil und Stütze, so wie ich Raid in den meisten Stellen im Film sprach. Vielleicht deshalb, weil die feinen hellen Härchen in ihrem Nacken mich vollkommen durcheinanderbrachten.

Raid dagegen ließ sich von nichts durcheinanderbringen.

»Welche Szene fällt dir am schwersten?«, fragte Raid.

»Die in der Höhle.«

»Dann los … du fängst an, Payton.«

Lilly öffnete den Ordner, in dem ihre Texte lagen. Säuberlich nach Szenen getrennt und zusammengeheftet.

»Glaubst du … wir müssen auch die Geräusche machen?«

Sie fragte nicht mich, sie fragte das Blatt vor ihr, und ihre Stimme klang zittrig.

»Welche Geräusche?«, fragte ich die hellen Härchen in ihrem Nacken.

»Wenn sie sich küssen. Oder nehmen wir ihre?«

»Wie? Ihre?«

»Na ja, Raid und Payton, ich meine … Lex und Raphaela. Die haben sich doch auch geküsst. Vor der Kamera, mein ich, und sie haben die Geräusche … also dabei entstehen doch irgendwelche … du weißt schon, Schnaufen oder … äh … Schmatzen oder so was … Wenn man so einen Film guckt, im Kino oder auf dem Laptop, über Kopfhörer, dann hört man die doch …«

»Echt?«

»Wieso weißt du das nicht?«

»Vielleicht, weil ich solche Schnulzen nicht leiden kann und nie schaue?«

»Hast du dir die Filme nie angesehen, die du … ich meine … auf der Premiere?«

»Also, in den Filmen mit Lex hab ich solche Geräusche jedenfalls nicht gemacht. Vielleicht drehen sie die Musik an diesen Stellen immer laut. Oder er beherrscht die Kunst des geräuschlosen Knutschens. Schlimm genug, dass er es überhaupt machen muss, oder? Vor der Kamera knutschen. Ich mein, mit Raphaela ist es sicher nicht sooo schlecht, aber er kann sich's ja nicht aussuchen.«

»Wieso, ist doch normal. Für Schauspieler.«

»Weiß ich. Macht ihr das auf eurer Schule auch? So richtig?«

Erstaunlicherweise drehte Lilly sich zu mir und lächelte. »Wenn es für eine Aufführung sein muss, ja. Bei *Cinderella Reloaded* musste man das. Und zwar mitten im Song, das war ein Musical.«

»Du auch?«, fragte ich.

»Ja. Ich hatte die Hauptrolle.«

»Mit wem?«

»Kennst du doch sowieso nicht, er heißt Dhyan.«

»So heißt keiner.«

»Doch. Er schon. Seine Mutter ist Meditationslehrerin oder so was.«

»Und?«, fragte ich, weil sie schwieg.

»Was und?«

»Wie war's?«

»Er hat übertrieben. Es war … na ja. Mit allem, du weißt schon. Bei jeder Probe. Und bei der Aufführung wurde es dann noch schlimmer.«

»Lass mich bloß nicht in seine Nähe«, sagte ich mit Raids Stimme. Lilly sah aus, als würde ihr irgendetwas daran gefallen.

»Ist längst vorbei.« Sie lächelte.

»Da hat Mr *Ich-heiße-total-bescheuert* aber Glück gehabt.«

Jetzt lachte Lilly, und alles Klägliche an ihr war verschwunden.

»Okay, dann fangen wir an«, sagte sie und legte das Textblatt so hin, dass ich mitlesen konnte. Doch wir hatten nicht viel Text.

»Raid! Raid! Oh, Raid.«

»Payton.«

Ich gab meiner Stimme etwas Gepresstes mit. Raid stand mit nacktem Oberkörper und frisch verbundener Wunde vor Payton. Ein Bär hatte sie beim Beerensammeln überrascht, und Raid hatte mal wieder sein Leben riskiert, als er sie mit einer Pistole verteidigte. Eine Waffe, die bisher sein Geheimnis gewesen war. Es war, soweit ich verstanden hatte, die einzige Schusswaffe überhaupt oder die einzige, die geladen war, was auch immer, und andere aus der Gruppe hatten versucht, sie ihm zu entwenden, es hatte einen Kampf gegeben. Nun stand unser Held verletzt und ohne Knarre in der Höhle und hatte nichts Besseres zu tun, als herumzusäuseln und immer wieder Paytons Namen zu wiederholen, während Payton seinen Namen wiederholte, als wären beide plötzlich schwachsinnig geworden.

»Was wird jetzt?«

»Ich weiß es nicht, Payton. Ich weiß nur …«

Wildes Geknutsche. Ich dachte an die Geräusche, ob Lilly recht hatte und wir sie bei diesem Film wirklich synchronisieren mussten. Ich dachte auch daran, dass ich damit durchaus Erfahrung hatte, Lilly jedoch nicht sagen wollte, woher.

»Oh, Raid, geh nicht weg, bitte, bleib bei mir.«

»He, versuch das mal lauter, ja? Wir kriegen nachher Probleme mit dem Pegel.«

»Okay.«

»Oh, Raid, geh nicht weg, bitte, bleib bei mir!«

Es war wieder nicht laut genug, aber ich sagte nichts. Auch Raid hatte keinen Text, er war damit beschäftigt, Payton zu küssen. Sie gestand ihm, dass sie noch Jungfrau war. Und das alles, während vor der Höhle ein Kampf tobte, Schüsse im Hintergrund, Schreie, eine Menge Nebengeräusche. Ich wusste, dass wir laut synchronisieren mussten, nachher, wenn der Film lief, doch Lilly wurde immer leiser, sie flüsterte fast.

»Ich wollte auf den Richtigen warten ... Ich will, dass mein erstes Mal was Besonderes ... Ich kann das nicht.«

Sie hatte ihre Arme um sich geschlungen und hielt sich selbst fest.

»He, du kriegst das hin! Ist doch nur Mädchenkitsch.«

Lilly blieb stumm und beugte sich tief über den Text. Hoffentlich fing sie nicht gleich an zu weinen. Ich redete in Panik weiter: »Das Übliche, das, was alle Mädchen wollen beim ersten Mal: ein Herz aus Rosenblättern, Musik von einer schwulen Boygroup, Kerzenlicht und am besten noch einen Ring. Ist halt ein bisschen schwierig in einer Höhle. Er könnte ihr einen Ring aus einer Weidenrute biegen und ...«

»Hör auf!« Lilly hob den Kopf und sah mich an. Keine Tränen in ihren Augen. Ihre Pupillen waren klein, das Braun darum riesengroß.

»Mensch, ich wollte doch bloß, dass du alles ein bisschen relaxter siehst, das hilft bei ...«

Draußen klingelte es. Wir erstarrten und lauschten.

»Coffee«, hörten wir, »Cappuccino or Espresso?« Stühle wurden gerückt, anscheinend setzten sie sich an den Tisch. Lilly hielt sich am Pult fest.

»Alles in Ordnung?«

»Das hast du schon mal gefragt.«

»Nein, hab ich nicht.«

»Dann halt was Ähnliches, du behandelst mich, als wäre ich die dümmste Anfängerin.«

»Bist du ja auch. Nein, nein, so mein ich das nicht, du bist richtig toll, also, als Schauspielerin, mein ich, also, bestimmt bist du das, mein ich, nur als Sprecherin hast du null Routine.«

»Aber du.«

»Was soll das heißen, aber du, ich …«

»Ja, ja, du bist der Profi, wissen wir alle. Und warum hast du es gestern dann erst geschafft einzusprechen, als ich ge-ixt wurde?«

Sie hob ihr Kinn und schaute mir in die Augen, und diesmal blitzte etwas in ihrem Blick. Ich gab mir alle Mühe, nicht rot zu werden. Etwas, das ähnlich gut gelingt, wie wenn man versucht, nicht nach Schweiß zu riechen.

»Ich hatte … einen schlechten Tag, du weißt ja, das Lama und so.«

»Fabi hat Jürgen gefragt, ob du verliebt bist.«

»Er hat *was* gefragt? Wann?«

»Du warst schon weg. Bist du?«

»In wen denn?«

»Was weiß ich«, sagte Lilly. »In diese … die mit dem Würfelzucker.«

»Mae? Hältst du mich für dermaßen geschmacklos?«

»Redest du immer so über Mädchen? Nicht besonders nett.«

»Okay, vergiss es einfach. Aber Mae …«

»Ich hab sie nach deiner Adresse gefragt. Sie konnte sie auswendig.«

Mae war zwei- oder dreimal in meiner Wohnung gewesen. Bei den Partys, als alle gekommen waren und wir manchmal zu zwanzigst auf dem Boden geschlafen hatten. Wie sollte ich Lilly erklären, dass Mae völlig harmlos war? Besser gar nicht, besser ablenken von dem ganzen Liebesgequatsche. Wie zum Teufel kam Jürgen darauf? Merkte man mir etwas an?

»Am besten, wir üben die Stelle jetzt noch mal, oder? Du darfst nämlich nicht zu leise sein, sonst lassen sie dich wiederholen, und das macht dich nur nervös. Es gibt einen Trick: Du musst auf bestimmte Wörter hinsprechen, sie dir vorstellen, wie Stationen, auf die du zuläufst. Dann kannst du dich besser konzentrieren und auf die Lautstärke achten. Pass auf, so.« Ich sprach Lilly ihren Text vor, mit meiner schönsten Samtstimme. Um ihr zu helfen. Und, zugegeben, um von diesem dämlichen Liebesgequatsche wegzukommen und ihr nebenbei zu zeigen, wie professionell ich war. »Ich wollte auf den *Richtigen* warten. Ich will, dass mein erstes Mal was *Besonderes* ist und nicht … nicht … bloß eine *Nummer*!«

Von draußen Geschirrgeklapper. Und direkt neben mir unterdrücktes Lachen.

»Du klingst total überzeugend.«

»Wollte ich auch.« Ich biss mir auf die Zunge. Zu spät. Ich hörte, wie Lilly Luft holte, und wartete auf die Frage, die jetzt kommen musste. Wahrheit oder Pflicht: Bist du noch Jungfrau, Ben?

Aber die viel wichtigere Frage war: Wie würde sie auf mein Ja reagieren?

»Übrigens, was die Geräusche betrifft«, sagte ich schnell, »ich hab mal einen Film synchronisiert, nicht mit Lex, einen anderen, da haben wir ein paar … na ja, Geräusche machen müssen. Ich kann dir einen Trick zeigen, falls nachher …«

»Also doch«, sagte Lilly.

»Ja, nichts dabei, der Trick war …« Ich schob meinen Ärmel hoch und knutschte meine Armbeuge.

»Echt?«

Ich spürte ihr Misstrauen und sagte: »Echt. Ich schwöre.«

Was natürlich gelogen war. Die Wahrheit: Es war nicht *ein* Film gewesen, sondern mehrere. Ich hatte es gemacht, weil es mehr Geld gab als bei den normalen Aufträgen. Es waren Erotikfilme, keine Pornos, wie der Regisseur dauernd betonte. Wir hatten unsere Armbeuge also nicht nur geküsst, wir hatten auch in unsere Armbeuge gestöhnt. Zumindest ich hatte es getan, nach Anweisung des Regisseurs. Ich hatte immer als Erster eingesprochen. Die Sprecherin der weiblichen Rolle hatte ich weder gehört noch gesehen. Danach hatte ich sie mir manchmal vorgestellt.

Das alles hätte ich sagen müssen, wenn Lilly sich an unser Spiel erinnert und die Wahrheit gefordert hätte. Aber sie schaute mir nur zu und küsste dann ihre eigene Armbeuge. Zögernd, viel zu vorsichtig. Also machte ich ihr vor, wie man an der Armbeuge saugt und dabei schmatzende Geräusche erzeugt.

Irgendwann machte es richtig Spaß. So viel Spaß, dass wir nicht hörten, wie die Tür aufging. Und so fanden Jürgen, Fabi, Laura und die amerikanischen Supervisors uns vor: zwei kichernde Verrückte, die ihre Armbeugen knutschten.

14

Lilly

Der ganze Tag war wie ein Traum. Ein schlimmer Traum, ein lustiger Traum, ein peinlicher Traum, ein glücklicher Traum, ein ängstlicher Traum, alles wechselte so schnell, dass ich mich am liebsten irgendwo festgehalten hätte, damit mich nichts wegwehte.

Vor dem Studio gab Paps mir einen Kuss auf die Wange und wünschte mir viel Spaß. So als hätte er überhaupt keine Ahnung, worum es heute ging. Ich wusste auf einmal nicht mehr, ob ich ihm und Mum gestern noch von den amerikanischen Supervisors erzählt hatte oder nicht. Vielleicht hatte ich auch das nur geträumt. Plötzlich kam es mir vor, als hätten meine Füße keinen Bodenkontakt, als wäre ich Teil der Luft, die mich umgab, und jeder, der vorüberging, könnte mich einfach einatmen.

Der Erste, den ich sah, war Ben. Er fuhr sich mit gespreizten Fingern durch die Haare, und als er mich bemerkte, hörte er sofort damit auf, es schien ihm peinlich zu sein. Und dann machte er schon die erste gemeine Bemerkung.

Oh, ist Papi zum Händchenhalten mitgekommen?

Die amerikanischen Supervisors hießen Jeff und Sarah und waren jünger, als ich sie mir vorgestellt hatte. Sie lächelten, nachdem Ben ihnen erklärt hatte, dass wir gerade »kissing sounds« übten.

Wir sollten so tun, als wären sie gar nicht da, sagte Jeff auf Englisch, und er und Sarah ließen sich auf dem Ledersofa vor der Trennwand zum Technikraum nieder. Dann sagte Sarah mit sanfter Stimme, dass sie die Szene mit dem Flugzeugabsturz gern zuerst hören wollten.

»It's a hard one, but I'm sure, it's no problem for them!«

»Of course it's no problem«, sagte Jürgen, und Ben flüsterte: »Schlange!« Ich sah, dass er die Hand in seiner Hosentasche hatte und irgendetwas umklammerte. Vielleicht diesen Schlüsselanhänger, den ich schon mal gesehen hatte. Dass Ben jetzt auch aufgeregt war, machte mich noch nervöser. Warum mussten Jeff und Sarah ausgerechnet diese Szene aussuchen, die Jürgen uns gestern nicht mal hatte proben lassen?

Das kriegen wir nicht so schnell geregelt mit dem Gekeuche und Geschrei und dem Pegel.

Und jetzt auf einmal doch. Während wir im Text nach der Stelle suchten, öffnete sich schon der Vorhang vor der Leinwand. Alles war viel größer als auf dem Monitor, weiter entfernt, fremder. Das Flugzeug zwischen den Bäumen, verbeult und halb auseinandergerissen. Trümmer eines Flügels im Farn. Im dämmrigen Innern des Wracks Payton, ohnmächtig auf ihrem Sitz.

Von oben kam ein Streifen Licht.

»Payton.«

Raids Gesicht. Riesig auf der Leinwand. Seine blutigen Schrammen über dem X, die grünen Pantheraugen. Er sah uns an, mich, er war aufgewühlt, besorgt, hatte vielleicht sogar Angst. Die Kamera fuhr wieder auf Payton. Sie öffnete die Augen, langsam, mühsam, dann weiteten sie sich. Ich machte mir klar, dass sie Raid das letzte Mal im Hochsicherheitstrakt gesehen hatte, gefesselt. Und auf einmal war alle Nervosität weg.

»John! John!«

»Payton.«

»Verschwinde!«

»Hörst du das? Das ist tropfendes Benzin. Wir müssen hier weg, bevor alles in die Luft fliegt!«

Raid kam zu mir herunter. Meine Beine waren zwischen zwei zusammengeschobenen Sitzen eingeklemmt. Er versuchte, die Sitze auseinanderzustemmen, es gelang nicht. Ich trug Shorts, das Metall schnitt in die bloße Haut. Jemand schrie: »Feuer, das Cockpit brennt, alle raus!« Raid verschwand durch den Riss in der Decke, durch den er hereingekommen war. Ich weinte, ich schrie. Von überallher kamen die Schreie, als es anfing zu brennen. Das Knistern des Feuers. Dann wieder Raids Stimme. Seine Hände auf meinen Beinen. Er rieb sie mit Sonnencreme ein, die er irgendwo gefunden haben musste, erklärte mir, dass sie so leichter herausrutschen würden. Ob ich sie bewegen könne, fragte er, seine Stimme, alles, woran ich mich halten konnte, seine Stimme, die Rettung. Er stemmte die Sitze auseinander, er keuchte, ich schrie, dann war ich frei.

»Den nehmen wir, oder?«, sagte eine Stimme.

Laura.

Raid berührte meine Hand und ließ sie gleich wieder los.

»Was ist mit dem Pegel?«, fragte Jürgen.

»Ist okay, weite Range, aber okay, ich hab's im Griff«, schepperte es aus den Boxen.

»Gute Arbeit, first Take!«, sagte Laura. »Was jetzt?«

»Super, dein erster One-Taker«, flüsterte Ben, so dicht an meinem Ohr, dass es kitzelte.

Diesmal bestimmte Jürgen, was als Nächstes eingesprochen werden sollte: die Stiefelszene. Raids nackte Füße auf der Leinwand, braun und zerschrammt, noch nie hatte ich mir Füße so genau angesehen, und ich spürte meine eigenen Füße in den zerfetzten Turnschuhen, das gefrorene Gras unter den zerlöcherten Sohlen, mein ganzer Körper zitterte, und ich wollte zu John, der unsere Gruppe führte und beschützte. John hätte sich runtergebeugt und dem Toten die Stiefel ausgezogen, um sie mir zu geben. So wie er mir die Coladose gegeben hatte.

»Nur was du dir nimmst, gehört wirklich dir«, sagte Raid. Doch seine Stimme sagte etwas ganz anderes. Sie war tiefer als sonst, sie klang streng und sanft zugleich und sie sagte: Nur wenn du hart wirst, wirst du überleben, und ich will, dass du überlebst. Und dann begann schon die nächste Szene, und Raid stand hinter mir und führte meine Hand zu den Beeren. Ich spürte die Stacheln, aber viel deutlicher seinen Körper, als wäre mein ganzes Empfinden in den Rücken gewandert, dorthin, wo Raids Wärme war.

»Da, unten am Zweig sind weniger Stacheln«, sagte Raid, und seine Stimme sagte: Ich habe mich in dich verliebt.

»Warum sollte ich dir vertrauen?«, fragte ich, und meine Stimme sagte: Verlieben kann sich jeder, sich verlieben und es sich dann anders überlegen. Hier geht es um mehr, hier ist es ernst.

»Berechtigte Frage, Payton«, sagte Raid, und seine Stimme sagte mir, dass er bereit war, für mich zu sterben.

»Raid, warum tust du das?«

»Weil ich …«

»Ja?«

Raid schwieg. Ich verstand sein Schweigen. Ich galt als Johns Freundin, und John war der Anführer. Keiner von unserer Gruppe traute Raid. Die Musik wurde lauter. Raids Lippen, in Großaufnahme, seine Bartstoppeln, mir war es egal, ob sie kratzten, ich wollte ihn nur küssen.

»Nein, warte! Die Beeren könnten doch giftig sein … und ich will nicht, dass dir was passiert«, sagte Raid, und seine Stimme sagte: Ich liebe dich.

»First Take!«, sagte Jürgen und tat so, als hätten wir die Szene nicht schon zwanzig Mal eingesprochen. Als wäre ich nie ge-ixt worden.

Hinter uns war es still. Als ich mich kurz umdrehte, sah ich, wie Sarah auf ihr Handy schaute.

»Jetzt die Höhlenszene! Laura, das ist Minute 48, ungefähr, alles klar, ihr beiden?«

»Gestern noch so gereizt, heute wieder aufgekratzt, der gute Jürgen«, flüsterte Ben.

Dann krachten schon die ersten Schüsse, und Ben wurde zu Raid und übertönte den Lärm scheinbar mühelos. Ich versuchte, meine Sätze mit Stütze zu sprechen, konzentrierte mich nur auf die Technik, aber Jürgen unterbrach: »Mehr Emotion, Lilly! Du redest hier von der großen Liebe! Und los!«

»Mein erstes Mal soll was Besonderes sein.«

»Jetzt bist du zu leise, Lilly, noch mal!«

Rascheln und Flüstern auf dem Sofa, Sarah hatte ihr Handy sinken lassen. Zweiter Take, dritter, vierter. Mit jedem Mal wurde es schlimmer. Ich wollte an Raid denken. Und dachte an Erik.

Erik hatte Erfahrung. Miranda und ich waren uns immer einig gewesen, dass wir für das erste Mal einen Jungen oder einen Mann mit Erfahrung wollten. Bei Miranda war es in der Zehnten passiert, mit Florin, einem der rumänischen Deutschlehrer. Ich hatte gewartet. Bis Erik kam.

Erik, meine große Liebe.

»Schau auf die Leinwand«, sagte Ben leise. »Und denk an den Trick von vorhin.«

Er klang wie Raid. Sanft und streng zugleich.

Nur wenn du hart wirst, wirst du überleben, und ich will, dass du überlebst.

Ich atmete ein. Raid strich mir eine Haarsträhne aus dem Gesicht, dann spürte ich seine Hand im Nacken. Und auf einmal fiel mir der Trick wieder ein: die Wörter, auf die man zulief wie auf Stationen. Meine Stimme gehörte wieder mir, und ich sagte Raid, dass mein erstes Mal etwas *Besonderes* sein sollte und nicht bloß eine *Nummer*, dass ich auf den *Richtigen* wartete.

Raid antwortete, dass er mich mehr wollte als *alles andere* auf der Welt, doch er konnte nicht mit mir *schlafen*, weil es zu *gefährlich* …

Mitten in seinen Satz hinein krachten Schüsse, und Raid zog mich bis ans Ende der Höhle.

»Schnell, Payton! Für mich ist es zu eng, aber du passt durch.« Er schob mich in einen dunklen Gang, ich konnte nichts anderes tun, als voranzukriechen, ich kroch und keuchte, und dann wurde es hell, und draußen fiel der erste Schnee.

»Den nehmen wir, perfekt!«, sagte Jürgen.

Hinter uns fing jemand an, Beifall zu klatschen, Jeff oder Sarah, Jürgen klatschte mit, schließlich auch Laura, und durch die Boxen kam Fabis Applaus.

»Na also, geht doch«, sagte Ben.

Seine Hand lag noch in meinem Nacken, er zog sie weg und steckte sie in die Hosentasche.

15

Lilly

In der Nacht träumte ich von Erik. Als ich aufwachte, saß Snowflake auf meiner Bettdecke und sah mich an. Draußen wurde es schon hell. Ich erinnerte mich nicht an den Traum, nur daran, dass Erik ganz nah bei mir gewesen war. Dass alles gut war, weil er mich liebte und ich ihn.

Snowflake saß still und hielt den Kopf schief. So als hätte sie ein schlechtes Gewissen. Mein erstes Mal mit Erik hatte etwas Besonderes sein sollen. Aber wie, wenn deine Katze deinen Liebsten hasst und sich in seinen Rücken verkrallt und du nachher seine Kratzwunden mit Jod versorgen musst? Also gehst du mit zu ihm. In sein blaues Zimmer. Ihr hattet es eigentlich an einem besonderen Ort machen wollen, in Venedig, während der Festivaltour der Theater AG. Doch du wolltest nicht länger warten, du konntest nicht länger warten, weil du schon wusstest, dass du im Sommer nach Berlin ziehen würdest. Und dann liegt ihr zusammen auf dem Bett in Eriks Zimmer. Dem blauen Zimmer mit den blauen Vorhängen und dem blauen Teppich. Auch der altmodische Nachttisch neben dem Bett ist blau, darauf liegt ein Kopfhörer, ein Handy. Eine aufgerissene Kondompackung. Du versuchst gegen den brennenden Schmerz anzuatmen, es Erik leicht zu machen. Du lächelst. Er soll denken, dass alles perfekt ist. Mit dir zu schlafen, soll alles übertreffen, was er vorher erlebt hat. Mit den anderen. Auf keinen Fall darf er merken, dass es dir wehtut, du drehst den Kopf weg, immer noch lächelnd, und da siehst du es. Halb hinter den blauen Vorhängen versteckt. Ein Foto in einem Rahmen.

Das Mädchen hatte glatte dunkelbraune Haare.

Erst später erfuhr ich ihren Namen.

Sandrine.

Als ich im Studio ankam, war Ben nicht da. Wir warteten. Jürgen las mit mir neue Szenen. Zwischendurch rief Fabi Ben immer wieder an.

»Nichts, der Kerl geht nicht ans Handy, ich sag doch: neue Freundin.«

»Er hat mit uns einen Vertrag, nicht mit seinen Weibern«, sagte Jürgen.

»Und wenn ihm ... was passiert ist?«

Ganz kurz dachte ich an Mae. Ob sie es war, die ihm passiert war.

Unsinn.

Und wenn schon.

»Nee, Lilly, das ist typisch Ben. Kaum läuft mal was gut – und ihr wart super gestern! –, macht er irgendwelchen Quatsch.« Fabi probierte es bei Mae, die auch nicht ans Telefon ging, dann setzten wir uns in den Technikraum, und ich versuchte, mich auf die neuen Szenen zu konzentrieren. Jürgen ließ sie für mich im Original laufen. Inzwischen war es im Film tiefer Winter, der Wald weiß, man sah die erstarrten, vereisten Bäume von oben, die unendliche Weite des Waldes. Die Musik dazu klang auch eisig, klirrend, gläsern. Die Kamera zoomte zu Raid. Man sah ihn von oben, er hockte auf einem riesigen Schneehaufen und schaufelte wie besessen mit beiden Händen. Eine Lawine war niedergegangen und hatte die Hütten unserer Gruppe zerstört. Raid suchte mich, rief nach mir, grub, wühlte. Seine Hände bluteten.

Ich dachte kurz an Ben. Ob er und Mae vielleicht gerade zusammen waren, in seiner Wohnung, deren Adresse Mae auswendig kannte. Was ich denn bei ihm wollte, hatte sie mich gestern gefragt. Bestimmt lagen sie gerade zusammen auf seiner Matratze.

Und was, wenn nicht? Wenn wieder etwas mit dem Schlüssel war, und Ben auf dem Dach …

»Pass auf, was jetzt kommt«, sagte Jürgen. Und zu Fabi: »Diesmal haben sie sich was getraut!«

Die Kamera schwenkte zu einer intakten Hütte. Payton, in einer zu großen Army-Jacke, rannte auf die offene Tür zu.

»So, jetzt«, sagte Jürgen. »Das ist die Stelle, auf die es ankommt, sie ist wirklich zum Heulen schön. Das können die Amis!«

Raid. Auf einer Matte, in Decken gewickelt. Im flackernden Feuerschein streifte Payton ihre Kleider ab, erst die zerfetzte Army-Jacke, vielleicht die von John, dann den Pullover, die Cowboystiefel, die dreckige, viel zu weite Hose.

»Wow«, sagte Fabi. Payton stand in Unterwäsche im Feuerschein.

»Raid! Please!« Sie kniete sich auf den Boden, neben Raid. Er zitterte am ganzen Leib, schlotterte, flatterte.

»Ist das nicht ein bisschen too much?«, fragte Fabi.

»Nein«, sagte Jürgen, »wenn jemand total unterkühlt ist, zittert er wirklich so. Ich hab mir einiges dazu angeschaut. Und da hilft tatsächlich nur eins: menschliche Wärme.«

Auf dem Monitor zerrte Payton an ihrem Unterhemd und warf es auf den Kleiderhaufen, dann streifte sie kurz entschlossen auch die Unterhose ab.

Payton und Raid, unter den Decken. Payton legt die Arme um ihn und spürt seinen rasenden Puls, seine Kälte, die sofort auf sie übergreift, auch Raid ist nackt, und ich fühle, wie er sich an mir festhält, als würden wir beide in tiefem Wasser versinken, als müsste ich ihn vor dem Ertrinken retten. Ich wiederhole seinen Namen, spüre, wie das Zittern ein bisschen nachlässt. Ich flüstere ihm ins Ohr, dass ich nach ihm gesucht habe, deshalb war ich nicht in der Hütte, als die Lawine niederging, und Raid wiederholt meinen Namen, als müsste er ihn neu lernen. Ich spüre seine Hände, überall auf meiner Haut. I love you, jetzt kann Raid es sagen, jetzt spricht er es zum ersten Mal aus, I love you, und Jürgen sagt: »Da bist du ja.«

Ben trug die weinrote Lederjacke von gestern. Und seinen Rucksack. Dazu eine Umhängetasche, die vollgestopft aussah.

»Willst du auf Tour gehen?«, fragte Jürgen.

»Sorry.« Ben setzte den prallen Rucksack auf dem Sessel im Technikraum ab. »Mir ist was dazwischengekommen. Von mir aus können wir anfangen.«

»Sehr gnädig von dir«, sagte Jürgen. »Du kannst immer noch jederzeit rausfliegen, ich hoffe, das ist dir klar?«

Ben nickte nur, dann gingen wir hintereinander in den Aufnahmeraum.

»Was ist denn los?«, flüsterte ich. Es war dunkler als sonst, die Lampe von Bens Pult war ausgefallen.

»Das Lama.«

Geraschel aus dem Technikraum. Lauras Monitor wurde hell.

»Was hat er denn … hat er dich wieder ausgesperrt?«

»Nein, rausgeworfen.«

»Mensch, das darf er doch nicht! Kannst du da nichts machen? Polizei?«

»Kannst du vergessen. Er hat mir drei Tage gegeben. Ich bin ihm zwölfhundert für die Miete schuldig. Mein Vater hat ihm zweihundert in die Hand gedrückt, vor zwei Tagen, aber jetzt hat er mich rausgeworfen. Weil ich ein neues Schloss eingebaut hab, und außerdem hat er das mit der Kletterei übers Dach mitgekriegt. Ich muss unbedingt mit Jürgen …«

»Alles klar, es geht los!«, kam es aus dem Technikraum.

»Und jetzt? Gehst du zu deinem Vater?«, flüsterte ich.

Ben schüttelte den Kopf.

»Wohin willst du dann?«

»Ich komm schon zurecht.«

Unser Monitor wurde hell, die Balken schoben sich auseinander.

»Scheißlampe.« Ben stellte sich an mein Pult. Unsere Ellenbogen berührten sich.

Payton hatte den ersten Satz.

»Raid! Raid! Kannst du mich hören?«

»Payton … du lebst.«

»Oh, Raid! Ich habe dich gesucht.«

»Ich habe dich auch gesucht. Ich habe dich überall gesucht.«

»Und hättest du mich gefunden?«

»Ja. Ich würde dich immer und überall finden.« Raids Lachen, mehr ein Husten. »Wenn die zweite Lawine nicht gewesen wäre …«

»Oh Gott. Du hättest …«

»Schscht, Payton, es ist alles gut. Wir sind beide hier.« Raids Lippen, eiskalt, auf meinen, wir sprechen nicht mehr. Ich spüre ihn, überall.

»Ich liebe dich.«

»Sehr gut, Ben! Sehr authentisch! Prima!«

Und da erst merkte ich, dass Ben nicht auf den Text schaute, sondern mich ansah.

Ich dachte den ganzen Tag an unser Gästezimmer. Im ersten Stock, zwei Türen von meinem Zimmer entfernt. Meistens leer. Ich hatte keine Zeit, mit Ben darüber zu reden. Die Produktionsfirma hatte fast den ganzen Rest der Übersetzungen geschickt, und wir probten mit Jürgen eine Szene nach der anderen und nahmen anschließend auf. Am späten Nachmittag kam Mae dazu, Ben legte eine Zwangspause ein, und ich ging mit ihr ins Studio. Die Szene, die wir synchronisierten, war für uns beide neu.

Payton und Olivia wuschen sich an einem Wasserfall und redeten dabei über die Jungen der Gruppe. Mae hatte mehr Text als ich und sprach fast alles auf den ersten Take ein. Wenn ich an der Reihe war, fuhr sie sich durch die Haare oder strich mit ihren Händen an ihrem Kleid entlang, ihre Armreifen klapperten.

»Noch mal, Lilly, sorry, wir haben Nebengeräusche. Mae, wenn du nicht stillhalten kannst, geh ein paar Schritte weg. Und zieh die verdammten Armreifen aus!«

»Okay«, sagte Mae, aber sie behielt die Armreifen an und blieb neben mir stehen, so dicht, dass ich ihr Parfüm riechen und ihren Magen knurren hören konnte.

Es störte mich nicht. Ich war Payton. Niemand konnte sie mir nehmen, egal wie oft ich ihre Sätze sprechen musste.

Als Jürgen uns aus dem Studio entließ, war der Aufenthaltsraum leer.

»Wo ist Ben?« Wir fragten gleichzeitig, Mae und ich, wie aus einem Mund, und Jürgen lächelte.

»Hab ihn nach Hause geschickt. Ihr habt für heute genug geschafft. Seht einfach zu, dass ihr morgen in Form seid, ja? Ben hat versprochen, dass er pünktlich ist.«

Wir verließen zusammen das Haus. Mae wandte sich nach rechts, zum Ring, deshalb ging ich in die andere Richtung, in die Dunkelheit. Die Abstände zwischen den Laternen wurden größer. Nirgendwo ein Taxistand. Erst als ich mein Handy aus der Tasche zog, fiel mir auf, dass ich Bens Nummer nicht hatte. Mum hatte eine Nachricht geschickt: *Die Millers kommen heute noch mal, es sind auch einige vom Komitee da, wir besprechen die Spendengala für morgen. Versuch bitte, um acht da zu sein, Joshua meint, ihr beide könntet auch zusammen …*

Ich drückte die Nachricht weg, ging zurück zum Ring und setzte mich in ein Taxi.

Gamse und Aran mögen mich, hatte Ben gesagt.

Ich komm schon zurecht. Auch das hatte er gesagt.

Ich hatte mich am Mehringdamm absetzen lassen und lief an Shisha-Bars und Cafés vorbei. Alles sah gleich aus, auch in den Seitenstraßen. Auf unserer Flucht vor dem Lama hatte ich nicht aufgepasst, wohin wir rannten, und jetzt fand ich den Dönerladen nicht und wünschte, ich hätte den Taxifahrer warten lassen. Und was dann? In den Salon, zu den Millers, zu Joshua? Joshua, der mir immer wieder Mails schrieb und am liebsten dort weitergemacht hätte, wo wir mit dreizehn aufgehört hatten. Mit dreizehn hatte ich mich von ihm küssen lassen. Danach war ich lange davon überzeugt gewesen, dass ein Zungenkuss die ekelhafteste Sache der Welt ist. Bis ich mit fünfzehn einen anderen Kuss zuließ. Und später Eriks Küsse. Die schönste Sache der Welt.

Die fünfte Seitenstraße war dunkler als die anderen. Von Weitem sah ich das Licht. Und als ich näher kam, auch die Leuchtschrift: *Döner zur Gams.* Direkt hinter der großen Glasscheibe saß ein kleiner Junge an einem Tisch und malte auf einem Blatt herum. Auf dem Stuhl gegenüber lehnte Bens Rucksack. Dann erst sah ich Ben. Er trug ein Tablett mit zwei Saftgläsern zum Tisch. Der kleine Junge zeigte auf mich. In Bens Gesicht leuchtete etwas auf, nur ganz kurz, dann setzte er das Tablett ab und riss die Tür auf.

»Hoher Besuch«, sagte er. »Komm rein! Gamse, ich glaub, du musst wieder einen Veggie-Döner machen.«

»Hallo, Lilly«, sagte die Frau hinter dem Tresen. »Ben hat von dir erzählt.«

»Hab ich nicht«, sagte Ben.

»Hast du doch. Willst du einen Tee, Lilly?«

Ich nickte.

»He, Ben, du musst noch malen, wie der Superheld fliegt«, sagte der Junge, und Ben setzte sich wieder an den Tisch. Ich wartete an der Theke, während Gamse Blätter in eine Glaskanne füllte und den Kocher anstellte.

»Seri ist voll im Glück«, sagte sie, »Ben schläft bei ihm im Zimmer. Das gibt Superheldengeschichten Tag und Nacht.«

»Ihr nehmt ihn auf?«

»Für ein oder zwei Nächte. Vielleicht auch drei. Wenn er sich benimmt.« Gamse goss den Tee auf. Als sie sich wieder zu mir umdrehte, lächelte sie. »Vielleicht hält er ja lange genug still, dass ich ihm mal die Haare schneiden kann. Findest du nicht auch, dass seine Frisur unmöglich ist? Er schneidet sie sich selbst, das ist das Problem. Willst du Zucker?«

»Nein danke.«

Ich schaute rüber zu Ben. Er beugte sich über das Blatt, die Strähnen, die ihm ins Gesicht fielen, waren wohl mal ein Pony gewesen, jetzt waren sie viel zu lang. Er hatte sie sich hinters Ohr gestrichen, sie rutschten immer wieder vor. Eigentlich waren Bens Haare schön, glänzend, glatt, nur im Nacken kräuselten sie sich.

»Kürzer würde ihm besser stehen«, sagte Gamse. »Aber ohne Pony.«

»Seitenscheitel«, hörte ich mich sagen. »Wie Raid. Das ist seine Rolle. Halb lang, mit Seitenscheitel.«

»Seid ihr völlig verrückt geworden?« Ben war aufgesprungen, rollte mit den Augen und hielt eine imaginäre Pistole an seine Schläfe. Seri lachte.

»Ruhe dahinten. Okay, Lilly, ich schneide sie nicht stufig, sondern gerade, dann lässt er sie wachsen.« Gamse schob mir den Tee über den Tresen. »Ich bin froh, dass du gekommen bist.«

»Na ja, Ben war plötzlich weg, und ich wusste nicht, wo …«

»He, der hat ja gar keine coolen Schuhe an!«, sagte Seri. »Stiefel sind blöd, damit kann man nicht fliegen!«

In meiner Tasche summte das Handy. Garantiert Mum.

»Ist doch klar, dass du dir Sorgen machst«, sagte Gamse. »Wir passen auf ihn auf, da kannst du dich drauf verlassen.«

»Danke«, sagte ich und spürte Bens Blick im Rücken.

Später saßen wir zusammen am Tisch, tranken Tee und aßen Pommes. Gamse, Seri, Ben und ich. Aran bediente am Tresen. Wir redeten über Filme. Ben malte Superhelden für Seri. Auch eine Superheldin mit Cowboystiefeln. Mein Handy hörte nicht auf zu vibrieren.

Lillykind, wo bist du denn? Melde dich! Ich mach mir Sorgen. Außerdem sind die Millers schon da. Sie würden dich gerne sehen.

Ich schickte eine Nachricht: *Hab noch Probe, komme später.*

Wann denn? Es gibt Gemüsepfannkuchen für dich. Joshua hat schon auf dem Klavier vorgespielt, es klingt wirklich gut.

»Wieder dein Freund?«, fragte Ben.

Da erzählte ich ihm von Joshua. Wir kannten uns, seit wir klein waren. Und wir trafen uns immer wieder, in verschiedenen Städten. In Ottawa waren wir zusammen in einer Klasse gewesen. Ich hatte ihn nie besonders gemocht. Auch vor dem Kussversuch mit dreizehn nicht.

Ben beugte sich vor. »Ottawa? Und ihr beide …«

»Echt? Ihr seid alle drei Jahre umgezogen?«, unterbrach Gamse ihn.

»Manchmal auch alle zwei Jahre.«

»Ist das nicht, na ja, traurig? Ich meine, du hast doch Freunde, und sicher sind nicht alle so blöd wie dieser Joshua. Du gehst in deine Klasse, magst deine Lehrer, und dann musst du weg. Immer wieder?«

»Man gewöhnt sich dran. Klar, manchmal hab ich schlecht geträumt, aber mehr nicht.«

Mum hatte an meinem Bett gesessen, mit Tee und Baldrian, und hatte mir Geschichten vorgelesen. Dabei war sie sich durch die Haare gefahren, und ihre Armreifen klirrten, genau wie Maes heute. Dieses Kind, hatte Mum einmal am Telefon zu Granny gesagt, dieses Kind tut sich so schwer mit allem. Ich wusste nicht, wie ich auf diese Gedanken gekommen war. Vielleicht, weil Gamse nachgefragt hatte. So, als ob sie es wirklich wissen wollte. In der Schule fragte niemand. Auch nicht bei *Act Out*. Noch nicht einmal Olaf.

»Ich bin als Kind von Düsseldorf nach Berlin gezogen und fand das schon schrecklich«, sagte Gamse.

»Und was ist jetzt mit diesem Joshua?« Ben sah mich nicht an, er malte der Superheldin kleine Sternchen auf die Cowboystiefel.

»Er ist im Musikinternat in Süddeutschland, und jetzt hat er Ferien, und meine Mum will mich unbedingt mit ihm verkuppeln«, sagte ich.

»So, so, bei euch wird also alles arrangiert.« Ben hörte auf zu malen. »Damit bloß nicht der Falsche geheiratet wird.«

»Quatsch. Nach der Sache mit … ach, na ja, da ist Mum eben …«

»Wahrheit! Nach der Sache mit …?«

Ich wollte ihm nicht die Wahrheit sagen. Ich wollte niemandem die Wahrheit über Erik sagen. Niemandem außer Snowflake.

Ben legte den Stift weg und sah mich an.

»Er heißt Erik«, sagte ich.

»Große Liebe? Mr Superright? Wie im Film?«

»Geht dich nichts an.«

»Hat er mit dir Schluss gemacht?«

»Ich hab doch gesagt, es geht dich nichts an!«

»Und ob mich das was angeht«, sagte Ben mit Raids Stimme. »Gib mir seine Adresse. Niemand tut dir weh, Prinzessin.«

Ich spürte, wie ich rot wurde, vielleicht wegen Erik. Vielleicht auch wegen Gamses Lächeln und ihrem Blick von Ben zu mir. Schnell beugte ich mich über das Blatt.

»Soll ich dir auch was malen?«, fragte ich Seri, der auf seinem Stuhl rumrutschte und Ben schon die ganze Zeit am Ärmel zupfte. »Ich kann Katzen ziemlich gut. Und Gespenster.«

»Zombies, so richtig böse«, sagte Seri.

»Nein, du musst langsam ins Bett.« Gamse nahm ihn auf den Schoß und küsste ihn.

»Aber ich will bei Ben und Lilly …«

Mein Handy vibrierte.

Martin ist in einer halben Stunde am Studio, okay?

Ich drückte auf Anrufen. Mum nahm sofort ab.

»Ich … äh … ich sitz schon im Taxi. Martin braucht nicht …«

»Ach, super, Schatz. Bis gleich!«

»Du sitzt im Taxi? Interessant«, sagte Ben mit Raids Stimme. Und dann: »Ich weiß, wie du diesen Joshua loswirst.«

Zehn Minuten später verpasste Gamse Ben in Windeseile einen neuen Haarschnitt, während Aran in der Wohnung nach einem weißen Hemd suchte und ich mich hinter dem Tresen postierte, falls Kundschaft kam. Der Fleischspieß stank entsetzlich, aber ich hatte keine Zeit, mich darum zu kümmern. Ich schrieb Mum, dass das Taxi im Stau stand und sie ruhig mit dem Essen anfangen sollten.

»Seitenscheitel«, sagte Gamse.

»Wie Raid«, sagte ich.

»Hey, ich will bloß diesen Joshua verjagen, dazu müsst ihr keinen Snob aus mir machen.«

»Du bist doch Schauspieler«, sagte Gamse.

Und ich sagte: »Raid ist kein Snob.«

Dann kam Aran mit dem Hemd, und Gamse fand noch eine Lederjacke, die Ben an den Ärmeln nur ein bisschen zu kurz war. Als das bestellte Taxi vor der *Gams* hielt, sah Ben tatsächlich vorzeigbar aus.

16
Ben

Dass die Rolle verdammt anspruchsvoll sein würde, wusste ich schon, als dieser vorlaute Fremde in mir Lilly den Vorschlag gemacht hatte. Aber hey: Alles ganz easy, ich spielte ihren Lover, und dieser Joshua würde entweder an seiner Eifersucht krepieren oder sich gedemütigt vom Acker machen. Vor allem, wenn ich ihm erzählte, was ich über ihn und seine Knutschkünste wusste.

Lilly hatte mir auf der Fahrt von dem Kuss des Grauens erzählt. Wie sie fast erstickt war. Und wie er nicht aufgehört hatte, sie mit seiner breiten Zunge zu bedrängen. Die dazu noch ziemlich belegt gewesen war, es hätte sich, hatte Lilly gesagt, angefühlt wie ein Pelz, die Art, die manchmal über Marmeladengläsern wächst.

Ich hätte gern gefragt, ob Lilly schon mal richtig gut geküsst worden war, vielleicht ja von diesem Erik, doch da hielt das Taxi.

»Ist keine große Sache«, sagte Lilly, während wir über einen Plattenweg auf die beleuchtete Villa zugingen. »Nur Freunde von meinen Eltern.«

Lillys Mutter sah allerdings ganz nach großer Sache aus. Ihre Haare waren hochgesteckt, und an ihren Ohren glitzerten dunkelgrüne Steine, die perfekt zu ihrer dunkelgrünen Bluse und ihrer pseudolässigen Hose passten. Das Einzige, was nicht passte, war ihr Gesichtsausdruck. Als sie sah, dass Lilly nicht allein war, zog sie eine Augenbraue hoch, die andere blieb, wo sie war. Ein cooler Blick. Sagte ich nicht. Ich schwieg und zeigte mein bestes Filmlächeln.

»Lillykind, warum hast du denn nichts gesagt, du … Oh, kommen Sie herein, äh …«

»Raid.« Ich merkte, wie Lilly zusammenzuckte, und drückte ihre Hand, kurz und beruhigend.

»Ah, Raid, ja, wir sind schon bei der Nachspeise, aber es ist noch genug da. Mögen Sie Garnelen?«

Ihre Augen waren blaugrün und ganz anders als Lillys Augen, kleiner und schmaler.

Raid hätte Garnelen gemocht. Er wäre Lillys Mutter mit dieser kalten Höflichkeit begegnet, die es nur in Filmen gibt. Besonders in Filmen mit Lex B. Tyson. Also sagte ich: »Sehr gerne, Frau Vonderfeld.« Und warf Lilly einen feurigen Seitenblick zu. Es war klar, dass wir eine richtig gute Show abliefern mussten.

Lilly zog mich hinter sich her, durch eine Diele, die eher eine Halle war, in ein riesiges Wohnzimmer. Okay, kein Wohnzimmer, ein Saal. Mit einem langen Tisch in der Mitte. Kein Fernseher. Das Buffet reichte von einer Seite der Wand bis zur anderen. Ich musste kurz an die Wohnung von meinem Vater und Doris denken. Das winzige Handtuchzimmer, in dem ich gewohnt hatte, hinter Malvins kleinem Schlafzimmer. Stopp, jetzt bloß nicht daran denken. Das passt nicht zu Raid. Der spielt Joshua eins a gegen die Wand.

Und jetzt kam er uns auch schon entgegen. Ich erkannte ihn sofort. Genau wie ich trug er ein weißes Hemd mit Kragen. Kam bestimmt aus irgendeiner superteuren Boutique und roch auch nicht nach Döner. Leider sah er gut aus. Sehr gut sogar. Half aber nichts, wenn man nicht küssen konnte.

»Nette Party«, sagte ich zu ihm.

»Of course, like always«, sagte er und streckte die Hand aus: »Joshua.«

»Wir kennen uns aus der Schule. Grundschule, Kanada«, ergänzte Lilly. Als ob sie mir das nicht längst erzählt hätte.

»Raid.« Ich ergriff seine Hand, ohne Lilly loszulassen.

»Raid? Wie das Putzmittel?«, fragte die Pelzzunge.

»He, Joshua …«, fing Lilly an, doch ich blieb völlig ruhig und erklärte, dass mein Vorname von indianischen Vorfahren stammte. Um das Ganze wissenschaftlich zu untermauern, erfand ich eine Pflanzenart, die Rahijdiouhlininiahiwa oder so ähnlich hieß.

»Die Beeren sind grellorange. Jedes Indianerkind lernt als Erstes, diese Beeren von den anderen, ebenso grellorangen und giftigen Beeren zu unterscheiden. Die verfüttern wir an unsere Feinde.« Ich versuchte, das schiefe Filmlächeln aufzusetzen, das ich bei Lex so oft gesehen hatte.

»Indianer? Wo denn? In den USA?«

»Alaska.« Es war besser, ein bisschen vom Film abzuweichen, die Pelzzunge war schließlich in Kanada zur Schule gegangen und kannte sich vielleicht aus.

»Wie hieß die Pflanze noch mal?«

Ganz blöd war er nicht. Aber ich tat ihm nicht den Gefallen, den Namen der Pflanze noch einmal auszusprechen. »Wir kürzen das ab zu Rahid. Und aus Rahid wird im Amerikanischen Raid. Ganz einfach. Ach, und dass du die giftigen Beeren gegessen hast, das merkst du als Erstes daran, dass du eine pelzige Zunge bekommst.«

Lilly zuckte wieder zusammen. Bevor Joshua zu weiteren Fragen ansetzen konnte, mischte sie sich ein und erzählte, wie fantastisch es im Studio lief und dass gerade die amerikanischen Supervisors da gewesen waren.

»Wir beide sind nur so gut, weil du so gut bist …«, sagte ich. Und erwog kurz, ein lässiges *Baby* dranzuhängen, entschied mich dann jedoch für ein inniges: »Payton.«

Die Pelzzunge glotzte. Die Prinzessin lächelte.

»Er synchronisiert schon seit seiner Kindheit«, sagte sie. Und dann: »Seit wann eigentlich, Raid?«

Ich beschloss, so weit wie möglich bei der Wahrheit zu bleiben, und berichtete, wie ich entdeckt worden war. Nämlich vom Vater meines besten Kumpels, der Hörspiel-Produzent war und eines Tages zuhörte, wie ich meinem Kumpel eine meiner langen Geschichten erzählte.

»Der Rest ist Legende.« Dabei grinste ich cool. Ich erwähnte auch nicht, dass ich damals praktisch bei meinem Kumpel wohnte, weil ich es zu Hause nicht aushielt. Dann erklärte ich betont sachlich, dass es beim Synchronisieren besonders auf die Zunge ankam und dass eine dicke, breite Zunge da sehr hinderlich war. Die Prinzessin sah aus, als hätte sie mir gern gegens Schienbein getreten.

Also nahm ich sie noch fester in den Arm und sagte, wie lässig es hier auf dieser Party sei und wie ich mich freuen würde, endlich ihre Freunde kennenzulernen. Ein älterer Typ sah schon die ganze Zeit zu uns rüber, er kam mir bekannt vor. Als er sich dann aus der Gruppe löste, die um ihn rumstand, und herüberkam, erkannte ich ihn.

Lillys Vater.

Der grauhaarige Kerl, der sie vor dem Studio umarmt hatte. Wann mein Vater und ich uns das letzte Mal umarmt haben, daran konnte ich mich nicht erinnern. Ich verdrängte den Gedanken ganz schnell wieder. So, wie ihr Vater schaute, schien es mir angebracht, Lilly loszulassen. Er ließ seinen Blick von der Pelzzunge zu mir und wieder zurück gleiten. Alles klar, ich hatte verstanden: Die Pelzzunge war gut genug für seine Tochter. Ich nicht. Und er hatte das auf den ersten Blick erkannt und wollte, dass ich das wusste. Schon klar, Mister. Hätte ich gern gesagt. Aber ich unterdrückte es. Genauso, wie er den Impuls unterdrückte, mich sofort rausschmeißen zu lassen. Er neigte sich zu Lilly und küsste sie auf die Wange. Am liebsten hätte ich die Prinzessin entführt und weit fortgebracht.

»Willst du mir deinen … äh … Freund nicht mal vorstellen?«, fragte der Herr Konsul, und bevor Lilly etwas sagen konnte, trat ich ihm mit ausgestreckter Hand entgegen.

»Guten Tag, ich bin Raid, Lillys Filmpartner.«

»Oh, natürlich, wir haben schon viel von Ihnen gehört.« Er zerquetschte mir fast die Hand, ich erwiderte den Druck. Das Lügen fiel ihm leicht, wie es sich für einen richtigen Diplomaten gehörte. Wenn überhaupt, hatte Lilly von einem Ben gesprochen. Ben, dieser unmögliche Typ, der ihr das Leben schwer machte.

Spielte keine Rolle, jetzt war ich Raid. Ein Halbindianer mit einem bescheuerten Seitenscheitel, der sich mit Pflanzen und Waffen auskannte, verschüttete Prinzessinnen aus dem Schnee befreite und sich nachher von ihnen aufwärmen ließ. Nackt. Ich sprach als Raid ein bisschen über den Film, über den Besuch der amerikanischen Supervisors und das Synchrontalent seiner Tochter. Mr Superdad tat so, als ob er zuhörte. In Wirklichkeit schaute er sich um, peilte unauffällig nach rechts und links, wer an uns vorbeikam. Er sah mich nie direkt an, schaute immer über mich hinweg, und was Lilly beim Film machte, schien ihm auch ziemlich egal zu sein. Genau wie meinem Vater mein Film- und mein Seelenleben egal war. Aber mein Erzeuger heuchelte wenigstens gar nicht erst Interesse.

Um das Ganze noch zu steigern, kam jetzt Lillys Mutter zu uns und redete nur mit der Pelzzunge. Die sollte auf einer Spendengala am nächsten Tag Klavier spielen. Was er anscheinend super konnte.

»Wie wäre es denn, Joshua, wenn du Lilly morgen begleitest, wenn sie deklamiert? Welche Gedichte waren das gleich, Schatz?« Sie sprach mit ihrer Tochter und ignorierte mich dabei komplett, das beherrschte sie wirklich perfekt. Ich kam mir fast selbst schon wie ein Geist vor.

»Kaléko und Bachmann.« Lillys Stimme klang gepresst. Mehr Pegel, hätte Fabi gesagt.

»Also, dazu würde Klavierbegleitung doch ausgezeichnet passen! Wir sind ja nicht auf einer Theaterbühne, es ist alles ein bisschen improvisiert.« Supermum lächelte. So ein angeknipstes Lächeln, das man lange probt, damit es auch ja echt aussieht. »Wie damals in Ottawa, wisst ihr noch?«

Supermum legte der Pelzzunge ihre Hand auf den Arm. Dann redeten sie über die gemeinsame Schulzeit der beiden – es folgte eine lustige Anekdote nach der anderen. Die Pelzzunge war in ihrem Element, zusammen erzählten sie das Märchen von Lilly-und-Joshua. Höchste Zeit für den bösen Zauberer! Ich löste mich aus meiner Geisterstarre und legte den Arm um Lilly. Sie schmiegte sich tatsächlich an mich, und ich hätte ewig so dastehen können, ihr weiches Haar unter meinem Kinn, ihren Orangenduft in der Nase.

Supermum und Pelzzunge legten noch eine Spur zu. Ich drückte mein Gesicht in Lillys Haar. Sie flocht ihre Finger in meine, genau das tat sie: Sie verflocht ihre Finger mit meinen. Und meine sahen nicht wirklich sauber aus. Schließlich war ich heute Morgen aus meiner Wohnung geflogen und hatte bei Gamse und Aran bloß Zeit für eine Katzenwäsche gehabt. Im Gegensatz zur Pelzzunge. Die erzählte gerade was von früheren Theateraufführungen von Lilly und ihm und klang dabei immer verzweifelter. Lilly vermasselte ihm die Geschichte und erinnerte ihn daran, dass es sich bei den Theateraufführungen nur um eine einzige Aufführung gehandelt hatte. Genau genommen um einen Schneeflockentanz, bei dem der kleine Joshua eine der Flocken in weißen Strumpfhosen gewesen war. Klein Joshua verstummte für einen Moment und schickte unruhige Blicke in die Runde. Und prompt gesellten sich Zombie-Barbie und Zombie-Ken in Abendgarderobe zu uns und begrüßten Lilly, so wie es sich in der High Society gehört: Luftküsschen rechts, falsches Lächeln, Luftküsschen links, falsches Lächeln.

»Du lässt dich ja gar nicht mehr blicken, meine Liebe«, sagte Zombie-Barbie. Ganz klar Joshuas Mutter. Sie hatte die gleichen Augen wie er.

»Wir haben schon gehört, du hast furchtbar viel zu tun!« Zombie-Barbie ergriff Lillys Hände und trennte uns.

Eine Weile stand ich einfach nur so herum – taten- und prinzessinnenlos. Die Gespräche voller Anspielungen, die ich nicht verstand, plätscherten über mich hinweg. Raid hätte sich nicht ins Abseits drängen lassen. Aber in diesem Moment war ich nicht Raid, ich war Ben-der-sich-wegschieben-lässt.

Ben, den man einfach von allem entfernen kann, was er liebt, ohne ihn zu fragen.

Die Pelzzunge nutzte die Lage sofort aus, rückte Lilly auf die Pelle und wagte es, die Hand auf ihren Arm zu legen. Seine Eltern standen neben ihm und lächelten ihr stolzes Lächeln. Raid hätte ihm eine verpasst. Die Prinzessin warf mir einen verzweifelten Blick zu. Und das brachte mich endlich wieder in meine Rolle zurück. Ich trat einen Schritt vor und bedachte meinerseits Joshua mit einem Blick, der ihm eine knallharte Abreibung in Aussicht stellte, wenn er die Prinzessin noch ein einziges Mal berühren würde. Nachdem das zwischen uns klar war, erkundigte ich mich mit meiner charmantesten Filmstimme nach der Spendengala. Wo sie denn stattfinden würde und wer überhaupt mit dieser Wohltätigkeit überhäuft werden sollte?

Dabei nahm ich Lillys Hand und verflocht ganz selbstverständlich meine Finger mit ihren. Ich sagte, dass wir natürlich auch eine Filmszene zusammen spielen könnten, auf dieser Gala, zu der ich mich gerade fröhlich selbst einlud.

»Oh, Raid, was für eine tolle Idee!«, hauchte die Prinzessin, und ihre Finger streichelten meine Hand.

17

Lilly

Beim Abschied küsste mich Raid vor allen anderen auf den Mund. Es war ein kurzer Kuss. Ganz sanft. Weich. Und bevor du verstehst, was gerade passiert, ist es auch schon wieder vorbei.

Mum hatte darauf bestanden, dass Martin ihn nach Hause fuhr. Ich wusste, Martin würde kein Wort darüber verlieren, wo er Ben abgesetzt hatte. Auch dann nicht, wenn Mum oder Dad ihn diskret ausfragten.

Bei mir waren sie weniger diskret. Als alle endlich gegangen waren und der Catering Service in der Küche das Geschirr zusammenräumte, riefen meine Eltern mich in Dads Arbeitszimmer. Sie saßen auf dem Sofa, auf dem Dad manchmal abends fernsah, und tranken Espresso. Mum stellte ihre Espressotasse auf den kleinen Glastisch und fing mit dem Verhör an: »Warum erzählst du uns denn gar nichts mehr? Wie lange … geht das eigentlich schon?«

»Nicht lange, Mum.«

Ich ging rüber zu Dads Schreibtisch und nahm mir ein Weingummibonbon aus der Holzschale.

»Ist dieser … äh … Raid denn auch bei *Act Out?*«

Ich schüttelte den Kopf.

»Beim Film«, sagte ich.

Dad räusperte sich. »Kennst du seine Eltern?«, fragte er.

»Dad! Ich bin siebzehn, da muss ich seine Eltern nicht sofort kennenlernen.«

Außerdem wohnt er nicht bei seinen Eltern, sondern in einem feuchten Loch in Kreuzberg und muss übers Dach in seine Wohnung klettern. Und jetzt wohnt er noch nicht mal mehr dort, sondern bei seinen Freunden vom Döner. Kann er nicht in unser Gästezimmer ziehen?

Unmöglich. Ich konnte diese Frage nicht stellen. Nicht jetzt. Und dann dachte ich daran, dass sie in vier Tagen sowieso nach Griechenland fliegen würden und von dort weiter nach London.

»Wenn wir das gewusst hätten, hätten wir ihn eingeladen, auch zur Spendengala«, sagte Mum. »Der arme Joshua, er hat sich so auf dich gefreut! Lilly, was ist denn los, was ist denn daran so lustig?«

»Nichts.«

»Doch, du hast gerade so gelächelt, als wäre ...«

»Hab ich nicht.« Es wurde schlimmer, wie damals in der Schule in Bukarest mit Miranda. Wir hatten noch nicht mal gewusst, warum wir kicherten, der Lachreiz erfasste uns grundlos, und die ganze Klasse gleich mit. Jetzt hatte ich einen Grund. Bens Bemerkungen über Synchronisation und Zungenarbeit. Joshuas Blick.

»Lilly, geht's dir gut?«

»Natürlich. Raid ... er liebt mich sehr.«

Ich sah, wie Mum zusammenzuckte. Treffer versenkt!

»Ich wünsch mir ja so für dich, dass du glücklich wirst, mein Schatz. Dass du den Richtigen findest.«

»Der wirklich zu dir passt«, sagte Dad.

»Wieso? Glaubt ihr, Raid passt nicht zu mir?«

Meine Eltern schwiegen. Ich dachte daran, wie sich Bens Lippen auf meinen angefühlt hatten. Und wie sich wohl ein Zungenkuss von ihm anfühlen würde.

Dann sagte Mum leise: »War das mit Erik nicht schlimm genug?«

»Was hat Raid denn mit Erik zu tun?« Ich hörte meine eigene Stimme, zu laut, zu wütend, und wich ein Stück von ihnen zurück.

»Wir wollen doch bloß nicht, dass dir jemand noch mal so wehtut, Lillykind«, hörte ich Mum hinter mir sagen.

Etwas schnürte mir die Kehle zu. Ich schluckte es runter und drehte mich um. »Wenn wir nicht weggezogen wären, hätte Erik nicht mit mir Schluss gemacht!«

»Es gibt doch Flugzeuge.« Mum klang jetzt ärgerlich. »Wir leben im 21. Jahrhundert.«

»Ja, ich weiß, das habt ihr damals auch gesagt!«

»Also, hör mal«, fing Dad an, und Mum legte ihm die Hand auf den Arm. »Lass, Konstantin. Schatz, wir wollen dir nicht …« Mum redete weiter. Ich hörte nicht mehr zu. Ich stand wieder in Eriks blauem Zimmer und sah seinen Rücken, der fast das ganze Fenster verdeckte.

Wir können es doch probieren. Es gibt Flugzeuge!

Erik zog ganz leicht die Schultern hoch. Und schwieg.

Ich liebe dich.

Das hatte ich nur gedacht. Trotzdem schien dieser Satz im Raum zu schweben. Ebenso wie das endlose Schweigen. Dann endlich sprach Erik.

Es reicht nicht. Meine Gefühle … du weißt schon. Nicht für eine Fernbeziehung.

Es tat weh.

Es tat immer noch so verdammt weh.

Mum und Dad sahen mich an. Vielleicht hatten sie mich etwas gefragt.

»Dauernd wollt ihr irgendwas«, sagte ich. »Und ich muss es dann mitmachen.«

»Was ist das denn für ein Blödsinn! Wir besprechen doch alles miteinander, jetzt verdreh nicht die Fakten.« Dad war aufgestanden und umkreiste seinen Schreibtisch.

»Dein Vater will dich nur beschützen, mein Schatz.« Mum stand jetzt auch auf und legte den Arm um mich. »Dein Raid ist jemand, der einem Mädchen wehtun kann. Mehr als Erik.«

»Woher wollt ihr das denn wissen?«

Ihre Antwort ersparte ich mir, ich schüttelte ihren Arm ab und ging hoch in mein Zimmer.

Am nächsten Tag sprachen wir die Szene, in der sich Payton und Raid nackt unter der Decke küssten. Über die Boxen im Studio hörte man die Knutschgeräusche. Neben mir fuhr sich Ben durch die Haare. Im Halbdunkel und mit dem neuen Schnitt sah er wirklich ein bisschen wie Raid aus.

Es war seltsam, hier neben ihm zu stehen und zu wissen, dass er später auf der Spendengala wie selbstverständlich den Arm um mich legen und wieder mein Haar küssen würde.

»Welche Szene wollen wir denn nachher spielen?«, flüsterte ich ihm schnell zu.

»Wie wär's mit dieser hier, Payton?«, sagte Ben mit Raids Stimme. Ich schaffte es gerade noch, mir an die Stirn zu tippen, da unterbrach uns Laura schon.

»Fertig, ihr beiden? Uuund jetzt!«

Auch Laura war irgendwie anders. Sie lächelte öfter. Und schaute immer wieder zu uns rüber. Vielleicht kam es mir aber auch nur so vor.

Weil Jürgen sich die neu eingesprochenen Szenen in Ruhe durchhören wollte, ließ er uns früh gehen. Ben nahm die Tüte mit meinen Kleidern für heute Abend und ging wortlos voraus zur Tür. Erst jetzt fiel mir auf, dass er seinen Rucksack nicht dabeihatte.

»Hallo? Wo willst du mit meiner Tüte hin …?«

»Schon okay«, sagte Ben. »Ist doch schwer. Reißt auch bald. Was hast du denn alles da drin?«

»Kleid, Jacke, Schuhe«, sagte ich und zog mein Handy aus der Tasche. Erst 17.29 Uhr. Zwei Nachrichten von Mum: *Sei bitte um 19 Uhr im Botanischen Garten, ja? Ruf Martin an, er ist frei!*

Nächste Nachricht: *Im Palmenhaus! Es ist alles ausgeschildert.*

Wir standen auf der Straße vor dem Studio. Ich wartete auf Bens Frage: Und? Spannende Nachrichten? Von deinem Joshua?

Aber Ben schwieg und drückte die Plastiktüte mit meinen Klamotten an sich. Und auch ich sagte nichts, fragte nicht, welche Filmszene wir denn nun wirklich spielen würden und wo wir proben wollten.

Dann räusperte Ben sich.

»Muss noch mal zur *Gams*, frisches Hemd und so. Kommst du mit?«

Wir fuhren mit der U-Bahn. Ben schaute zum Fenster raus, als gäbe es sonst was zu sehen. Vielleicht bereute er die Idee mit der Filmszene schon. Bereute überhaupt, dass er meinen Freund spielen musste. Von Station zu Station wurde unser Schweigen lauter. Beim Aussteigen griff ich nach der Kleidertüte. Ben überließ sie mir und sagte nichts. Auf der Straße gingen wir in weitem Abstand. Als hätten wir nichts miteinander zu tun. Im Vorübergehen warf ich einen Blick auf mein Spiegelbild in einem Schaufenster. Nur um mich zu vergewissern, dass ich mich nicht in ein abstoßendes Wesen verwandelt hatte.

»Du musst nicht mitkommen«, sagte ich. »Wenn du keine Lust hast … Ich schaff das mit Joshua schon allein.«

Endlich blieb er stehen. Kurz vor der *Gams*. Stand da und sah mich an.

»Schaffst du eben nicht, Baby«, sagte er mit Raids Stimme. »Dieser Typ ist in dich verknallt. Der ist total scharf auf dich.«

Er machte ein paar Schritte auf die *Gams* zu und stellte sich vor die Glasscheibe. Drinnen saß Seri und winkte.

»Trotzdem, wenn du's dir anders überlegt hast, dann …«

»Wieso sollte ich es mir anders überlegt haben?«

»Du … na ja, du bist irgendwie komisch.«

»Komisch? Ich?«

Es kam mir albern vor, ihm zu beschreiben, was er tat oder nicht tat. Mich nicht berührte, nicht in meiner Nähe blieb, sondern immer zwei Meter Abstand hielt, vor mir weglief. Das konnte ich ihm nicht sagen.

Denn dann würde er denken, dass ich unbedingt berührt werden wollte. Und das stimmte nicht.

Oder nur halb.

»Mich findest du komisch?« Ben drehte sich nicht um. »Und Joshua und seine Eltern, diese ganze Zombie-Family nicht? Die sind normal?«

Hinter der Glasscheibe hielt Seri ein Spielzeugauto hoch.

»Wir wissen doch sowieso nicht, was wir spielen sollen«, sagte ich. »Hast du überhaupt deinen Text dabei?«

»Du willst gar nicht, dass ich mitkomme, sag das doch einfach.«

Hinter der Scheibe tauchte jetzt Gamse auf, sie zog Seri vom Fenster weg.

»Ich will bloß nicht, dass wir uns mit irgendeiner Filmszene blamieren, die wir gar nicht können«, sagte ich.

»Aha, jetzt blamiere ich Madame auch noch.« Ben kickte eine Coladose weg, die auf dem Bürgersteig lag.

»Das hab ich doch gar nicht ...«

»Nee, ist okay. Geh allein, ich muss da nicht hin. Deklamiere dein Gedicht, lass dich von der Pelzzunge musikalisch und sonst wie begleiten. Dann sind deine Eltern zufrieden, und du hast auf ewig eine Pelzzunge am Hals. Oder im Hals.«

Man konnte mit ihm nicht vernünftig reden. Er machte immer alles kaputt. Wie am ersten Tag im Studio.

»Du bist so ein ... Mum hat vollkommen ... ach, egal.«

Er hörte auf zu kicken und starrte mich an. »Was hat deine Mum? Dir gesagt, was für ein Proll ich bin? Kein *Umgang* für dich?«

Ich dachte an Dad, wie er den Schreibtisch umkreiste, als ob irgendwas hinter ihm her wäre.

Dein Vater will dich nur beschützen, mein Schatz.

»Sie hat gesagt, du bist jemand, der anderen Leuten wehtun kann. Das hat sie gesagt. Wenn du's genau wissen willst.« Ich hielt Ausschau nach einem Taxi. Ben hier stehen lassen mitsamt seinen Sprüchen, allein auf die Gala, alles schnell hinter mich bringen, so tun, als wäre mir schlecht, und früh wieder gehen.

»He, ihr beiden, ihr streitet doch nicht, oder?«

Gamse. In der Tür.

»Warst du wieder unmöglich? Ach, wieso frag ich das, Ben ist immer unmöglich, stimmt's, Lilly?«

»Ich tu anderen Leuten weh. Das sagt man in gewissen Kreisen über mich. Geh allein, Prinzessin, bevor ich dir noch mehr wehtue.« Den letzten Satz sagte Ben mit Raids Stimme.

Dann Gamse. »Hör auf, Ben. Hör sofort auf mit diesem Mist.«

Ben steckte die Hände in die Hosentaschen und schaute auf den Boden, die Haare fielen ihm ins Gesicht.

»Steht ihm echt super, die neue Frisur«, sagte Gamse. Und dann, leiser: »Er kann's nicht so gut, Lilly. Und damit's keiner merkt, schlägt er um sich.«

»Lass das, du klingst wie eine durchgeknallte Sozialpädagogin.« Ben kickte wieder irgendwas weg.

»Und wenn? Kommt rein, bevor wir alle hier erfrieren. Lilly, was meinst du, was er zu eurer Aufführung anziehen soll? Ich hab ein frisches weißes Hemd für ihn und eine Anzugjacke, wär das was? Was ziehst du an?«

Sie scheuchte uns durch die offene Tür.

Ich zeigte ihr das Kleid.

»Lässig!«, sagte Gamse. »Okay, dann schauen wir mal, was dazu passt.«

»Aber wir wissen sowieso noch nicht, was wir spielen.« Auf einmal kam mir alles unmöglich vor.

Mein Handy vibrierte.

Hast du meine Nachricht bekommen?

Ja!!!! Was glaubst du denn?!

Ich hackte die Nachricht ins Telefon.

»Jetzt mal ganz ruhig, Payton.«

Raids Hand. Auf meiner Schulter.

»Pass auf, wir machen es so. Du performst das, was du vorbereitet hast, und ich halt die Pelzzunge in Schach. Und ich … vielleicht hab ich eine Idee.«

»Was für eine Idee?«

»Überraschung.« Raid lächelte und nahm die Hand von meiner Schulter. Die Stelle, wo sie gelegen hatte, fühlte sich warm an.

Eine Stunde später stiegen wir vor dem Botanischen Garten aus dem Taxi. Raid trug ein frisches weißes Hemd, zerfetzte, ausgewaschene Jeans und eine Anzugjacke. Er passte perfekt zu mir und meinem Vintage-Kleid. Das sah ich an den Blicken von Joshuas Eltern. Auch Dad, der Raid mit Handschlag begrüßte, schien beeindruckt. Nur Joshua und Mum beachteten ihn so wenig wie möglich.

Die Bühne im Palmenhaus war in die tropische Landschaft integriert, umrahmt von Riesenfarnen und Pflanzen mit violetten, weißen und rosafarbenen Blüten. Der Flügel nahm den meisten Platz ein. An der von Scheinwerfern angestrahlten Wand zitterte das Logo der Gala-Organisatoren. Darunter hing die Anzeigetafel für die Spenden. Auf den Stühlen direkt vor der Bühne saßen bereits Zuschauer.

Während wir darauf zu schlenderten und ich einen Gast nach dem anderen begrüßte, lag Raids Arm locker um meine Hüfte.

»Lilly, wir dachten, dass du anfängst, ist dir das recht?«, fragte Frau Miller. Mum lachte und sagte etwas über mein Kleid und dass ich einfach nicht davon abzubringen sei, Sommerkleider im Winter anzuziehen.

»Warum auch?« Frau Miller lächelte mir zu und schaute an Raid vorbei. »Es steht ihr sehr gut.«

Raid hatte mich kurz losgelassen, jetzt legte er wieder den Arm um mich und küsste mein Haar. Ganz leicht. Und doch spürte ich es.

»… unser erster Beitrag: Lilly Vonderfeld mit Liebesgedichten von Mascha Kaléko und Ingeborg Bachmann!«

Applaus.

»Wetten, du machst sie alle verrückt«, flüsterte mir Raid ins Ohr. Dann ließ er mich los, und ich ging auf die Bühne. Die Scheinwerfer blendeten. Ich erkannte kaum die Wörter, die ich las. Im Saal Gemurmel, es kamen noch neue Gäste. Irgendwo rauschte ein künstlicher Wasserfall. Wenn ich unter den Scheinwerfern hindurchschaute, konnte ich Gesichter erkennen. Joshua, direkt vor mir. Er blätterte in seinen Noten. Und neben ihm: Ben. Nicht Raid. Ben mit den Schatten unter den Augen. Ben, der keine Wohnung mehr hatte. Er blickte zu mir hoch. Schnell schaute ich wieder auf das Blatt und las das letzte Kaléko-Gedicht. Dann begann ich mit *Erklär mir, Liebe* von Ingeborg Bachmann. Ich konnte es auswendig.

»Erklär mir, Liebe, was ich nicht erklären kann.«

Auf seinem Platz hörte Joshua nicht auf, geräuschvoll in seinen Noten zu blättern. Neben ihm blinzelte Ben und rieb sich die Augen. Ich fragte mich kurz, wie er aussah, wenn er schlief.

»Erklär mir, Liebe, was ich nicht erklären kann.«

Die letzte Strophe, die mit dem Salamander, der durchs Feuer geht, ohne Schmerzen zu haben, sprach ich langsamer als die anderen. Aus irgendeinem Grund zitterte meine Stimme dabei. Danach klatschten alle sofort los. Beinahe, als wären sie ebenso froh wie ich, dass es endlich vorbei war. Joshua war aufgestanden und wartete an der Bühnentreppe.

»Super Auftritt, Lilly, du gewinnst!« Er griff nach meinem Ellenbogen, als ob ich nicht allein die drei Stufen runterkäme. Ich zog meinen Arm weg. Joshua würde gewinnen, wie immer. Und er wollte es auch.

Der hat ja sonst nichts, würde Ben sagen.

Ich setzte mich auf den frei gewordenen Platz. Raid lehnte sich zu mir rüber und sagte: »Great.«

»Wirklich?« Ich musste flüstern, weil Joshua jetzt mit den ersten Takten der Mondscheinsonate anfing.

»Ja, besonders der Schluss.« Raid strich mir eine Haarsträhne aus dem

Nacken. »Was faselt der eigentlich dauernd vom Gewinnen?«, flüsterte er. Ich spürte seinen Atem, dicht an meinem Ohr.

Ich drehte mich zu ihm und erklärte ihm so leise wie möglich, dass für jeden Beitrag gespendet wurde.

»Und derjenige, der die Leute am meisten begeistert, bekommt die höchsten Spenden.« Ich achtete darauf, dass mein Mund sein Ohr nicht berührte. Und wenn doch? Wenn ich es einfach küsste? Wir spielten schließlich ein Liebespaar. Alles war erlaubt.

»Aha, das meinte Mr Klaviergeklimper also.« Seine Lippen kitzelten. Und er traute sich: Er küsste rasch mein Ohr, dann drehte er den Kopf wieder nach vorne.

»Ja, das meinte er«, flüsterte ich. Und tat es auch. Nur ganz kurz. Kuss.

»Seltsamer Brauch.«

Kuss.

Ich war froh, dass Joshua schon bei den lauteren Stellen war und man mein Herzklopfen nicht hörte. Ich wusste, dass Mum hinter uns saß. Uns beobachtete.

»Was willst du eigentlich performen?«

Kuss.

»Wirst du sehen.«

Zwei Küsse.

Hinter uns bewegte sich jemand, ein Stuhl knarrte.

Mum, dachte ich.

18
Ben

Während Lilly auf der Bühne stand, überlegte ich, wie ich am besten unauffällig türmen könnte. Natürlich unmöglich, ich wollte sie nicht hängen lassen. Ich konnte nicht.

Ich hatte mir selbst die perfekte Falle gebaut.

Die Prinzessin deklamierte Liebesgedichte unter Palmen und war dabei so schön, dass man es kaum aushielt. Joshua zappelte neben mir herum. Bei seinem Aufgang versuchte er Lilly zu betatschen, doch sie zeigte ihm mit einem einzigen genervten Blick, dass er nicht den Hauch einer Chance hatte. Während er am Klavier saß und sein langweiliges Klassikstück fehlerfrei runterleierte, spielten wir ein kleines Kuss-Spiel. Ich küsse dein Ohr, du küsst mein Ohr, ich spüre deinen heißen Atem und versuche, dabei nicht verrückt zu werden oder über dich herzufallen.

Um mich abzulenken, dachte ich darüber nach, wie ich aus dieser Nummer wieder rauskam, ohne das Gesicht zu verlieren. Ich hätte eine Idee, hatte ich Lilly gesagt, ohne zu erwähnen, dass es eine ziemlich blöde Idee war. Was würde Raid tun? Er würde alles riskieren. Der Idiot. Raid wäre es egal, dass er ewig nicht mehr beatboxen geübt hatte. Mir war es nicht egal. Während sich die Zunge durch den freudlosen Mittelteil des Stückes klimperte, dachte ich an die Zeiten, als ich fast nichts anderes getan hatte, als zu üben. Beatbox, immer und überall. Ich war vierzehn oder fünfzehn und träumte davon, Rapper zu werden. In der traurigen Realität war ich ein eher uncooler Typ, der Kinderfilme synchronisierte. Und in Flaschen pinkelte, weil er nicht dauernd durch das Schlafzimmer seines Halbbruders gehen sollte. Dann zog ich aus, und irgendwer fand, dass ich genau die richtige Stimme hatte, um Lex B. Tyson zu sprechen.

Auf der Bühne brachte die Zunge das Klavierstück zu Ende und erhob sich unter begeistertem Applaus. Abgang mit Gewinnerblick, Beethoven rules.

Ich war schon auf dem Weg zur Bühne, bevor ich überhaupt merkte, dass ich aufgestanden war.

Ich war auf dem Weg, mein Leben zu riskieren.

Das Mikrofon roch noch nach dem Parfüm der Prinzessin. Zum Glück hatte mein großartiger Vorgänger nur am Flügel gesessen und war dem Mikro mit seinem Mund nicht nahe gekommen. Ich atmete ihren Geruch ein und versuchte, meine tauben Lippen zu vergessen, versuchte zu vergessen, dass kein Hall auf der Anlage war, versuchte, mich an die Atemtechnik zu erinnern, die ich damals geübt hatte.

Die ersten Sounds kamen von selbst. Drumsounds, Bassdrum, Snare, das Zischeln eines Beckens. Das Mikro nah am Mund, das Mikro im Mund. Der Techniker am Mischpult dreht endlich den Hall auf. Schlagzeugsolo, alle Instrumente, so wie früher, wenn Malvin hinter der Wand sein Spielzeug durchs Zimmer geschmissen hat. Dann finde ich zu einem Beat, er wird regelmäßig. Und hört kurz auf, um den Worten Platz zu machen. Satzfetzen. Teile einer Geschichte über ein Mädchen im Sonnenstrahl, das sich selbst umarmt. Der Sonnenstrahl ist wie ein Finger, der auf sie zeigt, sie festhält in diesem Moment. Beat. Sie könnte verschwinden in dem Blau, das sie umgibt. Beat. Die Augen schließen, nicht ins Publikum schauen. Für Momente kommt mir alles vor wie ein Traum, den ich auf meiner Matratze träume, und gleich wird das Lama an die Tür klopfen. Kurzes Schlagzeugsolo. Und weiter: Das Blaue um das Mädchen herum ist gleichzeitig Himmel und Wasser.

All das wusste ich, wusste es so genau, dass ich es aussprechen und der ganzen Welt erzählen konnte, zu meinem eigenen Beat, der mich weitertrieb und immer weiter. Ich erzählte der Welt, dass ich mir wünschte, mit ihr über das Blau zu gleiten, zu schweben, nur für eine Weile. Wir würden einander halten, uns an den Händen halten und vielleicht eine Wolke finden im Blau, die uns wenigstens eine Zeit lang trägt.

Wir sollen glauben, dass das Leben uns trägt, dass da etwas ist, was uns trägt. Aber das ist eine Lüge. Beat. Niemand erzählt uns von den Löchern, in die wir fallen, und von den Wolken, die sich unter uns auflösen und verschwinden, niemand erzählt uns vom freien Fall. Beat.

Es wurde immer stiller im Palmenhaus, nur dieser künstliche Wasserfall plätscherte, und irgendwo trillerte ein Vogel. Niemand stand auf und ging zum Buffet, selbst an der improvisierten Bar klirrten die Gläser leiser. Ich hatte meine Augen geschlossen, konzentrierte mich auf das, was von mir kam, was von selbst kam und irgendwann von selbst aufhörte.

Ich traute mich nicht, die Augen zu öffnen. Es wäre okay gewesen, jetzt zu sterben.

Dann prasselte der Applaus los, ein paar Leute riefen: »Bravo!« Ich öffnete die Augen und begriff, dass ich jetzt von der Bühne gehen musste. Die Scheinwerfer waren so grell, dass ich erst nichts sah und fast in eine ausgestreckte Hand hineinlief.

Lillys Vater.

»Alle Achtung. Von wem war das … Gedicht?«

»Von mir«, sagte ich.

»Oh! Gratulation.« Er schüttelte meine Hand. Neben ihm stand Lillys Mutter, die sich ungeheure Mühe gab, meine Improvisation irgendwie gut zu finden. Sie konnte trotzdem nicht verbergen, dass sie mich für eine Zumutung hielt.

Kein Problem, Ma'am, ich bin's gewohnt, eine Zumutung zu sein, machen Sie sich mal locker und genießen Sie Ihre nette Gala.

Und dann war da noch die Prinzessin. Die mich ansah. Ein bisschen so, als wäre gerade irgendwo eine Sonne aufgegangen.

Ich konnte nur auf den Boden schauen. Auf die Lackschuhe der Flötistin, die nun die Bühne betrat. Als ich endlich hochsah, waren die Augen der Prinzessin groß und fragend, ihre Lippen halb geöffnet. Ich hatte Lust, meine Lippen auf ihre zu drücken, meine Zunge dazwischenzuschieben, sie dort zu berühren, wo alles nach ihr schmeckte, sie festzuhalten, hier, vor allen Leuten.

Selbstverständlich nahm ich bloß ihre Hand.

Nach einer weiteren Stunde voller Geflöte, schaurigem Gesang und mehreren Tanzeinlagen erwachte die Anzeigetafel zum Leben. Grüne Zahlen flackerten darüber, dazu wurde jeder Beitrag noch einmal aufgerufen. Rhythmisches Klatschen. Das Publikum war aufgestanden, ich hielt Lilly umschlungen. Obwohl sich die Zunge verdünnisiert hatte, blieb sie so stehen, an mich gelehnt, und ich küsste ihr Haar. Alle sahen unser Glück.

Und ich war so ausgefüllt davon, dass ich beinahe die Verkündung des zweiten Platzes verpasst hätte: Das Klaviergeklimper hatte über siebentausend Euro eingetrieben. Begeistertes Klatschen. Auf der Bühne die flackernden Zahlen der Anzeigetafel. Und darunter die Bilder, Fotos, an die weiße Wand projiziert. Griechische Schriftzeichen an verrotteten Häusern, Kinder mit großen Augen, ein Flur voller Medikamentenschachteln.

Die Musik wurde lauter und wieder leiser. Dann meldete sich der Obersnob, der rechts von der Bühne an einem Rednerpult stand, wieder zu Wort.

»7341 Euro! Sagenhaft! Aber wir können noch höher. Wir können sogar doppelt so hoch! Der Spendengewinner, der Champion des heutigen Abends, ist …« Er schaute auf sein Blatt, sah sich suchend um, dann redete er weiter: »Ist … Raid … äh … hier steht kein Nachname. Macht nichts, wir wissen ja alle, welcher Beitrag das war, oder? Also aufgepasst!«

Zahlengeflacker. Rufe. Begeistertes Klatschen.

Der Betrag wurde fünfstellig. Die Prinzessin umarmte mich: »Du hast gewonnen, Ben! Du hast wirklich gewonnen!«

Sie nennt mich Ben. Und in diesem Moment ist es, als würde irgendwas von mir abfallen. Ich stehe unbeweglich, wie in Trance, und kann an nichts anderes als an meine Wohnung und das Lama denken und dass diese 14 527 Euro so gut wie all meine Probleme lösen würden. Dass 14 527 Euro bei vierhundert oder fünfhundert Leuten, die alle nicht gerade arm sind, gar nicht viel bedeuten, denke ich. Dass die fünfzig oder hundert Euro, die sie vielleicht gespendet haben, fast nichts sind für diese Villensnobs, die überall auf der Welt Sommerhäuser haben und Kindermädchen und Chauffeure und sonstiges Personal.

Sie umringen uns lächelnd, diese Leute, die jemanden wie mich normalerweise noch nicht mal bemerken.

Ich lasse die Prinzessin los.

»Und jetzt kommt ihr euch alle wahnsinnig edel vor«, sage ich. Ziemlich laut. Das Leuchten auf Lillys Gesicht erlischt.

19
Lilly

Siehst du, ich hab es dir doch gesagt: Dieser Raid wird dir wehtun. Mindestens so weh wie Erik.

Mum sagte diese Sätze nicht. Und das machte alles nur noch schlimmer. Sie saß zu nah neben mir, auf dem Rücksitz des Taxis. Vorne die grauen Köpfe von Dad und Martin. Zum Glück war der Weg nicht weit.

Was würde Mum erst sagen oder denken, wenn sie Bens ätzende Bemerkung gehört hätte? Bei der Verkündigung des Gewinners hatte sie nicht neben uns gestanden. Erst nachher hatte sie uns streiten gehört. Alle hatten zu uns hergesehen. Auch Joshua. Gegen Ende, als es schlimmer wurde, hatte sich Joshua sogar zu uns durchgedrängt.

Und dann war Ben abgehauen. Durch die Menge vor der Bühne und raus.

Mein Handy vibrierte.

Ich konnte nur verstohlen draufschauen, weil Mum neben mir den Kopf reckte.

Tut mir leid. B.

»Ist es schlimm, Schatz? Ich meine, dass er einfach … Er hätte sich wenigstens mit euch allen auf die Bühne stellen können zum Schluss, das gehört sich so.«

Vibration.

Tut mir wirklich leid.

Ich steckte das Handy in die Tasche und schaute aus dem Fenster. Mum redete über Joshua und wie toll er die Situation gerettet hatte.

»Das hatte doch Größe, wie er als Zweitplatzierter spontan ans Mikro gegangen ist und sich im Namen aller bedankt hat. So bescheiden. Er denkt nicht ans Gewinnen, ihm geht es einzig und allein um diejenigen, denen diese Spende hilft. Er will ja selbst mal Arzt werden.«

Das Taxi war in unsere Straße abgebogen. Die letzten leuchtenden Rentiere und Lichterketten im Gebüsch waren längst abgeräumt. Jetzt leuchteten nur noch die Laternen. In dem gedämpften Gelb unseres Viertels.

Martin hielt vor dem Tor. Dad bezahlte, Mum öffnete die Hintertür des Taxis. Wir stiegen auf verschiedenen Seiten aus.

»Du hast es wirklich gut gemacht, Schatz. Deine Gedichte waren sehr ergreifend, du hast sie wunderschön vorgetragen. Das kann dir keiner nehmen.« Mum hielt mir das Gartentor auf.

Ich folgte meinen Eltern schweigend durch den Vorgarten, die Lichter am Haus gingen an. Die Eingangshalle war eiskalt, wie immer, wenn keine Gäste kamen. Ich hängte den Mantel an die Garderobe und sagte, dass ich Kopfschmerzen hätte und außerdem noch für morgen Text lernen müsse, und ging nach oben. Im Flur hörte ich ihre Stimmen.

»Ach, Konstantin, sie nimmt das alles so *schwer*«, sagte Mum.

Dads Antwort verstand ich nicht, weil mein Handy vibrierte. Ausdauernd diesmal, jemand rief an. Wer wohl. Derjenige, der mich vor den Freunden meiner Eltern und vor meinen Bekannten blamiert hatte. Der, in dessen Umarmung ich mich so wohlgefühlt hatte. Beinahe so, als wäre es kein Spiel, als gehörte ich wirklich zu ihm. Derjenige, der mich zweimal aufs Ohr küsste, wenn ich ihn einmal küsste. Und dessen Stimme mir Gänsehaut machte, wenn er inmitten der Leute leise mit mir sprach. Derjenige, der auf der Bühne rappen konnte und dabei keine Band brauchte, der mit seiner Stimme alles machen konnte. Wahrscheinlich war der Text über das Mädchen im Blau gar nicht von ihm selbst. Obwohl er es behauptet hatte.

Und obwohl ich kurz geglaubt hatte, er meinte mich.

Ich nahm den Anruf nicht an. Aber nachher hörte ich doch die Mailbox ab.

»Payton, ich wollte dein Lächeln nicht ausknipsen«, sagte Raid. »Dafür liebe ich es viel zu sehr.«

Klick.

Vielleicht saß er, Raid, jetzt im Dunkeln und wartete darauf, dass ich zurückrief. Ich wollte ihn mir irgendwo im Wald vorstellen, am Feuer. Nicht im Dönerladen bei Gamse und Aran. Sobald ich an Gamse und den Dönerladen dachte, sah ich Ben, spürte Ben und seine fiesen Bemerkungen.

Und jetzt kommt ihr euch alle wahnsinnig edel vor. Die paar Kröten, das sind doch Peanuts für euch. Euch gehört die Welt, und ich mach euch auch noch den Zirkusaffen.

Ich tippte seine Nummer an, dann auf: Nachricht.

Die Spenden sind wichtig, und niemand kommt sich edel vor. Ein Komitee kümmert sich um die Organisation, das ist eine Menge Arbeit, und mit den Spenden wird ein ganzes Krankenhaus in Griechenland finanziert. Mum und Dad fliegen übermorgen extra zur Eröffnung, auf eigene Kosten. Davon hast du keine Ahnung, du kannst nur rumlabern.

All das schrieb ich nicht, ich tippte bloß:

Wir sehen uns morgen im Studio. Gute Nacht.

»Sind deine Kopfschmerzen besser? Du bist ein bisschen blass. Musst du denn heute wirklich ins Studio?«

Wenn Mum bloß gehen würde. Ich schob das Obst und die Flocken in meiner Müslischale hin und her. Aber anstatt zu gehen, setzte sich Mum zu mir an den Tisch.

»Schatz, können wir dich wirklich alleine lassen?«

»Ich war doch schon oft allein.«

»Ja, aber diesmal … Ich muss nicht unbedingt mitfliegen, Dad hält ja die Eröffnungsrede im Krankenhaus, und der London-Termin …«

»Nein. Mir geht's gut.« Ich aß rasch einen Löffel Müsli, dann noch einen.

»Ich sag Frau Böhm, sie soll ganztägig kommen, okay?« Mum blätterte in ihrem Timer und trug irgendetwas ein. Etwas rutschte heraus, es sah aus wie eine Einladungskarte. »Es ist schon besser, wenn ich mitkomme. Du kennst das ja, es ist alles organisiert, und für die Frauen der Botschafter gibt es ein eigenes Programm und so weiter. Frau Böhm kann für dich kochen, und …«

»Mum! Ich bin doch sowieso den ganzen Tag im Studio.«

»Lilly.« Mum klappte den Timer zu. »Wir müssen mal in Ruhe über Raid reden.«

»Ich muss jetzt weg, wir fangen heute früher an.«

»Ich fahr dich schnell.«

Mir fiel keine Ausrede ein, warum es nicht ging. Die ganze Fahrt über schaute Mum mich von der Seite an und stellte Fragen. Ob er sich inzwischen bei mir entschuldigt hätte? Wie gut wir uns denn kennen würden? Ob ich eigentlich mal bei Raid zu Hause gewesen sei? Ob wir denn schon miteinander …

»Mum!« Ich beugte mich ruckartig vor, der Gurt stoppte mich.

»Wieso? Man muss doch darüber sprechen. Und Erik … Mein Schatz, weißt du, eigentlich wollte ich es dir nicht sagen, aber bevor jemand anders … Die Millers haben es von den Linns, und die haben es von …«

»Erik ist mit Sandrine verlobt. Weiß ich längst.«

»Lil?«

»Ja?«

»Kann es sein, dass Raid ein Trostversuch ist?«

Ich steckte die Hand in die Hosentasche. Ich trug die Jeans, die ich vor fünf Tagen angehabt hatte. In der Tasche steckten zwei Coladosen-Ringe.

Du sammelst die Dinger doch, oder?

»Lass mich hier raus, da vorne ist Stau, und ich komm zu spät.«

In Wirklichkeit war ich zu früh. Trotzdem rannte ich den kurzen Weg von der Ampel, an der Mum mich widerstrebend rausgelassen hatte, bis zur Seitenstraße.

Die Studiotür war angelehnt. Als ich reinkam, saß Ben auf dem Sofa im Aufenthaltsraum. Er trug die zerrissenen Jeans von gestern und einen grünen Pullover. Darunter schaute ein weißer Hemdkragen hervor. Als hätte er sich große Mühe mit den Klamotten gegeben.

»Hi.« Er lächelte und sah kurz aus wie ein trauriges Kind.

»Hallo.« Ich ging an ihm vorbei in den Aufnahmeraum, schlug das Dialogbuch auf und knipste die Lampe über dem Pult an.

Als Ben, Laura und Jürgen kurz danach hereinkamen, hatte ich mir keine einzige Zeile gemerkt. Ben stellte sich an sein Pult, ohne das Licht anzumachen, ich sah nur seinen Schatten. Jürgen ging vor dem schwarzen Vorhang auf und ab.

»So, ihr beiden, ich hab mir gestern alles angehört.« Er blieb stehen und raufte sich die Haare. »Gesprochen ist es gut, wir könnten es so lassen. Aber … Sag mal, Ben, geht deine Lampe immer noch nicht? Okay, ich schicke gleich jemanden los, 'ne Birne kaufen. Also. Das Problem ist: In diesem Film wird einfach viel mehr geküsst als in den anderen Filmen mit Lex.«

Der Schatten neben mir stieß ein verhaltenes Stöhnen aus.

»Es wirkt einfach nicht authentisch, wenn wir die Geräusche nicht mitsynchronisieren«, sagte Jürgen.

Der Schatten beugte sich vor. »Auf Deutsch: Wir machen also alles noch mal mit dem ganzen Knutsch- und Sabberzeugs?«

»Du hast's erfasst, Ben. Wir wiederholen die Höhlenszene. Bei den anderen ist es okay, da haben wir Musik.«

Jürgen kam in meinen Lichtkreis.

»Für dich ist es vielleicht ein bisschen ungewohnt, Lilly, aber du hast ja beim Vorsprechen schon gezeigt, wie gut du das kannst mit den Geräuschen. Und außerdem habt ihr das sowieso schon geprobt, nicht wahr?«

Vor drei Tagen. Genau hier an meinem Pult. Als Jeff und Sarah uns dabei erwischten, wie wir unsere Armbeugen küssten. Es kam mir wie eine Ewigkeit vor.

»So, ich lass das Original mal laufen, damit ihr wisst, welche Stellen … lest bitte mit!« Jürgen verschwand im Regieraum, Laura raschelte am Cuttertisch herum.

Der Schatten kam rüber und stellte sich an mein Pult.

»Nur wegen der blöden Lampe«, sagte er.

Ich schob das Dialogbuch in die Mitte.

Der Monitor wurde hell.

Payton und Raid, ihre Köpfe im Halbdunkel der Höhle.

Raid! Raid! Oh, Raid.

Der Ton war lauter als sonst.

Payton.

Langer Kuss.

»Oh Mann, was für ein Gesabber«, sagte Ben.

Vom Cutterpult kam unterdrücktes Lachen.

Was wird jetzt?

Ich weiß es nicht, Payton. Ich weiß nur …

Oh, Raid, geh nicht weg, bitte bleib bei mir!

Sie küssten sich wieder. Heftiger. Länger.

»Völlig idiotisch«, sagte Ben. »Da draußen kämpfen sie und ballern rum, und was hören wir? Gesabber und Geraschel.«

»Ruhe!« Jürgens Stimme. »Konzentriert euch!«

Ich … Raid, ich habe noch nie …

Ich weiß, ich weiß …

Dann kamen die Sätze, die ich mit Ben so lange geübt hatte.

Ich wollte auf den Richtigen warten. Ich wollte, dass mein erstes Mal was Besonderes ist und nicht bloß eine … eine Nummer!«

Kuss. Raid streifte Paytons T-Shirt ab.

Ich will dich mehr als alles andere auf dieser Welt … Kuss … *aber ich kann nicht mit dir schlafen …* Kuss … *Viel zu gefährlich, Payton.*

»Schöne Ausrede. Wahrscheinlich kriegt er nur keinen hoch.«

»Ben! Was du darüber denkst, interessiert hier keinen. Wir starten jetzt von vorne, macht euch bereit.«

Ben krempelte seine Ärmel hoch, ohne mich anzusehen. Ich zog meine Jacke aus. Ben nahm sie mir ab und warf sie über sein Pult.

Lauras erhobene Hand.

Die Balken schoben sich auseinander.

»Uuund jetzt!«

»Raid! Raid! Oh, Raid.«

»Payton.«

Wir küssten unsere Armbeugen. Ich spürte Ben neben mir. Für einen Augenblick berührte sein Ellenbogen meinen, und ich dachte, dass er Linkshänder sein musste. Oder Links-Armbeugenküsser.

»Gut! Weiter!«

»Uuund jetzt!«

»Oh, Raid, geh nicht weg, bitte bleib bei mir!«

»Stopp! Schau genau hin, Lilly, sie küssen sich ja nicht sofort, siehst du? Raphaela atmet nach ihrem Satz erst aus, dann ein.«

Ich versuchte, mit Payton zu atmen. Meine Lippen, halb offen, zitternd, sie *spürten* Raids Kuss schon, und …

»Zu spät! Nur einen Tick! Noch mal!«

Nach dem fünften Mal zählte Laura die Pause zwischen Paytons Ausatmen und dem Kuss aus. Je öfter ich es probierte, desto schwieriger wurde es. Schwieriger und peinlicher. Mach die Bewegung, hätte Olaf gesagt. Dreh dein Gesicht zu Raids Lippen, nicht zu deiner Armbeuge.

»Okay, Leute, die Luft ist raus. Sammelt euch, ich geb euch zehn Minuten.« Jürgen winkte uns vom Regieraum aus zu und wandte sich zur Tür.

Auch Laura stand auf. Ihre Schritte entfernten sich. Stimmen im Aufenthaltsraum, gedämpft.

Und wir. Im Licht meiner Lampe.

Raid knipste sie aus.

»So, und jetzt mal authentisch, Payton.« Raids Stimme. Mein Gesicht dreht sich von selbst zu ihm, meine Lippen wollen zu seinen. Alles an mir ist hellwach in diesem Moment im Dunkeln. Ich spüre seine Hand in meinem Nacken und spüre sogar, wie er darüber lächelt, dass unsere Nasen fast aneinanderstoßen. Seine Lippen sind weich. So weich. Unsere Zungen treffen sich, zucken zurück, begegnen sich noch einmal. Länger. Und fangen schließlich an zu tanzen, ganz von selbst. Die Musik dazu kommt von irgendwoher, fein und leise und zart. Ich weiß, wir können sie beide hören.

20
Ben

»Wieso ist es denn hier so dunkel?«, fragte jemand.

Wir schafften es, einander loszulassen. Doch meine Finger wollten weiter mit ihren Haaren spielen. Ihre Wange berühren. Ihren Hals. Meine Lippen wollten sich nie mehr von ihren lösen. Trotzdem konnte ich sprechen, konnte mit Raids Stimme irgendeinen Witz machen, obwohl ich dachte, dass ich bestenfalls ein Krächzen hervorbringen würde. Das Einzige, was ich nicht konnte: das Licht anknipsen. Lilly ansehen. Von ihr angesehen werden. Und das, obwohl ich mir nichts mehr wünschte.

Fabi löste das Problem, indem er das Deckenlicht anmachte und meiner Lampe eine neue Birne einschraubte. Alle waren beschäftigt, auch ich interessierte mich wahnsinnig für die neue Birne und spürte doch Lillys Blicke.

Danach standen wir jeder am eigenen Pult. Jeder mit dem eigenen Dialogbuch. Jeder mit der eigenen Armbeuge. Ich sagte Laura, dass sie jetzt nicht mehr anzählen brauchte wie im Blockflötenunterricht. Wir würden es auch so schaffen, diesen schwachsinnigen Dialog aufzunehmen. Und, was soll ich sagen, natürlich schafften wir es. Mit allen Geräuschen. In einem Take.

Wir konnten fliegen.

Ich rannte wie ein Verrückter den ganzen Weg vom Studio bis zum Döner. Prallte gegen Handy-Zombies und Bartische, die auf der Straße rumstanden, obwohl es saukalt war und Eisregen vom Himmel fiel. In der Wildnis hätte ich in diesem Zustand keine fünf Minuten überlebt. In der Wildnis werden Leute, die in einer Kusswolke herumschweben, sofort von Bären oder Tigern gefressen. Das ist schon seit der Steinzeit so gewesen. Einzig die, die sich das Schlimme merken und nicht das Gute, Wunderbare, Himmlische, überleben.

Ich taumelte also im Slalom zwischen den Tischen und Leuten und Fahrrädern die Straße entlang und versuchte, an irgendetwas Schreckliches zu denken, doch ich dachte nur an Lilly. Sehnte mich nach ihr. Und die Sehnsucht hinterließ eine Leuchtspur in meinem Gehirn.

Ich war ein Volltrottel. Ich war Superman. Auf meiner Kusswolke flog ich im Döner ein, trank heißen Tee und erzählte Seri eine Geschichte nach der anderen. Bis Gamse mich aus immer schmaleren Augen ansah.

»Warum isst du deine Pizza nicht?«

»Keinen Hunger«, sagte ich.

»Du hast immer Hunger.«

»Stimmt nicht.«

»Stimmt wohl.«

So ging es noch eine Weile weiter, dann brachten wir Seri ins Bett, und ich erzählte ihr alles. Angefangen bei diesem schwachsinnigen Dialog – Oh, Raid! Payton! Oh, Raid! Payton! –, dem Armbeugengeknutsche und dem Blockflöten-Angezähle, bis hin zur Kussprobe.

»Und? Wie war's? Nein, du musst mir nichts erzählen, ich seh's dir ja an. Oh, du bist verliebt! Ihr seid verliebt!«

»Woher willst du das denn wissen, das ist doch … albern!«

»Was? Verliebtsein? Albern? Wieso? Verliebtsein ist normal.«

»Also, um das mal klarzustellen: Dieser Kuss war bloß eine Probe. Und das andere, das war Show. Wer hat mir denn diesen Haarschnitt verpasst und das Hemd … und alles.«

»Du bist eben rot geworden.«

»Bin ich nicht.«

»Bist du doch.«

Und so weiter.

Später kam Aran und wollte wissen, was jetzt mit der Wohnung sei. Und da verriet ich, was Lilly mir angeboten hatte. Ich konnte es immer noch nicht ganz glauben. Vielleicht hatte ich es nur geträumt. Wahrscheinlich erzählte ich es Gamse und Aran genau deshalb. Um mir selbst zu beweisen, dass es kein Traum war.

Nach der allgemeinen Begeisterung über unseren perfekten One-Take-Geräusch-Knutschdialog war Laura voraus in den Aufenthaltsraum gegangen. Wir trödelten hinterher, und kurz bevor wir die Tür erreichten, erzählte Lilly, dass ihre Eltern nach Griechenland fliegen würden. Schon übermorgen, sagte sie, und ihre Hand streifte meine.

Das mit der Hand erzählte ich Gamse und Aran nicht, das war Privatsache. Ebenso privat war, dass ich ihre Hand nicht festgehalten hatte, weil ich nicht mehr Raid-der-Coole war, sondern Ben-der-Angsthase. Lilly redete und redete, erzählte mir, dass Supermum und Superdad in Griechenland ein Krankenhaus einweihen würden.

»Weißt du, das Krankenhaus, für das auf der Spendengala so viel Geld zusammengekommen ist«, sagte sie, und ich schaffte es, ein Grunzen von mir zu geben.

Sie blieb stehen. »Wir haben ein Gästezimmer. Es ist frei.«

»Das heißt ... also, was willst du damit sagen, willst du sagen, dass ...?«

Verdammt. Augen zu, tief durchatmen. Ich brauchte Raid.

»Übermorgen also? Dann bist du ganz allein in dem großen Haus?«

Sie nickte.

»Und du brauchst jemanden, der dich vor Bären, Wölfen, Einbrechern oder wild gewordenen Millionären beschützt?«

»Wir haben eine Alarmanlage. Aber du kannst trotzdem kommen.«

»He, wirklich? Wow.« Sagte Gamse. Die ich vorübergehend ganz vergessen hatte. Damit sie nicht wieder mit ihrem »verliebt« anfing, erzählte ich ihr nicht, dass Lillys Hand gleich darauf wieder meine gestreift und ich sie festgehalten hatte. Außerdem hatte ich sie auf die Wange geküsst. Ganz selbstverständlich, wie es Leute tun, die wissen, dass sie zusammen sind. Gamse sah mich an, mit diesem Blick aus schmalen Augen, als wüsste sie längst alles über uns.

»Du ziehst also übermorgen zu ihr«, sagte Aran.

»Scheiße, ja«, sagte ich.

Zwischen der Kussprobe und meinem Einzug in den Palast der Prinzessin lag ein zäher Studiotag. Gekrönt von einer abendlichen Einladung, auf die ich lieber verzichtet hätte. Und die ich vergessen hätte, wenn mein Vater mir nicht die Erinnerung an seine Erinnerungsnachricht geschickt hätte, die auch nur eine Erinnerung an seinen Erinnerungsanruf gewesen war.

Hast du deine Mailbox abgehört? Antworte doch mal!

Ich legte das Handy auf mein Pult. Lilly stand schön und unnahbar an ihrem. Ich hatte keinen Grund, mich zu ihr zu stellen, und verfluchte alle funktionierenden Lampen und Birnen dieser Welt.

Dann mussten wir uns auch noch konzentrieren, es gab jede Menge neuen Text. Ein kleiner Junge war im Lager aufgetaucht. Er hatte das ansteckende, tödliche Fieber, und alle versuchten ihn zu vertreiben, ohne ihm zu nahe zu kommen. Alle außer Payton. Natürlich war der kleine Junge ungeheuer süß und hilflos. Einer dieser begabten, schönen, schlauen US-Kinderstars, die vermutlich von ihren Eltern schon als Babys zu Castings geschickt werden. Ich konnte ihn nicht ausstehen. Vielleicht lag es daran, dass er meinem Halbbruder ähnlich sah. Oder ich mir das zumindest einbildete. Malvin. Der heute Geburtstag hatte. Woran ich ständig erinnert wurde. Die erste Einladung zum Fest hatte ich schon vor einer Weile von Doris bekommen. Eine richtige Karte, per Post, total auffällig zwischen all den Mahnungen. Ich hatte sie irgendwo hingelegt und vergessen. Mehr oder weniger jedenfalls. Vor ein paar Tagen, mitten in meinem glamourösen Jetset-Leben zwischen Party in der

Vonderfeld-Villa, Spendengala und Kuss, war ein Erinnerungsanruf gekommen. Und jetzt eben diese überaus einfühlsame Nachricht meines Erzeugers.

Während die Szene über den Monitor flackerte und wir still im Dialogbuch mitlasen, dachte ich über ein Formulierungstraining für unfähige Väter nach. So können Sie Ihren schwierigen Sohn besser auf eine kommende Festivität einstimmen. Benutzen Sie einfach folgende Textbausteine: Lieber … (Name des Betreffenden, falls Sie ihn wissen. Falls nicht: nachdenken, Verwandte / Bekannte fragen!) Wie geht es Dir? Ich hoffe, gut! Du weißt ja, ich bin für Dich da. (Alternativ: Brauchst Du Geld?)

Nach diesem leicht verlogenen, aber notwendigen Warm-up rücken Sie einfach mit dem Befehl heraus, der verlorene Sohn wird dann gerne folgen, einigermaßen gut gelaunt bei Ihnen ankommen und Ihnen die Festivität nicht sofort versauen. So hat die ganze Familie etwas davon! Mehr unter www.Formulierungstraining-für-unfähige-Väter.de.

»So, ihr Lieben, ist euch die Szene klar, können wir starten?« Jürgen klang, als hätte er auch ein Training hinter sich, ein Höflichkeitstraining für Regisseure.

Laura ließ die Szene von vorne laufen, am Waldrand erschien der unerträglich süße Junge. Zum bestimmt zehnten Mal an diesem Tag fragte ich mich, was so schlimm daran war, nachher in diese Wohnung zu gehen, mit meinem Vater und Doris am Tisch zu sitzen, ein paar Späße für Malvin zu machen und so früh wie möglich wieder abzuhauen. Zu dem anderen kleinen Jungen. Den ich lieber mochte als meinen Halbbruder. Und der mich auch mochte, so sehr, dass er geheult hatte, weil ich in Lillys Gästezimmer ziehen würde. Falls Lilly mich wirklich gefragt hatte, falls das alles nicht ein Traum …

»Fertig? Uuund los!«

»Payton! Wir können ihn nicht aufnehmen! Wir müssen jetzt hart sein!«

»Nein, Raid. Das können wir nicht tun. Niemals. Warst du nicht selbst ein Verlorener, weißt du nicht genau, wie es ist?«

Die Prinzessin sprach mit Leidenschaft und zitternder Stimme, und Jürgen rief: »Super, Lilly! Ben, dich machen wir noch mal, einen Tick mehr Verzweiflung. Der Typ ist in einem Dilemma: John als Anführer will die Gruppe schützen, und Raid muss sich auf seine Seite stellen, es ist eine Vernunftsentscheidung, aber es geschieht auch aus Liebe, verstehst du?«

Also von vorne: Der unerträglich süße Junge schaute mich mit seinen großen Kulleraugen an, ich dachte daran, dass ich kein Geschenk für Malvin hatte und wie mein Vater mich daraufhin ansehen würde, der Gedanke half mir, die nötige Verzweiflung in meine Stimme zu legen. Dabei war jetzt schon klar, dass Raid in dieser Diskussion nichts zu sagen hatte, ebenso wenig wie mein Erzeuger bei Doris. Payton würde sich durchsetzen und Raid butterweich werden. Jede Wette. Ich sagte also meinen verzweifelten Satz, und Laura ließ den Film weiterlaufen mit Lillys Stimme, dann wieder Raid: »Payton! Wir müssen es tun, wir haben keine Wahl! Ich …« Ein Seufzer von Lex, den ich automatisch mitsynchronisierte, ich kannte seine Seufzer von vorne bis hinten in jeder Stimmungslage. Wahrscheinlich kannte ich Lex' Seufzer besser als meine eigenen. »Ich ertrage es nicht, wenn du … wenn dir was passiert, Payton! Wir …«

»Stopp! Was war das eben für ein Geräusch? Kommt das von dir, Ben?«

»Sorry. Mein Handy. Ist stumm geschaltet.«

»Vibration hört man auch, weißt du doch! Mach's aus, bitte. Schade, du warst gerade so gut in der Rolle.«

Bevor ich es ausschaltete, tippte ich noch die Antwort auf die erneute Anfrage meines Erzeugers: *Was ist denn jetzt? Wann kommst du heute?*

Wenn ich hier fertig bin. Ich arbeite!

Ich steckte das Handy ein. Und sah Lillys fragenden Blick.

21

Lilly

Am Morgen, an dem meine Eltern abreisten, wachte ich schon um kurz vor sieben auf. Dunkelheit draußen, selbst Snowflake schlief noch, zusammengerollt und warm auf meinen Füßen. Ich zog meine Beine so vorsichtig wie möglich unter ihr weg und schlich ins Gästezimmer. Alles war ordentlich. Wie immer stand Mums alter Schreibtisch aus Korea am Fenster. Vor dem Bett lag ein Teppich, Dad hatte ihn in Marokko gekauft. Jeder, der im Gästezimmer übernachtete, musste sich die Geschichte dazu anhören: wie der Verkäufer und Dad gestritten hatten, wie Dad zweimal weggegangen war und so getan hatte, als wäre er nicht mehr interessiert, und wie der Verkäufer ihn zurückgerufen hatte. Der hat erst geglaubt, ich wäre ein Tourist, das war Dads Abschluss-Satz. Immer.

Der Teppich war ockergelb in der Mitte, sonnenfarben am Rand und dort, wo kleine Muster eingestickt waren, ganz hell, so hellgelb wie Sand. Er macht fröhlich, hatte Mum früher oft gesagt. Und er fühlte sich weich an unter den Füßen. Frau Böhm hatte die Fransen gekämmt. Das Gästebett war nicht bezogen, nur die große indische Decke war darüber ausgebreitet. Ich öffnete den Schrank. Im Fach lagen Kissen, Federbetten, Bezüge.

Vielleicht würde Ben gar nicht kommen. Gestern, im Studio, hatten wir kein Wort mehr darüber gesprochen. Ben hatte dauernd auf sein Handy geschaut und irgendwem Nachrichten geschickt. Sobald wir die letzte Szene eingesprochen hatten, war er verschwunden. Wir hatten einander nicht berührt, uns kaum angesehen. Als wäre der Kuss nie passiert.

Auf einmal war ich mir sicher, dass er nicht kommen würde.

Ich zog die Tür leise hinter mir zu und dachte, dass es besser wäre, wenn er nicht käme. Einfacher auf jeden Fall.

Während ich im Bad war, mich anzog und fertig machte, versuchte ich zu ergründen, was ich *genau* fühlte. Seid achtsam mit euren Gefühlen, predigte Olaf immer. Registriert sie, beobachtet sie und analysiert sie. Je öfter ihr das tut, desto sensibler könnt ihr spielen. Und besonders spannend sind widersprüchliche Gefühle.

Auf dem Weg nach unten blieb ich im Flur stehen, atmete konzentriert und versuchte, das *widersprüchliche Gefühl* zu analysieren: Erleichterung. Etwas Trauriges. Ein bisschen Wut. Vielleicht sogar viel Wut. Aber ich wusste noch nicht mal, auf wen. Und schon gar nicht, wie man so eine Gefühlsmischung spielte.

Als ich drei Stunden später vor dem Studio aus dem Taxi stieg, stand Ben im vereisten Vorgarten. Außer seinem Rucksack trug er eine Laptoptasche und zwei Plastiktüten.

Mein Herz schlug plötzlich schnell und wild.

»Hi«, sagte er.

Er klang zittrig und krächzig.

Da hätte ich ihn gern geküsst.

Bis zum Nachmittag sprachen wir alle neuen Szenen ein. Payton hatte Raid endlich überzeugt, dass sie den kleinen Jungen bei sich aufnehmen mussten, und zusammen hatten sie sich gegen Johns Gruppe gestellt. In der letzten Szene saßen sie zu dritt am Feuer, weitab von den Hütten der anderen. Payton wiegte den Jungen in den Armen.

»Zum Heulen schön«, sagte Laura, als sie den Monitor ausschaltete.

»Zum Heulen kitschig, meinst du wohl«, sagte Ben mit seiner Eisstimme. Und klopfte plötzlich hektisch seine Hosentaschen ab, suchte dann in der Tasche seiner Daunenjacke herum.

»Schlüssel vergessen?«, fragte Laura.

Ben schüttelte den Kopf.

»Und wohin willst du mit dem ganzen Gepäck?«

Ben zuckte nur mit den Schultern, und Laura sah mich an, ein Lächeln im Blick, eine Frage. Zum Glück kam Jürgen jetzt aus dem Technikraum, in den Händen hielt er einen DIN-A4-Umschlag.

»Ben, wir haben es in der Hektik die ganze Zeit vergessen. Hier ist dein Vertrag. Unterschreib ihn und schick ihn weiter, ja? Dann können die von der Produktionsfirma auch überweisen. Und Lilly: Ist es okay, wenn wir die Termine für nächste Woche wieder auf die Vormittage legen wie jetzt? Dann können wir nachmittags die deutsche Stimme von dem Kleinen aufnehmen, der hat ja Schule. Mit Payton und Raid kommen wir jetzt prima voran, so viel Text ist es gar nicht mehr. Hast du tagsüber Schauspielunterricht oder was anderes?«

»Ich … eigentlich müsste ich auch zur Schule. Aber ich hab mich beurlauben lassen.«

»Alle Achtung, du gibst ja viel für die Rolle. In welcher Klasse bist du, machst du nicht bald Abi?«

Bis Martin klingelte, redeten wir über die International School und meinen bilingualen Abschluss in Englisch und Deutsch, das heißt: Jürgen und ich redeten, Laura stellte ab und zu eine Frage, Fabi baute im Technikraum irgendetwas um und fluchte vor sich hin. Ben schwieg.

Auch danach im Taxi sagte er kein Wort, er saß hinten und schaute aus dem Fenster.

Über der Straße hing die Spätnachmittagsdämmerung. Die Eingangshalle war dunkel. Ich schloss auf, und wir hängten unsere Jacken an die Garderobe. Auf dem Tisch hatte Frau Böhm eine Nachricht für mich hinterlassen. Irgendwas über ein indonesisches Reisgericht, Ben hüpfte um mich herum und schlug die Arme um den Körper.

»He, was für eine Kälteschleuse! Verstehe: Nur wer das überlebt, ist gut genug, um in das geheime Reich der Königsfamilie vorgelassen zu werden!«

Ich steckte Frau Böhms Zettel ein. »Nicht so königlich, wie du denkst, du musst dein Bett nämlich selbst machen.«

Auf der Treppe dachte ich darüber nach, wie ich es anstellen sollte, dass Frau Böhm nichts von Ben mitbekam. Ich hörte ihn hinter mir, das Knarren seiner Schritte, seinen Atem und wie seine Tasche gegen das Geländer stieß. Mein Herz klopfte, als müsste ich gleich auf die Bühne. Premiere. Text vergessen. Ich öffnete die Tür des Gästezimmers. Es sah so ordentlich aus wie heute Morgen, der Teppich vor dem Bett leuchtete. Und es war kalt, so kalt wie in der Halle.

»Hier ist das Thermostat und der Einschaltknopf für die Fußbodenheizung. Das Bettzeug ist im Schrank, es gibt auch Decken. Es dauert ein bisschen, bis es warm wird. Wenn du willst, kannst du ... in mein Zimmer kommen, wenn du fertig bist. Da vorne. Ich mache Tee.«

Ich spürte die Hitze in meinem Gesicht und drehte mich schnell um. Vor der verspiegelten Schranktür in meinem Zimmer betrachtete ich mein Gesicht so lange, bis es wieder seine normale Farbe hatte. Aus dem Gästezimmer kamen Geräusche, etwas fiel um, der Boden knarrte. Snowflake strich um meine Beine. Und in der Tasche vibrierte mein Handy.

Miranda.

Wie krass ist das denn??? Die fahren nach Venedig. Du weißt schon, wer. Da feiern sie Verlobung mit seinen Eltern und ihren!! Hallo??? So was macht man doch nur zur Hochzeit!

Ich warf mein Handy aufs Bett und rannte aus dem Zimmer.

Als ich mit dem Tablett wieder nach oben kam, saß Ben auf der Bettkante. Snowflake hatte sich auf der Tagesdecke zusammengerollt. Zwischen den beiden lag mein Handy. Gerade leuchtete es auf.

»Scheint wichtig zu sein.« Ben griff danach.

»He! Gib her!« Ich knallte das Tablett auf den Schreibtisch, drehte mich zu ihm und riss ihm das Handy aus der Hand.

Zwei neue Nachrichten von Miranda.

Oh Honey, ich hatte es ganz vergessen! Ihr wolltet ja in Venedig … Tut mir leid!

Und die zweite: *Hey, kennt der keine anderen Städte???*

»Rom zum Beispiel«, sagte Ben. »Ich war noch nie da, soll aber auch nett sein.«

»Du hast das … du hast das wirklich …?«

»Ist mir ins Gesicht gesprungen, wollte ich nicht, sorry.«

Ich drehte mich zum Schreibtisch. Auf dem Tablett war eine Teepfütze. Vorhin, in der Küche, hatte ich mir Erik und Sandrine und die Eltern vorgestellt. Eriks Eltern, die ich kannte, die mich kannten und von denen ich nie genau gewusst hatte, ob sie mich mochten. Vielleicht hatten sie Sandrine von Anfang an gemocht. So wie Mum Joshua mochte.

So, so, bei euch wird also alles arrangiert. Damit bloß nicht der Falsche geheiratet wird.

In der Küche hatte ich mich taub gefühlt, vollkommen bleiern. Jetzt prickelte es in meinem Nacken.

»Du hättest das nicht lesen müssen, du hättest das Handy noch nicht mal anfassen müssen!«

»Ich wollte es nicht. Echt nicht, ich schwöre. War ein … Reflex.« Ben, auf der Bettkante, hob eine Hand, dann ließ er sie wieder sinken. Snowflake zuckte zusammen und stellte die Ohren auf.

»Wie heißt sie denn?«

»Snowflake. Streichel sie lieber nicht, sie hat es nicht so mit Fremden.«

»Der Name passt zu ihr«, sagte Ben.

Ich räumte ein paar Klamotten vom Schreibtischstuhl, setzte mich und las Mirandas Nachricht noch mal. Wie konnte sie Venedig vergessen haben? Sie hatte Eriks Idee himmlisch gefunden. Und mich darum beneidet.

»Sagst du mir, wer keine anderen Städte kennt?«, fragte Ben.

»Ist nicht wichtig.«

»Ich will's trotzdem wissen.«

»Der Tee wird kalt. Hier.« Ich nahm eine tropfende Tasse, wischte sie mit einem Taschentuch ab und stellte sie auf die Untertasse.

»Danke.« Ben stand auf und nahm mir beides ab. »Riecht super.«

Erik hatte Roibusch-Vanille gehasst. Erik hatte einiges gehasst, was ich mochte. Meinen Lieblingstee, Premierenfeiern. Snowflake. Aber es hatte mir nichts ausgemacht.

»Also, wer jetzt? Dieser … Erik? Wahrheit!«

Es war dämmrig im Zimmer, ich konnte Bens Gesicht nicht genau erkennen. Doch ich spürte, wie er mich ansah.

»Und wenn er's wäre?« Ich nahm schnell einen Schluck Tee. Einen zu großen, ich musste husten.

»Was macht der denn in Venedig?« Ben stellte die Tasse ab, die Untertasse klirrte.

»Ach, nichts weiter, bloß seine Verlobung feiern.« Ich drehte mich auf dem Schreibtischstuhl weg von ihm, zum Fenster.

Verlobung. Was für ein Mädchenkitsch. Fast erwartete ich, dass Ben so etwas sagte, aber er schwieg.

»Ist mir eh egal. Die sollen machen, was sie wollen.« Meine Stimme klang rau, mein Hals fühlte sich an, als hätte ich statt Tee Eisenspäne getrunken. Ich versuchte zu schlucken. Nicht räuspern bei Heiserkeit, das macht alles nur schlimmer.

»Kennst du sie? Also, deine … na ja, Nachfolgerin?«

»Nicht direkt. Er war vorher schon mal mit ihr zusammen, sie hat Schluss gemacht.«

Wir hatten bloß davon gehört, Miranda und ich. Jemand wie Erik hatte tausend Exfreundinnen. Und mit jemandem wie Erik machte man nicht Schluss. Deshalb hatten wir sie gegoogelt. Sandrine. Sie war in einem Internat in der Schweiz. Weit genug weg. Das hatte ich damals gedacht.

»Und jetzt sind sie also *verlobt*? Heilige Scheiße, wer macht denn so was?«

Ich sagte nichts.

»Total verrückt«, sagte Ben. Und dann, mit Raids Stimme: »Ich würde ihn ja in die stinkende Lagune stoßen. Sie auch. Aber die sind sowieso schon auf dem Weg in ihr Verderben, glaub mir.«

Ich drehte mich nicht zu ihm um.

»Willst du wissen, warum? Weil sie der vertracktesten Vorsilbe der Welt verfallen sind. Die Killervorsilbe überhaupt: *Ver*. Verdammt, vermasselt, vergeigt, verflucht.«

Noch einmal ein Blick aufs Handy. Obwohl ich wusste, dass Miranda nichts Neues geschrieben hatte. Dass sie Venedig wahrscheinlich gar nicht vergessen hatte. Dass es ihr einfach Spaß machte, mir das Neueste über Erik zu berichten.

»Verliebt«, sagte Ben hinter mir, und er klang nicht mehr wie Raid. »Verwirrt. Verheiratet. Verkracht. Verzweifelt.« Er schepperte mit der Tasse herum. »Ha! Die *Ver*lorenen! Man könnte stundenlang so weitermachen.«

»Und was hat man davon?« Jetzt drehte ich mich doch zu ihm. Er saß auf dem Bett, Tasse und Untertasse in der Hand, nur eine Ahnung im Halbdunkel des Zimmers. Neben ihm, etwas heller, Snowflake.

»Weiß nicht, vielleicht erkennt man dann die *ver*bitterte, *ver*pfuschte, *ver*kackte Wahrheit hinter der Killervorsilbe *ver*?« Er fuhr sich durch die Haare, wie Raid im Film. Ich musste daran denken, wie gut es sich auf der Spendengala angefühlt hatte, sich an ihn zu lehnen, so zu tun, als wäre er wirklich mein Freund. Und wie er dann alles kaputt gemacht hatte.

»Und das ist deiner Meinung nach die Wahrheit? Sich verlieben oder verheiraten ist totaler Mist, nur weil die Wörter zufällig mit *ver* anfangen?«

»Ist eine Überlegung wert«, sagte Ben.

»Und warum heißt es dann *Hoch*zeit und nicht *Tief*zeit, wenn wir schon bei den Wörtern sind?« Ich hörte, wie wütend ich klang, nicht gepresst wütend, sondern mit viel Bruststimme. Auf wen ich wütender war, auf Ben oder Miranda, wusste ich nicht, es war auch egal.

»Berechtigte Frage.« Auch in Bens Stimme war etwas. Das Eisige. »Dennoch einfach zu beantworten. *Hoch*zeit, das bedeutet: kurzer Höhenflug, knallharter Absturz inklusive.«

»Aha. Und woher weißt du das so genau?« Meine Halsschmerzen waren weg. Wut schien besser zu helfen als heißer Tee.

»Ich hab immerhin mal ein Referat über das Ganze gehalten.« Ben stellte die Tasse samt Untertasse auf dem Boden ab, es klirrte, und Snowflake schreckte kurz auf. »Als ich noch in der Schule war, in Bio. Hirnchemie, körpereigene Drogen und so. Verlieben ist nichts anderes als Totalvernebelung. Im Vollrausch könntest du auch einem rosa Plüschtier oder einem Komodowaran-Weibchen gegenübersitzen und würdest immer noch glauben, dass es dich total versteht. Ruckzuck bist du mit dem Plüschtier verlobt, verheiratet, versprochen bis ans Lebensende, und irgendwann wachst du auf, und die Scheidung kostet eine Menge Geld, und du hast nichts als Ärger.«

Aber Sandrine ist weder ein Komodowaran noch ein niedliches Stofftier. Ich hasste diesen Gedanken.

»Was soll denn das für ein Referat sein? Du stellst eine These auf: Es gibt nur unglückliche Ehen oder Lieben, und wo bleibt dein Gegenargument?«

»Brauch ich auch nicht, war in Bio.«

»Welche Note hast du für dieses Referat gekriegt?«

»14 Punkte.«

»Echt?«

»Ja, schon kapiert. Ich war bloß auf einer Gesamtschule, nicht auf der *International School.* Da hätte ich für solch ein einseitiges Referat höchstens fünf Punkte bekommen, schon klar.«

»Das hab ich gar nicht so gemeint.« Ich stieß mich mit den Füßen ab, der Stuhl rollte ein Stück zurück. »Mit dir kann man einfach nicht vernünftig reden.«

Vielleicht wollte ich gar nicht vernünftig reden. Ich streckte die Beine aus und sah meinen Schreibtisch im Dunkeln, die Schattentasse, das Schattentablett, die herumliegenden Blätter, die Kerze, die ich manchmal anzündete. Doch jetzt hatte ich keine Lust dazu.

»Klar kann man das.« Bens Stimme war jetzt leiser. »*Ver*dammt *ver*nünftig sogar. Mindestens so gut wie mit … ach, egal.«

Von rechts, vom helleren Viereck des Fensters, kam noch Licht. Ich hörte, wie Ben sich bewegte.

»Also los«, sagte er. »Gegenargument: Nenn mir ein Beispiel für die wahre, ewige Liebe und die glückliche Ehe! Kleiner Tipp: Im Studio brauchst du nicht danach zu suchen, Jürgen ist zweimal geschieden, Fabi gerade getrennt mit einem kleinen Kind, und soviel ich weiß, tindert Laura fröhlich durch die Gegend.«

Einen Moment dachte ich an das Hochzeitsbild meiner Eltern, unten auf dem Kamin. Es zog immer mit uns um. Mums Kleid war wunderschön, schon Granny hatte in diesem Kleid geheiratet. Granny, Dads Mutter. Sie hatte das Kleid Mum gegeben, weil sie drei Söhne hatte und keine Tochter. Das Kleid gab es noch. Wenn ich heiraten würde, sollte ich es bekommen. Aber davon würde ich Ben auf keinen Fall erzählen.

»Payton und Raid.« Es kam von selbst, ich hatte gar nicht darüber nachgedacht.

»Hallo?! Die sind doch gar nicht echt! Das ist ein Film!«

Auch Ben war nur noch ein Schatten. Ich sah, wie der Schatten sich an die Stirn tippen wollte, dann die Hand wieder sinken ließ.

»Na und? Das zählt genauso! Das haben sich Leute ausgedacht, die wissen, dass es die richtige Liebe gibt. Raid würde für Payton sterben! Sogar Laura findet das zum Heulen schön!«

»Das haben sich Leute ausgedacht, die wissen, dass man mit so einem Scheiß viel Geld verdient!« Der Ben-Schatten stieß mit dem Fuß beinahe die Tasse um und fing sie im letzten Moment auf. Warum ging er nicht ins Gästezimmer? Warum ließ er mich nicht in Ruhe? Mein Gefühl war jetzt kein bisschen widersprüchlich, es war ganz einfach: Wut. Auf den, der so tat, als wäre er Raid, obwohl er Raid und Payton kein bisschen verstand. Der rein gar nichts verstand.

Wieder das Tassengeklirr, irgendwo aus der Dunkelheit. Dann sagte Ben: »Okay, ich geb zu, es gibt schlimmere Filme mit Lex.«

Mein Handy leuchtete auf. Ich rollte zurück an den Schreibtisch und schaute aufs Display.

Lil, ich hoffe, ich hab nichts Falsches gesagt??? Dachte halt, ich erzähl dir das mit Venedig, bevor du es von anderen erfährst!!!! Alle reden drüber!!

Ich stellte sie mir vor, Miranda und die anderen, an unserem Lieblingstisch in der Schulcafeteria, der immer für die Acting Class reserviert war. Von dem ich jeden Kratzer kannte.

Es macht mir nichts aus. Hab bloß keine Zeit für Tratsch, ich synchronisiere doch grade einen Film und muss gleich auf eine Party.

Senden.

»He, es tut mir leid.« Bens Stimme kam durchs Dunkel. »Ich weiß ja, was dir Payton bedeutet. Du spielst sie wirklich toll. Es war nur wegen dieser schwachsinnigen Verlobung, ich wollte nicht, dass du deswegen traurig …«

»Ich bin nicht traurig!«

Vibration.

Oh, wow, much fun!!!!!!!

»Wer schreibt dir da eigentlich dauernd?«

»Meine … äh … Freundin.«

»Was für eine Freundin? Von hier oder von da, wo du herkommst?«

»Von da, wo ich zuletzt war.«

Auf einmal war es ganz einfach, mit Ben zu reden. Oder vielmehr mit seiner Stimme. Mit der Stimme im Dunkeln. Fast wie im Studio. Oder wie in einem Traum.

»Bukarest?«, fragte die Stimme.

»Genau.«

»Ziehen deine Freunde auch ständig um?«

»Nein, manche bleiben ein bisschen länger. Der Vater von meiner … also von Miranda, der hat eine feste Stelle beim Goethe-Institut. Und ein paar andere von meiner alten Acting Class machen Abi in Bukarest.«

Vielleicht sind es auch gar keine Freunde. Oder keine richtigen Freunde. Selbst wenn ich morgen nach Bukarest fliegen würde, wären Miranda und die anderen weit weg. Sie wussten von mir nur, was sie sehen sollten.

»Und … Erik? Ist der auch noch da? Wenn er sich nicht gerade in Venedig verlobt?«

»Ich glaube schon.«

Oder doch in der Schweiz? Bei Sandrine? Immerhin mag er keine Fernbeziehungen. Jedenfalls nicht mit mir.

Die Gedanken kamen einfach, ich konnte sie nicht abstellen.

»Wie sieht er aus?«, fragte Ben.

»Warum willst du das wissen?«

»Damit ich ihn finde. Ich denke, er hat doch einen grausameren Tod verdient, als am *ver* zu verrecken. Du darfst aussuchen.« Raids Stimme. Ich musste lachen.

»Okay, er … ist groß. Blond. Wuschelige Haare.«

»Also eher der Typ Danny Bergstroem! Das heißt, du fährst eigentlich mehr auf John ab als auf Raid.«

Ich nahm einen Schluck Tee und überlegte, ob Danny Bergstroem Erik wirklich ähnlich sah.

»Ich … na ja, Erik war … er ist Schwede. Aber ich glaub, das ist die einzige Ähnlichkeit. Und Raid …« Raid gefällt mir viel besser. Ich sagte es nicht, und zum Glück redete Ben schon weiter.

»Erik. Garantiert heißt irgendein besonders hässlicher Ikea-Sessel Erik.«

»Keine Ahnung. Seine Eltern hatten nur alte Möbel. Von der Urgroßmutter oder so. Das ganze Haus war voller alter Möbel und Andenken aus Schweden.«

Und alles, was keine Antiquität war, das war weiß oder blau. Blaue Vorhänge.

Nicht.

»Und was ist mit deiner Ex?«, fragte ich.

»Mit welcher Ex?«

»Der letzten von mir aus. Wie hieß die?«

»Vergessen.«

»Wahrheit!«

»Amélie.« Das Bett knarrte. Snowflake miaute. Ganz leise, wie manchmal, wenn sie träumte und mit den Pfoten zuckte. »Auch ein komischer Name, aus einem Film. Die Mutter war Regisseurin oder Drehbuchautorin, irgend so was.«

»Wie lange wart ihr zusammen?«

Es machte beinahe Spaß, solche Fragen abzuschießen. Wenigstens lenkte es ab.

»Weiß nicht mehr«, sagte Ben. »Das war vor dem Lama und allem. Ich hab noch bei der Familie von meinem Vater gewohnt.«

»Und dann?«

»Was … und dann? Ich bin ausgezogen und hab nur gefeiert, da war keine Zeit mehr für eine Freundin. He, eigentlich waren wir doch bei Erik, dem Superschweden«, sagte Ben. »Ich fasse zusammen: Wuschelkopf. Muskulös. Wahrscheinlich ein Ass im Sport. Und weil du nicht mit einem Deppen zusammen wärst, ist er wahrscheinlich irgendwie auch klug oder cool oder nett oder wenigstens gut in der Schule. Hatte der Superschwede auch schlechte Seiten?«

Ich stand auf und knipste die Stehlampe in der Ecke an. Ben, auf dem Bett, bewegte sich. Das Licht reichte nicht ganz bis zu ihm, trotzdem kam er mir plötzlich so *wirklich* vor. Als wärst du gerade aufgewacht und deine Traumgestalten sind immer noch da und reden mit dir.

»Na, komm schon, wenigstens eine schlechte Eigenschaft«, sagte Ben.

Am liebsten hätte ich die Lampe wieder ausgeknipst.

»Er hat Snowflake nicht gemocht.«

Ich setzte mich wieder und erzählte, wie Snowflake Erik angepinkelt hatte. Das erste Mal schien es wie ein Versehen, nach dem dritten Mal war klar, dass sie es mit Absicht tat. Vor allem, wenn wir knutschten und Erik nur noch Shorts und T-Shirt trug. Oder manchmal auch nur Shorts.

Aber das ging Ben nichts an.

»Am Schluss hat er immer mindestens zwei Meter Abstand gehalten und ist schon in Deckung gegangen, sobald sie sich bewegt hat.«

»Ich glaub, ich mag deine Katze.« Ben lachte. »Und dann? Hast du sie weggesperrt, wenn Mr Superschwede kam?«

»Am Anfang schon. Doch plötzlich war er auch allergisch gegen ihre Haare und fing immer an zu niesen, wenn wir … wenn er … egal ob sie im Zimmer war oder nicht.«

»Klingt ungeheuer romantisch. Wir könnten ihn also auch durch eine Katzenhaar-Folter um die Ecke bringen.«

Noch immer konnte ich Bens Gesicht nicht erkennen. Aber ich sah, wie er seine Hand ausstreckte, um Snowflake zu streicheln.

»Pass auf, sie kratzt vielleicht. Ich hab ja gesagt, bei Fremden ist sie …«

»… lieb«, sagte Ben.

Und tatsächlich, Snowflake ließ es sich gefallen, sie hielt still.

»Wahrheit: Hast du mit Mr Superschwede geschlafen?«

Ich versuchte, mit dem Stuhl ein Stück zur Seite zu rücken, weg vom Licht.

»Was … geht dich das denn an?«

»Ich brauch das fürs Drehbuch: *Katzenhaarmassaker in Venedig Teil 1.* Die Backstory muss klar sein!«

»Was für ein Quatsch.«

»Vertrau mir.« Raids Stimme. Dunkler und voller als Bens eigene Stimme. »Und sag die Wahrheit.«

»Sag du sie doch. Hast du mit Amélie geschlafen?«

»Nein.«

»Bist du … bist du noch Jungfrau?«

Ben schwieg einen Moment und kraulte Snowflakes Kopf. Dann sagte er: »Für mich ist das ein Wert.«

Auch das klang wie Raid.

Aber was dachte Ben? Und wer wäre wertvoll genug für sein erstes Mal? Und wie würde Ben sich dabei anstellen, wäre er nervös, schüchtern, verrückt vor Verliebtheit, ungeschickt? Seine Küsse und Berührungen hatten sich nie ungeschickt angefühlt, nur schön und zart und irgendwie richtig. Kurz dachte ich an den Moment in Eriks Bett, den brennenden Schmerz, wie ich versucht hatte, ihn wegzulächeln, wie ich nur daran gedacht hatte, ob ich gut genug war, schön genug, cool genug für Erik.

»Jetzt du«, sagte Ben.

Für mich ist das ein Wert.

Bei ihm würde es kein Foto in einem Rahmen hinter einem Vorhang geben.

»Nein«, sagte ich.

»Was, nein?«

»Die Antwort auf deine Frage.«

Auf dem Tisch summte mein Handy und hörte nicht auf. Mum. Ich nahm ab.

»Lillykind, wie geht es dir? Bist du schon zu Hause? Hat Frau Böhm dir was gekocht?«

Ich ging schnell auf den Flur, erzählte vom indonesischen Reisauflauf, den ich mir gleich warm machen würde, fragte nach dem Flug und den anderen vom Komitee und öffnete kurz die Tür des Gästezimmers: noch immer kalt.

Als ich nach zehn Minuten zurückkam, lag Snowflake auf Bens Schoß. Sie hatte sich zusammengerollt und schnurrte.

Dass es keine richtige Lüge gewesen war, dachte ich später, als ich im Bett lag. Ich hatte einfach nur auf Bens unausgesprochene Frage geantwortet: Du bist also auch noch Jungfrau?

Nein.

Im Haus war es still. So still, dass man sich einbilden konnte, jemanden atmen zu hören, zwei Türen entfernt.

22
Ben

Na los, mach was.

Raid hätte sich nicht den Arsch im eiskalten Flur abgefroren. Raid hätte nicht im Dunkeln vor Paytons Tür gestanden und auf den mickrigen Lichtschimmer darunter gestarrt, er hätte die Klinke gedrückt, sich auf die Bettkante gesetzt, ein paar Sätze gesagt wie »Ab jetzt bist du mein Leben«, und Payton wäre ihm seufzend in die Arme gefallen. Raid hätte keine Rosen gehabt, aber dafür irgendwelche Blüten von einem wilden Busch gepflückt und sie auf der Bettdecke zu einem Herzen arrangiert. Er hätte vergessen, dass sie diese Blüten vielleicht noch brauchten, um daraus einen wärmenden Kräutertee zu kochen. Er hätte auch vergessen, was er jemals über die Liebe gedacht oder gewusst hatte. Es wäre eine unvergessliche Nacht geworden, ein berauschendes erstes Mal für beide, noch schöner, als sie es jemals für möglich gehalten hätten. So weit, so gut, Scheißmusik, Abspann.

Ich ging zurück ins Gästezimmer und wälzte mich ein bisschen im Bett hin und her. Es war bequem, weich, außerdem roch es gut, trotzdem konnte ich nicht schlafen. Vielleicht auch gerade deshalb. Es roch nach einem Waschmittel, das mir bekannt vorkam. Es war ein Geruch, nach dem man Sehnsucht bekommen konnte. Also redete ich mir ein, dass ich aufs Klo musste, und ging ins Bad. Es war ungefähr so groß wie meine Wohnung. Überall standen Seifenspender oder Duschgelspender herum. Marmorfarben. Selbst das Duschgel passte ins Farbkonzept, und es war ganz sicher nicht das für 99 Cent aus der Billigdrogerie. Selbstverständlich hatte ich mein eigenes Shampoo benutzt, vorhin, als ich in der gläsernen Riesenduschkabine geduscht hatte. Nur bei den Handtüchern war ich schwach geworden, sie waren dick und flauschig und lagen in Stapeln in einem Regal.

Ich ging zurück in den Flur. Hinter Lillys Tür war alles still. Je länger ich so herumstand, desto idiotischer kam ich mir vor. Lilly war unberührbar. Abgesehen von irgendwelchen Spielchen auf Spendengalas oder Kussproben.

Alles in diesem Haus war unberührbar. Die eiskalte Küche mit dem kostbaren Tisch, auf dem ich am Abend meine Teetasse abgestellt hatte. Ohne zu wissen, dass man *selbstverständlich* einen der Filzuntersetzer benutzte, die auf einem Stapel am Tischende lagen.

»Nicht schlimm«, hatte Lilly gesagt, und ich hatte genau gehört, dass es doch schlimm war. Sie war mir fremd, dort in der Küche, wo sie irgendetwas Eingefrorenes aus dem Riesenkühlschrank holte und in die Mikrowelle schob, während ich an dem Abdruck meiner Teetasse herumpolierte und die eingearbeiteten Schnitzereien, Muster und Bilder auf der Tischplatte betrachtete, die beinahe aussahen wie eine Graphic Novel. Unser »Dinner« nahmen wir in einem Raum ein, den Lilly »Dads Arbeitszimmer« nannte. Dort gab es eine Mega-Leinwand, die man auf Knopfdruck herunterfahren konnte und – außer einem riesigen Schreibtisch, von dem aus Superdad vermutlich täglich die Welt rettete – eine Sofalandschaft mit kleinen Beistelltischchen. Dort aß Superdad oft zu Abend, nämlich dann, wenn sie keine Gäste hatten. Superdad war anscheinend ein Serienjunkie, das machte ihn fast menschlich. Aber nur fast. In Dads Arbeitszimmer schien mir Lilly noch ferner, noch unberührbarer als in der Küche. Selbst Raid wäre in dieser Sofalandschaft verloren gewesen und hätte wahrscheinlich erst mal ein Feuer gemacht. Was gut gewesen wäre, es war nämlich auch in Dads Arbeitszimmer saukalt. Genau wie im Gästezimmer.

Und hier im Flur. Wo ich immer noch stand, vor der verschlossenen Tür der Eisprinzessin. Nicht mal den Superschweden hatte sie an sich herangelassen. Irgendetwas an dem Gedanken machte mich wahnsinnig glücklich. Für ungefähr zwei Sekunden, dann mischte sich die Realitätsabteilung meines Hirns ein: Und du glaubst also ernsthaft, sie wartet auf jemanden wie *dich*?

Ich gab auf und tappte zurück in das weiche Bett mit dem Bettwäsche-Sehnsuchtsgeruch. Und dort hatte ich dann die zündende Idee: Ich schickte ihr eine Nachricht per Handy. Eine geistreiche, intelligente Nachricht, die jedes Mädchen schwachgemacht hätte. Eine Nachricht, die ich sofort nach dem Abschicken bereute:

Bist du noch wach?

Ja. Und du? ☺

Die Antwort kam so schnell, als hätte sie nur darauf gewartet, dass ich endlich etwas unternahm. Und was tat Ben, der Super-Lover? Stürmte er in ihr Zimmer? Bedeckte er ihr Gesicht mit wilden Küssen?

Ben tat natürlich nichts von alledem, er schrieb eine wahnsinnig originelle Antwort:

Nein, ich schlafe. Das ist ein Traum. ☺

Deiner oder meiner?

Keine Ahnung. Unserer?

Das war so romantisch, dass ich Angst bekam, also schickte ich schnell noch etwas hinterher: *Was machst du?*

Keine Antwort.

Was dachte sie? Ich brauchte bloß rüberzugehen, um sie zu fragen. Aber ich blieb im Bett und starrte auf das Viereck des Fensters und den zierlichen kleinen Schreibtisch davor, der vermutlich zusammenbrechen würde, wenn man sich mit den Ellenbogen aufstützte. Oder jedenfalls, wenn ich es tat. Auch die Möbel in diesem Zimmer schienen mir zu sagen: Du bist nicht unser Gast. Du nicht.

Endlich vibrierte mein Handy.

Ich schau in mein Mathebuch. Hab in zwei Wochen Klausur, Mum hat mich vorhin dran erinnert.

Was interessierte mich Mum? Und Lillys Schule? Mich interessierte, was mit uns war. Warum wir darüber redeten, wer mit wem nicht schlief, aber uns nicht berührten. Heute im Studio war nicht einmal ihre Hand in meiner Nähe gewesen. Die verdammte Pultleuchte hatte die ganze Zeit funktioniert. Wir nahmen keine Kussszenen mehr auf, sondern nur noch die Szenen mit diesem nervigen kleinen Jungen, der natürlich das ganze Lager mit dem Fieber ansteckte. All das konnte ich nicht schreiben. Aber was sonst? Fragen, ob ich rüberkommen und ihr helfen sollte? In meinem Kopf gab es bloß eine verschwommene Erinnerung an Matheformeln.

Vibration.

Hast du eigentlich schon Abi?

Und wenn ich kein Abi habe, was ist dabei? Ich bin Ben, erfolgreich als Synchronsprecher, Ben, der von seiner Arbeit leben kann, falls er nicht gerade eine Überschwemmung verursacht.

Nö, bin in der Zwölften rausgeflogen.

Warum?

Lange Geschichte. Du hältst mich jetzt wahrscheinlich für einen Loser.

Ich bereute es schon, während ich auf Senden drückte. Die Antwort kam schnell.

Nein, tu ich nicht. Hast du geschwänzt, oder was?

Auch. Und zu viele Sachen gesagt, die sie nicht hören wollten. Da wollten sie mich nicht mehr haben.

Hat dir niemand geholfen? Deine Eltern oder so?

Wie denn? Mein Vater ist mit seiner Familie beschäftigt, ich gehöre nicht in sein Leben. Weil ich ihn verdammt noch mal an die erinnere, die er vergessen will. An Feiertagen und so weiter, da fällt es ihm wieder ein, dass es mich gibt, und dann muss ich antanzen und bei dieser blöden *Wir-sind-eine-glückliche-Patchworkfamilie*-Aufführung mitwirken.

Das klang nach Jammerlappen. Lieber nicht.

Nein, die haben andere Probleme.

Welche denn?

Leben. Sich jeden Tag zusammenreißen, jedenfalls mein Vater.

Wieso, ist der irgendwie depressiv oder so was?

Nein, der nicht.

Wer denn sonst? Könnte sie fragen. Also löschen.

Nein, der will bloß immer alles richtig machen. Muss verflucht anstrengend sein.

Und deine Mutter?

Wie soll die mir denn geholfen haben, ich weiß noch nicht mal, wann ich sie das letzte Mal gesehen habe.

Löschen.

Auf Malvins Geburtstag hatte mein Erzeuger genau danach gefragt: »Ben, warst du mal wieder bei deiner Mutter?«

»Du?«, hatte ich den Ball zurückgespielt. Und prompt mischte sich Doris ein, mit einem Vortrag: Warum mein Vater als geschiedener Ehemann dort nicht hinmusste. Dass sein Besuch meine Mutter eher irritieren oder unglücklich machen würde. Noch unglücklicher.

»Aber du, als Sohn … Ich glaube, sie würde sich freuen, Ben.«

Und mein Erzeuger legte natürlich nach: »Man muss sich halt manchmal überwinden, man kann nicht nur das tun, wozu man Lust hat.« Und so weiter, logischerweise mit irgendeinem dummen Zitat, wer sich nicht selbst befiehlt, bleibt immer Knecht, oder so ähnlich.

Ich fischte kurz unter dem Kopfkissen nach dem kleinen Playmobil-Feuerwehrmann. Eine blöde Angewohnheit. Natürlich lag er noch dort, wo sollte er denn sonst sein? Ausgeflogen zu einem Einsatz? Sehr witzig, Ben.

Das Handy leuchtete auf.

Wenn du nicht drüber reden willst, respektiere ich das.

Ein Satz, der völlig klarmachte, wo Lilly eigentlich lebte. Weit, weit entfernt von mir, in einem Land, in dem es höflich und glatt zuging, wo man einander respektierte und über alles reden konnte. Dass es Zustände gibt, die man nicht respektieren kann, hätte ich gern geschrieben, die einfach scheiße sind, die man hasst, und man hasst den anderen dafür, dass er in diesem Zustand ist. Auch oder gerade, wenn dieser andere zufällig die eigene Mutter ist. Irgendwas musste ich antworten, also tippte ich: *Kein Problem, war nur kurz im Bad. Wer füllt eigentlich immer das Shampoo in die Spender? Macht das eure Putzfrau? Oder ist es Zauberei?*

Darauf kam keine Antwort mehr.

Ich hatte es mal wieder versaut.

Irgendwann kroch so etwas Ähnliches wie Dämmerung durch das Fenster. Es war halb acht, ich lag in diesem fremden Bett und war so wach, dass es kaum auszuhalten war. Ich stand auf, duschte, zog mich an und lauschte einen Moment an der Tür der Prinzessin. Nichts. Also ging ich nach unten.

In der Küche war es halbdunkel und kalt. Wo die Heizung anging, wusste ich nicht. Ich knipste das Licht an, Neon über den Arbeitsplatten. Nur über dem kostbaren Tisch hing eine normale Lampe, genau in der Mitte. Der Abdruck meiner Teetasse von gestern Abend war noch da. Ich nahm ein Küchentuch und wischte daran herum. Der Tisch stammte aus Indien, das hatte mir Lilly erzählt. Ohne mir zu erklären, wie er den Transport aus Indien ohne Schrammen überstanden hatte. Vielleicht würde Wachs helfen. Die Platte einwachsen und polieren. Vielleicht würde es auch alles noch schlimmer machen. Es war besser, nach Zutaten für ein Frühstück zu suchen, das ich der Prinzessin ans Bett bringen konnte. Als eine Art Versöhnungsangebot. Obwohl wir eigentlich gar nicht gestritten hatten.

Ich zog eine der gigantisch großen, ausfahrbaren Schubladen der umstehenden Riesenschränke auf und fand: ungefähr tausend Sorten Tee, dazu Müsliflocken, Cornflakes und Trockenobst in verschiedensten Sorten und Packungsgrößen. Eine weitere Schublade barg Honig, Marmeladen, Erdnussbutter, Aufstriche, Toastbrot, Zwieback, Reiswaffeln, Knäckebrot. Ich entschied mich für Schwarztee. *First Flush, Bio, von den Berghängen des Himalaya.* Stand zumindest auf der Packung. Ich hatte gerade den Wasserkocher angeworfen und suchte einen Toaster und eine Teekanne, als jemand die Haustür aufschloss. Bevor ich noch »Bitte nicht schießen, ich bin kein Einbrecher!« oder so was in der Art rufen konnte, stand die Frau schon in der Küche und ließ fast ihre prall gefüllten Einkaufstüten fallen. Sie stieß einen unterdrückten Schrei aus und machte ein paar Schritte rückwärts. Auf ihrem Mantel waren Schneeflocken, und unter ihrer Mütze schaute ein Haarschopf in Graubraun hervor. Mir fiel ein, dass Lilly gestern irgendetwas von einer Frau Böhm erzählt und dabei leicht besorgt geklungen hatte.

»Guten Tag, ich bin Ben. Ich bin … zu Besuch.«

Ich hatte vor längerer Zeit mal einen netten Jungen in einem Weihnachtsfilm synchronisiert und versuchte jetzt, meiner Stimme diesen unschuldig-ehrlichen Ton zu geben. Es schien zu wirken, sie stellte die Tüten ab.

»Oh, guten Tag, entschuldigen Sie, ich bin Frau Böhm, ich wusste nicht …« Sie nahm meine ausgestreckte Hand, wir lächelten. Wenn nicht all die Küchengeräte vor sich hin gesummt hätten, dann hätte man vielleicht unsere Gedanken rattern hören können. Ich sah ihr an, dass sie alles verstand. Lilly allein, der geheime Lover im Haus. Was ja noch nicht einmal stimmte, aber wie sollte ich ihr das erklären, ich verfluchte mich dafür, die verdammte Küche überhaupt betreten zu haben. Und jetzt war vollkommen klar, dass Superdad und Supermum auch nichts von Lillys geheimem Lover im Haus wussten. Vollkommen logisch, trotzdem gab es mir einen Stich.

»Wollen Sie ein Frühstück?« Frau Böhm fing an, die Tüten auszupacken.

»Ich mach eigentlich gerade Frühstück«, sagte ich. Und spürte, ich hatte genau das Richtige gesagt.

Als Lilly runterkam, räumten wir gemeinsam in der Küche herum, toasteten Brot und bereiteten einen Obstsalat zu. Lilly, in der Tür, gefolgt von Snowflake, riss die Augen weit auf und hielt eine Hand vor den Mund. Snowflake jedoch kapierte sofort, wer in dieser Küche der Chef-Dosenöffner war, königlich schritt sie auf Ben-den-Katzenflüsterer zu und rieb sich an seinen Beinen. Frau Böhm lächelte. Lilly lächelte. Das Ganze war jetzt tatsächlich eine Art Kinder-Weihnachtsfilm. Im Januar. Sogar das Wetter spielte mit, vor dem Fenster fiel der Schnee in dicken Flocken.

23
Ben

Dass die Heizung im Eispalast nicht funktionierte, kapierten wir nicht sofort. Als wir am zweiten Abend in der Villa ankamen und unsere Mäntel in der Halle aufhängten, stand unser Atem immer noch als Wolke in der Luft. Das Thermostat an der Wand zeigte fünf Grad. Plus. Immerhin, würde ein unverbesserlicher Optimist wie mein Vater sagen, draußen sind zehn Grad minus. Ist das nicht super?

Lilly hatte keine Ahnung, wie man die Heizung höher drehte, alles regelte sich in diesem Haus selbst. Oder eben nicht. An den Thermostaten, die Lilly mir zeigte, waren die Einschaltknöpfe gedrückt. Der Fußboden war trotzdem eiskalt. Einen Heizkörper gab es nur in der Küche und im Arbeitszimmer von Superdad. Wir drehten die Regler auf fünf, stellten die Herdplatten an und wärmten das von Frau Böhm vorgekochte Gericht auf. Dann hüllten wir uns in Decken und aßen auf der Sofalandschaft. Immer wieder prüfte ich die Heizkörper: nicht mehr als lauwarm. Lilly zitterte. Also gab ich ihr von meiner Decke ab. Eigentlich fand ich die Kälte gar nicht so schlecht. Ich konnte meinen Arm um sie legen, sie rückte nah an mich heran, es wurde warm, beinahe zu warm – und genau diesen Moment nutzte Supermum, um anzurufen. Lilly sprang auf, rutschte auf Wollsocken fast auf dem Parkett aus, und rannte aus dem Zimmer, ihr Handy am Ohr. Die Tür ließ sie halb offen.

»Ja, alles okay. Ja, stimmt, es ist ziemlich schlechtes Wetter hier, ja, die Straßen sind vereist, doch, bin schon zu Hause, hab ein Taxi ... Es ist *okay*, Mum, ich komm super zurecht. Ja, Frau Böhm war da. Natürlich kocht sie für mich, es ist alles ... wie ist es bei euch?«

Ich hätte aufstehen und zur Tür gehen können und laut ein Lied singen. Oder den Arm um Lilly legen und ihr zuflüstern, dass sie zum Telefonieren doch nicht rausgehen brauchte. Ein Flüstern, das laut genug war, um von Supermum gehört zu werden. Und sie hätte die Botschaft sofort verstanden: Raid würde die Prinzessin nicht aufgeben. Niemals. Nur durfte Supermum nichts erfahren, auf gar keinen Fall, sie würde sich sonst sofort in ein Flugzeug setzen und angerauscht kommen. Es war auf jeden Fall klüger, einfach sitzen zu bleiben, nicht zu singen und schon gar nicht den Arm um Lilly zu legen und ihr ins Ohr zu flüstern. Fünf Tage sollte der kleine Ausflug ihrer Eltern dauern, so viel wusste ich. Es wäre wahnsinnig gewesen, sich das kaputt zu machen. Ich beschloss, mich stattdessen um die Heizung zu kümmern.

Ich stieg nach oben und schaute dort noch mal nach den Thermostaten. Keine Veränderung, das gesamte erste Stockwerk war arschkalt. Ich ging zurück nach unten, machte der Prinzessin ein Zeichen, sie solle doch im Arbeitszimmer telefonieren, dann suchte ich nach einem Eingang zum Keller und fand ihn neben der Küchentür. Der Schlüssel steckte. Am Rand einer steilen Treppe stand ziemlich viel Zeugs herum: Körbe, Stiefel, ein paar kleine Holzskulpturen, die fast ein bisschen nach Voodoo aussahen. Ich ging natürlich trotzdem runter. In einem Horrorfilm wäre spätestens jetzt etwas passiert. Hier irrte ich nur in einem Flur herum, von dem mehrere Türen abgingen. Die meisten davon offen. Kein einziger der Schalter an der Wand brachte irgendeine Birne zum Leuchten. Und alle Räume waren, soweit ich es im Schein meiner Handy-Taschenlampe erkennen konnte, riesig und mit Kisten vollgestellt. Ganz ordentlich aufeinandergestapelt. Alle mit der gleichen blauen Schrift einer Umzugsfirma. Vielleicht hundert oder fünfhundert. Wussten Supermum und Superdad und Lilly, was in den Kisten war, hatten sie wenigstens eine Ahnung davon?

Eine Tür war zu. Dahinter brummte und klickte es. Der Stromraum. Mit Heizungsanlage. Und einer Deckenlampe, die funktionierte und alles beleuchtete. Massenhaft Rohre. Unendlich viele Kippschalter. An einem war ein Plan befestigt, der vielleicht zeigte, welches Rohr wohin führte. Ich brachte ihn wie eine Trophäe nach oben.

Die Prinzessin war im Salon und versuchte, ein Feuer im Kamin zu machen. Es gab nur wenig Holz, und das war anscheinend auch nur Deko. Wir zündelten mit Zeitungspapier, es qualmte. Als einer der Deko-Klötze endlich Feuer fing, wurde der Qualm stärker. Auch mit dem Abzug schien etwas nicht in Ordnung zu sein. Trotzdem rückten wir zwei gepolsterte Stühle vom Tisch an den Kamin und verbrachten die nächste halbe Stunde damit, bibbernd den Heizungsplan zu studieren. Und verstanden nichts. Unsere Gesichter waren nahe beieinander, fast hätten sich unsere Lippen berührt. Die Kälte drang aus allen Ecken des Salons. Das Feuer qualmte, ohne zu wärmen.

Und trotzdem.

Oder gerade deshalb.

Plötzlich war alles irgendwie richtig.

Wer von uns mit dem Küssen anfing, war nicht klar, aber wir taten es.

Lillys Lippen waren kalt.

Und doch waren sie die Welt.

Das Feuer brannte nieder.

Deshalb gingen wir irgendwann in Lillys Zimmer.

Und so verbrachten wir die zweite gemeinsame Nacht: in einer Betthöhle, vollständig angezogen. Wir lagen unter Lillys großer Decke, zwischen uns hatte sich Snowflake zusammengerollt.

»Fast wie Payton und Raid«, sagte Lilly.

Ich verschluckte die Bemerkung, dass zwischen einem Zimmer in einer Villa, wo nur die Fußbodenheizung ausgefallen war, und der kanadischen Wildnis Welten lagen.

»Ja, genau so«, sagte ich. Und irgendwas daran stimmte auch.

Jede Stunde stieg der Held in den Keller und legte einen der vielen Schalter um. Danach kroch er in allen möglichen Räumen auf dem Boden herum und versuchte herauszufinden, ob es irgendwo vielleicht warm wurde. Wurde es nicht. Mir war inzwischen klar, dass die Rohre eingefroren waren. Und dass wir einen Klempner rufen oder sie selbst irgendwie auftauen mussten. Aber nicht in dieser Nacht.

Wir hatten Kerzen angezündet. Und gaben uns Mühe, nicht einzuschlafen, damit nicht auch noch die Bude abfackelte und wir gleich mit.

Also redeten wir. Mädchen reden gern. Besonders über Mädchensachen. Nur im Film fahren sie auf die schweigsamen Typen ab, die sie überall raushauen, aber kein Talent für Kommunikation haben. Lilly erzählte von dieser Miranda in Bukarest, dass sie nicht so sicher war, ob sie wirklich Freundinnen waren. Ich schob Snowflake vorsichtig Richtung Fußende, damit ich näher an Lilly heranrutschen konnte. Snowflake maunzte, es klang wie Protest, dann erkannte sie die Vorteile und kroch tiefer unter die Decke. Ich spürte sie irgendwo zwischen meinen Schienbeinen und Füßen. Lilly redete darüber, wie schwer es war, Freundinnen zu finden, und ob ich Freunde und Freundinnen außer Gamse und Aran hätte, also, in den Studios? »Geht so«, sagte ich, und sie erzählte von der Schauspielschule und vom Casting, wo irgendetwas mit einem Hustenbonbon passiert war, ich bekam es nicht richtig mit, weil ich unter vielen Schichten Pullovern und T-Shirts Lillys Rücken unter meinen Fingern spürte. Ihren Rücken und den Verschluss ihres BHs. Lilly schien auf irgendetwas zu warten, vielleicht darauf, dass ich etwas sagte. Mir fiel nichts ein, denn ich wartete nur darauf, bis meine Fingerspitzen wärmer wurden, warm genug, um auf ihrem Rücken spazieren zu gehen, ohne sie zu erschrecken.

»Und wo … bist du vorgestern so schnell hingegangen?«

Die Frage kam aus dem Nichts.

»Mein, na ja … kleiner Bruder hatte Geburtstag.« Meine Fingerspitzen fuhren rückenabwärts. Damit nicht die ganze Welt meinen trommelnden Herzschlag hörte, fing ich an, von der Feier zu reden. Wo ich die Rolle des großen Bruders gespielt hatte, der dem kleinen Bruder beatboxen beibrachte oder es zumindest versuchte. Malvins Begeisterung hatte alles noch peinlicher und schlimmer gemacht.

»Und woher kannst du beatboxen?«, fragte Lilly.

Ich erzählte ihr von den vielen Übungsstunden in meinem Handtuchzimmer, und meine Finger erzählten eine andere Geschichte auf ihrer Haut. Irgendwann klingelte mein Handywecker wieder, und ich musste raus in die Wildnis und runter in den Keller, den letzten Schalter umlegen, inklusive ein bisschen Herumkriechen auf dem Fußboden, obwohl ich schon wusste, dass es zwecklos war, dass wir uns bald kümmern oder wenigstens der Haushälterin eine Nachricht hinterlassen mussten. Aber ich erfüllte meine Pflicht, und als ich zurückkam, schlief die Prinzessin. Ich legte mich sehr vorsichtig auf meine Bettseite, wartete eine eiskalte Ewigkeit, bis ich wenigstens ein bisschen auftaute, und Snowflake machte es sich auf meinen Füßen bequem. Lilly blieb, wie sie war, zur Wand gedreht, tief atmend, und als ich sie in die Arme nahm, schmiegte sie sich an mich, ohne dabei aufzuwachen, und da war vollkommen klar, dass ich in dieser Nacht keine Minute mehr schlafen würde.

Am nächsten Tag verließen wir den Eispalast früh, schrieben einen Zettel für Frau Böhm, baten sie, den Klempner-Notdienst anzurufen, und benutzten später die Studiodusche. Während Lilly duschte – es war ihr peinlich, und sie tat so, als ginge sie nur aufs Klo –, lenkte ich Jürgen ab und fragte, wie es denn jetzt mit dem Vorschuss aussehe, ob er etwas machen könne, zwar hätte ich den Vertrag gerade erst unterschrieben, schon klar, aber es sei halt dringend und …

»Vielleicht sagst du uns endlich mal, was eigentlich bei dir los ist, Ben.« Jürgen hatte anscheinend seinen mega-menschenfreundlichen

Tag, legte mir sogar kurz seine Hand auf die Schulter, und ich erzählte ein bisschen vom Lama und dem Wasserschaden, ohne zu erwähnen, dass ich gerade bei Lilly wohnte. Auch Jürgen wollte wissen, ob ich denn keine Eltern hätte, die mir helfen konnten. Ich schüttelte den Kopf und fühlte mich plötzlich so müde, dass ich die Augen aufreißen musste, um nicht einfach einzuschlafen. Weil es warm war. Weil ich satt war. Und alle lächelten, warum auch immer, Jürgen und Laura, die gerade ankam und wahrscheinlich die Dusche im Bad gehört hatte.

»Es sind übrigens nicht mehr allzu viele Szenen für euch, wir kommen super voran«, sagte Jürgen. »Und, Ben, ich telefoniere mit Frau Wald und frag mal, ob sie dir nicht alles auf einmal überweisen können, und zwar bald. Das nächste Mal sag doch einfach was.«

Warum schien plötzlich alles so gut zu laufen? Welcher Regisseur hatte auf Happy End umgeschaltet im Film »Das Leben des Ben«?

Niemand, das hätte mir eigentlich klar sein müssen.

24

Lilly

Alle im Lager bekamen das Fieber. Auch John. Er lag zwischen Decken und schwitzte und fantasierte und sagte Payton auf Englisch, sie solle auf sich aufpassen. Es war klar, dass er sie immer noch liebte. Sah er Erik wirklich ähnlich? Ich versuchte, mir Erik vorzustellen, aber sein Bild verschwamm. Miranda würde mir das Verlobungsfoto sicher gern noch einmal schicken, wenn ich sie danach fragte. Vielleicht besaß sie auch schon neue Bilder …

»Lilly! Wir machen es noch mal! Betonung, Betonung, Subtext. Du *darfst* nicht sterben, John! Das heißt, du weißt, dass er es nicht schafft, das ist dein Subtext!«

Ich versuchte, mich zu konzentrieren. Nicht an Erik und Miranda und eventuelle Fotos zu denken, und schon gar nicht daran, wie es sich angefühlt hatte, in Bens Umarmung zu schlafen. In einer Kuhle, in die ich genau passte. Mir fielen nur englische Begriffe für dieses Gefühl ein, homy, cosy, aber diese Wörter …

»Lilly! Was ist denn los? Raphaela hat ihren Satz fast fertig, und du hast noch nicht mal eingeatmet!«

Jürgen klang jetzt richtig ärgerlich. Und Ben, neben mir, schüttelte den Kopf und sagte: »Payton, wo bist du bloß mit deinen Gedanken.« Dann beugte er sich wie ein Streber über seine Textblätter, und aus dem Augenwinkel sah ich, wie er in sich hineingrinste. Ich drehte mich halb zu ihm und bedrohte ihn mit einer imaginären Pistole. Er lachte nur noch mehr. Er sah gleichzeitig unglaublich müde und unglaublich wach aus. Vielleicht auch einfach nur unglaublich.

In der nächsten Szene waren Raid und Payton allein mit dem kleinen Jungen. Dem Jungen ging es sehr schlecht, er lag in Paytons Armen, und sie erzählte ihm, wie sie zu Hause in der Festung auf der Mauer gejoggt war. Der Junge hatte nie ein Zuhause gehabt, er war als Verlorener geboren. Und jetzt starb er als Verlorener. Es war furchtbar traurig, Payton liefen Tränen übers Gesicht, und ich atmete mit ihr, weinte mit ihr, hielt den Jungen fest, ganz fest. Raid, dicht neben mir am Feuer, legte den Arm um mich. Er roch nach seinem Duschgel, das ich jetzt schon kannte. Und sprach all seine Sätze auf den ersten Take ein. Ich musste zwei Sätze wiederholen, mein Hals war zu rau. Als wir die Szene endlich eingesprochen hatten und Jürgen »Pause!« rief, lag Bens Arm immer noch um meine Schulter.

»Denk dran«, flüsterte er, »der kleine Kerl ist nur ein Schauspieler, der dreht schon längst den nächsten Film.«

Kuss aufs Ohr.

»Ja, ich weiß. Aber gib zu, du findest das auch traurig.«

Kuss.

»Das ist nur Hollywood-Traurigkeit.«

Zwei Küsse. Und dann: »Wer wohl das Fieber als Nächstes bekommt?«

»Was … du meinst … Raid?«

»Oder Payton. Oder beide.« Ben ließ mich los. Laura war aufgestanden und machte an ihrem Pult eine Dehnübung.

»Nein … das geht doch nicht.« Ich griff nach meiner Umhängetasche.

»Warum denn nicht? Wenn ein Drehbuchautor schon so ein Fieber da reinschreibt, dann muss es auch richtig abgehen. Danach ist das Happy End umso schöner.«

»Aber ohne Raid gibt's kein Happy End!«

In der Tasche summte mein Handy. Ich hatte vergessen, es abzuschalten. Mum. Ich presste es ans Ohr und ging rasch in den Aufenthaltsraum.

»Was ist denn? Ich bin im Studio, muss gleich wieder auflegen.«

»Frau Böhm hat gerade angerufen! Warum sagst du nichts, Lilly?«

»Was …« Ich ließ mich aufs Sofa sinken. »Was meinst du, ist es wegen …?«

Ben. Nein, Raid. Sie kennt ihn nur als Raid.

»Die Heizung! Frau Böhm sagt, die Rohre sind eingefroren, in der ganzen Straße, und sie kriegt keinen Klempner-Notdienst, alle ausgebucht. Außerdem ist ihr Sohn hingefallen auf dem Schulweg, sie ist gerade mit ihm in der Klinik, er hat sich vielleicht was gebrochen … Pass auf, Lilly, die Rohre können platzen, du musst unbedingt …«

Jürgen kam pfeifend herein, durchquerte den Raum, dann hörte ich ihn in der Küche rumoren.

»Elektroheizungen«, sagte Mum an meinem Ohr. »Baumarkt. Martin.« Und dann: »Schaffst du das denn, Kind? Oder soll ich …«

»Mum, das ist alles kein Problem!« Ich sprang vom Sofa auf. »Wir haben, also, ich meine, Frau Böhm und ich, wir haben schon …«

Hatte Frau Böhm irgendwas angedeutet wegen Ben? Und warum sagte ich jetzt nicht: Raid ist bei mir. Er kennt sich super aus mit Heizungen, wir haben das im Griff.

»Wenn dir das zu viel wird … ich meine, dein Studio und so … wir sind inzwischen in London, und ich kann meinen Flug umbuchen und heute Nachmittag …«

»Nein!«

Jürgen kam aus der Küche und schaute mich mit hochgezogenen Augenbrauen an. Ich schüttelte den Kopf, wedelte mit der Hand, alles gut, nur meine Mutter.

»Wir … ich besorge die Elektroheizungen mit Martin. Du musst ihn nicht anrufen, das mach ich selbst. Er kann mir helfen, wirklich.«

So ging es eine Weile hin und her, Mum wollte mir von London aus die

Adressen sämtlicher Baumärkte der Umgebung mailen, falls die Elektroheizungen ausverkauft seien. Dann gab sie mir genaue Anweisungen, wie und wo ich sie aufstellen sollte, und am Schluss rief Dad doch Martin an, während Mum noch mit mir telefonierte. Inzwischen waren alle in den Aufenthaltsraum gekommen, in der Küche zischte und brodelte die Kaffeemaschine, und ich beeilte mich aufzulegen.

»Ist was passiert?«, fragte Jürgen.

»In unserer Straße sind ein paar Wasserrohre eingefroren.« Ich sagte es nicht nur zu ihm, auch zu Ben, der gerade mit zwei Teetassen aus der Küche kam.

»Oh, wirklich?« Ben reichte mir eine Tasse. »Roibusch-Vanille gibt's hier nicht, bloß schnöden Schwarztee. Wir … ihr müsst im Haus Heizlüfter aufstellen. Oder Öfen.«

»Dasselbe sagt Mum auch.«

»Oh, Mum und ich sind uns *einig*!« Ben legte seine freie Hand auf meinen Rücken und schob mich Richtung Tisch. Kurz hatte ich das Gefühl, auf einer Bühne zu sein, alle schienen nichts anderes zu tun zu haben, als uns anzusehen. Neugierig. Fragend. Lächelnd, was Laura betraf.

»Falls du dir freinehmen willst, wir sind jetzt super in der Zeit.« Jürgen zog sich einen Stuhl heran. Wir alle setzten uns, für Sekunden nur Stühlerücken, dann sagte Jürgen: »Heute Abend schickt Frau Wald die letzten Szenen, soweit ich weiß.«

»Oh, schon«, sagte Laura. »Immer dasselbe. Kaum hat man sich an die Arbeit an einem Film gewöhnt, ist alles schon wieder vorbei.«

In meiner Tasche vibrierte das Handy, mehrmals hintereinander, sicher Anweisungen von Mum. Oder Martin, der fragte, wann er kommen solle. Ich wusste, ich musste nachschauen, Martin antworten und Jürgen sagen, dass es eine gute Idee sei freizunehmen. Und vor allem sollte ich etwas Höfliches, Professionelles über die Arbeit am Film sagen. Damit sie beim nächsten Film wieder an mich dachten.

Aber ich saß wie erstarrt. Was mir durch den Kopf ging, konnte ich unmöglich aussprechen: Es kann doch gar nicht aufhören. Wer soll ich denn sein, wenn ich nicht mehr Payton bin?

Am Nachmittag holte Martin uns ab. Wir fuhren zu drei Baumärkten und kauften Öfen und Elektroheizungen. Martin half uns, sie in die Villa zu schleppen. Dann standen wir in unseren dicken Jacken in der Halle herum und schwitzten, und unser Atem bildete kleine Rauchwölkchen vor unseren Mündern. Martin schaute auf sein Handy, dann sah er mich an.

»Deine Mutter, Lilly, sie fragt, wie weit wir sind und ob ich dir beim Aufstellen helfe, genauer gesagt, sie schlägt vor …«

»Das machen wir schon.« Ben trat einen Schritt auf Martin zu. »Ich kenn mich mit so was aus. Sie können ruhig … äh … fahren.«

»Das stimmt. Also, ich meine, er kennt sich aus.« Ich schaute kurz auf mein Handy. Zwei Mum-Botschaften.

Wo bist du? Mit Martin schon zu Hause?

Wie läuft es? Melde dich doch mal schnell, ich muss gleich zu einer Veranstaltung.

»Das wäre wirklich nicht schlecht, ich hab noch einen Auftrag, aber …«, fing Martin an, und ich fiel ihm ins Wort: »Das mit Mum, das übernehm ich, versprochen.«

Ich verrate nicht, dass Sie wegfahren, und Sie verraten meinen Eltern nichts von Ben.

Martin nickte, dann gab er uns beiden die Hand und verabschiedete sich.

»Genau so hab ich mir immer einen romantischen Abend vorgestellt«, sagte Ben, nachdem die Tür zugefallen war.

Während er den ersten Heizkörper aus seiner Pappverpackung schälte, tippte ich schnell eine Nachricht: *Alles super, wir stellen gerade die Heizungen auf. Mach dir keine Sorgen. Lil.*

Ach, und übrigens, Raid ist bei mir. Ich glaube, Martin mag ihn. Frau

Böhm auch. Es ist irgendwie schön mit ihm. Er heißt gar nicht Raid, sondern Ben und ist ganz anders, als ihr denkt. Und ich hab keine Ahnung, ob ich in ihn verliebt bin. Oder er in mich. Oder was Liebe eigentlich ist. Wisst ihr das denn?

»So, fertig.« Ben zog seine Jacke aus und warf sie über den kleinen Tisch am Eingang. »Die Elektroöfen verteilen wir hier oben, die Lüfter müssen in den Keller. Direkt vor die Rohre. Habt ihr Verlängerungskabel?«

Wir suchten im ganzen Haus, aber alle Kabel waren unter der Wand verlegt, nur die Steckdosen schauten raus. Erst als ich auf die Idee kam, in den Umzugskisten nachzusehen, fanden wir Dreierstecker, Sechserstecker, lange Kabel, manche noch in einer Plastikverpackung.

»Irgendwie gespenstisch«, sagte Ben. »Warum packt ihr die Kisten eigentlich nie aus?«

»Wir … ich glaube, keiner hat so richtig Zeit. Oder so.« Es war schwer, es ihm zu erklären. Dass wir immer so müde waren nach den Umzügen. Dad musste sofort arbeiten, ich in meine neue Schule, Mum organisierte alles Mögliche und sagte jedes Mal, sie wolle jetzt endlich Privatstunden in Englisch und Französisch geben. Und dann tat sie es doch nicht.

In irgendeiner dieser Umzugskisten musste auch die Autogrammkarte von Raphaela Stanfield liegen, die Dad mir vor so langer Zeit mitgebracht hatte. Ich hätte sie Ben zeigen können. Aber dafür hätte ich sie erst finden müssen.

Nach einer Stunde hatten wir alle Heizlüfter und Elektroheizungen verteilt. Ich fotografierte sie und schickte die Bilder an Mum, während Ben schon die Gefriertruhe durchwühlte.

»Willst du lieber Risotto mit Pfifferlingen? Oder vegane Frühlingsrollen? Spinattaschen? Gemüsestäbchen? Fettfreie Pommes? Süßkartoffelpommes? Oder Kartoffelecken, schon mit Sauerrahm?« Er zog eine Packung nach der anderen aus den Gefrierschubladen und legte sie auf die Arbeitsfläche neben der Spüle.

»Such du aus.« Ich schaltete mein Handy auf stumm und füllte Snowflakes Schale mit Trockenfutter.

»Gut, ich nehm alles.« Ben stellte eine Auflaufform in die Mikrowelle.

Inzwischen fühlte es sich fast selbstverständlich an, mit ihm in der Küche zu sein, dort, wo ich mich normalerweise selten aufhielt. Besonders seit wir hier in Berlin wohnten und ich bei *Act Out* angefangen hatte.

Während Snowflake fraß, suchte ich in einer Schublade nach einem Tischtuch für den Intarsientisch. Ganz unten lagen die Platzdeckchen aus Südafrika, mit den winzigen eingestickten Perlen, die ich als Kind so gemocht hatte.

»Oh, ganz fein gedeckt heute. Esst ihr immer so? Wo sitzt Mum? Wo sitzt du? Nach Dad frag ich nicht, das ist eh klar.« Ben hatte die Auflaufform aus der Mikrowelle geholt und hielt sie an beiden Henkeln. »Dads sitzen am Tischende. Stimmt's?«

Er stellte die Form auf den Untersetzer in der Mitte. Ich tat so, als wäre ich mit dem Besteck beschäftigt. Ich wusste nicht, was ich antworten sollte. Hatten wir feste Plätze? Wann hatten wir das letzte Mal zu dritt am Intarsientisch gesessen? Bestimmt nicht hier in Berlin. Vielleicht in Bukarest.

»Mein Erzeuger hockt jedenfalls am Tischende. Zumindest, wenn ich zu Besuch bin.« Ben stellte eine Schüssel mit Pommes auf den Tisch. »Da hat er den Überblick und fühlt sich wichtig. So, alles fertig, Madame, nehmen Sie Platz.«

Wir setzten uns an die Längsseiten des Tischs und häuften uns Pommes und Gemüsestäbchen auf die Teller. Und auf einmal erzählte ich ihm von den Möbeln, die in jedem Haus an denselben Platz gerückt wurden und die wir doch nur selten benutzten. So wie dieser Küchentisch aus Indien, der älter war als ich und der immer direkt unter der Lampe aus Peru stehen musste. Aber meine Eltern gingen abends oft aus oder hatten Gäste, und wenn nicht, dann zog sich Dad in sein Arbeitszimmer zurück und sah fern. Morgens brachte mir Mum mein Müsli nach oben, weil sie sich Sorgen machte, dass ich zu wenig aß. Ich erzählte Ben von den Geschichten, die zu den Möbeln gehörten und irgendwann wichtiger zu sein schienen als die Möbel selbst. Der Teppich aus Marokko. Die Korkstühle aus Lissabon. Und das Bett von Granny.

»Es stammt noch von Grannys Mutter, weißt du? Damals müssen die Menschen echt klein gewesen sein. Wie ein Puppenbett.«

»Aber … in deinem Bett ist doch Platz«, sagte Ben.

»Das ist neu, hier gekauft. Das alte war peinlich. Aus ganz dunklem Holz und mit eingeschnitzten Tannenbäumen, als wäre das ganze Jahr Weihnachten. Ich hab Mum überredet, es Granny zurückzuschicken.«

Ich hatte sie nicht bloß überredet, ich hatte ein ziemliches Theater gemacht. Ich wollte auf keinen Fall weiterhin in dem Bett schlafen, in dem ich mit Erik geknutscht hatte. Erik, mit angewinkelten Beinen, zu lang für das Bett, und dauernd waren wir an das dicke geschnitzte Kopfende gestoßen. Vielleicht hatte Mum schließlich deswegen eingewilligt, obwohl sie immer wieder sagte, dass es eine Ehre sei, so etwas zu erben, dass ich noch lernen müsse, die Traditionen zu würdigen. Denn Traditionen sind das, was dir Halt gibt, Lilly.

Ich dachte an Bens Rap auf der Spendengala: Wir sollen glauben, das Leben trägt uns, aber das erzählen sie uns nur, weil sie es selbst glauben wollen, sie sagen uns nichts von den Löchern, in die wir fallen können, und nichts davon, wie leicht wir über die Ränder der Welt rutschen und verschwinden. Auf einmal wünschte ich mir, Ben würde mich festhalten, ganz fest.

Weil Ben sowieso ständig die Rohre und die Heizungen kontrollieren musste, blieben wir unten und setzten uns auf das Sofa in Dads Arbeitszimmer. Eine Decke um unsere Schultern. Und Snowflake, die sich zwischen uns drängte und auch Wärme abgab.

»Ich hab auch eine Möbelgeschichte.« Ben kraulte Snowflakes Ohren.

»Was für eine?« Ich zog meinen Teil der Decke enger um mich. Über die Leinwand flimmerte eine Serie, wir hatten den Ton leise gedreht.

»Sie fängt mit Vorhängen an«, sagte Ben.

Als er weiterredete, hörte er nicht auf, Snowflake zu streicheln. So als ob er eher ihr die Geschichte erzählte und nicht mir. »Die Vorhänge waren grau und wurden jeden Abend zugezogen. Es war Sommer, und draußen war es noch hell. Der kleine Junge wusste, hinter den Vorhängen lag das Meer. Er konnte es hören. Das Meer war immer da. Er wäre gern den ganzen Tag am Meer geblieben und auch die Nacht. Manche Kinder im Schlafsaal weinten, wenn die Vorhänge zugezogen wurden, sie hatten Heimweh. Der Junge weinte nie.«

»Welcher Junge?«, fragte ich.

»Ach, egal, irgendein Junge halt. Vielleicht aus einem Film.«

Aus unserem Film? Ich fragte nicht, ich wusste, dass Ben etwas anderes meinte.

»Keine Hollywood-Produktion«, sagte Ben, und ganz kurz glaubte ich, ich hätte doch etwas gesagt. »Bloß ein Film über einen Jungen, der acht Jahre alt ist. Er ist zu klein, zu dünn, eben mickrig, und deshalb ist er in diesem Kurheim am Meer. Er soll kräftig werden, ein richtiger Junge, das hat zumindest sein Vater beim Abschied gesagt. Die anderen Kinder bekommen Päckchen von zu Hause. Manche sogar Besuch von den Eltern. Der Junge bekommt nur einmal eine Postkarte und eine Tüte Schokolinsen. Es gefällt ihm im Heim. Als sein Vater ihn schließlich abholt, will er erst nicht mit. Dann will er doch. Weil er sich plötzlich auf zu Hause freut. Auf sein Zimmer und seine Spielsachen. Während der Fahrt schaut der Vater den Jungen manchmal so komisch von der Seite an. Einmal hält er auf einem Rastplatz und kauft dem Jungen Eis und Pommes und Cola. Dem Jungen wird schlecht, er kotzt das Auto voll. Der Vater macht alles sauber und sagt nichts. Da weiß man eigentlich schon, was los ist.«

Ben machte eine kleine Pause, und ich spürte, wie Snowflake sich bewegte.

»Als sie zu Hause ankamen, sollte der Junge den Koffer und die Tasche im Auto lassen. Dann gingen sie die Treppe hoch. Im Flur standen noch zwei Koffer. Der Junge sah sie sofort, bevor die Mutter ihn zu fest drückte und weinte. Der Junge drehte sich weg, weil sein Gesicht so nass wurde, und das mochte er nicht. ›Ich hab dir auch den alten Bären eingepackt‹, sagte die Mutter, ›den ohne Ohren‹, da riss sich der Junge los und rannte in sein Zimmer. Das war leer. Kein Schrank und kein Bett, gar nichts. Das Einzige, was noch rumstand, war die Kiste mit den Playmobil-Figuren. Nur noch in seinem Kopf gab es das alte Zimmer, sein Zimmer. Da hat er sich gewünscht, er hätte sich noch mal umgeschaut, bevor er ins Heim kam, richtig umgeschaut, und mit allem gespielt. Und er wäre noch mal auf seinem Bett rumgehüpft wie früher, bis die Mutter reingekommen wäre und gesagt hätte: ›Nicht so wild‹. Und die Mutter wäre gewesen wie früher. Aber das war lange her. Und in der Erinnerung des Jungen fing plötzlich alles an zu glühen, so als würde eine Sonne untergehen. Er konnte nichts mehr richtig erkennen. Alles war blutrot und orange, als ob der Junge kapieren sollte, wie schön alles ist, wenn man es zum letzten Mal sieht. Die Möbel fangen an zu glühen, aber die Personen verblassen, sie haben keine Gesichter mehr, sie sind nur noch verwischte Flecken. Da war ein Fleck, der weinte, und ein Fleck, der fluchte und sagte: ›Warum musste ich ihn noch mal herbringen, jetzt lass ihn los.‹ Und dann zerrte der Vater den Jungen ins Auto. Aber vorher nahm der Junge noch etwas mit.«

Pause. Auf dem Flachbildschirm vor uns stiegen Leute mit Perücken und langen Kleidern aus einer Kutsche.

»Was … was hat er denn mitgenommen?«, fragte ich.

»Ach … bloß so was Kleines, Quatsch eigentlich. Sie fuhren dann zusammen weg, der Vater und der Junge. In einen anderen Stadtteil, und da gab es schon eine Wohnung, und in der Wohnung stand sein Bett und alles. Aber nichts glühte. Die Möbel waren nur noch Möbel. Und ziemlich bald kam auch eine Frau und zog ein, und dem Jungen wurde klar, dass der Vater sie schon länger gekannt haben musste.«

»Und … was war mit der Mutter?«

»Die kam … irgendwohin. Erst in die Psychiatrie. Dann in eine Wohngemeinschaft für psychisch Kranke. Und da lebt sie heute noch. Abspann. Ende.«

»Besuchst du sie ab und zu?«

»Wen?«

»Deine Mutter?«

Ich spürte, wie er erstarrte. Snowflake merkte es auch, sie maunzte.

»Scheiße, ich wollte das nicht erzählen, so ein trauriges Zeug, vergiss es. Ist alles Quatsch, hab ich mir ausgedacht.«

»Das stimmt nicht.« Ich wollte seine Hand nehmen. Aber ich hatte Angst, er würde sie wegziehen. »Wahrheit«, sagte ich.

Jetzt drehte er sich mit einem Ruck zu mir.

»Wahrheit gegen Wahrheit. Warum hast du Supermum und Superdad nicht gesagt, dass ich hier bin?«

Der Angriff kam so unerwartet, dass ich vom Sofa aufsprang.

»Ich … hatte keine Zeit, bevor sie … die waren total in Hektik. Und jetzt, na ja, ist es irgendwie komisch, weil ich es vorher nicht gesagt habe. Aber es ist vollkommen in Ordnung, sie sind nicht so, sie …«

Er unterbrach mich mit seiner Eisstimme. »Es ist *nicht* in Ordnung, deshalb verheimlichst du es. Ich rette ihnen ihre Scheißrohre, aber deinen Eltern wäre die Pelzzunge immer noch hundertmal lieber. Weil sie genau hier reinpasst. Die Pelzzunge ist so tot wie alles hier.«

Ich hasste ihn. Ich hasste mich. Warum hatte ich Mum nichts gesagt? Warum ließ Ben mich jetzt im Kalten stehen und fing wieder von Joshua an?

»Hier ist nichts tot, wie kommst du darauf?! Und außerdem … Ich hab dich verteidigt. Nach der Spendengala! Was erwartest du denn, wenn du den Leuten solches Zeug an den Kopf wirfst? Glaubst du, sie lieben dich dafür?«

»Nein, mich liebt keiner.«

Seine Stimme war nicht mehr eisig. Sie war ganz klein.

Plötzlich war alle Wut weg. Ich setzte mich neben ihn und Snowflake, und er zog die Decke um uns beide. Ich spürte, wie sein Herz hämmerte. Ich spürte mein Herz. Auch schnell und laut. Als ob unsere Herzen um die Wette rannten.

25
Ben

Mich liebt keiner. Hatte ich gesagt.

Das stimmt nicht. Hätte sie sagen können.

Aber sie hat nichts gesagt.

Wir saßen dicht nebeneinander und schauten auf Superdads Superbildschirm. Menschen stiegen aus Kutschen und in Kutschen, und irgendwo war Krieg. Aber ohne Ton. Der Handywecker klingelte, und ich zog los, um die verdammte Heizung zu kontrollieren.

Ich ging durchs ganze Haus, überall rauschten die Elektroöfen, und die kleinen Heizkörper gaben sich verdammt viel Mühe, Wärme abzugeben. In Lillys Zimmer war es trotzdem noch eisig, ebenso wie im Gästezimmer. Es war sinnlos, nach oben umzuziehen, deshalb nahm ich Lillys große, flauschige Decke vom Bett und trug sie nach unten.

Lilly hatte sich auf der Sofalandschaft ausgestreckt und in die Wolldecke eingewickelt. Sie streichelte Snowflake. Ich wusste nicht, woran sie dachte. Ganz sicher nicht an das, woran ich die ganze Zeit gedacht hatte, während ich auf Böden herumkroch oder fühlte, ob die blöden Heizungsrohre nicht einfroren. Eigentlich hatte ich schon im Studio daran gedacht, wie es wäre, mit ihr zu schlafen.

Und meine Angst davor war immer größer geworden. Gerade weil ich theoretisch über den Ablauf bestens Bescheid wusste. Ich hatte diverse Filme synchronisiert, was etwas ganz anderes ist, als sich einen Porno anzuschauen. Immer wenn man synchronisiert, ist man Teil des Teams, egal bei welchem Film. Und dieses Team hat es echt drauf. Nur du bist der Typ, der im Dunkeln steht und in seine Armbeuge stöhnt und genau weiß, dass er niemals so gut aussehen und es so gut bringen wird wie der Typ im Film.

»Ich hab deine … Bettdecke mitgebracht«, sagte ich in die Bettdecke auf meinen Armen hinein und verfluchte mich gleich darauf für diese unglaublich scharfsinnige Bemerkung.

»Oh, danke«, sagte Lilly. Und dann: »Du musst ja frieren.«

Ich legte die Decke über sie und Snowflake. Und weil ich tatsächlich durchgefroren war, schlüpfte ich einfach auch darunter. Lilly, in die Wolldecke gewickelt, drehte sich auf die Seite, das Gesicht zu mir. Ich drehte mich zu ihr. Und wünschte, ich hätte daran gedacht, das verdammte Licht auszumachen.

Wir waren still. Zu still. Ich hätte gern geredet, darüber gelästert, wie Raid einen auf enthaltsam machte: Ich will ja mit dir schlafen, Payton, doch es ist zu gefährlich. Du könntest schwanger werden, hier in der Wildnis. Und Lilly würde sagen: Er verzichtet aus Liebe! Und ich: Na klar. Liebe gibt's nur im Film.

Aber da war der Fremde in mir, der ehrlich sein wollte, so ehrlich wie noch nie. Und plötzlich, wie von selbst, stand ich auf, durchquerte Superdads Arbeitszimmer und machte die Lampen aus. Im Licht des flackernden Films tastete ich mich zurück zur Sofalandschaft und schlüpfte wieder unter die Decke. Ich rutschte ganz nah an Lilly heran und flüsterte es ihr ins Ohr.

Dass ich mir mit ihr ein erstes Mal vorstellen könnte.

»Äh, nicht unbedingt jetzt oder überhaupt, nur so, na ja, generell.«

»Generell, wie meinst du das?«, fragte Lilly.

»Mit dir. Ich meine, wenn, dann nur mit dir.«

Sie sagte nichts.

Also redete ich schnell weiter. Dass ich es mir immer schön vorgestellt hätte, wenn es für beide das erste Mal wäre. Wenn einer nicht mehr weiß als der andere. Und keiner spielt den Chef.

»Ja, das ist bestimmt schön«, sagte sie. Leise. Und es klang traurig. Als hätte sie große Sehnsucht nach irgendwas. Oder irgendwem.

Denkst du an Erik? Und an die Verlobung?

Ich hätte einfach fragen können. Aber stattdessen kam heraus: »Na ja, schon in Ordnung, nicht jeder kann ein Superschwede sein.«

»Warum sagst du das?«

»Könnte ja sein, dass du ihn noch liebst oder so.«

»Nein, tu ich nicht.«

Wen liebst du dann?

Ich setzte mich auf und war wahnsinnig damit beschäftigt, meinen Pullover loszuwerden. Und als ich mich wieder hinlegte, war es möglich, da weiterzumachen, wo wir gestern Nacht aufgehört hatten: Wir küssten uns, und dann waren meine Hände auf ihrem Rücken. Und ihre Hände waren auf meinem Rücken, erst auf dem T-Shirt, dann darunter. Sie waren kalt, aber nie im Leben wäre ich zusammengezuckt, damit sie sie bloß nicht wegzog. Ich wäre wie Raid lieber in ein Eisloch gefallen oder hätte mich von Lawinen begraben lassen. Und ich hoffte, dass meine Hände warm genug waren, meine Hände, die streichelnd umherwanderten, rückenabwärts, zu ihren Hüften und wieder hinauf zu ihren Brüsten. Ich wollte gerade ihren BH aufhaken, als der Wecker klingelte. Heizungskontrolle. Der Angsthase in mir war sogar ein bisschen froh darüber.

»Bin gleich wieder da.« Ich ging barfuß, im T-Shirt. Ich rannte durch die Räume, Keller, Küche, der große Salon und der »kleine Salon«, der eine Art Arbeitszimmer von Lillys Mutter war, Eingangshalle, Treppe, erster Stock. Ich prüfte die Temperatur in Lillys Zimmer. Noch immer viel kälter als unten. Nicht gerade romantisch.

Als ich in Superdads Arbeitszimmer zurückkam, saß Lilly halb aufrecht zwischen Decken und Kissen und sah so aus wie am ersten Tag, als der Lichtstrahl auf sie gefallen war. Ich küsste sie, und sie küsste mich, und ich wartete auf die Angst. Die immer kam, wenn ich jemanden so nah heranließ. Wenn plötzlich alles zu viel wurde, jede Berührung zu laut. Bisher war ich jedes Mal abgehauen. Bei Amélie, auch bei anderen.

Mit Lilly war dieses Nah anders. Es war das Wichtigste auf der Welt. Egal, wie schlimm die Angst wurde.

Die erste Heizungskontrolle am frühen Morgen machten wir gemeinsam. Wir zogen unsere Pullover und Schuhe an, hüllten uns in Decken und liefen kichernd von Raum zu Raum und küssten uns. Als wir in Superdads Arbeitszimmer zurückkamen, hatte es sich Snowflake unter unserer Decke bequem gemacht. Auch darüber mussten wir lachen. Irgendwie war alles lustig. Und alles war ernst.

Weil es noch total früh war, kuschelten wir uns wieder ein. Wir redeten über alles Mögliche, über Gamse und Aran und dass ich Seri lieber mochte als meinen kleinen Bruder, über den Jungen im Film, das Studio, über Payton und Raid. Ich musste daran denken, wie Lillys Stimme gezittert hatte an dem Tag, als wir die Sätze geübt hatten: Mein erstes Mal soll was Besonderes sein und nicht bloß eine Nummer. Und da sagte ich ihr, wie ich den Text schreiben würde, wenn ich der Drehbuchautor wäre: »Mein erstes Mal soll nichts Besonderes sein. Mein erstes Mal soll ganz normal sein und sich einfach nur richtig anfühlen. Weil wir richtig sind.«

Sie lag in meinem Arm. Mein Finger fand ihre Lippen, und ich strich darüber, Schattenlippen, so weich, in einem Schatten-Prinzessinnen-Traumgesicht.

»Ich glaub aber«, sagte ich, »das will im Kino niemand hören.«

»Vielleicht ja doch«, sagte Lilly, und ich spürte ihre Worte unter meinem Finger.

26

Lilly

Weil wir richtig sind.

Ich wollte Ben von meinem ersten Mal erzählen. Nicht von Erik, sondern von mir. Und auch nicht von dem brennenden Schmerz oder dem Foto in einem Rahmen. Ich wollte ihm von meinem Lächeln erzählen, das ich die ganze Zeit gelächelt hatte. Ich hatte es durchgehalten bis zum Schluss. Und dann hatte ich weitergelächelt.

Ich bewegte meinen Mund, aber da war Bens Finger, der über meine Lippen strich. Und da war meine Hand, unter seinem Shirt, auf seinem Rücken, und Ben lag kurz ganz still, und dann spürte ich seine Hände, sie machten den Knopf meiner Jeans auf. Immer mehr Kleidungsstücke landeten auf dem Boden: unsere Jeans, Pullover, mein BH.

Von irgendwoher rief jemand meinen Namen.

Ich hörte Türen klappen.

»Wer ist das?« Ben richtete sich auf. »Frau Böhm?«

»Hier sind auch Heizlüfter«, sagte Dad im Flur.

»Scheiße!« Ben schoss in die Höhe. »Wir müssen hier weg!«

Schritte.

»Sie ist nicht in ihrem Zimmer«, sagte Mum. »Lilly! Lillykind, bist du da?«

Neben mir suchte Ben hektisch nach seinen Klamotten. Er stieß an mein Bein, trat mich fast, fand seine Hose. Während ich wie gelähmt dalag und die Stimmen näher kommen hörte: »Lilly! Wo bist du denn?«

Dann öffnete Dad die Tür.

Alles war erstarrt. Nur für einen Moment, als hätte jemand im Film auf Standbild geschaltet: Ben, der seine Hosen anzog, schon im Stehen, und dabei fast das Gleichgewicht verlor. Dad, in der Tür, hinter ihm Mum. Und ich. Unter der Decke, die nach unten gerutscht war. Meine Beine waren nackt, ich trug nur noch mein Shirt, der BH lag auf einem der Kissen.

»Da bist du ja«, sagte Dad.

»Kind, was … machst du denn hier?«, fragte Mum.

Als ob das nicht klar wäre. Und als ob Ben unsichtbar wäre. Ben, der jetzt halb angezogen und barfuß neben dem Sofa stand.

Ich wünschte, er würde sich wieder setzen. Seinen Arm um mich legen. Ich wünschte es so sehr, dass es wehtat.

Snowflake war die Erste, die sich bewegte, sie entwischte und flitzte zwischen Mum und Dad hindurch in die Halle.

»Das ist ja … das ist … unglaublich!« Mum hatte sich an Dad vorbeigeschoben. Ich erwartete, dass Ben etwas entgegnen würde wie: »Nein, das ist ganz real«, aber Ben sagte nichts. Er hielt eine seiner Socken in der Hand, die zweite musste irgendwo unter dem Bett liegen. Mir war klar, dass ich etwas sagen musste.

Dass ich uns verteidigen musste.

Verteidigen, was zwischen uns war.

Aber Dad war schneller. »Sie gehen jetzt besser«, sagte er zu Ben.

Ben hielt die Socke in der Hand und schaute mich an.

»Wir haben dir vertraut.« Mum stand jetzt vor dem Sofa. Dad baute sich neben ihr auf. Ich sah, wie sein Blick den herumliegenden BH streifte. Ich wollte ihn unters Kissen stopfen, ihn verstecken. Ich wollte mich anziehen, aber ich fand meine Sachen nicht, nur Bens Pullover lag zwischen den Kissen.

Ben setzte sich neben mich, sein Knie an meinem. Ich rückte weg.

»Verstehe!« Ben feuerte die Socke auf den Boden, erhob sich und marschierte barfuß an Mum und Dad vorbei.

»Wir müssen reden«, sagte Mum.

Nachlaufen, ich musste ihm nachlaufen. Er würde seinen Rucksack holen, der Rucksack war noch im Gästezimmer.

Mum und Dad blickten auf mich herunter. Kurz dachte ich an Olaf, an die Mauerübung, wie ich die Öffnung für Payton gesucht hatte. Aber in Mums und Dads Mauer gab es keine Öffnung.

Die Haustür fiel zu.

Ben war ohne Rucksack gegangen. Ich bemerkte es erst nach dem Gespräch mit Mum und Dad, als er mir die SMS schickte. Wir saßen am Intarsientisch. Im Keller arbeitete schon der Klempner-Notdienst, und Mum betrachtete kurz die südafrikanischen Platzdeckchen, die wir gestern auf den Tisch gelegt hatten.

»Okay, es ist wirklich anständig von Raid … äh … Ben, dass er sich so gekümmert hat.« Dad sah mich an. »Das hat er sehr gut gemacht.«

»Ach, jetzt plötzlich.«

Bens Knie an meinem. Obwohl er nicht mehr neben mir saß, spürte ich noch seine Berührung.

»Wieso regt ihr euch eigentlich so auf? Ich bin siebzehn und hab einen Freund! Das ist ganz normal!«

»Wir mussten erst mal mit der Situation … äh … klarkommen. Ihr beide habt … äh, ihr wart in Dads Zimmer, auf Dads …«

»Oben war es zu kalt! Es war saukalt!«

»Ich wusste ja, wir können sie nicht damit allein lassen, Konstantin. Weißt du, Lilly, ich war die ganze Zeit unruhig, ich hab deinen Dad überredet, früher … Das ist ja eine Riesenverantwortung für dich allein und …«

»Ich war nicht allein! Ben hat das alles …«

»Ja, Schatz, das wissen wir ja jetzt. Dafür sind wir ihm wirklich dankbar.«

Mein Handy leuchtete auf, und ich schaute aufs Display.

Kannst du mir nachher meinen Rucksack ins Studio mitbringen? Du nimmst ja sicher ein Taxi. B

Ich wollte nicht von dir wegrücken. Es tut mir so leid. Ich rede gerade mit meinen Eltern. PS: Rucksack bringe ich mit.

Senden?

Sein Knie an meinem Knie. Und wie er einfach geht und mich zurücklässt.

Löschen.

Ja, klar. Es tut mir leid. Ich rede gerade mit meinen Eltern. L

Senden.

»Und trotzdem«, fing Mum wieder an. »Du hättest was sagen müssen. Dass du ihn hier … fast einziehen lässt. Auch wenn er dein Freund ist, das kannst du doch nicht … Wir kennen ihn doch gar nicht!«

»Er musste aus seiner Wohnung raus! Er hat keinen Platz, wo er bleiben kann. Er …«

»Wart mal!« Mum legte einen Finger an die Lippen. Von der Halle her kamen schnelle Schritte. Frau Böhm. Mum und Dad saßen aufrecht wie Statuen. *Niemals Familienangelegenheiten vor dem Personal besprechen.* Etwas riss mich hoch, ich gab dem Tischbein einen Tritt, und Dads Tee schwappte über.

»Lilly!« Mum griff nach dem nächsten Untersetzer, aber Dad war schneller, schnappte sich eine Serviette und legte sie auf die Pfütze.

»Hauptsache, dem Tisch passiert nichts!« Ich hörte meine Stimme, laut und schrill. Und hörte, wie Frau Böhms Schritte innehielten. »Der Tisch ist sooo wichtig! Warum eigentlich, wir sitzen doch nie hier!«

»Lilly … jetzt bleib mal realistisch!« Dad legte die nasse Serviette beiseite und griff nach einer neuen. »Das stimmt doch gar nicht, gerade …«

»Gerade sitzen wir hier, weil ihr mir eine Predigt haltet! Nicht, weil wir … irgendwas zusammen machen!«

»Wie kannst du …« Für einen Moment hing Mums Satz in der Luft, dann riss sie Dad die Serviette aus der Hand und wischte. Dad sah kurz vollkommen ratlos aus, als käme er von einem anderen Planeten und hätte von gar nichts eine Ahnung. Das machte mich noch wütender als Mums Art, wie sie die Teepfütze trocknete und mir dabei leise sagte, dass wir gleich *in Ruhe über alles reden* würden, und ich schleuderte die Sätze in Dads überraschtes Gesicht: »Eure Möbel sind euch wichtiger als ich! Immer der gleiche Scheißtisch aus Mumbai unter der gleichen Scheißlampe aus Peru. Und niemand darf auch nur einen Kratzer …«

»Es ist gut jetzt, okay? Ich hab gesagt, wir reden gleich darüber.« Mum erhob sich steif. Und in der offenen Tür tauchte Frau Böhm auf, in jeder Hand eine Einkaufstüte.

»Entschuldigen Sie, Frau Vonderfeld, ich müsste nur kurz … es ist frischer Fisch dabei …«

»Natürlich. Und ich hab Ihnen doch schon mal gesagt, Sie können den Rollwagen benutzen, der hat ein Kühlsystem.«

»Hallo, Lilly.« Frau Böhm blickte sich rasch um, und kurz dachte ich, sie würde nach Ben fragen, aber sie sagte nichts. Sie trug die Tüten zum Kühlschrank, und Mum entschuldigte sich bei ihr für die *ungewöhnliche Situation*. »Lilly ist ein bisschen … wir verstehen das, es liegt nur an diesem Stress mit der Heizung. Und danke für alles, was Sie getan …«

»Es war Ben! Der hat mir bei diesem *Stress mit der Heizung* geholfen! Es war auch gar kein Stress, nur ein bisschen kälter als sonst! Andere haben gar keine Heizung!!«

»Jetzt lauf doch nicht einfach davon!«

Aber ich war schon an der Tür, rannte durch die Halle und die Treppe hoch ins Gästezimmer.

Ins Studio. Ich musste so schnell wie möglich ins Studio.

Ben hatte nicht auf meine Nachricht geantwortet, und als ich in den Aufenthaltsraum kam, war er nicht da. Ich setzte seinen Rucksack auf dem Sofa ab. Er kippte auf die Seite, und ich ließ ihn so liegen.

Im Studio hängten Jürgen und Fabi eine neue, schwere Stoffbahn auf.

»Hallo, super, dass ihr schon da seid, ihr könnt gleich mal einen Check machen.« Jürgen warf die Bemerkung über die Schulter, ohne sich umzudrehen. »Die letzte Szene muss so klingen, als wäre nichts zwischen euch und den Zuschauern, als würdet ihr direkt in ihren Köpfen sprechen. Die Amis haben das auch so gemacht, ihr könnt es euch gleich im Original anhören.«

Wir sind nicht zusammen gekommen, Jürgen. Ich weiß nicht, wo Ben hingegangen ist. Nur, dass er von mir weggegangen ist.

Ich konnte nichts sagen, brachte nur ein »Okay« heraus und ging zu meinem Pult, auf dem ein Stapel frischer Blätter lag.

»Wir haben jetzt den ganzen Text bekommen.« Jürgen war immer noch mit der Stoffbahn beschäftigt. »Neun Szenen bis zum Ende. Ganz überraschend, und natürlich spielen die beiden das alles auch großartig. Wetten, das gibt eine Oscar-Nominierung!«

»Wenn nicht zwei.« Fabi klopfte an Bens Mikrofon, dann wandte er sich zu mir.

»Wo bleibt er denn, unser Meister? Er soll mal was sagen, zum Test.«

»Keine … äh … Ahnung.« Ich tat, als suchte ich etwas in dem Blätterstapel, aber ich spürte Fabis Blick und wusste, dass Jürgen jetzt auch zu mir hersah. »Er kommt sicher gleich.«

»Sein Rucksack ist immerhin schon da.«

Lauras Stimme. Dann erschien sie im Türrahmen. »Fangen wir schon mal ohne ihn an, oder was?«

»Ja, wir checken Lillys Mikro. Hast du die Szene 127, Lilly? Das ist die letzte. Lies sie durch, dann sprichst du deine Sätze ganz nah am Mikro, jetzt erst mal nur zum Test. Von mir aus ohne große Emotion, ich will nur mal hören, ob wir diesen Nähe-Effekt hinbekommen.«

Ich suchte in meinen Textblättern herum, heiß war es hier, viel zu heiß, und als ich meinen Pullover über den Kopf ziehen wollte, war es der Pullover von Ben. Ich hatte ihn in Dads Zimmer schnell übergestreift, um mich nicht mehr so nackt unter Mums und Dads Blicken zu fühlen.

Das hieß, dass ich darunter nur ein T-Shirt trug. Ohne BH.

Ich ließ den Pullover an. Er roch immer noch nach Ben.

127 WALD AUSSEN / TAG 127

Im Schutz einer Tanne liegt Payton in Decken gehüllt neben einem kleinen flackernden Feuer, das bald erlöschen wird. Ihr Gesicht ist schweißnass und vom Fieber gerötet. Sie hat die Augen geschlossen, wirft den Kopf hin und her.

PAYTON
(murmelnd)
Dad … Dad …

Raid taucht zwischen den Bäumen auf, die Arme voll Feuerholz. Sein Gesicht ist blass, er hat dunkle Ringe unter den Augen. Mit wenigen Handgriffen entfacht er das Feuer neu. Dann streift er Schnee von den tief hängenden Ästen der Tanne. Er kühlt Paytons Stirn, benetzt ihre aufgesprungenen Lippen.

PAYTON
(ohne die Augen zu öffnen)
Raid?

RAID
Ich bin hier.

Er setzt sich, lehnt seinen Rücken an den Baumstamm und zieht Payton in seine Arme. Über ihnen rauschen die Äste im Wind. Immer wieder fällt Schnee ins Feuer, das laut aufzischt. Payton atmet angestrengt. Plötzlich reißt sie panisch die Augen auf.

PAYTON
Raid … ich … will … nicht …

RAID
Schsch … Schsch …

Er wiegt sie sachte hin und her. Küsst ihre Stirn.

RAID (CONT'D)
Schsch … Ich kann den Hubschrauber hören.

PAYTON
(mit geschlossenen Augen)
Wirklich?

RAID
Ja, er ist schon ganz nah. Ich hör den Propeller.

PAYTON
(mit geschlossenen Augen)
Erzähl mir … wie nah?

Raid schaut zur Baumkrone hinauf, zu den Ästen, die sich im Wind bewegen. Man sieht, wie er mühsam um seine Fassung ringt, doch als er spricht, klingt seine Stimme ruhig und beherrscht.

RAID

Ich kann hören, wie er über uns kreist. Die Bäume rauschen, und vorne auf der Lichtung wirbelt er den Schnee auf.

Er küsst Payton sanft auf den Mund.

RAID (CONT'D)

Schlaf jetzt. Ich weck dich, wenn sie gelandet sind.

Paytons Atem beginnt zu rasseln, die Pause zwischen ihren Atemzügen wird immer länger. Aber sie bleibt entspannt in Raids Armen liegen. Die Kamera gleitet von ihnen weg, bald sind sie nicht mehr zu sehen. Das flackernde Licht zwischen den Bäumen wird kleiner und kleiner. Und dann ist da nur noch dunkler, endloser Wald.

THE END

Ich legte das Blatt beiseite. Und suchte nach dem nächsten Blatt. Obwohl Jürgen gesagt hatte, dass es die letzte Szene war. Außerdem stand fett THE END darunter. Aber es konnte einfach nicht das Ende sein. Payton konnte nicht am Fieber sterben, sie musste gerettet werden. Payton und Raid hatten so hart gekämpft. Sie mussten da rauskommen.

»Da bist du ja.« Jürgen winkte Ben ans Pult und befahl ihm, einfach mitzulesen und den Mund zu halten, während ich meinen Text ins Mikro sprach. Es war so dunkel, dass ich Ben mehr spürte als sah, und die verstärkte Stoffwand dämpfte jedes Geräusch. Als ob ich Ben träumte. Ich träumte Ben und sprach Paytons Sätze ins Leere, bis die Szene zu Ende war.

»Ausgezeichnet, Lilly. Du *hast* Payton wirklich. Tapfer bis zuletzt. Genau so musst du es auch bei der Aufnahme machen, mehr Emotion brauchst du nicht. Da sind keine großen Drama-Gefühle, nur diese großartigen Sätze, die schon alles sagen. Ben, dir ist schon klar, dass du viel zu spät bist?«

»Ging nicht anders, musste was regeln«, sagte Ben. Und dann, nach einer Pause, in der er mit den Blättern herumraschelte: »Entschuldigung.«

»Ich hab deinen Rucksack mitgebracht«, sagte ich leise.

»Hab ich gesehen, danke.«

»Wo warst du?« Zuerst dachte ich, er würde nicht antworten. Dann sagte er: »In meiner Wohnung. Kann wieder rein, die Rate von der Gage ist da, das Lama ist fürs Erste zufrieden.«

»Oh, das ist … super.«

Er fragte nicht, wie es bei mir weitergegangen war. Nicht nach Mum und Dad. Er blätterte in seinem Text herum und räusperte sich mehrmals, ging schließlich raus und kam mit einem Glas Wasser zurück. Er trug eine zerfetzte Trainingsjacke, die vielleicht noch in seiner Wohnung herumgelegen hatte. Er fragte nicht, ob ich ihm seinen Pullover wiedergeben konnte. Er sah einfach an mir vorbei.

»Ich … ich habe mit meinen Eltern geredet. Ich habe ihnen gesagt, dass du es warst mit den Heizungen. Dass du das alles geregelt hast, und sie sind dir sehr …«

»Dankbar?«

Nein, sind sie nicht. Doch, sind sie. Mehr als das. Sie finden es anständig. Sie finden, du hast es sehr gut gemacht.

»Du gibst ihnen doch gar keine Chance, dich zu mögen.«

»Haha«, sagte Ben. Und dann: »Sie müssen mich nicht mögen und ich sie nicht. Niemand muss jemanden mögen. Das ist das Leben, die Menschen mögen einander einfach nicht.«

Er lächelte. Als wäre jetzt alles wieder in Ordnung.

»Wir haben uns gestritten«, sagte ich. »Ich hab sie angeschrien, ich bin …«

»Können wir?« Fabis Stimme.

Wir beugten uns gleichzeitig über unsere Textblätter. Ich las Paytons letzte Sätze. Ben stand nur starr da, die Hand in seiner Hosentasche.

»Okay!«, sagte Jürgen. »Einen Augenblick, wir müssen hier drinnen noch was regeln.«

Dann hörten wir sie im Technikraum gedämpft reden, und Ben sagte: »Endlich mal eine gute Szene. Die einzige im ganzen Film.«

Er klang jetzt normal, nicht mehr eiskalt wie eben: *Das ist das Leben, die Menschen mögen einander einfach nicht.*

Nein, es ist dein Leben, Ben. Es interessiert dich nicht mal, dass ich mit meinen Eltern wegen dir gestritten habe.

»Finde ich nicht.« Meine Stimme zitterte vor Wut. »Ich kann mir gar nicht vorstellen, wie das im Kino funktionieren soll.«

»Oh, die kleinen Mädchen werden heulen und sich freuen, dass Raid allein übrig bleibt. Und dabei kapieren sie nicht, dass diese Szene im Gegensatz zum ganzen Rest des Films wirklich gut und wahrhaftig ist.«

»Aber er belügt sie doch!«

»Aus Liebe. Aus wahrhaftiger Liebe.«

»Er sagt ihr noch nicht mal, dass er sie liebt!«

»Eben. Keine beschissenen Äußerlichkeiten mehr!«

»Das ist kein …«

»Habt ihr's, ihr beiden? Stellt euch jetzt bitte mal an ein Pult, wir machen es über ein Mikro, über das von Lilly.«

Er stellte sich neben mich. Weit genug weg, dass wir uns nicht zufällig berührten. Wenn ich dir etwas bedeute, dann zeig es mir, Ben, dann leg deine Hand auf meine, mach irgendwas.

Mit dir. Wenn, dann nur mit dir.

Das hast du gesagt.

Oder war das auch nur eine beschissene Äußerlichkeit?

Ben blieb so stehen, weit von mir entfernt. Ich hielt den gleichen Abstand. Wir mussten uns zum Mikrofon rüberbeugen. Wir sprachen die Szene ein, so wie Jürgen es wollte, ohne »großes Drama«. Ohne dass irgendwer irgendwem sagte, dass er ihn liebte. Oder sie liebte.

Jürgen lobte uns. Und kriegte sich gar nicht mehr ein über »dieses wunderbare Ende, so konsequent und mutig, und das in einem Hollywoodfilm!«.

»Ach, findest du?« Ben beugte sich vor zum Mikrofon. Die nächsten Sätze sprach er mit seiner besten Raid-Stimme: »Oh, Payton, es besteht ja auch eine winzige Chance, dass du es doch noch schaffst, durch meine große und ewige Liebe. So ein Hollywood-Hauch einer Chance. Falls der Film richtig Erfolg hat. Wegen der Fortsetzung.«

»Weißt du was, Ben?«, sagte Laura vom Pult her. »Halt doch einfach mal den Mund.«

Und wieder Bens Lächeln. Wieder so, als wäre endlich alles in Ordnung.

Den ganzen Tag nahmen wir auf. Alle Szenen, die zu der letzten hinführten, und die ganze Zeit standen wir nebeneinander an meinem Pult. Ich in Bens Pullover. Er in seiner Trainingsjacke, und wir berührten uns kein einziges Mal.

Eine Szene hatte ich allein mit John, und Ben ging ein paar Schritte zur Seite, ich sah, dass er auf seinem Handy herumtippte. Danny Bergstroem war schon synchronisiert und klang angenehm tief und irgendwie älter als Danny Bergstroem. John war sehr krank in der Szene, er schwitzte und zitterte und wollte immer noch das Beste für die Gruppe, für das Lager, vor allem für mich.

»Du wirst es schaffen, Payton. Das ist ein Befehl, verstanden?«

»Yes, Sir.« Ich kämpfe mit den Tränen. Und dann strecke ich die Hand aus. »Schau, ich hab ihn noch.«

Ich ziehe den Colaring ab und streife ihn John über den Finger. Unsere Hände falten sich ineinander. Als es vorbei ist, gehe ich aus der Hütte. Zu Raid, der auf mich wartet. Er hält mich fest.

Ich musste die Szene dreimal wiederholen, bis Jürgen zufrieden war und über die Boxen sein Okay gab. Laura ließ den Film ein kleines Stück weiterlaufen, dann erst hielt sie ihn an. Das Standbild zeigte John, lächelnd, mit geschlossenen Augen.

»So schön, verflucht«, sagte sie.

»Unser Danny.« Ben steckte sein Handy ein. »Schön und edel bis zum Schluss, und dabei auch noch in Topform. Ein echter Superschwede.«

»Ich glaub, deine Meinung interessiert hier niemanden.« Lauras Stimme klang kalt. »Weiter, nächste Szene. Ben hat als Erster Text. Habt ihr's? Uuuund los!«

Ben ist nichts als ein Schatten neben dir, das hatte Olaf gesagt. Jetzt stimmte es. Ich war so konzentriert, wie ich im Studio vielleicht noch nie gewesen war. Hellwach und betäubt zugleich.

Ich war Payton.

Und konnte meine Payton-Stimme an- und ausknipsen, wie Ben es mit der Raid-Stimme konnte.

Wir arbeiteten stundenlang. Wir standen nebeneinander. Wir machten unseren Job. Nach der letzten neuen Szene verzichteten wir auf die Kaffeepause und reparierten Sätze aus vergangenen Szenen. Wir sprachen sie mehrmals, in mehreren Variationen.

»Dann kann ich das zur Not reinschneiden«, sagte Fabi.

»Wir schicken das nämlich heute den Amis, es eilt.« Jürgen klang sogar über die Boxen begeistert. »Kommt jetzt raus, ihr zwei!«

Im Aufenthaltsraum war es dämmrig. Bens Rucksack lag noch auf dem Sofa wie vorhin. Jürgen knipste die Tischlampe an, und wir setzten uns. Nicht nebeneinander. Der Ben-Schatten ließ sich auf den Stuhl neben Laura fallen. Und chattete schon wieder mit jemandem auf seinem Handy.

»Wenn die uns das abnehmen, dann seid ihr fertig.« Jürgen zog eine seiner Zigaretten aus der Hemdtasche. »Super Arbeit. Muss ich jetzt einfach mal sagen. Gerade bei dir, Lilly. Du hast dich in so kurzer Zeit absolut qualifiziert. Wir warten mal ab, was die Amis meinen, aber …« Sein Lächeln wurde breiter unter dem grauen Bart. »Ich kann mir so einiges vorstellen. Was Raphaela und dich betrifft.«

Er klopfte mit seiner Zigarette auf dem Tisch herum, so wie er es immer tat, und auch die Zigarette sah aus wie immer, filterlos und krumm vom Zurechtklopfen. Dass mir das alles fehlen würde, sogar Jürgens Zigaretten, das dachte ich. Statt Herzklopfen zu bekommen vor verrückter Freude: Du meinst, ich könnte die Stimme von Raphaela werden? Wahnsinn! Sofort eine Nachricht an Miranda! Damit man es auch in Venedig erfuhr.

Wie unwichtig das plötzlich war. Venedig. Miranda. Erik.

Hinter der Fensterscheibe bemerkte ich einzelne trudelnde Schneeflocken, und ich versuchte, mich darauf zu konzentrieren, mir nicht anmerken zu lassen, wie überrascht ich war: Es ist schon vorbei? Es ist wirklich schon vorbei, wir sind fertig? Aber das kann nicht sein!

Jürgen redete weiter, über die Promotion-Tour und die Pressekonferenz im Sommer. »Aber das hat ja noch Zeit. Ja, Ben? Klar kannst du gehen, wenn du wegmusst, gar kein Problem.«

Ben verschwand kurz im Flur, kam wieder, schon in seiner Winterjacke, nahm den Rucksack vom Sofa und wuchtete ihn auf seinen Rücken.

»Dann bis die Tage«, sagte er.

Und da fischte ich doch mein Handy aus der Tasche und war froh, dass man es summen hören konnte, als die nächsten Nachrichten von Mum aufleuchteten.

»Have a good time«, sagte ich.

Ich blickte kurz auf und gleich wieder aufs Handy. Dass die Tür hinter Ben zufiel, hörte ich nur.

Mum und Dad waren eingeladen. Ich wusste es schon, Mum hatte mir ungefähr tausend Nachrichten geschickt. Einige davon fingen an mit: *Wie geht es dir jetzt?*, andere mit: *Wir müssen reden*. Eine war unterschrieben mit: *Wir lieben dich. Mum und Dad.*

Ich überflog die Nachrichten im Taxi, scannte sie nach brauchbaren Informationen. Frau Böhm sei da, hatte Mum noch zum Schluss geschrieben. *Sie kocht dir was Schönes, und wenn du nicht zu müde bist, bleibst du ein bisschen auf, bis wir kommen, und dann können wir …*

Reden. Ich weiß.

In der Villa war es warm. Ich duschte und zog mich um, bevor ich wieder nach unten ging. Bens Pullover war aus grüner Wolle. Mir fiel erst jetzt auf, dass er selbst gestrickt war. Von einer Person, die so gut stricken konnte, dass man es nicht gleich merkte. Wusch man einen solchen Pullover in der Waschmaschine? Sollte ich Frau Böhm fragen? Vielleicht würde er einlaufen. Sicher bedeutete er Ben etwas. Und warum dachte ich über Ben nach? So, wie er mich behandelt hatte?

Ich feuerte den Pullover in den Korb mit der Schmutzwäsche. Jetzt schnell etwas essen, Frau Böhm sagen, dass sie ruhig nach Hause gehen sollte, dann einfach weiterfahren zu *Act Out*. Olaf erzählen, dass wir fertig waren. Und was Jürgen gesagt hatte. Wenigstens er würde sich freuen. Und Stella-Marie und Violet würden giftige Bemerkungen machen. Wie egal sie mir waren. Wie egal mir plötzlich alles war. Nur der Pullover nicht. Der Pullover ärgerte mich, und ich machte mir Sorgen um ihn, und ich war wütend auf ihn. Ich nahm ihn mit nach unten und zeigte ihn Frau Böhm.

»Gib her, ich wasch ihn im Schonwaschgang.«

Frau Böhm lächelte. Und überall in ihrem Gesicht entstanden Fältchen, in den Augenwinkeln, über den Wangen, um den Mund herum. Es passte zu ihr. Und es war, als hätte ich es noch nie gesehen. Obwohl ich ihr Gesicht seit Monaten sah, obwohl ich sie mochte, fast ebenso gern, wie ich Rosa, unsere Haushälterin in Bukarest, gemocht hatte.

»Ist alles okay bei … euch?«, fragte Frau Böhm.

»Ja, schon in Ordnung, danke«, sagte ich.

Und dann ging ich raus, und erst als ich an der Bushaltestelle stand, merkte ich, dass die Gruppenstunde bei *Act Out* längst vorbei war. Niemand würde mehr da sein, wenn ich ankam. Auch Olaf nicht. Der Bus kam. Ich stieg nicht ein. Ich wollte nicht zurück in die Villa. Aber ich wusste auch nicht, wohin sonst.

Ich stand einfach an der Haltestelle und wartete.

27
Ben

Have a good time.

Hatte Lilly gesagt.

Oder das Mädchen, das dort im Studio gesessen hatte, über sein Handy gebeugt. Im Licht der Sonne, die nach tagelanger Arschkälte wieder schien, einfach so zum Fenster reinschien und alles in Abschiedsrot tauchte. Beim letzten Mal glüht die Welt, damit man sieht, wie schön sie ist, nur die Gesichter bleiben blass, sind weiße Flecken. Man sieht die Klamotten, die Gesichter sieht man nicht.

Ein grüner Pullover hatte sich über ein Handy gebeugt und kaum aufgeschaut, als ich ging. Ein grüner Pullover, der eigentlich mir gehörte, hatte mir eine gute Zeit gewünscht.

Seitdem versuchte ich jeden Tag, diese *good time* zu haben. Ich hatte meine Wohnung wieder. Mit Schlüssel. Mit Strom und Heizung. Sogar aus der Dusche kam lauwarmes Wasser. Toll, morgens aufzustehen und mich darunterzustellen. Toll, den vollen Kühlschrank zu öffnen. Toll, dass meine Hosentasche leer war.

Ich war fest entschlossen, den kleinen Feuerwehrmann zu vergessen. Ihn dort zu lassen, im Eispalast, in irgendeiner Ritze des Gästebetts. Sieh doch selbst zu, wie du da wieder rauskommst, Junge. Unsere Zeit ist vorbei. Ben wird jetzt erwachsen. Ben reißt sich endlich zusammen. Mit diesen Sprüchen schaffte ich es jeden Morgen von der Matratze ins Bad und in die Küche, um mir einen tollen Schwarztee zu machen.

Aber von Tag zu Tag ging es ein bisschen schwerer. Und am zehnten Morgen nach »Have a good time« blieb ich einfach liegen. Alles an mir fühlte sich schwer an. Seri war erkältet, wahrscheinlich hatte ich mich angesteckt. Dachte ich. Und wusste dabei genau, dass mich keine Erkältung sondern die *unendliche Öde* erwischt hatte. Das ganze Leben schmeckt nach Asche, die Farben sind weg. Obwohl ich endlich alles machen konnte, was ich wollte. Den ganzen Tag Filme sehen, in denen mehr geschrien als gesprochen wurde. In denen niemand irgendjemanden küsste. Noch nicht mal aus Versehen. Auch die Filme waren öde. So öde wie der Rest meines Lebens.

Reiß dich endlich zusammen, Ben. Du musst zur *Gams*. Seri kann nicht in die Kita, du musst auf ihn aufpassen. Du wirst gebraucht. Das hämmerte ich mir so lange ein, bis ich es endlich schaffte, aufzustehen und ins Bad zu schlurfen. Als ob ich mir selbst dadurch entkommen könnte, wenigstens für einen Moment. Beim Teetrinken überprüfte ich alle zehn Minuten mein Handy, ob Jürgen eine Nachricht schicken und mitteilen würde, dass wir doch irgendeine Szene nachzuarbeiten hätten. Ob … sich irgendjemand sonst melden würde. Aber warum? Du hast es versaut, Ben, Gamse hat es dir schon ungefähr zehn Mal gesagt, vielleicht auch zwanzig Mal.

Ich schaute über die Dächer. Die Schornsteine sahen aus wie immer. Und plötzlich war die Reise nach Teneriffa in meinem Kopf. Vor ungefähr zehn Jahren. Ich hatte nie mehr daran gedacht. Und jetzt war alles wieder da. Wie mein Vater und ich aus dem Flugzeug stiegen. Unsere Sachen im Hotel abgaben und gleich an den Strand gingen. Wie wir dort herumsaßen, ratlos und ohne zu reden. Mein Vater hatte gewollt, dass wir beide mal was anderes sahen als unsere neue, fremde Wohnung. Ich war glücklich, das Meer wiederzuhaben. Aber es war nicht dasselbe wie an der Nordsee. Also stiegen wir am nächsten Tag auf den höchsten Berg der Insel. Je höher wir kamen, desto kahler wurde alles. Der Aufstieg war anstrengend, unsere Wasserflaschen waren bald leer. Und mein Erzeuger hatte einen roten Kopf und faselte ständig was von Zusammenreißen. Irgendwann konnte er nicht mehr und ich sowieso nicht, und so standen wir mitten in der Mondlandschaft, und mein Vater las aus dem Reiseführer vor und erzählte, dass dieser Berg mal ein Vulkan gewesen war. Dazu hätte man keinen Reiseführer gebraucht, man konnte es sehen: Überall waren diese schwarzen Steine verstreut, große Steine, kleine Splitter, auseinandergeflogen, alles war auseinandergeflogen. Da muss ich kapiert haben, dass jeder Versuch, sich zusammenzureißen, nach hinten losgehen muss. Ein Mensch kann sich ebenso wenig zusammenreißen wie ein Vulkan. Bei einer Seelensprengung kannst du nur zusehen, wie das Zeug in alle Richtungen fliegt. Und jeder einzelne Splitter, das bist du.

Alles kein Problem, man kann super mit so einer zersprengten Seele leben. Solange man sich nicht verliebt. Dann fliegt einem alles wieder um die Ohren. Und jeder, der zufällig im Weg steht, duckt sich besser und zieht den Kopf ein.

Mein Handy leuchtete auf.

Das bescheuerte Herzklopfen. Wozu?

Wo bleibst du denn?

Gamse.

Bin sofort da, tippte ich.

Ich zog die Schuhe an, schloss die Wohnungstür ab und ging rüber zur *Gams*.

»Du musst sie endlich anrufen«, sagte Gamse, zum ungefähr zwanzigsten Mal in dieser Woche. Sie stand hinter der Theke und hackte Minzblätter. Ich spielte mit den Schokotäfelchen, die in einer Schale lagen.

»Muss ich nicht«, sagte ich zum zwanzigsten Mal.

»Ben! Komm! Ich hab ein Schiff gemalt!« Seri ging es anscheinend besser, er saß an seinem Lieblingstisch am Fenster und schniefte nur noch ein bisschen.

»Gleich, Ben muss kurz was essen, und ich muss ein bisschen mit ihm schimpfen.«

»Du sollst nicht mit ihm schimpfen, Ben ist lieb!«

»Ja, meistens schon.« Gamse stellte den Wasserkocher an, füllte die Minzblätter in die große Kanne, und ich drehte mich kurz zu Seri um und winkte. Nein, Seri, ich bin nie lieb. Liebsein bringt gar nichts.

Sag das mal zu einem vierjährigen Jungen mit Rotznase und Filzstiftstrichen quer über das ganze Gesicht.

»Sie hat sich wegen dir mit ihren Eltern gestritten«, sagte Gamse. »Das hat sie dir im Studio erzählt, oder etwa nicht?«

»Kann sein. Ja.«

Und wie jedes Mal, wenn wir darüber redeten, schaffte ich es nicht, Gamse zu erzählen, dass sie dabei meinen Pullover angehabt hatte. Und dass es genau das war, was ich nicht ausgehalten hatte. Sie war schön in meinem Pullover, anders schön als in ihren eigenen Klamotten. Gerade weil er ihr offensichtlich nicht passte, weil sie sich diese Farbe niemals ausgesucht hätte. Ich wollte sie nur anschauen.

Gleichzeitig wollte ich ihr den Pullover wegnehmen, weil ich ihn brauchte. Genauso wie den Feuerwehrmann. Ich hasste diesen kindischen Ben. Ich wollte ihn loswerden, unbedingt. Und wenn ich dafür vom Dach springen musste.

Weil Gamse mich ansah, mit so einem *Ich-kann-deine-Gedanken-lesen-*Blick, fing ich schnell an zu reden und sagte, was ich an dieser Stelle schon gefühlte fünfzig Mal gesagt hatte: »Die haben sich bestimmt längst wieder versöhnt. Alles toll, Superdad bezahlt die Schauspielstunden, und bald kommt wieder so ein Snob von der International School und …«

»Hast du es mal mit Nettsein versucht? Bei den Eltern, meine ich?«

Das war neu. So neu, dass ich kurz die Kontrolle verlor.

»Mit *was*?!« Ich schrie es heraus, und prompt tauchte Aran aus dem Gang neben dem Dönerspieß auf.

»Was ist denn bei euch los?«

»Nichts.« Gamse goss den Tee auf. »Ich hab Ben nur vorgeschlagen, nett zu Lillys Eltern zu sein.«

»Was soll das denn bringen?«, fragte Aran und schob sich ganz aus dem Gang, in jeder Hand einen Getränkekasten. Ich begnügte mich mit einem grimmigen Nicken.

»Überraschungseffekt.« Gamse goss mir Tee ein. »Und jetzt schaut nicht so blöd. Alle beide. Gebt lieber zu, dass Männer einfach keine Ahnung von Kommunikation haben.«

»Ich hab vielleicht keine Ahnung von Kommunikation, aber von Genetik.« Aran trug die Kästen zu dem gläsernen Riesenkühlschrank an der Ecke. »Und ich sag euch, bei Ben fehlt einfach das Nett-Gen.«

»Er hatte Bio-Leistung«, zischte Gamse mir zu. »Hier, Frühstück.«

Sie stellte einen Teller mit Fladenbrot und Käse vor mich hin.

»Gegen deine Gene kommst du nicht an«, sagte Aran. Er hatte den Kühlschrank geöffnet und fing an, kleine Plastikflaschen einzuräumen. »Manche Leute können zum Beispiel ihre Zunge einrollen. Andere eben nicht. Egal, wie viel sie das üben. Das ist ein autosomal-rezessiver Erbgang.«

»Angeber.« Gamse griff in die Schale mit den kleinen Schokoladentäfelchen und legte eins davon auf meinen Teller. »Und wer ist so schräg drauf, dass er übt, seine Zunge einzurollen?«

»Ich.« Aran kroch aus dem Kühlschrank raus, und sie stritten über verschiedene Arten, die Zunge einzurollen. Ich schaute auf das Fladenbrot und versuchte, nicht an die Pelzzunge zu denken. Ob sie schon bei Lilly auf der Bettkante saß. Die Pelzzunge hatte das Nett-Gen, hundert Prozent.

»Von den Rändern her«, sagte Aran gerade. »Die Zunge muss aussehen wie ein Rohr. Ich kann's nicht vormachen, bin ja Nichtroller.«

»Und warum wolltest du ein Roller sein?«

»Bei uns in der Klasse konnte einer durch dieses Rohr pfeifen. Wir wollten das alle können«, sagte Aran. »Ich hab geübt und geübt, auch im

Unterricht. Dann hab ich einen Eintrag gekriegt, weil die Lehrerin geglaubt hat, ich streck ihr die Zunge raus.«

Gamse lachte. Seri rief wieder nach mir. Ich ging zu seinem Tisch und nahm das Schokotäfelchen für ihn mit.

»Pssst, das bleibt unter uns, Mann.«

Seris Schiff sah aus wie ein schiefes Gebäude voller Graffiti auf einer blauen Linie. Er war von seinem Stuhl gerutscht und stand neben mir, ganz dicht, ich atmete seinen Geruch ein. Nach Kinder-Haarshampoo, kleinem Jungen und Schokolade. Ein bisschen Weichspülerduft war auch dabei. Er erinnerte an den Bettwäsche-Sehnsuchtsgeruch in Lillys Gästezimmer. Zum Glück kam gerade Kundschaft, drei Jungs, alle in den gleichen weißen Kapuzenpullis und Bomberjacken. Gamse und Aran redeten Türkisch mit ihnen.

»So, jetzt los, alle mal herschauen!«, rief Gamse plötzlich. Wir hoben die Köpfe. Die drei Jungs drehten sich gleichzeitig zu uns um und streckten die Zungen raus. Bei einem blieb sie komplett flach, die anderen beiden rollten die Zungenränder hoch, und der Hohlraum sah aus wie ein Höhleneingang.

Seri fing als Erster an zu kichern, die Jungs lachten auch, und die Zungen verschwanden.

»Und jetzt alle«, sagte Gamse. Bevor ich Seri daran hindern konnte, hatte er schon seine Schokoladenzunge ausgestreckt und sich selbst verraten. Ich versuchte, seine Eltern abzulenken, rollte die Zunge und schaffte es sogar, einen eulenartigen Pfeifton hervorzubringen.

Vielleicht würde ich so was mal beim Synchronisieren brauchen, beim nächsten Film mit Lex. Eulenrufe in der Wildnis. Alle klatschten Beifall, sogar die Kapuzenjungs. Ich zog meine Superzunge wieder ein. Seri schaute mich aus großen Augen an.

»Du kannst auch fliegen, stimmt's?«, fragte er leise.

Mein Hals war plötzlich zugeschnürt. Schnell nahm ich den Stift und malte einen Jagdbomber im Anflug auf das Schiff.

Gamse packte Döner für die Jungs ein, kassierte und schob ihnen die Tüte zu. Sie verabschiedeten sich mit Handschlag. Auch bei Seri und bei mir, dem großen Durch-die-Zunge-Pfeifer. Oder der größten Pfeife der Welt.

Die Tür fiel hinter ihnen zu, und auch Aran verschwand in der Küche. Seri rannte durch den Raum und spielte jetzt selbst Flieger, mit ausgebreiteten Armen. Gamse kam herüber, mit dem Teller und meiner Teetasse auf einem Tablett, und setzte sich an unseren Tisch.

»Du isst jetzt und hörst einfach nur zu«, sagte Gamse. »Ich weiß, wie ein Mädchen oder eine Frau jemanden anguckt, wenn sie verknallt ist. Auch wenn sie's selbst vielleicht noch gar nicht weiß. Eben deshalb, weil der Typ nicht in ihr Verknallungs-Raster passt. Da braucht man ein bisschen. Mit Aran gings mir genauso.«

»So ein Quatsch, willst du mir damit sagen, dass …«

»Mund halten. Essen. Lilly hat dich so angeschaut. Sie hat sich eine bestimmte Frisur für dich gewünscht, hat auf eine Art gelächelt … Mann, bist du denn vollständig blind?«

Ich hatte folgsam vom Brot abgebissen, schaffte es jetzt nicht, zu schlucken, und hustete.

Seitenscheitel. Wie Raid. Das ist seine Rolle.

Raid war jemand, der sich zusammenreißen konnte. Aber Raid war nur eine Hülle. Und der Film war synchronisiert. Es war vorbei.

»Guck mal, Ben, ich bin eine Rakete!«, rief Seri.

In diesem Moment summte mein Handy in meiner Tasche, und mir blieb fast das Herz stehen. Nur eine Nachricht von Mae. Mit Bild. Ich klickte sie weg.

Gamse sah mich an. »Was ist los? Gibt's was Neues?«

Ich schüttelte den Kopf. Und hörte mich gleich darauf sagen: »Sie ist in Raid verliebt. Nicht in mich.«

»Ach? Wirklich? Woher weißt du das so genau?«

»Ich weiß es eben. Raid sagt immer das Richtige. Ohne Nett-Gen. Aber er hat wenigstens das Romantik-Gen. Und das Höflichkeits-Gen. Mir fehlt alles.«

»Und wer hat noch vor Kurzem hier rumerzählt, dass die Mädels in den Studios sich immer in dich verknallen und du sie dir vom Hals halten …«

»Die meinen auch nicht mich. Die meinen die Stimme von Lex. Mich kann man nicht lieben.« Das hatte ich auch zu Lilly gesagt. Oder etwas anderes?

Mich liebt keiner.

Lilly hatte geschwiegen.

»Doch, Ben, das kann man.« Gamse lächelte, und ihre Augen waren so schön und so groß und so braun wie die von Seri. Ich musste an Schokopudding denken.

»Kann man nicht«, sagte ich und presste die Lippen zusammen, um bloß nicht zu lächeln.

»Kann man doch«, sagte Gamse.

So ging das eine Weile weiter. Seri kam angeflogen, eine müde Rakete, und stellte sich wieder so dicht neben mich wie vorhin. Meine Hand zerwuschelte von selbst sein Haar, etwas, das ich bei Malvin nie getan hätte.

»Mein Sohn hält dich für einen Superhelden.« Gamse war jetzt ganz ernst. »Also enttäusch ihn nicht. Benimm dich nicht wie ein Feigling.«

»Ich bin kein Feigling. Ich bin für manche ein Arschloch, aber kein …«

»Dann entschuldige dich bei Lilly. Sag ihr einfach die Wahrheit. Und dass du …«

»Dass ich … was??«

»Dass du in sie verliebt bist«, sagte Gamse. »Lass dir was einfallen, Frauen wollen hören und wissen, was du über sie denkst! Und zwar immer wieder.«

Wirklich, wollte ich fragen, das wollt ihr hören? Und dann fragte ich doch etwas anderes: »Habt ihr eigentlich Schokopudding?«

Die Straße war leer, als ich ging. Bis auf die üblichen Gestalten, die schnell unterwegs waren mit ihren nerdigen Laptoptaschen und E-Zigaretten. Nirgendwo eine Spur vom Lama, fast vermisste ich was. Ich stieg die Treppen hoch. Ganz oben tanzte der Staub im Sonnenlicht.

Nicht dran denken.

In der Wohnung ließ ich mich auf die Matratze fallen und rief meine Mails ab. Mae, mit einem Link zu einem Konzert, auf das sie mit mir gehen wollte. Bilder von Malvins Geburtstagsfeier, geschickt von Doris.

Und darunter: Dienstag, Parisbar?

Von jürgen@jürgen-regie.de
An: L.Vonderfeld@botschaftberlin.de, Ben-the-voice@gmx.de

Liebe Lilly, hi Ben,
ihr könnt euch freuen, die Amis haben alles abgenommen und sind nach wie vor begeistert! Wie ihr wisst, beginnt ja nächste Woche die Berlinale. Und stellt euch vor, Lex und Raphaela werden extra eingeflogen. Wir wollen die Gelegenheit nutzen für eine Besprechung der Promotour im Sommer, ein paar Termine sollt ihr gemeinsam absolvieren. Also: Sagt bitte alles ab, was ihr am Dienstag vorhabt, und seid um 18 Uhr in der Parisbar. PÜNKTLICH.

Gruß, Jürgen

Lilly hatte noch nicht geantwortet. Oder vielleicht doch. Ohne mich ins CC zu setzen. Vielleicht war sie auch beschäftigt, studierte eine neue Rolle ein an ihrer Schauspielschule, zusammen mit diesem Dylan oder Dynamo, der sie ständig bei den Proben küsste. Der Gedanke trieb mich hoch, ich rannte eine Weile im Zimmer herum, immer im Kreis, wie ein

Gefangener in seiner Zelle. Du musst dich entschuldigen, sei kein Feigling, du musst dich entschuldigen. Und was wäre, wenn ich mich per Mail entschuldigen würde, mit einer so witzigen und charmanten Mail, dass sie gar nicht anders könnte, als … als was?

Mir in der Parisbar um den Hals fallen, mir sagen, dass sie mich liebt. Nur mich.

Hahaha.

Trotzdem arbeitete ich ein paar Stunden an einer Entschuldigungsmail. Nicht so witzig, wie ich wollte, dafür ehrlich: dass ich sie im Studio immerzu hatte ansehen wollen, in meinem Pullover, den meine Mutter mir vor ein paar Jahren bei meinem einzigen Besuch überreicht hatte. Meine Mutter, eine Fremde, die gut stricken konnte. Sie hatte mir die Hand auf den Arm gelegt, eine dünne weiße, fremde Hand, und als sie mich umarmen wollte, war ich zurückgewichen. Ich hatte mich geschämt. Gleichzeitig war ich starr vor Angst gewesen. Und so war es immer noch: Die Angst brachte mich dazu, Dinge zu tun, für die ich mich nachher schämte. Und ich konnte das Ganze ebenso wenig verhindern wie zum Beispiel einen Schluckauf. Das alles tippte ich in diese Entschuldigungsmail, die mehr und mehr zu einer Ben-Offenbarungsmail wurde. Ich schrieb sogar über Teneriffa. Und dass ich das Lieben üben wollte. Für sie. Nur für sie. Selbst wenn sich herausstellen sollte, dass mir das Gen fehlte.

In den sechs Tagen bis zur Parisbar joggte ich jeden Morgen mehrere Runden im Park. Und schrieb an meiner Entschuldigungsmail. Je länger sie wurde, desto unmöglicher war es, sie abzuschicken.

»Du musst erst mit ihr reden«, sagte meine Liebesberaterin Gamse. »Dann kannst du ihr das alles schicken. Und zwar als Brief. Handschriftlich. Was meinst du, wie gut das kommt!«

Also übte ich jetzt auch Schönschreiben.

Endlich kam der Dienstag. Ich stand auf, ging laufen, las noch einmal die Entschuldigungsmail durch und klickte ein paar Nachrichten von Mae weg, mit der ich – leider – auf dem Konzert gewesen war, weil ich dachte, es würde mich ablenken. Doch ich hatte mir bloß eine Art Hexenschuss geholt, weil Mae dauernd mit mir reden wollte und ich mich zu ihr runterbeugen musste.

Ich versuchte, was zu essen, kaufte mir ein neues Deo, suchte eine Ewigkeit in den Klamottenkisten auf dem Dachboden herum und dachte bis zur völligen Verzweiflung darüber nach, was ich Lilly mitbringen konnte. Der Brief war unmöglich. Blumen zu albern. Einen Rap, den ich spontan ablassen konnte, hatte ich nicht auf Lager. Außerdem war die Parisbar der falsche Ort dafür. Eine Weile dachte ich über einen Colaring nach. Und verwarf den Gedanken wieder.

Schließlich war es so spät, dass ich mich überstürzt auf den Weg machte. Ohne Geschenk. Und dann, beim Umsteigen in die U-Bahn nach Charlottenburg, sah ich den Kaugummiautomaten. Einen dieser alten, an dem ich schon ungefähr hundertmal vorbeigegangen war. Ich wechselte Geld und warf so lange Fünfzig-Cent-Stücke ein, bis ein einfacher silberner Ring rauskam. Außerdem jede Menge Kaugummikugeln, kleine Spielzeuge und Brausebonbons. Ich packte den ganzen Kram in eine Tüte, die ich extra in einem Schreibwarengeschäft kaufte, und beeilte mich, zur U-Bahn-Station zu kommen. Nur um festzustellen, dass die verdammte Bahn nicht fuhr. Gleisstörung im Tunnel. Also schnell nach einer anderen Verbindung googeln, kein Problem. Wenn ich mein Handy gefunden hätte. Aber das lag zu Hause. Oder sonst wo.

Ich stieg in die nächste S-Bahn, zum Hauptbahnhof, fuhr von dort vor lauter Aufregung zwei Stationen in die falsche Richtung. Und zurück. Um es kurz zu machen: Ben, der irrsinnig romantische Kaugummikäufer und Entschuldigungsmailschreiber, schaffte es, zu spät in die Parisbar zu kommen.

Als ich eintrat, saßen sie wenigstens noch nicht an dem reservierten Tisch. Sie drängten sich mit Aperitifs in leuchtenden Farben an der Bar.

Die weniger prominenten Besucher an den Tischen gaben sich Mühe, sie nicht zu auffällig anzustarren: die unwiderstehliche Raphaela, lachend und ihre Haare zurückwerfend, in einem tief ausgeschnittenen, engen weißen Kleid. Beschirmt von irgendwelchen Anzugtypen. Ob es sich um Bodyguards, Produzenten oder Lover handelte, war nicht klar, wahrscheinlich wusste es noch nicht mal Raphaela selbst. Danny Bergstroem war auch da, im Gespräch mit einer Frau mit aufgespritzten Lippen, die ein bisschen aussahen wie ein Schlauchboot. Ich entdeckte Jürgen, in seinem rosa Hemd, mit Anne von *DAS Castingbüro*, bei ihnen standen die Supervisors aus Ami-Land und der Sprecher von Danny. Ich kannte ihn vom Sehen, wusste nicht mehr, ob er Max hieß oder vielleicht Moritz, ich winkte ihm zu, er bemerkte es nicht.

Also ging ich näher heran, wobei ich so tat, als wäre ich wahnsinnig an den Bildern an der Wand interessiert. Mein Herz pumpte wie bescheuert Blut durch meinen Körper. Und blieb fast stehen, als ich Lilly sah. Mit Lex.

Und mit Lex' Hand auf ihrem Rücken.

Ich drängte mich zwischen den Tischen zu ihnen durch und sagte einem mir entgegentretenden Kellner in Schneeweiß, dass ich die Stimme von Lex B. Tyson sei. Worauf er innerhalb einer Nanosekunde freundlich guckte. Bevor ich mir die Haare verwuscheln und meinen Raid-lookalike-Seitenscheitel verdecken konnte, schob er mich schon auf Lex und Lilly zu.

Wir hatten uns bei vielen Premieren getroffen, Lex und ich, und jedes Mal hatte er sich neu an mich erinnern müssen. Ich trat mit ausgestreckter Hand auf ihn zu: »Hi, Lex, it's me, Ben.«

Um meine Hand zu drücken, musste er seine vom Rücken der Prinzessin nehmen, und ich würde sie festhalten bis in die Hölle und zurück.

»How are you?«, sagte ich.

»Great, and you?« Er ließ meine Hand sofort wieder los. Er hatte keinen

Schimmer, wer dieser Ben war, und es war ihm auch vollkommen egal, er wollte nur weiter mit Lilly flirten.

Los, Ben. Lilly ansehen. Etwas sagen.

Doch sie war so schön und so fern, dass mir der Atem stockte. Das Einzige, was mir einfiel, war ein tiefgelegtes: »Hi, Lilly, and how are *you?*«, mit Raids Stimme.

Ihr Blick glitt kurz über mein Gesicht, dann an mir herunter, an meinem Körper, der gegen Lex' durchtrainierten Körper eine ziemlich durchschnittliche Angelegenheit war. »Great, thanks«, sagte sie. Und wandte sich wieder Lex zu.

Für einen Moment hatte ich den Wunsch, etwas völlig Verrücktes zu tun. Gläser auf den Boden schmeißen. Barfuß in die Scherben springen. Oder wenigstens durch die eingerollte Zunge pfeifen, meinen eulenartigen Ton ausstoßen.

»Überraschungseffekt« hätte Gamse das genannt. Vielleicht wäre das die Rettung gewesen. Alle hätten zu mir hergeschaut, ich wäre einfach abgehauen. Und alles, was dann passierte, wäre nie geschehen.

28

Lilly

»Willst du wirklich so gehen, Schatz?«

Mum hatte nicht angeklopft, sie war einfach ins Zimmer gekommen. Sie trug ein schlichtes Trägerkleid und eine passende Jacke, Dad und sie waren eingeladen.

»Ich geh in die Parisbar zu einer Besprechung und nicht auf den verdammten Opernball.«

»Ja, ich weiß, ich will bloß nicht …« Sie musterte meine Hosen, die nur aus Fetzen bestanden. Ich steckte meine Haare auf und wünschte, sie würde verschwinden.

»Du bist sehr hübsch.« Im Spiegel sah ich, wie sie lächelte. »Und das mit dem Opernball … überleg es dir, ja? Okay, es ist ein bisschen dekadent, aber es ist süß von Granny, dich einzuladen. Ihr werdet bestimmt eine Menge Spaß haben. Eine Reise nach Wien … Ich in deinem Alter wäre dankbar gewesen für so eine Gelegenheit«, sagte Mum.

»Ich bin dankbar«, sagte ich. Und das stimmte. Seit Grannys Vorschlag ging es dauernd um Wien, und Mum wollte endlich nicht mehr mit mir *über alles* reden.

Ben war kein Thema mehr. Ben war einfach weg. Hatte sich in Luft aufgelöst. Nur sein Pullover war noch da. Frisch gewaschen und zusammengelegt, in der stabilen Papptüte, die Frau Böhm mir überreicht hatte. Sie stand im Schrank, in der dunklen Ecke hinter den Anoraks und Mänteln, die ich selten anzog.

Dad rief von unten, dass Martin wartete, und Mum küsste mich auf die Wange.

»Bis später. Wir haben ja eine lange Fahrt bis nach Potsdam und sind sicher erst spät zurück. Wie aufregend, dass du nun all diese Stars kennenlernst, mein Schatz. Du musst uns alles erzählen, ja?«

Ich versprach es und kümmerte mich weiter um meine Haare. Ich musste an Olaf denken, an das, was er gestern nach der Gruppenstunde gesagt hatte. »Erwarte nicht, dass die Stars dich beachten. Für die bist du ein Nobody, egal wie wichtig deine Stimme für die deutsche Produktion ist. Das geht den meisten Synchronsprechern so, mach dir nichts draus. Zieh was an, worin du dich wohlfühlst. Oder vielmehr: wertvoll. Das hilft.«

Vielleicht gab ich mir deshalb so viel Mühe mit meinen Haaren. Die Frisur sollte lässig aussehen. Wie nebenbei aufgesteckt, provisorisch, so wie Payton ihre Haare im Film getragen hatte.

Auch mein Shirt war ein bisschen wie Paytons Shirt, Army-Look. Ich probierte mehrere Schuhe an und entschied mich schließlich für die Cowboystiefel. Paytons Stiefel. In denen ich mich im Studio so unsicher gefühlt hatte. An meinem ersten Tag. Und Ben hatte diese Unsicherheit ausgenutzt. Plötzlich wollte ich den Pullover loswerden. Den Pullover und die Erinnerungen an Ben. Ich griff nach der Tüte, riss sie fast aus dem Schrank, wählte die Nummer der Taxizentrale und ging nach unten.

Schon während der Fahrt zur Parisbar bereute ich, dass ich den Pullover mitgenommen hatte. Wer war ich denn, dass ich Ben seine Sachen hinterhertrug? Ben, der sich nicht meldete und noch nicht mal in der Lage war, eine höfliche Antwort auf Jürgens Mail zu schreiben.

Geht klar. B.

Das war alles gewesen, er hatte mich ins CC gesetzt. Wozu? Damit ich mitbekam, wie lässig er war?

Kurz überlegte ich, ob ich die Tüte mit dem Pullover einfach im Auto vergessen sollte. Aber als das Taxi hielt und ich zahlte, drehte sich der Fahrer halb zu mir um, und ich nahm die Tüte doch mit.

Die Bar erschien mir größer, als ich sie in Erinnerung hatte, von dem einzigen Mal, als ich hier gewesen war. Dads Geburtstagsfeier. Im September. Kurz nach unserem Umzug. Damals hatte ich nur an Bukarest gedacht, an Bukarest und Erik und die anderen, von Sandrine hatte ich da noch nichts gewusst. Ich hatte ständig auf mein Handy geschaut, ob Erik sich nicht doch meldete und mir endlich schrieb, wie sehr er mich vermisste.

Jetzt steckte mein Handy in meiner Umhängetasche. Griffbereit, für ein Foto mit Raphaela oder Lex. Oder beiden. Wenn ich es auf Instagram stellte, würden es alle sehen, überall. Ich hängte meinen Mantel an die Garderobe und überlegte, ob ich die Tüte dort ablegen sollte. Dann gab ich sie doch dem Kellner, bei dem ich mich anmeldete, und sagte, jemand würde sie nachher abholen. Unser Tisch war im hinteren Teil der Bar. Alle standen herum und redeten. Jürgen, Jeff und Sarah. Ein paar Leute, die ich nicht kannte. Die Agentin mit dem roten Schal, mit der ich nach meiner Premiere bei *Act Out* gesprochen hatte. Vor vielleicht vier Wochen. Es kam mir vor wie vier Jahre. Jürgen winkte, und alle blickten mir entgegen. Plötzlich kam mir mein Outfit lächerlich vor. Payton hatte die Sachen von toten Soldaten getragen. Und ich trug zerfetzte Kleider, die ich extra bestellt hatte.

»Wow, du siehst super aus, Lilly.« Jürgen umarmte mich, das hatte er im Studio nie getan. Während wir Küsschen über unsere Schultern warfen, schaute ich mich um. Keine Spur von Raphaela und Lex. Auch nicht von Ben. Nach Jürgen begrüßten mich Jeff und Sarah, dann Anne, die Agentin. Alle waren schrecklich nett zu mir.

Davon hast du geträumt. Aber du kannst dich nicht freuen. Alles kommt dir unwirklich vor, als würdest du immer noch träumen, und wie in einem schlechten Traum bist du wie erstarrt. Du siehst nur zu, wie Raphaela den Raum betritt, in einem Pulk von Leuten. Um dich herum wird es still. Dann wieder laut. Viele Gesichter. Nice to meet you. Nice to meet you. Du kennst das von den Prominentenbällen, zu denen Dad dich früher manchmal mitgenommen hat. Sie kommen und grüßen und strahlen und finden alles ganz toll und wenden sich sofort wieder ab.

Raphaela sah nicht mehr aus wie Payton. Ihre Haare waren kürzer als im Film. Sicher drehte sie längst etwas Neues. Wir begrüßten uns mit angedeuteten Wangenküssen, und bevor ich sie um ein Foto bitten konnte, war sie schon weitergezogen. Danny Bergstroem war auch gekommen, mit ihm eine andere Hollywood-Schauspielerin, ich kannte sie nicht, nice to meet you, Küsschen, Küsschen. Und weg.

»And who are *you*?«, fragte jemand, mitten aus dem Gewirr, eine Männerstimme, die mir gleichzeitig bekannt und fremd vorkam.

Raid.

Eine schwarze Haarsträhne fiel ihm in die Augen, er warf sie zurück und lächelte. Das gleiche Lächeln wie in der Höhlenszene. Nur seine Augen waren nicht ganz so grün wie im Film.

»Lilly. Vonderfeld. Lilly Vonderfeld.«

Meine Stimme war zu hoch, zu laut, und meine Hand streckte sich wie von selbst aus. Bevor es peinlich werden konnte, ergriff er sie. Seine Hand war warm. Sogar ein bisschen feucht. Irgendwer machte ein Foto. Lilly Vonderfeld und Lex B. Tyson begrüßen sich mit Handschlag.

»Oh, Lilly, nice.« Er lächelte. »L-names are lucky names.« Seine Stimme war tiefer, als ich sie von den Originalaufnahmen in Erinnerung hatte, und ein bisschen heiser.

Oh! Mein! Gott! Miranda! Hier steht Lex B. Tyson und flirtet mit mir! Mein Puls pochte in meinen Ohren, meine Wangen brannten, und ich wünschte, ich hätte die Haare ins Gesicht schütteln können. Egal, Raid würde sowieso gleich weitergehen, zu Danny Bergstroem und Raphaela, die in einer Gruppe von Fremden standen, redeten und lachten. Aber er blieb und fragte, ob ich zu seiner deutschen Agentur gehörte, dabei nahm er zwei Gläser von einem Tablett, das ein Kellner herantrug, und gab mir eins. Der Drink war blau. Kein Cocktail, den ich kannte.

»No, I'm Raphaela's German voice.«

»Oh, really? Cheers.« Er hob sein Glas, wir tranken beide. Der blaue Cocktail schmeckte stark und süß.

»You voice actors do a great job«, sagte Raid.

»Thank you«, sagte ich. Und dann. »I *love* it.«

Auf einmal war alle Aufregung weg, ich redete über *Die Verlorenen,* wie begeistert ich von dem Film war, erzählte, wie wir die Atmosphäre des Films im Zelt nachgestellt hatten und wie ich mit Raphaela geatmet hatte. Ganz kurz dachte ich an die Knutschszenen, die Geräusche, wie Ben und ich unsere Armbeugen geküsst hatten.

Wir standen jetzt näher beieinander. Als Raid sich zu mir beugte und fragte, woher ich so gut Englisch könne, ließ er seine Hand einen Moment auf meinem Rücken liegen. Ich erzählte von Dads Beruf. Von den Städten, in denen wir gewohnt hatten. Unseren Reisen. Raid war in Afrika und Asien gewesen, Mumbai kannten wir beide. Irgendwann hielt ich einen neuen Drink in der Hand. Ich nippte nur noch daran. Mir war schwindlig, und kurz fürchtete ich, ich würde umkippen. Raid legte mir wieder seine Hand auf den Rücken, und diesmal zog er sie nicht weg. In diesem Moment tauchte Ben auf. Er sah so blass aus wie am ersten Studiotag, und er benahm sich auch genauso.

»Hi, Lex, it's me, Ben, how are you?« Er sah an mir vorbei, als wäre ich Luft, und gab Raid die Hand. Seinem Englisch hörte man den deutschen Akzent an.

»Great, and you?«, sagte Raid. Er klang jetzt anders, professionell, kalt. Als wüsste er, wie überheblich Ben im Studio über ihn geredet hatte.

»Hi, Lilly, and how are you?«, fragte Ben. Immer noch auf die gleiche überhebliche Art.

Warum schaust du mich nicht an? Warum tust du so? Ich bin nicht mehr die Lilly vom ersten Studiotag.

»Great, thanks«, sagte ich und bemühte mich, ebenso professionell zu klingen wie Raid. Eine Pause entstand, eine Glocke aus Stille, mitten im Stimmengewirr um uns herum. Ben stand einfach da, beide Hände in den Hosentaschen.

»Ich hab deinen Pullover mitgebracht.« Ich war einen Schritt auf ihn zugegangen, ganz automatisch, ohne es zu wollen.

»Oh«, sagte Ben.

Raid, halb hinter mir, bewegte sich, ich spürte seine Ungeduld. Ich wollte nicht, dass er ging. Und gleichzeitig wollte ich, dass er uns allein ließ und dass Ben wieder so sein würde wie in der Nacht auf Dads Sofa.

»Ich hab ihn abgegeben, an der Bar«, sagte ich.

Jetzt sah Ben mich das erste Mal an.

»Oh, *natürlich*«, sagte er mit seiner Eisstimme. »Wär ja blöd, mit einem Strickpulli gesehen zu werden. Vor allem mit *meinem* Strickpulli.«

Ich wollte ihn anschreien, ihm sagen, dass er sich verpissen solle, abhauen, ans andere Ende der Welt, nein, lieber auf einen anderen Planeten, wollte ihn schütteln, ihn ohrfeigen, ihn fragen, warum er nicht mehr der Ben sein konnte von der Sofanacht, warum, warum, warum. Heraus kam nur: »Wie wär's mit ›Danke‹?«

Jetzt hatte ich auch eine Eisstimme. Anders als die von Ben. Kühl, nicht klirrend. Obwohl ich vor Wut zitterte.

Raids Hand. Auf meiner Schulter.

»Who's that guy?«, fragte er leise.

»He's your German voice.«

»Oh, really?«

Er ist gut. Er hat dich sehr gut gesprochen. Aber er verachtet dich und den Film und die ganze Welt.

»Na dann, besten Dank.« Ben drehte sich um und versuchte, im Gedränge vor der Bar zu verschwinden, doch die Menschentraube um Raphaela war zu dicht.

»What did he say to you?«, fragte Raid.

»Oh … nothing, everything is fine.«

»Are you … aahmm … you know, you and he … are you together?« Raid lächelte dasselbe halbe Lächeln wie in der Szene mit den Beeren.

»No way!« Ich sagte es viel zu laut und schüttelte den Kopf, als würde ein Nein nicht genügen.

Da fuhr Ben herum und sah mich an. Nur für ein paar Sekunden.

Dann warf er sich wieder herum und stürzte sich ins Gedränge.

Als wir uns an den Tisch setzten, blieb Bens Platz leer.

»Ich fass es nicht«, sagte Jürgen. »Jetzt verschwindet er auch noch von einem offiziellen Termin! Und ich hab sogar dafür gesorgt, dass ihr den bezahlt kriegt, extra seinetwegen. Lilly, weißt du, wo er …«

Er kann nichts dafür.

Doch, er kann was dafür. Hätte er vorhin nicht … dann hätte ich nicht …

»Keine Ahnung«, sagte ich, »sorry.«

Raid, auf dem Platz neben mir, hielt mir die Speisekarte hin und fragte, was ich essen wolle. Obwohl ich keinen Hunger hatte, deutete ich auf den Veggie-Burger.

»You're a vegetarian?«

Ich nickte, und Raid legte seine Hand auf mein Knie und erzählte, dass er vegetarisches Essen awesome fand und the food in Mumbai geliebt hatte. Ich hörte nur halb hin. Es stimmt doch, es stimmt doch, Ben und ich sind nicht zusammen, ich konnte nichts anderes denken. Wir haben es nur gespielt. Auf dem Fest in unserer Villa. Auf der Spendengala. Im Studio, bei der Kussprobe. Und danach?

Die Geschichte von dem kleinen Jungen. Da hatte Ben nicht gespielt.

Und gleich hinterher war er wieder unausstehlich und ekelhaft geworden, und wir hatten gestritten.

Er kann's nicht so gut, Lilly. Und damit's keiner merkt, schlägt er um sich.

Gamse. Am Tag der Spendengala. Ben, auf der Bühne, nur er und das Mikrofon.

Sie sagen uns nichts von den Löchern, in die wir fallen können, und nichts davon, wie leicht wir über die Ränder der Welt rutschen und verschwinden.

Und wenn er sich was antut?

Der Gedanke war plötzlich da. Ich schob ihn sofort weg.

Jemand machte Fotos. Bilder, auf denen Lex B. Tyson neben mir saß und von einem Dreh in Indien erzählte. Die Geschichte klang so, als ob er sie schon oft erzählt hätte, einstudiert, wie eine seiner Rollen. Die Fotos würden irgendwo auftauchen, in einer Zeitung, im Internet, ich musste sie nur weiterleiten, falls Miranda und die anderen sie nicht sowieso sahen. Egal. Was ging mich Miranda noch an, was Erik. Oder irgendwer sonst.

Ich fing Jürgens besorgten Blick auf und lächelte mein automatisches Lächeln, das ich anknipsen konnte, ohne etwas zu fühlen.

Das Essen kam, Lex redete über Süßkartoffel-Pommes und fragte, was man in Europe sehen müsse. Ich erzählte ihm vom Zürichsee. My Grandma lives there. Oh, really? I know Cannes, is Cannes near Zurich? I love Switzerland. And France, too. Great food. And wine. Irgendwann wurde ich so müde, dass mir fast die Augen zufielen, und ich wusste nicht, warum. Weil das Getränk vorhin zu stark gewesen war? Oder weil ich bei jedem Satz wusste, wie das Gespräch weitergehen würde? Weil ich solche Unterhaltungen kannte, viel zu gut kannte?

Es hilft nichts, wenn man sich überall auskennt. Wenn man weiß, was man in Indien zu essen bestellen soll und wo man am besten segeln kann. Es hilft alles nichts. Gegen das Abrutschen, das Fallen und Verschwinden, wenn niemand da ist, der dich hält.

Der Kellner räumte ab.

»You want a cappuccino, too, Lilly? Yes, two cappuccino. I love this cappuccino. I love Italy. Rome.«

Ich hörte kaum, was Lex sagte. Ich sah nur den Kellner. Er hielt eine Tüte hoch, fragend: »Gehört das vielleicht jemandem von Ihnen? Wir haben Schichtwechsel, ich will bloß sichergehen.«

Meine Hand hob sich von selbst. Der Kellner reichte mir die Tüte herüber. Der Pullover lag noch darin, zusammengelegt, unberührt.

Da wusste ich, dass ich Ben suchen musste.

29
Ben

Überall waren Arme und Beine und Füße. Ich stieß dagegen, trat darauf.

»Entschuldigung, kann ich kurz vorbei ...«

»Sorry ...«

Mein Mund redete und lächelte, während ich mir einen Weg durchs Gedränge bahnte. Während ich Leute berührte und von Leuten berührt wurde und die ganze Zeit nur eine Berührung spüren wollte: Lillys Hand. Die mich aufhielt.

Festhielt.

No way!

Ich riss die Tür auf, zwängte mich durch die Raucher und hastete die Straße hinunter. An der U-Bahn-Station fischte ich in meiner Tasche nach der Tüte mit dem albernen Ring und den ganzen Kaugummis und dem Spielzeug. Ich wollte sie wegschleudern, sie dem nächstbesten Pärchen ins Gesicht schmeißen, he, ihr Idioten, nehmt das!

Und dann gab ich sie einfach einem Penner, der vor dem Fahrkartenautomaten hockte, und stieg in die U-Bahn. Gamse, dachte ich. Ich erzähle Gamse alles, und sie weiß, was ich tun soll. Vielleicht hält sie mich fest und fesselt mich, damit ich nichts vollkommen Verrücktes tue. Einmal hatte ich so was im Film gesehen, ein Typ auf Entzug, gefesselt, keuchend, tagelang, bis er endlich damit durch war. Ich konnte nur bis dahin denken. Döner. Gamse. Rettung.

In der S-Bahn fiel mir ein, dass die *Gams* heute geschlossen war. Eine

Familienfeier. Hochzeit von Arans Schwester. Oder Bruder? Egal. Ich starrte ins Dunkel hinter der Scheibe. Mein Hirn brauchte fast bis zur Station Mehringdamm, bis ihm etwas Neues einfiel. Etwas wie eine Rettung. Keine Gamse-Rettung, aber dennoch, alles besser, als nach Hause zu gehen. Ich stürzte zur Tür, bevor die Bahn weiterfuhr.

Mae. Wie hieß bloß der Pub, den sie mir genannt hatte?

Ich feiere da. Ab acht oder so. Ja, ich weiß, du hast vorher eine wichtige Besprechung. Wenn du willst, komm noch vorbei. Mehringdamm.

Der Damm war verdammt lang. Und voller Kneipen. Irish Pub, hatte sie Irish Pub gesagt? Und was feierte sie eigentlich?

Ihren Geburtstag. Das stellte sich schnell raus, als ich nach dem ungefähr zehnten Versuch den richtigen Pub betrat. Ein paar giggelnde Plüschtiere, alle schon betrunken. Leute aus dem Studio, von anderen Filmen. Zum Glück nicht Laura. Die Getränke waren frei. Ich bestellte sofort ein Guinness. Und erzählte Mae, dass ich ihr Geschenk verloren hätte, es sei so toll gewesen, eine Überraschung. Selbst gemacht. Nein, ich sage nicht, was es ist. Ich hab die ganze Zeit gesucht, muss es unterwegs verloren haben, eine kleine Tüte. Und so weiter.

»Oh, und ich dachte, du bleibst ewig auf deiner Besprechung mit diesen Berlinale-Leuten!«

»Ist schon rum«, sagte ich, »nichts als Langweiler.«

»Eeecht?« Mae schob sich neben mich auf den Barhocker. »Auch Raphaela Stanfield?«

Jetzt hörte sie sich fast wie ein Plüschtier an. Dabei hatte ich Mae immer dafür gemocht, dass sie kein Plüschtier war. Ihre Stimme war ein bisschen angeraut und für ein Mädchen ziemlich tief. Mae war in Ordnung. Das war der Gedanke, an dem ich mich jetzt weiter festhielt: Mae ist in Ordnung. Mae ist in Ordnung. Ich trank einen großen Schluck Guinness. Und noch einen.

»Raphaela ist das Langweiligste der Welt, wenn man von gewissen Körperteilen mal absieht«, sagte ich.

Mae lachte. So, dass sie kaum noch aufhören konnte. Dann sagte sie: »Schön, dass du da bist.«

Die Musik war laut, man konnte seine eigenen Gedanken nicht hören. Nach dem Guinness trank ich irgendwelche Cocktails, die Maes Freundin für alle bestellte. Sie hatte auch was zu feiern, irgendeinen Filmvertrag oder eine Schauspielschule, es war egal, Hauptsache, ich konnte trinken, meine Gedanken ins Aus schießen.

Irgendwann standen wir auf der Straße. Alle verabschiedeten sich endlos, gingen zur U-Bahn oder stiegen in Taxis. Mae hing an meinem Arm. Die Welt drehte sich. Ich hielt mich an Mae fest, sie hielt sich an mir fest.

»Du bist meine beste Freundin«, sagte ich, während wir den breiten Bürgersteig entlangschwankten und entgegenkommenden Menschen, Papierkörben, Laternenpfählen auswichen.

»Ist eigentlich was passiert, Ben? Du bist so … na ja, also, hast du Ärger bekommen im Studio?«

»Nein, nein, alles super. Sie hassen mich, aber der Scheißfilm ist abgedreht, alle tot.«

»Du bist ganz schön betrunken.«

»Na und?«

»Du bist süß, wenn du betrunken bist.«

»Du auch.«

Du bist süß, wenn ich betrunken bin. Der Gedanke war in meinem Kopf, etwas, das aufleuchtete und wieder verlosch.

»Ich bring dich nach Hause«, sagte Mae.

»Süß von dir«, sagte ich.

In meiner Wohnung war es kalt. Aber nicht so kalt wie im Eispalast.

»Hast du Musik?«, fragte Mae.

»Klar.« Ich klappte den Laptop auf und wählte meine Elektronik-Playlist, zwei Tage und sieben Stunden. Die kleine Box erwachte mit einem Brummen. Ich drehte auf volle Lautstärke.

Mae wollte mich ins Bett bringen. Den armen, betrunkenen Ben. Der nur eine Angst hatte: dass die Wirkung des Alkohols nachlassen könnte. Doch noch war eher das Gegenteil der Fall.

Dann lagen wir auf der Matratze, und es war alles ganz einfach. Ich wollte es tun. Mit Mae.

Danach würde mir kein *No way* der Welt mehr was anhaben können.

Mae hat Erfahrung. Mae hat ein Kondom dabei oder mehrere, sie steckt wohl immer welche ein, wenn sie ausgeht, für alle Fälle. Mae hat warme Hände, Mae kichert, während sie mir das Kondom überstreift, denn ich bin zu betrunken dafür, und es ist mein erstes Mal. Mae weiß nicht, dass es mein erstes Mal ist. Dass ich es nur hinter mir haben will, um jemanden zu bestrafen. Wen genau, weiß ich nicht, vielleicht eine Eisprinzessin, die *No way* gesagt hat, oder Gamse, die nicht da ist, oder jemand anderen, er heißt Ben und muss endlich lernen, sich zusammenzureißen, aber ihm fehlt das Gen, ihm fehlt alles.

Es ist anders, als ich es mir vorgestellt habe. Ich weiß nicht, was ich mir vorgestellt habe. Ich habe nicht gewusst, dass alles so weit von mir entfernt stattfinden würde. Ich habe nicht gewusst, dass ich an die Filme denken würde, vielleicht weil Mae stöhnt, als würde sie gerade einen Porno synchronisieren. Ich habe nicht gewusst, dass es so kurz sein würde, dass ich so schnell kommen würde.

Mae schien das nichts auszumachen, sie umarmte mich, kuschelte sich an mich. Und die ganze Zeit lief die Musik, waberte über einem elektronischen Beat, der Beat stoppte, ein einziger Akkord stand im Raum, dann änderte sich der Rhythmus, wurde ruhiger, chilliger. Ich schlief ein, und die Musik war gelb und orange in meinem Traum.

30
Lilly

Ich hätte mit Lex B. Tyson und Raphaela Stanfield fahren können. Zum Adlon. Lex wollte einen letzten Drink nehmen, ich hätte mit Lex und Raphaela und Danny Bergstroem in die Hotelbar gehen können, und später vielleicht mit Lex auf sein Zimmer.

Aber ich saß allein im Taxi. Und ich fuhr nicht zum Adlon, sondern nach Kreuzberg. Mit der Tüte auf dem Schoß. Ich hatte versucht, Ben anzurufen. Ihm Nachrichten geschickt. Er hatte nicht geantwortet. Was, wenn er nicht in seiner Wohnung war? Und nicht im Döner *Zur Gams*? Wo sollte ich suchen?

Ich kontrollierte erneut mein Handy. Nur Benachrichtigungen von Instagram, dass ich auf einem Foto markiert worden war. Miranda und einigen anderen gefiel das Foto, es gab auch persönliche Nachrichten. Ich klickte sie nicht an.

Ich glaube, Lex wollte mit mir ins Bett, Miri. Vielleicht will er es jetzt noch, ich müsste mich bloß ins Adlon bringen lassen.

Hallo????!!!!!!! Worauf wartest du????? Es ist Lex B. Tyson!!!!!!!

Ich brauchte Miranda nicht zu schreiben, ich wusste auch so, was sie antworten würde. Ich brauchte andere Antworten. Etwas, das eine wirkliche Freundin sagen würde: Du hattest ein schlimmes erstes Mal, willst du unbedingt ein schlimmes zweites Mal?

Mit dir. Wenn, dann nur mit dir.

Ich konzentrierte mich auf die Lichter draußen. Das Taxi fuhr bereits über den Mehringdamm, bis zum Döner *Zur Gams* war es nicht mehr weit. Ich ließ mich dort absetzen, obwohl ich schon von Weitem sah, dass die Scheiben dunkel waren. Es wäre einfacher gewesen, wenn ich Ben dort gefunden hätte, Gamse hätte mir sicher wieder geholfen. Geholfen, wobei? Was wollte ich ihm sagen? Ich hab dir deinen blöden Pullover hinterhergetragen? Ich hab kapiert, dass Lex nicht Raid ist? Ich wollte nur mal sehen, ob du noch lebst?

Ich ging bis zur großen Straße und bog ab. Dort vorne. Das Haus, wo Ben wohnte. In manchen Fenstern brannte Licht. Auch in einem Fenster weit oben. War es Bens Fenster? Ich wusste es nicht.

Klingeln.

Herzklopfen.

Warten.

Nichts.

Ich klingelte vier oder fünf Mal. Weil mir nichts anderes einfiel, was ich tun konnte. Weil ich den Pullover loswerden wollte. Weil plötzlich nichts wichtiger war, als diesen Pullover loszuwerden. Als ob damit alles in Ordnung käme.

Wieder befiel mich diese Müdigkeit, wie vorhin in der Bar. Ich lehnte mich kurz gegen die Haustür. Sie gab nach.

Es ist sonst immer offen.

Ben, an dem Tag, als er den Schlüssel vergessen hatte. Als er über das Dach in die Wohnung geklettert war.

Im Treppenhaus machte ich das Licht an und stieg langsam nach oben. Von irgendwoher hörte ich Musik, etwas Elektronisches mit schnellem Beat. Wie ein rasend klopfendes Herz.

Es kam aus Bens Wohnung.

Ich atmete tief ein. Er war da. Gleich würde er die Tür aufmachen, und dann …

Es gab keine Klingel.

»Ben!« Ich klopfte, »Ich bin's! Lilly!«

Nichts. Nur der schnelle Beat.

Ich trat gegen die Tür. Nicht zu laut. Was, wenn die Nachbarn mich hörten, wenn Ben wieder Ärger … Und wenn er sich schon was angetan hat?

Unsinn.

Und wenn doch? Sollte ich die Polizei holen? Für alle Fälle? Ben würde mich dafür hassen.

Der Dachboden. Die Falltür.

Wenigstens probieren, ob sie offen ist.

Die Treppe, die ich hochstieg, endete vor einer Stahltür. Unverschlossen.

Der Dachboden war stockdunkel. Nirgendwo ein Lichtschalter. Ich leuchtete mit der Handy-Taschenlampe. Das Viereck der Falltür war frei und weniger staubig als der Boden. Ich kniete eine Weile davor. Immer noch die Musik, leiser, immer gleich. In Endlosschleife. Die Falltür hatte einen Ring, an dem man ziehen konnte. Falls Ben sie nicht abgeschlossen hatte, musste sie nach außen aufgehen. Ich zog. Der Ring schnitt in meine Hand.

Nichts bewegte sich. Ben wollte nicht, dass man ihn suchte. Und wenn … und wenn …? Ein letzter Versuch. Bevor ich die Polizei … Ich zog, lehnte mich zurück, etwas knarrte, schmatzte, als die Falltür nachgab, sich aus der Gummidichtung hob.

Jetzt sah ich das Licht. Bens Flur. Unter mir. Keine Treppe oder Leiter. Ich legte mich auf den Boden. Mitten im Flur lagen Schuhe. Bens Turnschuhe.

»Ben?«

Keine Antwort.

»Ben? Bist du da?«

Ben, ich möchte dir doch nur sagen, das bei Lex vorhin, das wollte ich nicht. Kannst du mir vielleicht verraten, was ich sonst antworten sollte? Während ich das alles dachte, hatte ich schon die Stiefel abgestreift. Es war nicht hoch, ich müsste mich bloß ein Stück heruntergleiten lassen und abspringen. Ich schob mich durch das viereckige Loch, gut, dass die Hose sowieso zerrissen ... Jemand schrie.

Laut. Schrill. Nicht Ben. Eine Mädchenstimme. Ich erstarrte. Die Musik hörte auf.

»Ben!«, schrie die Stimme. »Ben! Hilfe!«

»Was ist?«

Ben.

Er lebt.

»Da!« schrie die Stimme »Da!« Sie kam mir bekannt vor, aber ich hatte keine Zeit nachzudenken. Mit einem Ruck kämpfte ich mich wieder nach oben, stemmte mich auf die Hände.

Von unten Geräusche. Ich schaffte es, mich hochzuziehen, weg, nur weg.

Nein. Noch nicht. Erst musste ich rauskriegen, wem die Stimme gehörte.

Umdrehen. Und wieder nach unten schauen, durch das viereckige Loch, in Bens Flur.

Da stand sie. Mae. Nackt. Und neben ihr Ben. In Boxershorts.

Er schwankte und legte beide Hände an seine Stirn. Er sah aus, als würde er gleich umfallen. Mae blickte zu mir hoch. Und fing wieder an zu schreien.

»Was ... machst du da?! Hast du sie noch alle?!«

Ich kroch zurück, ich hatte genug gesehen. Als ich die Stiefel anzog, hörte ich Mae weiter kreischen: »Wie geht diese verdammte Tür zu?! Mach diese Tür zu, Ben, mach sofort diese Tür zu!«

Von Ben kam nichts. Mein Fuß stieß an die Papptüte. Die ich von der Villa bis zur Parisbar und dann bis hierher mitgeschleppt hatte. Ich nahm sie und schleuderte sie nach unten in den Flur.

»Ich bring ihm seinen Scheißpullover, das mach ich!«, brüllte ich, dann stieß ich die Tür zu, gab ihr noch einen Tritt, stolperte über den Boden zur Treppe und rannte an Bens Wohnungstür vorbei, bevor jemand sie öffnen konnte.

Aber niemand öffnete sie.

31
Ben

Ich wachte auf, als jemand schrie.

Mae.

Draußen.

Schrie und hörte nicht mehr auf. Die Zimmertür stand offen. Ich wollte nicht, dass Mae mich nackt sah. Ein bescheuerter Gedanke, wenn man gerade mit jemandem geschlafen hatte. Wenigstens die Shorts, sie lagen auf dem Boden. Ich griff danach und fiel fast um, als ich sie anzog.

Dann stand ich im Flur. Und erkannte die Beine sofort, die aus der Luke hingen. Beine in zerfetzten Jeans, die hilflos in der Luft baumelten. Lillys Füße in Strümpfen. Ich wollte sie fragen, wo sie die unmöglichen Stiefel gelassen hatte. Ich wollte die Leiter holen, damit sie Halt fand. Wollte ihr alles erklären. Aber ich stand nur da und versuchte, nicht umzufallen, und Mae schrie. Dann waren die Beine weg und in der Öffnung tauchte Lillys Gesicht auf.

»Was machst du da?! Hast du sie noch alle?!«, schrie Mae.

Das Gesicht verschwand.

Ich weiß nicht, wie lange ich im Flur stand und auf das leere Viereck der Falltür starrte. Mae schrie nicht mehr. Sie lief hin und her und suchte ihre Klamotten zusammen. Meine warf sie vor mich auf den Boden, doch die konnte ich nicht anziehen. Nicht nachdem … Ich tappte an ihr vorbei ins Zimmer, meine Bewegungen fühlten sich steif an, als hätte ich ewig halb nackt in der Kälte gestanden und müsste erst wieder auftauen. Ich nahm die Klamotten von gestern vom Stuhl, Trainingshose, Shirt, eine alte Jacke, ich hatte sie dort hingelegt, bevor ich mich für die Parisbar umzog. Ich schlüpfte in die Trainingshose, und da spürte ich etwas Hartes. Mein Handy. Wenigstens etwas. Ich zog es raus, es hatte kaum noch Akku.

Zwei Anrufe von Lilly.

Eine Nachricht: *Wo bist du? Muss mit dir reden!*

Ich wählte ihren Kontakt und drückte auf Anrufen. Das Display wurde schwarz.

»Ich brauch jetzt erst mal einen Tee. Du auch? Schwarzer oder Roibusch …« Mae, zwischen Flur und Türrahmen, hielt mir zwei Packungen entgegen. »He, wo willst du denn hin?«

Ich drängte mich an ihr vorbei. »Bin gleich wieder … muss mal kurz auf dem Dachboden nachsehen, vielleicht ist sie noch dort.«

»Lilly? Auf deinem Dachboden? Hallo?! Spinnt ihr jetzt alle beide?«

Ich hatte schon die Leiter geholt und stieg nach oben. Stieß die Falltür auf, höllenschlecht war mir, in meinem Kopf drehte sich alles, aber ich schaffte es, nicht zu kotzen. Der Dachboden war dunkel. Und leer. Die Tür zum Treppenhaus offen. Ich hastete auf Strümpfen runter bis zur Haustür. Dann die Straße entlang, nichts. Zurück, weil mir einfiel, dass ich mal wieder keinen Schlüssel dabeihatte. Super, Ben. Wenn Mae jetzt abgehauen ist, stehst du auf Socken im Freien.

Doch Mae war nicht abgehauen.

Mae würde immer da sein, das war das Problem.

»Was ist mit Lilly und dir?«, fragte sie, als ich oben ankam, so außer Atem, dass ich bloß den Kopf schütteln konnte, nichts, nichts. Sie ist weg. Wahrscheinlich in ein Taxi gesprungen und ab zu Lex. Nein, Lex hat bestimmt unten gewartet. Aber warum hat sie mir dann Nachrichten geschickt, warum ist sie dann überhaupt …

»Es ist also nichts zwischen euch? Und was soll das hier? Hast du den bei ihr vergessen …?« Mae schwenkte eine Tüte. Sie war aus Pappe und hatte einen Aufdruck, etwas auf Französisch.

Lilly. Mein Pullover.

»Wo … äh, wo kommt der denn her?«

»Sie hat ihn hier reingeschmissen, weißt du das nicht mehr?«

Ich versuchte, mich zu erinnern, aber ich sah nur Lillys Gesicht, in dem Viereck der Falltür.

»Sag mir die Wahrheit. Seid ihr zusammen?« Maes Stimme war leise, sie gab sich große Mühe, nicht zu weinen. »Wenn ja, dann geh ich sofort.«

Ich schüttelte wieder den Kopf.

»Sag es. Das wirst du wohl schaffen.« Mae hielt die Tüte vor sich wie einen Schild. Ich nahm sie ihr ab. Der Pullover roch wie die Bettwäsche im Eispalast. Sehnsuchtsgeruch. Vorbei. Man muss nach vorne schauen, hätte mein Erzeuger gesagt. Davon wurde mir gleich wieder schlecht, ich räusperte mich.

»No way«, sagte ich.

32
Lilly

»Ah, da bist du ja, Madame. Raus mit dir!«

Snowflake rührte sich nicht. Sie lag an ihrem neuen Lieblingsplatz, zwischen den Baumwollpullovern und Shirts in meinem Kleiderschrank, sah mich aus ihren großen grünen Augen an und miaute. Es klang ein bisschen kläglich.

»Komm! Draußen ist Frühling, was willst du da im Schrank?«

Sie rührte sich nicht, ihr Blick wurde vorwurfsvoll. Und wieder das klägliche Miauen. Als ob sie jemanden vermisste.

»Quatsch«, sagte ich, so laut, dass Snowflake zusammenzuckte. Ich strich ihr über den Kopf. Und dachte sofort wieder daran, wie Ben sie gestreichelt und wie sie den Kopf dabei in seine Hand geschmiegt hatte.

»Quatsch«, sagte ich noch mal und zwang mich, an die heutige Premiere bei *Act Out* zu denken. An meine Rolle. Eine anspruchsvolle Rolle in einer modernen Tragödie, ein Mädchen, das nach und nach jeden Halt in der Welt verliert.

»Ich will, dass du echte Tränen weinst«, hatte Olaf gesagt. »Auch bei den Proben.«

Es fiel mir nicht schwer. Ich musste mich nur auf das Gefühl konzentrieren: abrutschen, über die Ränder der Welt, fallen, verschwinden im leeren Raum. Aus allen Richtungen strecken sich mir Hände entgegen, aber ich bekomme sie nicht zu fassen.

Fast hätte ich schon wieder geweint, bloß nicht, ich musste mir die Tränen für die Aufführung aufheben. Von draußen hörte ich die Stimmen von Mum und Frau Böhm, es ging um das Gästezimmer. Stan, der Pianist, den meine Eltern kannten, sollte für ein paar Tage nach Berlin kommen und bei uns übernachten. Wahrscheinlich gelang es mir deshalb so schlecht, jeden Gedanken an Ben zu vermeiden, so wie sonst. Ab und zu, bei den kleinen Studiojobs, die mir Anne vermittelte, hatte ich Laura getroffen. Ich hatte sie nicht nach Ben gefragt, ob sie auch manchmal mit ihm arbeitete. Vielleicht auch mit ihm und Mae. Sie hatte nichts erzählt, mir nur dazu gratuliert, dass ich jetzt offiziell die deutsche Stimme von Raphaela Stanfield war. Die nächste Produktion mit ihr begann im Sommer. Lex B. Tyson spielte nicht mit.

»Ja, am besten mal alles gründlich durchsaugen, auch unter der Matratze und der Gummimatte«, sagte Mum im Flur, dann hörte ich ihre Schritte. »Lil?«

»Ja?«

»Es macht dir doch nichts aus, wenn … oh, die Frisur steht dir ja gut!«

»Ist bloß für meine Rolle, Mum.«

»Trotzdem, du solltest dir öfter so einen Dutt machen. Hör mal, ist es okay, wenn Stan dein Bad mitbenutzt? Es ist ja nur für drei Nächte, und du kannst jederzeit oben bei uns duschen.«

»Ja, schon in Ordnung.« Ich versuchte, Snowflake aus dem Schrank zu holen, aber sie machte einen Buckel und fauchte.

»Ach, hockt sie wieder da drin?« Mum kam näher und lachte. »Na, was sind das denn für Marotten, du wirst wohl alt, was? Hör mal, und du nimmst es uns wirklich nicht übel, wenn wir heute in Stans Konzert gehen und nicht zu deiner …«

»Alles gut. Ich bin viel zu aufgeregt, wenn ihr da seid. Olaf sagt, das ist normal, viele Schauspieler sind nervös, wenn Verwandte oder Freunde im Publikum sind.«

»Aber Joshua darf doch sicher …«

»Nein. Niemand.«

Und jetzt geh, bitte.

Mum schien meinen stummen Wunsch zu hören, sie strich mir über den Arm. »Viel Glück, Schatz, und viel Spaß! Vor allem Spaß, das ist doch das Wichtigste.«

Endlich zog sie die Tür hinter sich zu. Ich steckte ein paar lose Strähnen im Nacken fest und suchte meine Schminksachen zusammen. Ich würde so spät wie möglich kommen, ich hatte keine Lust auf die überfüllte Garderobe bei *Act Out*. Selbstverständlich würden sie mir einen Schminktisch frei halten. Ich hatte die Hauptrolle. Alle bemühten sich, nett zu mir zu sein. Wenn hinter meinem Rücken gelästert wurde, dann so, dass ich es nicht mitbekam. Sie lästerten nur über Stella-Marie und Violet, die *Act Out* gemeinsam verlassen und in einer Musical School angefangen hatten.

»Ein Auffangbecken für die Untalentierten«, hieß es. Ich beteiligte mich nicht daran, und niemand erwartete es von mir. Ich war Lilly, die Erfolgreiche, Lilly, die eine Agentin hatte und auf Fotos mit Lex B. Tyson und Raphaela Stanfield zu sehen war. Um mich war ein unsichtbarer Bannkreis.

Im Gästezimmer begann der Staubsauger zu brummen. Ich cremte mein Gesicht ein und konzentrierte mich darauf, was ich unbedingt mitnehmen musste. Ich packte die Schminksachen, versuchte ein letztes Mal, Snowflake aus dem Schrank zu holen, vergeblich, zog ein Kleid an, das ich auch auf der Premierenfeier tragen konnte, und darunter eine dünne Jeans, weil es noch kalt war. Ich war dabei, verschiedene Turnschuhe auszuprobieren, als Frau Böhm anklopfte.

»Lilly, darf ich stören?« Frau Böhm trug ihren kurzen Kittel, den sie zum Putzen über ihre Kleidung zog.

»Oh, schick bist du. Dann gleich mal toi, toi, toi für heute Abend.«

Ich nahm meine Jacke. »Sie wissen ja, dass ich mich nicht bedanken darf, das bringt Unglück.«

»Ihr seid wohl alle abergläubisch, was?« Frau Böhm kam ein Stück näher und griff in ihre Kitteltasche. »Ich hab was gefunden. Es muss schon lange da liegen, war eingeklemmt zwischen Matratze und Rahmen, und beim Saugen …«

Sie streckte mir die offene Handfläche hin. Darauf lag eine kleine Figur. Von Playmobil. Ein Feuerwehrmann. Abgegriffen und alt. Sehr alt, inzwischen sahen Playmobil-Figuren anders aus.

Ich wusste sofort, wem die Figur gehörte. Und ich sah, dass Frau Böhm es auch wusste. Sie lächelte.

»Vielleicht bringt er dir ja Glück für deine Premiere«, sagte sie.

Ich zog die Jacke an.

»Ich … will ihn nicht.«

»Wirklich? Soll ich ihn wegschmeißen?« Sie hielt immer noch die Hand ausgestreckt und sah mich an. Und ich wusste, dass sie auch an den Morgen in der Küche dachte. Als der Intarsientisch ausnahmsweise gemütlich gewesen war, als wir Rührei und Müsli gemacht hatten und Ben Witze erzählt hatte und Snowflake um unsere Beine gestrichen war, bis Ben ihr endlich das Futter hinstellte.

»Weißt du was, ich lass ihn dir einfach da, dann kannst du in Ruhe drüber nachdenken.«

Ohne eine Antwort abzuwarten, legte Frau Böhm den Feuerwehrmann auf meinen Schreibtisch, wünschte mir noch mal alles Gute und kehrte zurück zu ihrem Staubsauger. Mein Handy summte. Joshua. Ich drückte den Anruf weg und verließ das Haus.

Ich würde ihn einfach wegwerfen. Und dann warf ich ihn doch nicht weg, nicht an diesem Tag, als ich spät von der Premierenfeier kam, und auch nicht am nächsten oder übernächsten. Ich war ohnehin kaum in meinem Zimmer, ging morgens zur Schule, fuhr von dort weiter zu *Act Out* oder zu einem Job im Studio, manchmal auch zu einer Verabredung mit Joshua, und ich kam spät zurück. Irgendwann steckte ich den kleinen Feuerwehrmann einfach in die Schreibtischschublade. Weit nach hinten. Dort konnte er bleiben bis zum nächsten Umzug, wenn ich wieder alles wegwarf, was ich nicht mit mir herumschleppen wollte. Ich war gut im Wegwerfen und Vergessen.

Nur manchmal leuchtete eine Erinnerung auf, ein Bild, grell wie ein Blitz.

Ben und Mae.

Mae nackt im Flur, wie sie mich anschrie: Hast du sie noch alle?!

Und Ben, mit den Händen vor dem Gesicht.

Ich war geflüchtet, gerannt, aber später, auf der Straße, war ich langsamer geworden, immer langsamer. Er hätte genug Zeit gehabt, mich einzuholen. Wenn er das gewollt hätte.

Schluss. Nicht weiterdenken. Gar nicht mehr an Liebe denken.

Ben und Mae.

Erik und Sandrine.

Liebe war für andere da, ich konnte sie nur spielen: traurige Liebe, glückliche Liebe, wahnsinnige Verliebtheit, Verzweiflung, Sehnsucht. Auf der Bühne und im Studio. Dafür wurde ich gelobt. Auch beneidet. Das Lob wärmte. Für kurze Zeit.

Einmal, für eine Nebenrolle als Meerjungfrau, musste ich wieder in das Studio, wo wir *Die Verlorenen* aufgenommen hatten. Als ich die angelehnte Tür aufstieß, klopfte mein Herz bis zum Hals. Jürgen führte Regie, das hatte ich auf dem Plan gelesen, wer sonst noch dort sein würde, wusste ich nicht. Auf dem Sofa, wo ich vor zwei Monaten Bens Rucksack abgestellt hatte, saß eine ältere Sprecherin über ihrem Text, trank Kaffee und grüßte mich mit einem freundlichen Nicken. Die Terrassentür war offen. Draußen blühten die Bäume.

»Geh ruhig rein«, sagte die Sprecherin, »ich brauch mal 'ne Pause.«

Das Pult stand direkt vor der Glaswand zum Technikraum. Kein Zelt, kein schwarzer Vorhang, nur das Pult, das Mikro, das Dialogbuch. Auch hier drinnen roch es nach Frühling. Vom Technikraum her ein Niesen, dann Jürgens Stimme: »Verdammter Heuschnupfen. So, wer will weitermachen?«

Ich trat in den Lichtkreis.

»He, Lilly!« Jürgen kam heraus, wir umarmten uns, und er klopfte mir auf den Rücken.

»Wie geht's dir?«, fragte er.

»Super«, sagte ich.

»Sieht man.« Er fischte seine übliche unangezündete Zigarette aus der Hemdtasche. »Ich hab gehört, du bist gut im Geschäft«, sagte er, und ich nickte.

»Ja, Anne ist jetzt meine Agentin.«

Jürgen betrachtete die Zigarette, dann musterte er mich. »Davon hab ich gehört, gratuliere«, sagte er. »Hat dir Anne eigentlich schon von der Fortsetzung erzählt? Sie sollen das ernsthaft planen, die *Verlorenen* brechen ja weltweit alle Rekorde.«

»Oh, echt?« Mein Herz fing wieder an, schneller zu klopfen. »Weiß man schon, wer mitspielt?«

»Na, auf jeden Fall Raphaela und Lex.« Jürgen steckte sich die Zigarette hinters Ohr.

»Krass, ich meine, Payton ist doch … also, sie hatte doch das Fieber …«

»Ja, aber im Gegensatz zu John hat man sie nicht tot daliegen sehen. Deshalb ist Danny auch nicht dabei, so viel ist klar.«

Oh, Payton, es besteht ja auch eine winzige Chance, dass du es doch noch schaffst, durch meine große und ewige Liebe. So ein Hollywood-Hauch einer Chance. Falls der Film richtig Erfolg hat. Wegen der Fortsetzung.

Dachte Jürgen jetzt auch an Ben, würde er etwas über ihn sagen? Hatten sie zwischendurch zusammengearbeitet? Oder war Ben überall rausgeflogen? Und wenn ja, was war dann mit dem Lama?

»Wird sicher 'ne spannende Fortsetzung«, sagte Jürgen. »Die melden sich bestimmt bald.«

Hast du von Ben gehört? Ist er mit Mae zusammen?

Ich presste die Lippen fest aufeinander, um bloß nicht zu fragen. Einmal, in einem anderen Studio, bei einer amerikanischen Serie, hatte die Sprecherin von Nina F. Court über Mae gelästert und erzählt, dass sie eigentlich Margit hieß, ein grässlicher Name, oder?

»So heißt meine Oma«, sagte die Stimme von Roxy Lee Miller.

»Eben«, sagte die Stimme von Nina. »Die will immer was Besonderes sein und ist es doch nicht. Tragisch. Die guten Jobs kriegen die anderen.«

Dabei hatte sie mich angesehen, mit dieser Mischung aus Bewunderung und Neid, die ich schon gewohnt war, und ich hatte mich schnell weggedreht.

Es wurde Sommer, bald war ich ein Jahr in Berlin. Ich würde hier noch meinen Schulabschluss machen und mich danach an verschiedenen Schauspielschulen in Deutschland bewerben. Ich würde wieder umziehen und dann wieder, ohne Mum und Dad, von einer Rolle zur anderen ziehen, nirgendwo bleiben, bei niemandem.

Mum wollte glauben, dass Joshua und ich ein Paar waren. Ich widersprach ihr nicht. Doch wir waren nur Freunde. Ohne Küssen, ohne Umarmungen, ohne Ansprüche. Das war meine Bedingung gewesen, und Joshua hatte eingewilligt. Er wusste, dass ich kaum Zeit hatte und ihn nicht auf meinen Premieren sehen wollte. Er war da, wenn ich ihn brauchte. Und ich redete mir ein, dass es mir Spaß machte, mit ihm wegzugehen. Dass ich mich kein bisschen dabei langweilte.

Es war ein Fehler, ihn mit auf das Kurzfilmfestival zu nehmen. Ich wusste es schon, als ich ihn fragte und er sich so schrecklich freute. Das Festival fand in Kreuzberg statt.

»Du musst dorthin, dich blicken lassen«, hatte Anne gesagt und noch ein »Unbedingt« hinterhergeschickt.

Wir stiegen am Mehringdamm aus. Joshua erzählte mir alles, was er zum Thema Kurzfilme im Netz gefunden hatte. Er ging mir auf die Nerven. So sehr, dass ich ein schlechtes Gewissen bekam. Das schlechte

Gewissen lenkte mich von anderen Gedanken ab, davon, wie ich einmal hier in der Gegend durch die Nacht gerannt und immer langsamer geworden war. Gewartet hatte. Auf jemanden, der nicht kam.

Mit dir. Wenn, dann nur mit dir.

Leeres Gerede.

»Lil, was ist denn? Hörst du mir überhaupt zu?«

Eher nicht. Ich denke darüber nach, dass ich dir dankbar bin, für das schlechte Gewissen, das ich wegen dir bekomme. Konnte man so etwas spielen? In eine Rolle umsetzen?

Laut sagte ich: »Sorry, ich bin ein bisschen aufgeregt.«

»Ich bin doch bei dir.«

Auch das noch. Aber ich ließ zu, dass er meine Hand nahm. Zum Glück ging im Kinosaal gerade das Licht aus, und niemand sah uns. Wir setzten uns nach hinten. Er rückte zu dicht an mich heran. Er lachte zu laut. Er konnte nichts dafür, dass ich mir jemanden wünschte, mit dem ich über die Filmideen reden und mich streiten konnte. Er konnte nichts dafür, dass ich mir jemanden wünschte, der mir etwas Witziges ins Ohr flüsterte. Und dann mein Ohr küsste.

In der großen Pause standen wir mit Anne und einigen anderen um einen hohen Tisch im Foyer. Janka, die Regisseurin, die an meinem ersten Tag im Studio Stella-Marie so deutlich vorgezogen hatte, erkundigte sich liebenswürdig und sehr interessiert nach meiner Arbeit bei den *Verlorenen*.

»Man hat ja nur Gutes gehört! Jetzt ist doch bald Premiere, oder nicht?«

Nach Stella-Marie fragte sie nicht.

Joshua redete, wie lange schon? »… so gespannt auf den Film. Leider verpasse ich die Premiere … ja, sehr schade, aber Lilly hat mir den Termin zu spät gegeben … ich kann das Benefizkonzert nicht mehr absagen … Nein, Klavier … ich singe nicht …«

Zum Glück kam ein Regisseur dazwischen, der die Stimme von Raphaela Stanfield kennenlernen wollte, und Joshua hielt endlich den Mund.

Nach dem letzten Film gingen wir zum Taxistand. Der Himmel über den gelben Straßenlaternen und den Neonlichtern der Cafés und Shops hatte sich türkis verfärbt. Die anderen tranken noch etwas, dort im Kino, vielleicht wäre ich ohne Joshua geblieben.

Ich lief schnell, mit angewinkelten Ellenbogen. Im Taxi würde ich Joshua sagen, ich sei müde.

»Lil, was hast du denn, bist du sauer?«

»Nein. Hab nur Kopfschmerzen.«

»Die ist nett, deine Agentin«, sagte Joshua.

Ich nickte, ohne mich umzudrehen, und in diesem Moment sah ich Ben. Er trug eine kurze Sporthose, ein Muscle-Shirt und Joggingschuhe. Er war nicht so blass, wie ich ihn kannte, und in den Händen hatte er vier Tüten, so prall gefüllt, dass sie gleich reißen würden. Er stand mitten auf der Straße und schaute sich um, als wartete er auf jemand, und dann riss tatsächlich eine Tüte, und ein Glas fiel heraus und zersplitterte, eine Joghurtpackung platzte, er stellte die anderen Tüten ab und raufte sich die Haare. Hinter mir fragte Joshua, ob ich okay sei, und auf einmal hielt ich es nicht mehr aus, ich rannte, rannte los, mit erhobener Hand, auf ein Taxi zu, das uns entgegenkam – als es hielt, warf ich mich auf den Rücksitz und sagte dem Fahrer, er solle losfahren, sofort.

Erst nach der nächsten Ampel nannte ich meine Adresse, und er gab sie ins Navi ein.

Da lag alles schon hinter mir. Joshua, der mich bereits verzweifelt anrief. Und Ben mit der geplatzten Tüte. Falls es wirklich Ben gewesen war, vielleicht hatte ich mir nur eingebildet, ihn zu sehen. Weil ich die ganze Zeit an ihn gedacht hatte. Weil er mir fehlte, schrecklich fehlte.

Ich konnte mir dieses Gefühl merken, wenigstens das, um es irgendwann zu spielen.

33
Ben

»Es ist dein Geburtstag. Und einen Geburtstag feiert man. Basta.«

»Es gibt nichts zu feiern.«

»Gibt es doch.«

»Gibt es nicht.«

Und so weiter. Gamse und ich, am Tresen, in Bestform beim Verbal-Pingpong. Gamse unterbrach unser *Gibt-es-doch-gibt-es-nicht*-Hin-und-Her mit einem angeschnippelten Ball in die linke Ecke: »Du wirst bloß einmal neunzehn.«

»Und wen soll ich einladen?«

Pong. Gerade noch so pariert. Und wenn du jetzt »Lilly« sagst, bekommst du einen Schmetterball um die Ohren, Gamse.

»Uns. Wir würden deine Bude schließlich auch gern mal sehen.«

Ping.

»Ihr habt doch nie Zeit.«

»Wir nehmen uns frei an deinem Geburtstag. Abgemacht.«

Und damit war alles klar. Für Gamse jedenfalls. Ich musste die Bude putzen, aufräumen, so tun, als wohnte hier jemand.

Ein richtiger Mensch, kein Geist.

Seltsamerweise tat das Putzen und Aufräumen gut. Genauso wie das Joggen. Wenn ich erschöpft war, schmeckte das Leben ausnahmsweise nicht mehr nach Asche.

Es war, als ob mir irgendwer oder irgendwas ein kurzes aufmunterndes Zeichen geben wollte: He, Ben, Liebeskummer hält nicht ewig, irgendwann, vielleicht kurz vor deinem dreißigsten Geburtstag, merkst du plötzlich: Wow, es hat aufgehört! Die zehn, elf Jahre bis dahin kriegst du auch noch rum.

Also lief ich jeden Tag nach der Arbeit – ein unsäglicher Vampirfilm mit Lex B. Tyson, dem größten Arschloch des Universums – fünf Runden im Park und strich außerdem meine Wohnung. Eine Wand in Hellgelb, die anderen in neuem, strahlendem Weiß.

Das Problem war nur, dass ich außer Gamse, Aran und Seri immer noch niemanden eingeladen hatte. Jeden Tag sagte ich mir, dass ich das ja morgen tun könnte, zum Beispiel die Nachbarn, zur Versöhnung, das gesamte Filmteam von der Vampirschnulze, das ziemlich in Ordnung war, meinen alten Kumpel, wegen dessen Vater ich überhaupt beim Synchronsprechen gelandet war.

Schließlich waren die Wände gestrichen, die Wohnung sah gut aus, ich vielleicht auch, auf jeden Fall besser als vorher. Und ich hatte immer noch niemanden eingeladen.

Am Tag vor dem geplanten Fest kam ich wie gewohnt aus dem Studio, sprang in meine Laufklamotten und rannte los. Während der ersten Runde im Park dachte ich über die Arbeit nach. Die weibliche Rolle sprach ein Plüschtier, das für ein Plüschtier ziemlich nett war. Heute hatte es sogar über die Geschichte gelacht, mit der ich das Team in der Pause unterhielt. Eine Story über einen Typen, der eine Riesengeburtstagsparty vorbereitete, obwohl er niemanden eingeladen hatte. Das Plüschtier lachte erst, dann sah es mich aus großen Knopfaugen an und fand die Geschichte traurig.

Zweite Runde.

Ich dachte an die schwachsinnigen Sätze, die ich heute eingesprochen hatte, alle auf einen Take und mit einer guten Portion Hass in der Stimme. Lex machte einfach jeden Mist, Lex war sich für nichts zu schade, er biss auch in Mädchenhälse. Ich konnte ihn im Film nicht sehen, ohne ihn vermöbeln zu wollen. Hatte er auch in Lillys Hals gebissen? Wenn ja, wann? Bevor oder nachdem sie bei mir auf dem Dachboden aufgetaucht war? Danach vermutlich. Nein, bestimmt.

Dritte Runde.

Lilly hatte sich von Lex trösten lassen. Garantiert. Warum eigentlich trösten? Wegen mir und Mae? Wer hatte denn angefangen mit *No way*? Und wer hat sich blöd benommen, als ihr über den Pullover gesprochen habt? Da war der Fremde in mir, der keine Ruhe gab. Es war einfacher, an Lex zu denken. Lex, das Riesenarschloch, das in jeder Stadt eine Lilly hatte. Lex, der sich nicht darum scherte, ob es für sie das erste Mal war.

Aber wem sagte ich das?

Vierte Runde. Ein Penner auf der Bank feuerte mich an. Ich winkte ihm zu, lässig, ein Sportlerwinken. Vielleicht sollte ich ihn zum Fest einladen. Oder den Türsteher des Klubs, an dem ich ständig vorbeikam und der mich so grüßte wie einen Kumpel. Die Leute vom Café, wo ich neuerdings ganz gerne war.

Oder Mae? Nein, eher nicht. Mae hatte einen neuen Freund, hatte ich gehört. Gut für sie. Und noch besser für mich und mein schlechtes Gewissen, das Überstunden machte, sobald mir Mae einfiel. Ihre Anrufe, die ich weggedrückt hatte, die Nachrichten, die ich ignorierte. Auch jetzt störte das Mae-Gewissen meine Lauf-Euphorie.

Fünfte Runde.

Das Grün der Bäume sprang mir ins Gesicht. Die Gerüche waren so intensiv wie nie. Ein Baum blühte in strahlendem Weiß, alles Blüte, nirgendwo Platz dazwischen, he, ist das nicht ein bisschen viel, alles so rauszudonnern, mach mal eine Pause. Im Vorbeilaufen winkte ich dem Baum zu.

Alles klar, die Glücks-Endorphine hatten das schlechte Gewissen besiegt und feierten in meinem Hirn ihre eigene Party. Ich rannte ausnahmsweise eine sechste Runde, dann zurück über den Mehringdamm, am Kino vorbei, wo gerade ein Kurzfilmfestival lief, nur pseudolustiges Zeug. Überall standen Tische und Bänke im Freien, Spatzen stritten sich um Krümel, landeten direkt neben den Tassen und pickten sich den Keks vom Teller. Ich mochte die Spatzen.

Erst als ich in meine Straße einbog, fiel mir die Promo-Tour für *Die Verlorenen* wieder ein. Keine drei Wochen bis dahin und direkt davor die Premiere. Wie sollte ich das überleben? Lex und Lilly? Vielleicht hatte Lex sie schon nach Hollywood eingeladen. Stopp, versau dir deinen eigenen Endorphin-Rausch nicht! Wahrscheinlich hat Gamse ja recht, und es ist gut, davor noch einmal ein Fest zu machen, so, dass es kracht, so, als wäre es endgültig das letzte Fest auf der Erde. Im Laufen schrieb ich die ersten Nachrichten, an meinen alten Kumpel, an alle vom Filmteam, sogar an frühere Schulkameraden. Ja, ich weiß, es ist ein bisschen kurzfristig, aber könnt ihr morgen? Ich hab Geburtstag. Es gibt eine Party. Wie damals. Hier bei Ben. Wir drehen auf. Kommt ihr?

Auf dem Weg nach oben klingelte ich bei den Nachbarn. Im ersten Stock wohnte jemand Neues, ein Student, der es cool fand, dass wir uns kennenlernten.

»Ach, du bist beim Film? Ich spiel Bass. Klar komm ich.«

Ich blieb eine halbe Stunde, in meinen verschwitzten Sportklamotten, wir redeten über das Lama und aßen zwei Tüten Chips, unterdessen kamen die ersten Zusagen per WhatsApp. Dann klingelte ich mich weiter durchs Haus. Das Paar vom dritten Stock, das sich nach dem Wasserschaden von mir die neue Wohnungseinrichtung bezahlen ließ, nahm meine Einladung an, nichts für ungut. Im vierten Stock machte niemand auf. Mein alter Kumpel schickte mir eine Nachricht, ob er ein paar Leute mitbringen könnte, und ich checkte kurz, ob meine Bankkarte noch in meiner Turnhosentasche steckte, und rannte die Treppe wieder runter. Morgen musste ich den ganzen Tag einsprechen, es würde keine Zeit bleiben, um eine wirklich coole Party vorzubereiten, alles, was vorbereitet werden musste, würde heute Nacht stattfinden. Einkaufen, letzte Verschönerungen an der Wohnung, ein paar Salate machen, zwischendrin neunzehn werden.

In meinem bevorzugten Billigsupermarkt kaufte ich Bierflaschen, Wodka und Orangensaft. Klärte am Telefon, wer die restlichen Getränke mitbringen würde, während ich schon Chips, Erdnussflips, Joghurt, Gurken und Knoblauch für ein Wahnsinns-Zaziki in Plastiktüten stopfte. Fladenbrot in Massen würde ich Gamse und Aran überlassen. Eine Fertigpizza, nein, besser zwei, eine für nachher, Nudeln, Zwiebeln, Mayonnaise und Gläser mit Erbsen und Möhren für den Nudelsalat à la Ben. Und Brot, das ich eh brauchte, ein bisschen Käse. Alles viel zu teuer trotz Billigmarkt. Aber man macht ja nur einmal im Jahr eine Geburtstagsparty. Und mein Erzeuger würde mir Geld schenken, wie jedes Jahr, mangels besserer Einfälle. Bescheuert war bloß, dass ich keinen Rucksack mitgebracht hatte.

Ich schleppte die Tüten nach Hause. Schon wieder surrte das Handy in meiner Sporthose. Und gerade, als ich die Tüten abstellen und es herausfischen wollte, sah ich sie. Vor dem Kino.

Lilly.

Und schräg hinter ihr die Pelzzunge.

Nicht Lex. Oder wenigstens ein Muskelschwede. Nur die Zunge.

Diesen Moment suchte sich die erste Tüte aus, um zu reißen, etwas splitterte, und viele kleine Erbsen kullerten fröhlich in den Rinnstein. Aus einem Reflex bückte ich mich danach, und der erste Pappbecher mit Joghurt platschte herunter.

Als ich mich wieder aufrichtete, war Lilly verschwunden. Ich sah gerade noch die Rücklichter eines Taxis. Und die Pelzzunge, die dem Taxi hinterherrannte.

Die zweite Tüte war auch gerissen. Egal. Von irgendeiner Ecke meines Kopfes her flüsterte mir ein optimistisches Stimmchen ein optimistisches Sätzchen zu: Ben, das ist deine Chance, dich zu entlieben, ergreif sie!

Aber ich ergriff nichts. Noch nicht mal die Tüten. Ich stand da und schaute dem Taxi hinterher.

34
Lilly

»Du liebst ihn noch. Raid. Gib's doch einfach zu.« Joshua stand dort, wo ich ihn auf keinen Fall haben wollte. Mitten in meinem Zimmer. Mit verschränkten Armen. Und zitternder Unterlippe. Warum hatte Frau Böhm ihn reingelassen?

Ich dachte, er wäre … na ja, deine Mutter hat gesagt, er wäre dein Freund. Und deshalb …

Ich feuerte meine Schultasche aufs Bett. Seit meiner gestrigen Taxiflucht hatte er stündlich versucht anzurufen. Ich hatte ihn blockiert. Aber ich wusste, ich musste es ihm erklären. Ohne genau zu wissen, was eigentlich. Wir können nicht einfach Freunde sein. Du gehst mir auf die Nerven, mit allem, was du sagst und tust.

»Wie lange bist du schon hier?«

Auch das wusste ich von Frau Böhm. Seit einer Stunde.

»Ist doch egal.« Joshua trat einen Schritt vor. »Liebst du ihn noch oder nicht?«

Snowflake miaute und strich um meine Beine. Ich hob sie auf.

Also gut, wenn er es so wollte.

»Ja«, sagte ich, in Snowflakes Fell hinein. »Ich liebe ihn.«

Aber ich meinte nicht Raid.

Ich meinte Ben. Ben auf dem Fest bei uns, Ben auf der Spendengala. Der mein Ohr zweimal küsste und rappte. Das war Ben gewesen. Die ganze Zeit.

Joshua stand immer noch da, mit verschränkten Armen, wie eine Statue.

»Ich liebe ihn«, wiederholte ich.

Es fühlte sich so richtig an.

Jetzt löste sich Joshua aus seiner Starre und streckte sein Kinn vor.

»Aber er liebt dich nicht«, sagte er. »Stimmt's?«

Ja, stimmt. Aber ich will nicht, dass du das sagst.

Snowflake sträubte sich in meinen Armen, wollte abgesetzt werden.

»Meine Katze hat Hunger. Ich muss sie füttern.«

»Die Katze ist dir also wichtiger, als mit mir zu sprechen?«

Ich antwortete nicht. Ich drehte mich um und ging nach unten. Snowflake folgte mir in die Küche. Und zum Glück auch Joshua. Ich würde ihn auf keinen Fall mehr in mein Zimmer lassen.

»Warum liebst du jemanden, der dich nicht liebt?« Er setzte sich an den Intarsientisch und starrte auf die Platte.

Ich füllte das Katzenfutter in den Napf.

Er kann's nicht so gut, Lilly.

Hatte Gamse gesagt.

Deshalb schlägt er um sich.

Und geht mit Mae ins Bett. Was sagst du dazu, Gamse?

Ich hörte Mums Schlüssel im Schloss, ihre Schritte.

»Du hast meine Frage noch nicht beantwortet«, sagte Joshua. »Ich will wissen …«

»Hallo, ihr beiden! Schön, dass du da bist, Josh. Bleibst du zum Essen?« Mum stellte ihre Tüten ab und sagte irgendwas über Käsegebäck. Joshua sprang auf, um ihr zu helfen.

Ich stand neben Snowflake. Ich hörte, wie Mum und Joshua sich unterhielten, und fühlte mich wie versteinert. Als könnte ich mich keinen Millimeter mehr bewegen, als wäre ich festgewachsen an diesem Küchenboden, der immer gleich sein würde, egal in welchem Haus, in welcher Küche. Ich schloss die Augen, und auf einmal konnte ich eine andere Küche sehen, eine Küche, die es nur in der Zukunft gab, in irgendeiner Stadt, egal welcher. Andere Möbel, keine Intarsien, keine Lampe aus Peru, ein Tisch, den ich selbst ausgesucht hatte. Joshua, neben Mum, wie jetzt, vor der offenen Tür des Backofens, sie redeten über Quiche. Joshua, mein Freund, der nach der Arbeit gern kochte. Mum und Dad auf Besuch. Dad, schon im Wohnzimmer, etwas auf seinem Handy lesend.

Und ich?

Wo war ich?

Wer war ich?

Wer wollte ich sein?

»Schluss! Es reicht!«

Meine Bruststimme. Tiefer, als ich sie von mir kannte.

»Was ist denn, sprichst du mit Snowflake?« Mum, halb lachend, drehte sich um. Joshua ließ die Teller sinken, die er gerade auf den Intarsientisch stellen wollte.

»Ich sprech mit dir. Joshua ist nicht mein Freund, auch wenn du es noch so gern hättest.«

»Aber Lilly, wie kannst du …«

»Joshua geht jetzt. Sonst geh ich.«

»Lilly!«

»Ich mein's ernst.«

Meine Stimme. Die Bruststimme, die ich beim Spielen einsetzte, ich fühlte sie, nicht nur in der Brust und in allen Resonanzräumen des Kopfes, wie bei den Sprechübungen. Ich spürte sie überall, ich *war* diese Stimme.

Joshua ging zur Tür, ohne sich zu verabschieden.

Mum stand zwischen der Arbeitsfläche und dem Intarsientisch, die Hand ausgestreckt.

Snowflake leckte ihren Napf sauber.

Die Tür fiel zu.
Mum setzte sich an den Intarsientisch.
Wir sagten noch immer nichts.
Irgendetwas hatte angefangen.

35
Ben

Ich bereute den Plüschtierkuss bereits, während er stattfand. Die Party war in vollem Gang, die Musik megalaut, weil mein alter Kumpel seine Boxen mitgebracht hatte. Gamse und Aran hatten Stühle aus dem Döner angeschleppt, und auf genau so einem Dönerstuhl saßen wir jetzt, das Plüschtier auf meinem Schoß, und unsere Zungen schlängelten sich umeinander, und ich fragte mich, wie ich aus dieser Nummer wieder rauskommen würde. Es half nicht im Geringsten beim Entlieben, es machte alles nur schlimmer, genau wie die Sache mit Mae, und in diesen Gedanken hinein vibrierte mein Handy in meiner Hosentasche. Ich trug es schon den ganzen Tag mit mir herum. Für den Fall, dass eine gewisse Prinzessin mir zum Geburtstag gratulieren wollte, obwohl sie gar nicht wusste, dass ich Geburtstag hatte. Ich löste mich vom Plüschtier, nein, wenn ich ehrlich bin, stieß ich es fast weg. Es saß ja auf meinem Schoß und ich musste an das Handy kommen, es ging um Leben und Tod, zumindest fühlte es sich so an. Ich schaffte es irgendwie, das Handy herauszuziehen, keine Zeit, aufs Display zu schauen, ich presste es ans Ohr.

»Ja?«, rief ich gegen die megalaute Musik an, sprang auf, wobei ich das Plüschtier zwang, auch aufzuspringen, und bevor ich aus dem Zimmer rannte, sah ich noch ihren verletzten Blick.

»Ben«, sagte eine Stimme, »ich bin's.«

Nicht Lilly. Natürlich nicht.

»Wer ich?«, fragte ich, und die Stimme sagte etwas, aber die Musik war zu laut. Ich verließ meine Wohnung und lehnte mich im Treppenhaus gegen die Wand.

»Ich wollte dir nur zum Geburtstag gratulieren«, sagte die Stimme. Sie klang hoch und ein bisschen heiser, eine Stimme, die ich lange nicht mehr gehört hatte.

Bist du es? Mama? Mutter? Oder wie hab ich dich genannt bei meinem Besuch, meinem einzigen, der schon so lange her ist? Wahrscheinlich hab ich dich gar nicht angesprochen. So wie jetzt. Ich hab keinen Namen mehr für dich.

»Oh, danke«, sagte ich. Hinter mir dröhnte die Musik, ich fragte mich, wann das Lama wohl hochkommen und Krach schlagen würde. Und ob es besser gewesen wäre, es einfach einzuladen.

»Stör ich dich? Was machst du? Was Schönes?«, fragte meine Mutter. Genau dieses Heisere, zittrig Aufgekratzte hatte sie bei meinem Besuch in der Stimme gehabt.

Woher hast du meine Handynummer?, hätte ich fragen können, aber die Antwort war schon klar: von meinem Erzeuger, der das Ganze vermutlich für eine gute Idee hielt. *Warst du mal wieder bei ihr, Ben? Nein? Ach, da helfen wir doch ein bisschen nach.*

»Ich wollte dir gratulieren«, sagte meine Mutter wieder.

»Ja, nett von dir, danke.«

Unser Gespräch drehte sich ein bisschen im Kreis, wahrscheinlich merkte sie es auch, ich hörte, wie sie sich eine Zigarette anzündete.

Und wie geht es dir? Was machst du so den ganzen Tag? Schaust du aus dem Fenster, beobachtest du Leute und denkst dir nachher Geschichten über sie aus? Strickst du Pullover? Siehst du fern?

Ich brachte es nicht über mich, sie irgendwas zu fragen. Ich stand da, mit dem Rücken zur Wand, das Handy am Ohr, und mir fiel plötzlich auf, dass ich noch nicht mal mehr ihren Geburtstag wusste. Am Anfang hatte ich ihr Bilder gemalt und Karten geschrieben, aber selten eine Antwort bekommen. Einmal hatte Doris den Versuch gemacht, es mir zu erklären, doch mein Erzeuger hatte sie gestoppt: *Deine Mama möchte dir schreiben, und sie hat dich lieb, aber ihr geht's nicht so gut, sie ist traurig und hat Angst, deshalb hat sie …*

Nein, sag es ihm nicht, das belastet ihn nur, wir müssen uns alle … Ja, Chef. Zusammenreißen.

Hinter mir öffnete sich die Wohnungstür, und ich roch das Parfüm vom Plüschtier.

»Ich muss jetzt auflegen«, sagte ich. Und meine Mutter sagte: »In Ordnung.« Und dann: »Es tut mir leid.«

Ich beendete den Anruf und steckte das Handy ein. Das Plüschtier sah mich an, verletzt und vorwurfsvoll, dann ging es die Treppen hinunter, langsam genug, dass ich es einholen oder ihm etwas nachrufen konnte. Aber mir fiel nichts ein.

Wahrscheinlich findet sich in keinem einzigen Flirt-Ratgeber ein Entschuldigungssatz für den Fall, dass mitten im Zungenkuss die eigene Mutter anruft und man auch noch ans Telefon geht.

In der Nacht vor der Filmpremiere rief meine Mutter wieder an. Es war halb eins, ich lag auf der Matratze, hatte Kopfhörer auf den Ohren und schaute einen Horrorfilm auf dem Laptop. Trotzdem bemerkte ich, wie das Handy aufleuchtete, und mein Herz fing an, wie bescheuert zu klopfen. In den drei Wochen seit meinem Geburtstag war ich immer wieder zu Lillys Namen in meiner Kontaktliste gescrollt und hatte fast auf das kleine grüne Telefonsymbol gedrückt. Aber was hätte ich sagen sollen? Ich weiß nicht, wie das mit Mae passieren konnte, ich weiß nur, dass ich wünschte, es wäre nie passiert, ich wünsche es an jedem Tag, in jeder einzelnen verdammten Stunde, Minute, Sekunde. Das klang nach einem Filmsatz von Raid. Obwohl es die Wahrheit war. Aber was half die Wahrheit noch?

Ich riss die Kopfhörer runter und griff nach dem Handy. Und sah, dass es nicht Lilly war, im Display stand *Anonym*.

Diesmal erkannte ich die Stimme meiner Mutter sofort.

»Ben?«, fragte sie.

»Ja«, sagte ich. Im Kopfhörer schrie jemand, und ich drückte auf die Pausentaste.

»Ich … hab dich doch nicht geweckt?«

»Nein«, sagte ich. »Ich schlafe nie.«

Zumindest heute nicht. Weil ich nicht weiß, wie ich das alles aushalten soll. Die Premiere. Lilly. Vielleicht sitzt die Zunge neben ihr.

»Ich auch nicht«, sagte meine Mutter.

Ich setzte mich auf. Im Zimmer war es dunkel, nur das Standbild des aufgeklappten Laptops leuchtete. Meine Mutter redete über ein neues Medikament, mit dem es ihr zwar besser ging, aber es machte sie schlaflos, und ich starrte auf das Standbild. Ein geädertes, fahlblaues Gesicht mit blutbeschmiertem Gebiss, die Zähne spitz wie Vampirzähne. Vielleicht würde sich auch Lex wieder an Lilly heranmachen. Es war alles sinnlos, ich würde nicht hingehen.

»Und warum schläfst *du* nicht?«, fragte meine Mutter.

Weil ich Angst habe.

Mama, ich hab Angst.

Ich weiß nicht genau, wovor, aber es fühlt sich schrecklich an.

»Ich schau gerade einen Horrorfilm«, sagte ich. »Nonnen, die sich in Geister verwandeln, und die Geister sind Katzen oder Vampire. Eigentlich ziemlich schwachsinnig.«

»Na, das ist aber nichts zum Einschlafen«, sagte meine Mutter. Als wäre ich fünf oder sechs und würde mit ihr in einem Bett schlafen, meine Füße zwischen ihre Beine geschoben. Einen Finger zum Festhalten.

»Ben?«

»Ja?«, sagte ich.

»Kommst du … kommst du mal wieder her?«

Scheiße.

Unmöglich, darauf zu antworten. Unmöglich, die Wahrheit zu sagen.

Ich kann an deinem Fenster vorbeigehen, aus Versehen, wenn ich nicht aufpasse, ich kann mich sogar nach etwas sehnen, was längst nicht mehr da ist. Und neuerdings kann ich mich am Telefon mit dir unterhalten. Aber ich glaub, ich halt es nicht aus, dich zu sehen. Ich halte den Flur nicht aus, die Sozialarbeiterin, die mich kurz begrüßt und mich dann in das Zimmer führt, dein Zimmer mit dem Bett und der Kochecke. Ich halte den Tisch nicht aus, den du extra für mich gedeckt hast, mit der gelben Tasse, die ich kenne. Du musst sie aus unserer Wohnung mitgenommen haben, so wie ich den kleinen Feuerwehrmann mitgenommen habe.

Am anderen Ende raschelte es, sie zündete sich wahrscheinlich eine Zigarette an, dann rumpelte etwas. »Ach nein, ach nein!«, rief meine Mutter, ihre Stimme weit weg.

»Was ist denn los?«

»Runtergefallen. Alles runtergefallen. Mir fällt dauernd was runter.«

Jetzt klang sie dünn und zittrig. Hoffentlich verursachte sie nicht gerade einen Wohnungsbrand mit ihrer Kippe. Wusstest du, dass ich mal einen Wasserschaden verursacht hab?

»Ist doch nicht schlimm. Allen fällt mal was runter«, sagte ich. Und der Fremde fügte etwas hinzu, das ich gar nicht sagen wollte: »Ich hab ihn noch. Den Pullover. Den grünen.«

Kurz war es still. Dann fragte sie mit dieser zittrigen Stimme: »Ziehst du ihn denn auch an?«

Ich hielt es auf der Matratze nicht mehr aus, ich tappte rüber zum Fenster. Unten auf der Straße fuhren die Autos vorbei, und vor dem Späti saßen die üblichen Biertrinker.

»Ja, schon. Nur halt im Moment nicht, zu warm.«

»Aber im Winter?«

»Ja, da hab ich ihn manchmal angehabt.«

Und nicht nur ich. Auch ein Mädchen hat ihn angehabt, eine Prinzessin aus einem Eispalast. An dem Morgen, als ich vor ihr weggelaufen bin. Weil ich solche Angst hatte, schreckliche Angst.

Ich stieß mich vom Fensterbrett ab, durchquerte das Zimmer und ging raus in den Flur. Als ob ich dem Fremden so entkommen könnte, diesem Kerl, der die Klappe nicht halten konnte, aber er machte einfach weiter: »Einmal hab ich ihn verloren. Nein, eher vergessen, weil ich … na ja, und sie, also Lil … äh … das Mädchen, bei dem ich ihn liegen gelassen hab, hat ihn mir hinterhergetragen.«

Der Pullover riecht noch nach ihr. Nach ihr und nach diesem Waschmittel, so wie auch die Bettwäsche im Eispalast gerochen hat. Und die Bettwäsche bei uns. Früher.

Ich stand unter der Falltür. Der Fremde hatte endlich aufgehört zu reden. Ich hörte, wie meine Mutter einen tiefen Zug von ihrer Zigarette nahm.

»Hast du dich denn auch bedankt?«, fragte sie. Ihre Stimme klang jetzt anders, fest, beinahe streng.

Wo hast du deine Mütze? Setz sie auf, sonst fallen dir die Ohren ab. Doch, das stimmt, frag Papa.

»Nein, ging nicht.«

Die Falltür war fest verriegelt, wie immer seit dem Tag vor drei Wochen, als Lillys Gesicht plötzlich aufgetaucht war. Ich wandte mich ab, schnappte mir mit der freien Hand die Wasserflasche, die auf dem Kühlschrank in der Küchennische stand, und kehrte zurück ins Zimmer.

»Dann solltest du das aber nachholen«, sagte meine Mutter, und ihre Stimme klang noch wie eben, fest und sicher. So als ob sie sich super auskannte in der Welt.

Ich setzte mich auf die Matratze.

»Zu Befehl, Ma'am«, sagte ich mit meiner Filmstimme. Und der Fremde schickte noch einen Satz hinterher: »Ich seh sie nämlich heute Abend.«

36
Lilly

Du bist vorbereitet. Gut vorbereitet. Auf alles.

Im Taxi studierst du den Plan, den du auswendig kennst: das Kino, die Einkaufspassage, in der es liegt, der Haupteingang am Damm, der VIP-Eingang in der Seitenstraße.

Das Taxi hält. Du knipst dein Lächeln an, es schwebt dir voraus. Du gehst an der Menschenmenge vor dem Haupteingang vorbei und biegst in die Seitenstraße ab. Du spürst ihre Blicke. Davon hast du geträumt, früher, noch in Bukarest. Auch hier, am Anfang. Es fühlt sich anders an als im Traum. Nicht schlechter. Nur näher.

Jetzt stehst du vor dem Eingang und meldest dich bei dem freundlichen Türsteher an. Ein Bodyguard in Schwarz führt dich durch Gänge, dann durch eine Glastür und eine Treppe hinauf. Das Treppenhaus wirkt schäbig. Aus der Vorhalle das Gemurmel der Menge, anscheinend ist Einlass. Vor der Tür zur Loge steht der nächste Bodyguard. Du sagst deinen Namen. Er lässt dich durch. Dein Puls dröhnt in den Ohren, vielleicht bist du rot im Gesicht. Stehen bleiben. Warten. Zum Glück ist der Eingangsbereich der Loge dunkel.

Die anderen stehen im Hellen: Jürgen. Raphaela. Heute trägt sie die zerfetzten Jeans und eine Army-Jacke aus einer Boutique. Alle sehen sie an, auch die Bodyguards. Neben ihr Lex. Seine Haare sind kurz, stoppelkurz. Auch die von Danny Bergstroem. Seine deutsche Stimme unterhält sich mit seiner Freundin.

Und wenn er mit Mae da ist, wenn Ben mit Mae ...?

Jetzt lässt sich der Gedanke nicht mehr unterdrücken, und wenn und wenn und wenn, dann wirst du es trotzdem tun. Das, was du vorhast.

Im Hellen stehen noch andere herum, Gläser in der Hand, Leute, die du nicht kennst. Von Ben keine Spur.

Vielleicht kommt er gar nicht. Bestimmt kommt er nicht. Er geht nicht zu Premieren, er findet Premieren schwachsinnig.

Dein Puls wird langsamer. Kraftloser. Deine Knie sind weich.

Stimmen. Viele Stimmen, vom Saal her, dann Musik, alles verschwommen, jemand hält eine Rede. Nichts, was durchdringt. Stehen bleiben, noch einen Moment. Bevor du ins Helle trittst, dich den anderen zeigst. In der Hosentasche spürst du den Playmobil-Mann. Du kannst ihn mit einer Hand umfassen, er ist glatt gestreichelt von Bens Fingern.

Nice to meet you, nice to meet you, how are you, fine and you, Prosecco or orange juice? Ich nahm den Orangensaft und setzte mich in die erste Reihe der Loge, direkt vor das Geländer. Hinter mir das Klicken von Kameras. Sie schossen Fotos von Raphaela und Lex. Von Raphaela und Danny. Von Raphaela und Danny und Lex.

»Und jetzt bitte alle drei mit ihren deutschen Synchronstimmen!«

»Nein, geht nicht, einer fehlt noch!«

»Aber der Film fängt gleich an.«

»Dann eben nachher, auf dem Teppich.«

»Schade, ich wollte sie hier haben, im intimen Rahmen, Stars unter sich. Glaubst du, es gibt 'ne Pause?«

Ich hörte sie hinter mir reden. Ich schaute runter in den Saal, wo Olaf und Anne sitzen mussten, vorne auf den reservierten Plätzen. Die Lichter wurden gedimmt. Auch hier in der Loge. Noch einmal blickte ich hinter mich.

Kein Ben.

Lex schob sich auf den Sitz neben mir.

»Oh, how nice, is this Swiss cheese?« Er zeigte auf eine Platte, die vor ihm auf der Ablage stand, ich hatte sie gar nicht bemerkt, Käsewürfel mit Schweizer Fähnchen und Frankreich-Fähnchen, Weintrauben, Popcorn in winzigen Pappschälchen. Lex bot mir höflich die Platte an, ich schüttelte den Kopf. Wir unterhielten uns über Käse. The funny Swiss flag. The mountains, have you ever been there?

Of course, my grandma lives in Zürich, I told you.

Er hatte unser Gespräch in der Parisbar vergessen. Natürlich hatte er es vergessen. Jemand wie Lex B. Tyson führte oft solche Gespräche. Wie viele davon endeten wohl in einem Hotelbett? Machte er sich Notizen, mit wem er im Bett gewesen war und mit wem er bloß über Schweizer Käse gesprochen hatte? Ben würde sicher etwas dazu einfallen. Aber Ben war nicht da.

In der Loge wurde es dunkel. Lex nahm sich schnell noch ein paar Käsewürfel von der Platte. Mit seinem raspelkurzen Haarschnitt sah er überhaupt nicht mehr aus wie Raid.

Der übliche Vorspann, die Logos, die Sounds, von allen Seiten, dann der Titel: DIE VERLORENEN, mit Raphaela Stanfield, Lex B. Tyson, Danny Bergstroem.

Wälder. Endlose Wälder, von oben. Ein Berg. Die Festung. Noch ganz weit weg, winzig. Die Musik, nur Klaviertöne, einsame, kalte Töne, wie gefrorene Tropfen. Der Graben und der schmale Gang um die Festung, auf dem die Soldaten patrouillieren. Die Musik hört auf. Da ist Payton, sie joggt auf der Mauer. Von Weitem Motorengeräusche, sie bleibt stehen, winkt, ruft.

Mit meiner Stimme.

Ich sank im Sitz zusammen. Sie war so laut, meine Stimme. Jeder im Saal hörte mich, würde mich fast zwei Stunden lang hören. Meine zu scharfen S, das leicht Angeraute, das ich Payton mitgegeben hatte, das mir jetzt übertrieben vorkam.

Ich versuchte, an Olaf zu denken, an sein Lob, er und Anne hatten schon einen Teil des Films gesehen, waren an eine Kopie gekommen.

Auf der Leinwand jetzt Raids Gesicht, zwischen den Bäumen, das schwarze X, seine grünen Augen. Lex neben mir trank sein Glas leer und nahm sich noch einen Käsewürfel.

Ein Schrei. Von Raid. Mit Bens Stimme. Sie stürzen hervor, die Verlorenen, überfallen den Transport, auch hinter mir Unruhe, eine klappende Tür, Stimmen. Schritte.

Mein Herz wusste es vor mir, es fing so schnell an zu klopfen, als wäre ich um die Festung gerannt wie Payton.

Aber ich war nicht Payton, ich war Lilly. Und ich hatte schreckliche Angst, mich zu Ben umzudrehen.

37
Ben

Ich war darauf vorbereitet, dass die Zunge neben Lilly sitzen würde. Mit ihr Händchen halten würde. Beinahe hoffte ich es. Genau genommen wäre die Zunge sogar meine Rettung gewesen. Ich würde eine ätzende Bemerkung machen und mich zu den anderen gesellen, zu Lex und allen frei herumlaufenden Plüschtieren, die eine Einladung ergattert hatten. Ohne mich für irgendwelche Pullover zu bedanken. Oder mich zu entschuldigen. Oder irgendwem irgendwas zu gestehen. Ich könnte der alte Ben bleiben. Ben, den niemand mochte. Ben, der wusste, wer er war. Ich könnte dem Fremden in mir sagen, dass er ja hübsche Ideen hatte, aber komplett realitätsfern war und sich jetzt wieder verziehen durfte.

Zuerst erkannte ich gar nichts. Keine Lilly, keine Zunge. Die Loge, die ich endlich gefunden hatte, war dunkel, nur an den Rändern der Sitze brannten kleine Lämpchen.

Es war blöd, zu spät zu kommen, natürlich, saublöd. Ich hatte nichts vom VIP-Eingang gewusst, mich tapfer durch die Menge gequält. Hinter mir das übliche Geflüster, das ist die Stimme von Lex B. Tyson, nein wirklich? Gibst du uns ein Autogramm? Sie drängten schon in den Saal, niemand ließ mich durch, und als ich endlich beim Türsteher vor dem Saaleingang ankam und ihm erklärte, wer ich war, schickte er mich weg. In die VIP-Loge kam man bloß durch das Treppenhaus. Soweit ich mich erinnern konnte, hatte es bei der letzten Premiere, die ich besucht hatte – vor einer Ewigkeit – keine VIP-Loge gegeben.

Um es kurz zu machen: Ben, der eine Mission hatte, die wichtiger war als alles in der Welt, geriet auf der Suche nach der Loge in ein falsches Treppenhaus. Er hämmerte gegen eine verschlossene Tür nach der anderen und rannte wie besessen alle Treppen hoch, in jedem Stockwerk das Gleiche, bis zu einer Tür, die sich öffnete. Zu einer Dachterrasse. Super gemacht. Und zurück ins Treppenhaus. Was nicht möglich war, weil die Tür sich anscheinend nur von innen öffnen ließ. Und jetzt, Ben? Fliegen? Ich beschloss, stattdessen die Dachterrasse zu umrunden, und fand auf der anderen Seite ein Restaurant mit Rolltreppe, die direkt in die Einkaufspassage führte. Wo ich auch noch eine Weile herumirrte, um dann, endlich, zurück zum Haupteingang des Kinos zu finden und einen Platzanweiser demütig zu bitten, mich doch zur VIP-Loge zu führen.

Natürlich hatte der Film schon angefangen. Vor der Logentür hörte ich bedrohliche Musik, und genau in dem Moment, als ich sie öffnete, meinen eigenen Schrei. Raid griff die Festung an. Und ich stürmte nach vorne und scannte dabei die drei Sitzreihen. Die Produzenten saßen hinten, irgendwo zwischen ihnen sah ich Jürgens Zottelkopf. In der zweiten Reihe Raphaela, mit kunstvoll zerzausten Haaren. Danny neben ihr, mit kantigem, geschorenem Schädel, ein paar Mädels, die zu ihm gehörten oder zu Lex. Aber wo war Lex?

Er saß ganz vorne. Zuerst erkannte ich seinen Hinterkopf nicht, denn auch er war geschoren. Als Vampir hatte er eine romantische Frisur gehabt, mit langen Haaren im Nacken und einer Haarsträhne, die ihm immer in die Stirn fiel, wenn er sich über einen Hals beugte. Was er wohl jetzt drehte. Army? Kampfmaschine? Hatte er das Genre gewechselt? Würde ich demnächst grunzen müssen, wenn ich ihn synchronisierte? Egal. Alles egal.

Neben ihm saß Lilly. Und sonst niemand.

Fast hätte ich vor Erleichterung gestöhnt. Vielleicht machte ich tatsächlich irgendein Geräusch, denn sie drehte sich um. Plötzlich und mit einem Ruck.

Sie sah mich an. Ich wusste nicht, was der Blick bedeutete. Ich dachte gar nichts mehr, nahm nur die wenigen Schritte bis zur ersten Reihe im Spurttempo und zwängte mich zu ihr und Lex durch. Die erste Reihe bestand aus zwei Doppel-Sitzgruppen, unterteilt von einem Tischchen. Lex und Lilly saßen im linken Zweier-Separee, das an meiner Seite war frei. Ich hätte mich dorthin setzen können. Nahe genug an Lilly, um sie zu beobachten, um herauszufinden, ob sie vielleicht doch was mit Lex hatte, nahe genug, um sie nach dem Film abzupassen und …

»Excuse me!« Da war er wieder, der vorlaute Fremde.

Lex löste seinen Blick von der Leinwand. Einen unendlich gelangweilten und genervten Blick. Den gleichen müden Ausdruck hatte er als Vampir gehabt, kurz bevor er zubiss, fünfhundert Jahre Blut aussaugen, Mann, wie öde.

»Excuse me«, sagte der Fremde, höflich, aber bestimmt. »I know I'm late, but … could I sit beside my girlfriend, please?«

Sein Englisch klang nach Grundkurs Gesamtschule Kreuzberg und war keinen Deut besser als meins. Doch Lex verstand die Frage sofort. Auch den Subtext. Er zögerte einen Moment, mit zusammengekniffenen Augen und schief gelegtem Kopf, jetzt mit dem Alphamännchen-Blick, den ich auch von gewissen Filmszenen kannte. Wer wagt es, Lex B. Tyson von seinem Platz zu verjagen?

Ein paar Sekunden starrten wir uns an, dann wurde aus Lex wieder ein gelangweilter Vampir. Er schaute Lilly fragend an: Ist dieser lästige Typ wirklich dein Boyfriend?

Lilly saß starr da und sah Payton auf der Leinwand zu, die gerade auf der Behandlungsliege ihres Vaters etwas mit John abhandelte. Ich gratulierte dem Fremden in mir, diesem *Nur-wer-wagt-verliert*-Vorprescher, und war drauf und dran, mich in die Polster des Nachbar-Separees sinken zu lassen und weiter in den Boden. Da nickte Lilly und lächelte und sagte etwas zu Lex. Er erhob sich, wir quetschten uns aneinander vorbei und setzten uns jeder auf seinen Platz. Lex im rechten Separee, direkt neben dem Tischchen. Ich auf der anderen Seite des Tischchens, neben Lilly.

Die jetzt angestrengt nach vorne schaute. Aber nicht von mir abrückte.

Auf der Leinwand rannte Payton durch die Gänge, gleich würde sie auf Raid treffen. Das ganze Kino hielt vor Spannung den Atem an, nur Lex raschelte herum, pickte Käsewürfel von dem Teller, der zwischen uns auf der Ablage stand. Und ich schaute Lilly so unauffällig wie möglich von der Seite an. Sie trug ein langes, kurzärmeliges T-Shirt mit einer Aufschrift, die ich nicht hätte entziffern können, ohne auf ihren Busen zu starren, was ich lieber sein ließ. Unter dem T-Shirt trug sie einen glitzernden Minirock und zerfetzte Stoffturnschuhe mit Blümchenmuster. Ich hätte so gerne die bloße Haut an ihren Beinen berührt, und wenn wir noch mitten im Raid-Spiel gewesen wären, dann hätte ich es getan. Aber wir spielten nicht. Das Spiel lief auf der Leinwand ab. Und neben uns fraß Lex in aller Ruhe Käsewürfel.

Ich bemerkte die Gänsehaut auf Lillys Beinen, bevor sie sich zu mir umdrehte.

»Warum schaust du denn nicht nach vorne?«, fragte sie halblaut.

»Weil ich nicht kann. Wer würde denn Raphaela auf der Leinwand anschauen, wenn er neben dir sitzt?«

Sie biss sich auf die Lippe, als würde sie sich ein Lächeln verkneifen. Dann beugte sie sich näher zu mir.

»Wo hast du das denn so plötzlich gelernt?«, flüsterte sie.

»Was?«, flüsterte ich. So dicht an ihrem Ohr wie möglich.

»Übertriebene Komplimente.« Ihr Atem war warm an meinem Ohr.

»Die sind nicht übertrieben. Höchstens ein bisschen kitschig.«

Kuss. Bloß ganz kurz.

Sie rückte nicht weg. Sie rückte sogar näher an mich heran. Auf der Leinwand flog das Militärflugzeug hoch über den Wäldern, fing an zu schwanken, zu sinken, kreiselte und verschwand zwischen den Bäumen.

Ich traute mich, nach Lillys Hand zu greifen. Sie zog sie nicht weg. Und egal, was noch zwischen uns passieren würde: In diesem Moment, während das Flugzeug abstürzte und das Kino erfüllt war von Schreien in Dolby Surround, war ich einfach nur glücklich.

38
Lilly

»Er ist schon ganz nah. Ich hör den Propeller«, sagte Raid mit Bens Stimme.

»Erzähl mir ... wie nah?«, fragte Payton mit meiner Stimme.

Raid strich ihr die Haare aus der Stirn und küsste ihre geschlossenen Augenlider.

Sie hatten nichts mit Raphaela und Lex zu tun. Auch nichts mit Ben und mir. Obwohl sie mit unseren Stimmen sprachen. Sie waren so weit weg und so nah wie der Hubschrauber, den Raid für Payton erfand. Er war da. Hier im Kino. Obwohl man nichts hörte. Nichts sah.

»Schlaf jetzt«, sagte Raid, »ich weck dich, wenn sie gelandet sind.«

Er hielt Payton fest, ganz fest, aber er konnte sie nicht halten. Sie hatten nur diesen Moment. Bens Daumen strich über meinen Daumen. Mein Daumen antwortete.

Die Kamera entfernte sich, langsam. Man sah Payton und Raid von oben, zwei winzige Figuren an einem kläglichen Feuer, irgendwo im Wald. Aus den Boxen das Knistern des Feuers, das Zischen des Schnees, der in die Flammen fiel.

Applaus. Aus dem Saal. Lauter als die Abspannmusik. Manche standen auf, während sie applaudierten. Lex gähnte und reckte sich, als wäre er eben aufgewacht.

Danach war das Licht zu grell, das Treppenhaus zu nüchtern, die Stimmen zu laut. Die Fotografen warteten beim roten Teppich, und sobald sie uns sahen, ging das Geklacke der Kameras los.

»Erst alle zusammen. Yes! Nice! Und jetzt mal die Mädels nach vorne! Please, could you … Miss Stanfield, thank you!« Klackklackklack, Blitzlichter, obwohl die Scheinwerfer strahlten. Mein Lächeln tat in den Wangen weh.

»Und jetzt die deutschen Synchronstimmen nach vorne, alle drei. Cheese!«

»Cheese, das sollten sie Lex mal sagen! Der hat doch den ganzen Cheese von dem Teller gefressen, der Käse-Vampir.«

Bens Lippen, an meinem Ohr, Blitzlicht, klackklackklack, Pause, jemand rief wieder was, und da tat ich es, ich griff nach Bens Hand, zog ihn mit mir, weg von dem roten Teppich, der weißen, von Scheinwerfern angestrahlten Wand, vor der man lächeln musste, lächeln und posieren, lächeln und durchhalten und lächeln.

»Was ist denn los?« Ben war kurz stehen geblieben, hinter uns klackten die Kameras weiter.

»Ich glaub, ich halt das nicht aus.«

»Oh? Und ich hab das ganze Theater nur wegen dir mitgemacht, weil ich dachte, es gefällt dir.«

Überall um uns Menschen, Blicke und Geflüster, das ist doch die Stimme von … alles abprallen lassen.

»Und wohin jetzt?«, fragte Ben. Ich zuckte mit den Schultern, auf einmal den Tränen nah. Lilly, wie dumm ist das denn, jetzt zu heulen? Nur weil du noch an die letzte Szene denkst. Nur weil du sie jetzt verstanden hast. Aber das hat dein Daumen Bens Daumen doch längst erzählt.

»Komm.«

Jetzt war es Bens Hand, die mich zog, er pflügte durch die Menge, wimmelte Autogrammwünsche ab. Dann waren wir in der Einkaufspassage. Ben schien genau zu wissen, wohin er ging, vorbei an den geschlossenen Läden, der Rolltreppe, geradewegs auf eine schmale Tür zu. Ein Treppenhaus. Ich ließ mich ziehen. Immer weiter nach oben, auf einen Lichtschimmer zu. Eine Glastür. Dahinter der Mond, rund und riesig und weiß.

Wir gingen an den Tischen eines Dachterrassen-Restaurants vorbei, wir schwiegen, und von Schritt zu Schritt wurde unser Schweigen schwerer. Bis ich Bens Hand losließ und allein zum Geländer lief, ein Zaun aus senkrechten Stahlstangen. Gegenüber war ein Parkdeck, halb offen, man konnte hineinsehen. Es war voll, Reihen von Autos, kalt und glänzend ihre Dächer, dort, wo das Laternenlicht hineinfiel. Hinter mir Bens Schritte. Ich wollte nicht, dass er mich berührte. Ich dachte an einen grünen Pullover in einer Papiertüte, den ich in einen Flur geschleudert hatte. Ich dachte daran, wie ich langsamer gegangen war und immer langsamer, und niemand hatte mich eingeholt. Und ich wusste nicht, ob ich es jemals vergessen konnte. In meinem Nacken prickelte es. Wut oder Angst oder beides, ich wusste es nicht. Ben trat neben mich an den Zaun und stützte sich aufs Geländer. Der Blinker eines Autos leuchtete auf, kurz danach kam ein Mann in Lederjacke, stieg ein und ließ den Motor an.

»Wahrheit?«, fragte Ben leise. Als ob er wüsste, was ich dachte.

»Okay, Wahrheit«, sagte ich.

Ben trommelte mit zwei Fingern auf der oberen Stange herum. Ich erwartete, dass er nach Joshua fragen würde. Nach Lex. Hattest du was mit ihm? Warum, was geht dich das an, du warst es doch, der mit Mae … das Prickeln in meinem Nacken wurde stärker.

Ben hörte auf zu trommeln.

»Gut. Erste Frage: Was steht eigentlich auf deinem T-Shirt?«

»*Was?*« Ich drehte mich zu ihm.

»Das interessiert mich schon die ganze Zeit.« Er lachte, nur kurz, dann hörte er wieder auf.

»*Opernball sucks.*« Ich zog das T-Shirt glatt. »Kann man das denn nicht lesen?«

»Ich wollte dir nicht auf die … na ja, ich wollte …« Er stieß sich vom Geländer ab. »Okay, ich will eigentlich gar nichts fragen. Ich will eine Rede halten.«

Hinter uns wurden Stühle gerückt. Ich tastete nach dem Feuerwehrmann in meiner Rocktasche. Er war noch da.

»An dem Tag in der Parisbar …« Bens Stimme war leise. »Ich hab dir einen Ring aus dem Kaugummiautomaten gezogen, es hat ewig gedauert, bis er rauskam. Erst kam nur Müll, und ich hab für alles eine Tüte gekauft, eine schöne, die dir vielleicht gefallen hätte, und ich hatte auch einen Brief für dich, aber ich hab mich nicht getraut, ihn mitzunehmen, er ist lang.«

Er atmete tief ein und dann langsam und zittrig wieder aus. Als ob sein Herz genauso raste wie meins. Ich hatte tausend Fragen: Was für einen Brief? Und warum warst du dann so ekelhaft in der Parisbar, warum …? Heraus kam nur: »Hast du … hast du ihn noch? Den Brief?«

»Ja. Den Kaugummiring hab ich einem Penner geschenkt, auf dem Weg zu … bevor ich mich betrunken hab. Nein … stopp, sag nichts, meine Rede ist noch nicht fertig. Ich muss dir noch was erzählen, ich hab's mir geschworen, nur deshalb bin ich überhaupt zu dieser verfluchten Premiere gekommen. Vor drei Wochen hatte ich Geburtstag, und nach der Party, die war übrigens ziemlich bescheuert, egal … nach der Party hab ich den Pullover angezogen, den grünen.«

Sofort war alles wieder da. Die Tüte. In der Parisbar. Und später, im Flur. Wie Ben dagestanden, sich nicht gerührt hatte. Wie Mae … Das Prickeln im Nacken. Ich wollte ihn anschreien, lass mich mit diesem Pullover in Ruhe, lass mich mit deiner Geburtstagsparty in Ruhe, wen hast du eingeladen, war sie auch da, warum erzählst du mir das? Aber Ben machte wieder diese Handbewegung: Unterbrich mich nicht, bitte! Er redete weiter, laut und schnell: »In dieser Nacht nach dem Geburtstag hab ich den Pullover angezogen, weil er … na ja, weil er noch nach der Bettwäsche riecht, da, bei euch, als wir … Es war ziemlich warm, und ich hab geschwitzt wie ein Schwein. Und plötzlich hab ich mir vorgestellt, dass ich das jedes Jahr mach. Mit zwanzig, mit dreißig, immer an meinem Geburtstag, wie ich nach einer beschissenen Party diesen Pullover anziehe und an dich denke und schwitze wie ein Schwein. Und wie der Pullover immer mehr verfilzt, von Jahr zu Jahr, aber ich hebe ihn auf, obwohl der Geruch längst weg ist. Scheiße, ist das schwer.«

Er wandte sich ab und trommelte wieder auf dem Geländer herum. In meinem Kopf rasten die Gedanken, zu viele auf einmal. Als ich die Augen schloss, konnte ich sie sehen, glühende, sprühende Linien, die aufeinander zuschossen und aneinander vorbei.

Ben hatte mit dem Getrommel aufgehört. Meine Hand steckte immer noch in der Rocktasche, meine Finger umklammerten die Figur.

Augen auf. Der Mond. Direkt vor uns. Rund und weiß und nah.

Ich zog den Playmobilmann heraus und tastete nach Bens Hand. Er nahm meine sofort. Als er die Konturen des Feuerwehrmanns spürte, zuckte er kurz zusammen.

»Frau Böhm hat ihn gefunden«, sagte ich. »Zuerst wollt ich ihn wegwerfen. Ich wollte alles von dir wegwerfen.«

Ben hielt meine Hand fester, ich erwiderte den Druck, wir zerquetschten den armen Feuerwehrmann fast.

»Aber dann dachte ich, ich muss ihn dir geben, unbedingt, selbst wenn … wenn du mit Mae da bist. Deshalb bin *ich* zu dieser verfluchten Premiere gekommen.«

So, es ist draußen, atmen, ein und wieder aus. Du hast fast vergessen, wie Atmen geht.

»Hast du das etwa geglaubt? Dass ich mit Mae …«

Bens Daumen traute sich, streichelte meinen Daumen.

»Ich weiß nicht … Ich hatte Angst.«

Auf dem Parkdeck stieg eine Frau in einen Jeep und startete den Motor.

Wir schauten zu, wie sie langsam die Kurve nach unten nahm und wie das Auto verschwand. Dann sagte Ben: »Das mit Mae war … einfach nur schrecklich.«

Und warum hast du dann?

Wegen »No way«.

Weißt du, warum ich »No way« gesagt habe? Weil du vorher …

Und weißt du, warum ich vorher …

Es gab immer ein Vorher.

»Es tut mir so leid«, sagte Ben. »Ich wünschte, ich könnt irgendwas machen, um das zu löschen. Nicht bloß aus meinem Gedächtnis, sondern aus der Chronik der Weltereignisse. Aber es klappt nicht.«

Da erzählte ich ihm von meinem Lächeln. In Eriks blauem Zimmer. In Eriks Bett. Der Schmerz war nicht wichtig. Auch nicht, dass Erik gar nicht gespürt hatte, wie ich zurückzuckte. Wie ich gleich wieder versucht hatte, mich so hinzulegen, dass ich möglichst gut aussah. Noch nicht mal das Foto von Sandrine war wichtig. Nur mein Lächeln. Das war es, was ich gern gelöscht hätte.

Ben hörte zu, auch sein Daumen bewegte sich nicht mehr. Der Feuerwehrmann lag still in der Höhle unserer verschränkten Finger.

Auf dem Parkdeck sprang wieder ein Motor an, dann noch einer. Wahrscheinlich war die *Premierenfeier mit Stars zum Anfassen* zu Ende.

»Dann hatten wir ja beide ein beschissenes erstes Mal.« Ben löste seine Finger von meinen und nahm dabei den Feuerwehrmann aus meiner Hand. »Vielleicht … vielleicht sollten wir einfach aufs zweite Mal setzen.«

»Ich wollte das nicht. Dich belügen«, sagte ich.

Ich wollte deinen Finger auf meinen Lippen spüren, das wollte ich. Und dann sind Mum und Dad gekommen.

Ben schwieg und hielt den Feuerwehrmann hoch, vor den runden, weißen Mond.

Hinter uns Stimmen, Restaurantgäste zahlten und gingen.

»Kann es sein, dass der Mond *blüht?*« Ben hielt immer noch den Feuerwehrmann hoch, schien eher mit ihm zu sprechen als mit mir. »Ich meine, könnte man das in einem Gedicht oder Rap sagen? Wenn man was zum letzten Mal sieht, fängt die Welt an zu glühen, aber wenn was anfängt, also, ich meine, richtig anfängt … wie das zwischen uns oder so, dann blüht der Mond. Heilige Scheiße, vergiss es, das wird zu kitschig.«

»Vielleicht … denkst du das nur, dass es kitschig ist«, sagte ich.

»Glaubst du?« Er betrachtete den Feuerwehrmann, dann nickte er, als hätte ihm der kleine Mann wirklich etwas gesagt, beugte sich zu mir und steckte ihn in meine Rocktasche.

»Für dich. Statt Kaugummiring. Oder so.«

Sein Gesicht war ganz nah. Ich wollte sein Lächeln küssen.

Da spürte ich schon seine Hände. Auf meinem Rücken, im Nacken, im Haar.

Hinter uns wurden Tische und Stühle über den Boden geschleift und rasselnd angekettet. Motoren sprangen an, immer mehr Autos fuhren vom Parkdeck.

Wir blieben. Wir blieben und hörten nicht auf, uns zu küssen, wir hielten uns fest, und über uns blühte der Mond.

Danken möchten wir …

… Sabine Adler, Eva Baronsky, Andreas Götz, Michaela Hanel, Maria Knissel, Ruth Löbner, Winfried Oelsner, Barbara Slawig, Katrin Zipse und allen vom Tippsen-Forum fürs Mitdenken, Rat und Tat und vor allem für strenges und sehr hilfreiches Testlesen.

… Ulrike Möckel, die uns mit ins Studio und in die Welt der Synchronsprecher nahm und die jede, aber auch wirklich jede Frage geduldig beantwortete.

… Astrid Poppenhusen von der Literaturagentur Poppenhusen und Julia Eichhorn von Graf & Graf für ihre Begeisterung und ihre grandiose Unterstützung.

… Carina Mathern für ihr großes Vertrauen in unsere Idee.

… Dr. Andrea Müller für ihr herzliches Interesse.

… Lilly Raible und Carina Mathern für eine wunderbare Rundumbetreuung, aber vor allem für ein hervorragendes Lektorat. Das war perfect! (Siehst du, Lilly, jetzt haben wir Ed sogar in der Danksagung untergebracht ;-)).

… auch Frau Bergmann und Herrn Lucas Wortmann vom DB Fundbüro Oldenburg und Osnabrück für ihren heldenhaften Einsatz, mit dem sie unseren Laptop gerettet haben.

Die verwendeten Sprachübungen (S. 17, S. 19, S. 32) entstammen folgendem Buch:

Der kleine Hey – Die Kunst des Sprechens
nach dem Urtext von Julius Hey, neu bearbeitet und ergänzt von Fritz Reusch (ED 8702)

Mehr von C. J. Daugherty:
Die Bestsellerserie in fünf Bänden

C.J. Daugherty
NIGHT SCHOOL
Du darfst keinem trauen
Band 1
ISBN 978-3-7891-3326-8

C.J. Daugherty
NIGHT SCHOOL
Denn Wahrheit musst du suchen
Band 3
ISBN 978-3-7891-3329-9

C.J. Daugherty
NIGHT SCHOOL
Und Gewissheit wirst du haben
Band 5
ISBN 978-3-7891-3337-4

Nach dem spurlosen Verschwinden ihres Bruders schicken ihre Eltern Allie auf das abgelegene Internat Cimmeria. Schon bald wird sie von Carter und Sylvain, zwei Mitschülern, umworben. Doch in der Schule gehen seltsame Dinge vor. Und mit einem Mal wird Allie des Mordes bezichtigt ...

Der SPIEGEL-Bestseller! Die atemlos spannende Story um Allie und das Geheimnis der „NIGHT SCHOOL" ist Thriller und Liebesgeschichte zugleich.

Auch als e book

Oetinger

Weitere Informationen unter: **www.cjdaugherty.de**, **www.oetinger-media.de** und **www.oetinger.de**